福建师范大学文学院、闽台区域研究中心　筹划

# 全清小说论丛

## 第三辑

欧阳健　吴巍巍　欧阳萦雪　主编

文物出版社

图书在版编目（CIP）数据

全清小说论丛 . 第三辑 / 欧阳健，吴巍巍，欧阳萦雪主编 . —北京：文物出版社，2024.5
ISBN 978-7-5010-8425-8

Ⅰ.①全… Ⅱ.①欧… ②吴… ③欧… Ⅲ.①古典小说—小说研究—中国—清代—文集 Ⅳ.① I207.41-53

中国国家版本馆 CIP 数据核字 (2024) 第 092762 号

## 全清小说论丛　第三辑

主　　编：欧阳健　吴巍巍　欧阳萦雪
筹　　划：福建师范大学文学院　闽台区域研究中心
封面题字：吴家驹

责任编辑：刘永海
封面设计：王文娴
责任印制：王　芳

出版发行：文物出版社
社　　址：北京市东城区东直门内北小街 2 号楼
邮政编码：100007
网　　址：http://www.wenwu.com
经　　销：新华书店
印　　刷：宝蕾元仁浩（天津）印刷有限公司
开　　本：710mm×1000mm　1/16
印　　张：20.75
版　　次：2024 年 5 月第 1 版
印　　次：2024 年 5 月第 1 次印刷
书　　号：ISBN 978-7-5010-8425-8
定　　价：120.00 元

# 目 录

## 作家论

## 随笔札记

## 《论丛》影响

## 佳篇赏析

※　※　※

## 补白目录

# 程毅中先生来信

欧阳先生：

　　来信13日才看到，我已遵嘱填好表格，但我的电脑无法扫描。是否将纸质表寄回？请示。

　　另外，看到《全清小说论丛》第一辑，很佩服你们的雅量，也发批评性的文章。我想到一点，已在拙作中提到的，薛洪勣、王汝梅编选的《稀见珍本明清传奇小说集》也是侯忠义兄推动的成果，有一些稀见珍本，校注也有不少新见。他们有意修订重印，不知文物出版社有无兴趣收录先印一次，作为《全清小说》的先河，填补宋代传奇与清代之间的空缺。与《全清小说》重合的可以适当处理。李剑国先生的《宋代传奇集》修订本（中华书局，2018年版），校订精详，虽非全宋，选录较广。《明代传奇集》也由李剑国的学生在编选中，尚有时日，先印一个选本可以填补空缺，也不无意义。你们如有兴趣，文物社恐不会异议。请考虑。对《明清传奇小说集》我曾写过一篇书评，刊于《文史知识》2009年8期。

　　拜读大作对《全宋笔记》的质疑，我有同感。拙作《再谈笔记与小说》稿想已入览。亦希指教。

　　我的电脑常出问题，技术又不佳，必要时就通电话补救。收信盼复。顺颂冬安！

程毅中
11月14日

# 采新铜于山，垦辟学术新天地

## ——兼评《全清小说论丛》第一、二辑

傅修海

## 一

中国是小说大国，是小说强国，然而更是小说古国。中国小说的量变和质变之间的关联与纠葛，中国小说在时变与势变之间的过段转移，是中国小说史研究的重大而纷繁的问题。截至目前，探讨者人头攒动，著述汗牛充栋，精见迭出，异彩纷呈，但仍旧还有许许多多的问题，剪不断，理还乱。其间，中国文言小说之于中国小说传统的意义、价值和贡献，中国文言小说的历史面目……诸如此类的问题，仍旧期待更多学者来回答。

王立兴先生《全清小说·序》指出："中国小说史的源头是文言小说。文言小说源远流长，在史官文化、巫术道佛文化、民俗文化的熏陶下，以一种独特的方式观照现实，设计情节，构筑故事，展示人物，其题材、体式、架构和艺术手段多姿多彩，不断翻新，涌现了不少优秀作家和优秀作品，展现了中国小说的时代风貌和民族特色。文言小说远早于白话小说，到了宋代，随着城市工商业的发展，市民阶层的壮大，通俗白话小说应运而生，话本小说、章回小说得到了蓬勃发展，明代的'四大奇书'，清代的《儒林外史》和《红楼梦》，都是光耀千古的鸿篇巨制。从这时起，文言小说系统和白话小说系统如鸟之两翼、

车之双轮，相辅相成，共生共长，构成了中国小说史上一道独特的风景线。"

欧阳健先生认为："中国传统的小说，又有两个截然不同的系统：第一个出自班固《汉书·艺文志》。其所著录，有诸子十家，包括儒家、道家、阴阳家、法家、名家、墨家、纵横家、杂家、农家、小说家。十家中最后一家，就是小说家。班固以为，儒、道等九家，'皆起于王道既微，诸侯力政，时君世主，好恶殊方，是以九家之术蜂出并作，各引一端，崇其所善，以此驰说，取合诸侯'；而小说家，'盖出于稗官，街谈巷语、道听途说者之所造也'。班固的意思非常清楚：小说家与其他九家，虽各有出处，各有内涵，但作为'诸子'的地位，却是对等的。诸子十家之间的差别，不在形式而在内容，不在文体而在实体。换句话说，儒家、道家之间的区别，《孟子》与《庄子》的差异，不是文体的差异，而是实体的差异。它们的差别，从形式或文体上，是看不出来的。同样，诸子九家与小说家的差别，也不是文体的差异，而是实体的差异。它们的差别，从形式或文体上，也同样是看不出来的。要之，小说家的著作，既列入四库中的子部，应称之为'子部小说'。既然诸子九家不是文体，小说就不是属于形式范畴的文体，而是荷载中华文化的实体，这里的道理，没有诞生'诸子'的西方文化是难以明白的。就其内涵而言，'小说'与'大道'，不在一个等级线上；而就其形式而言，'小说''短书'，不是'宏论''钜制'。正是这种自觉的"谦退"，反而能出入任意，转圜自如，让小说家成了最有生命力、最为恒久的一家。他们写的是自己的所经所历，所见所闻，所读所悟，所思所触，上至理政方略，下至人生智慧，举凡朝野秘闻、名人轶事、里巷传闻、风土人情、异闻怪谈，无不奔走笔下，成了小说取之不尽，用之不竭的题材，这恰是'子部小说'生命力之所在。第二个出自宋元'说话'四家中的小说（与讲史、说经、合生并列），包括烟粉、灵怪、传奇、说公案（皆是朴刀杆棒及发迹变泰之事）。元明后出现的长篇说部，《水浒传》是'小说'的集合，如'朴刀'《青面兽》，'杆棒'《花和尚》，《武行者》等，所谓'事事集成忠义传，用资谈柄江湖中'是也。而《三国演义》在宋元'说话'四家中属于'讲史'，《西游记》属于'说经'，原本都不曾看作是'小说'。"①欧阳健先生的卓识，得到了刘昆庸先生的激赏，引为知己，认为是"欧阳先生此说，回归中国文化本位以明'小说'性质，可谓正本清源之论"②。

显然，中国小说研究始终存在名正言顺的焦虑。研究小说的学者人数如此之多，相关著述如此烟波浩瀚，往往也是对"小说"各有怀抱，各自表述，共识度都有待更大程度的约分。为此，郭英德先生追问："第一，中国古典小说作为一个整体的历史文化现象，与西方小说相比较，是否具有独特的命名方式？如果有，从何而来，如何呈现，有何价值？第二，每一部中国古典小说作为一个具体的历史文化现象，与其他小说相比较，是否具有独特的命名方式？如果有，从何而来，如何呈现，有何价值？"③由此可见，《全清小说》的编辑整理和出版，将为廓清这些疑难提供一个更为坚实阔大的文本基石，《全清小说论丛》的创办，亦将为明晰回答这些追索呈现更多的学术生机与活力。

二

论及《全清小说》全面整理和研究的意义，就不能不回答小说与文言文之间的关系。这并非仅仅是文体与语体意义上的问题，更是中国传统文化真面目与民族文化自信意义上的还原问题。民族文化自信的前提，就是尊重历史事实，全面清楚地认知和接受历史真实，即便属于文化迭代，也要基于事实清晰的基础，如鲁迅先生所言"直面惨淡的人生"，如

---

① 于平：《〈全清小说〉研讨会综述》，《全清小说论丛》第一辑，文物出版社，2022年，第310～311页。

② 刘昆庸：《小说之为子部——从一部孤本说起》，《全清小说论丛》第一辑，2022年，文物出版社，第183页。

③ 郭英德：《"必也正名乎"——〈中国古代小说书名研究〉序》，《励耘学刊》2017年第1期。

此才会有真正的现代进步和清醒的"拿来主义"。

众所周知，文言文的书面运用历史和文体形成历史，都比白话文更久远，在文化传统沉淀的意味上更有代表性。截至当下，这应该仍旧是事实。是故"中国小说史的源头是文言小说"①就不仅是小说史的朴素真理，也是中国文化史的必然现实，因此"尽管白话小说取得骄人的成就，但在正统派文人眼里，白话小说仍未能登大雅之堂，清代从《四库全书总目提要》到张之洞《书目答问》'子部、小说家类'登录的都是文言小说，白话小说竟没有一席之地，这种局面直到晚清才开始发生了变化，随着西方小说的输入、报刊的兴起，白话小说声势大大盖过了文言小说，到了五四时期，随着'提倡白话文，废除文言文'的倡导，白话小说创作从此占领了整个文坛，文言小说创作渐次淡出了人们的视野"②，此一判断就无疑是精当之论。

事实上，文言小说的恢宏历史存在与存活于经典中的地位"被"模糊，实不过才区区百年。"文言小说"遭遇这一"被动"的伟力，既有时势，也是人为。是故，一方面，王立兴先生精辟指出："'提倡白话文，废除文言文'的导向作用，对中国小说史的研究领域影响深远。"③另一方面，文言小说的边缘化与沉默，除了"被动"的因素，还有历史滔滔大势下的"失声"。一来，文言小说自己"来不及"的总结与经典化进程（包括学术经典化进程）的展开。正所谓"文言小说却遭到了冷落，历朝历代的文言小说都未能整合汇总出版，仍处于模糊混沌景象，研究方面，除了唐代传奇和《聊斋志异》等少数作家

---

① 王立兴：《中国小说史上的盛事——写于〈全清小说·顺治卷〉〈全清小说论丛〉出版之际》，《全清小说论丛》第一辑，文物出版社，2022年，第2页。

② 王立兴：《中国小说史上的盛事——写于〈全清小说·顺治卷〉〈全清小说论丛〉出版之际》，《全清小说论丛》第一辑，文物出版社，2022年，第5页。

③ 王立兴：《中国小说史上的盛事——写于〈全清小说·顺治卷〉〈全清小说论丛〉出版之际》，《全清小说论丛》第一辑，文物出版社，2022年，第2页。

作品外，研究者的关注度很低"①。二来，中国社会的现代化权势转移，受到东洋现代化经验的启发与西方欧美文化影响，诸如中国文言小说被目为落后封建腐朽之物，已然被认为失去与现实世界和现代文明的对话资格。一为文言，便无足观，这便是现代白话文倡导语境下的形格势禁。

当然，在传统文化视域里理解这一情境，这似乎也是自然而然的事情。文言小说尽管是中国传统小说的主流和正宗，但这不过是在"文言文"的意义上说的。"小说"自古以来都不是正宗。"白话小说"的被树立为主流与正宗，道理也是如此，一体两面。首要在"白话"，其次才是"小说"，"白话小说"因此蔚为壮观。尽管为了光大白话的历史而有追溯古代的向度——如胡适的《白话文学史》，但现代白话小说更多是乘势兴起的结果。白话而现代，现代而再小说，这个"势"就是工业文明之下的"现代市民社会"和现代西方小说阅读传统的生成。就此而言，随着现代历史大势兴起的现代社会情境，至于报刊发达、现代舆论环境的塑造、小说之力的现代政治构造、现代人阅读趣味和阅读习惯、信息获取时尚的转移，都在在是现代小说在中国兴起的诸多原因。

# 三

正是在小说发展史、出版史、学术史和阅读史的基本认知的前提下，《全清小说》的编辑整理和出版成为学术史上的大事，也是出版史上的大事，其重大意义就明确在乎两端：一是落实显现似乎已经是常识的"唐诗""宋词""明清小说"的"小说版图"的历史原貌，一是恢复还原中国本土小说的文言小说之蔚为大宗、正宗的创作事实。

大事弥艰，为此事呼喊奔走甚力的侯忠义先生，曾感慨言之："此所

---

① 王立兴：《中国小说史上的盛事——写于〈全清小说·顺治卷〉〈全清小说论丛〉出版之际》，《全清小说论丛》第一辑，文物出版社，2022年，第2页。

谓古小说，区别于宋元以后之白话通俗小说，专指以文言撰写之小说，实即为史官与传统目录学家于子部小说家类所列各书。以今例古，其中多有不类小说者。从文学的角度，依古今结合的原则，确定以叙事性为区分小说与非小说的标准，分编成唐前卷、唐五代卷、宋元卷、明代卷、清代卷，确定了各卷主编人选。会后联系出版单位，均承认此书的学术和文献价值，但限于当时条件，资金短缺，篇幅过大，运作不易，事遂中辍。唯主编'清代卷'之欧阳健先生，不离不弃，精益求精。在二十年中，广为搜罗，多方访求，力求完备。凡见于艺文志、官私目录、地方志者及晚清小说杂志者，均一一加以考察、甄别。然古代目录之于小说家类，取舍不尽相同，一书或隶史部，或隶子部；同隶子部者，或入小说家类，或不入小说家类，并无定论。为此又深入北京、杭州、南京、福州、太原各大图书馆，兜底调查，查阅鉴定（审查量不少于千种），以免疏漏。《全清小说》所得底本，均追真求实，精加校勘，多所纠谬，几成善本，为读者交出了满意的答卷。全书十卷三千万字，是清代古体小说的总集成，也是对清代古小说全面的搜集、整理和总结，是重大古籍整理工程。此一项目，历经坎坷和磨难，集众人之力，始得完成，实在值得赞扬和肯定。"①

站在出版者的立场上，文物出版社的张自成社长，更是惺惺相惜。他说："《全清小说》为清代小说的集大成之作，是迄今为止以最新标准编纂的清代文言小说总集，为学术界与小说研究界提供有关清代文言小说的完备资料，具有巨大的学术意义。"《全清小说》收书五百余种，共计三千余万字，有近百位明清小说界的专家学者参与整理。"白话与文言，是清代小说创作的两翼。通过《全清小说》这套书，我们会明白，以《红楼梦》为代表的清代白话小说，其实只是'明清小说'的冰山一角。'认识了《全清小说》，才能让我们真正见识到在文学史上与唐诗、宋词齐名的'明清小说'，到底是一个什么样的庐山真

---

① 侯忠义：《〈全清小说〉序》，《全清小说论丛》第一辑，文物出版社，2022年，第12～13页。

面目。"①

从学术拓荒的层面，《全清小说》的出版，更是为中国古代文学研究和中国小说研究垦辟出一方广阔天地。程毅中先生说："根本问题是文言小说的特点就是杂而广，具有文学价值、史料价值和多种文献价值的不同取向，确实需要深入的研究和界定，还需要文献目录学的支撑。《全清小说》的出版，正好提出了一个可供分析探讨的案例。"②

谋事在人，成事在天。艰难困苦，玉汝于成，《全清小说》的顺利出版，除了天时地利人和的多要素齐备之外，无疑与欧阳健先生的坚持不懈、久久为功的努力分不开。作为最有力的主事者之一，欧阳健先生对《全清小说》的出版从蓝图勾勒到学术定位、未来谋划都是极有代表意义的。欧阳健先生明确提出："《全清小说》所要编纂的，正是有清一代'子部小说'的总集。""从学术地位看，自汉代迄清，'子部小说'代有所作，数量众多，且得到正宗目录学版本学的认可。《全清小说》的编纂亮点，在于运用叙事的标准，对传统目录进行亦减亦增的工作：将一部分子部小说著录的如丛谈、辩订、箴规之作剔除；又将一部分杂家、甚至史部的作品列入。这一运作的最大特点，不是以目录学为出发点，而是以作品的客观存在为出发点。本书与《全唐五代小说》《全宋文》《全明诗》编纂的最大不同，是经过鉴定、筛选、编次的清代'古体小说'总集，体现了新的学术成就，是总结中国传统文化的重大工程。"③

# 四

《全清小说》的整理、编纂与出版，只是让我们有一个实实在在的文

---

① 于平：《〈全清小说〉研讨会综述》，《全清小说论丛》第一辑，文物出版社，2022年，第307页。

② 程毅中：《〈全清小说〉读后》，《全清小说论丛》第一辑，文物出版社，2022年，第23页。

③ 于平：《〈全清小说〉研讨会综述》，《全清小说论丛》第一辑，文物出版社，2022年，第311页。

本依托，可以因此了解和研究中国文言小说的壮阔江山。那么，具体深入的探索和把握这一部分江山胜迹的兴起与生长，她的发迹变泰的过程，她对于中国传统文化的意义与贡献，她对于中国本土小说学的构建、对当下中国小说的形塑与参与，无疑端赖于此后更多基于这一套《全清小说》开展起来的研究、讨论与探索。故而，《全清小说》编纂出版与《全清小说论丛》的创办，可谓花开两朵，各表一枝，交相辉映，相得益彰。就先后顺序而言，欧阳健等主编的《全清小说论丛》无疑是《全清小说》编纂出版工程的后续补充与深度推进。可以说，"《全清小说论丛》应运而生，不仅能填补文言小说交流和传播的空白，而且将成为凝聚和整合学术观点的重要的阵地"①。同时，"《全清小说论丛》的应运而生是时代的需求。相信这本刊物未来将立足于学术研究的制高点，总揽全集，适当引导，不断深化古体小说研究的健康发展"②。

《全清小说》与《全清小说论丛》，如鸟之两翼车之两轮，相辅相成，共促互进。李灵年先生指出："古往今来，凡提倡一种理念，创立一门学科，没有不从创办自己的刊物着手的。一个专业刊物，它不是某一研究领域的外在附加物，相反，它是某种专业研究的有机组成部分，是建立在专业的和学派的不可或缺的中心或平台上的。"③一个学科、一个学派的兴起繁荣和发展，必须要有发声的阵地、切磋的园地，不仅要让新的发现新的探索有开诚布公的机缘，也要有"前修未密后出转精"的意见涌现的第一现场。正如朱锐泉先生对宋世瑞先生的大作《论顺康雍乾四朝笔记小说之变迁》④的回响、思考一样，"以为该文体现出较为鲜明的小说类型学意识，尤其注重于朝研究对象投注文体区隔与演

① 于平：《〈全清小说〉研讨会综述》，《全清小说论丛》第一辑，文物出版社，2022年，第312页。

② 于平：《〈全清小说〉研讨会综述》，《全清小说论丛》第一辑，文物出版社，2022年，第312～313页。

③ 于平：《〈全清小说〉研讨会综述》，《全清小说论丛》第一辑，文物出版社，2022年，第312页。

④ 宋世瑞：《论顺康雍乾四朝笔记小说之变迁》，《全清小说论丛》第一辑，文物出版社，2022年，第93～111页。

变的眼光，在一些地方力求梳理小说史的线索"①，这种讨论不但有益于彼此形成了良好的学术互动，对于相关学术议题的推进与深入都是善莫大焉之事。

在这个意义上，《全清小说论丛》不仅仅是一本刊物，更是一盏灯、一束光、一个舞台。王立兴先生说："配合《全清小说》各卷的陆续出版，《全清小说论丛》刊物的创办，为全清小说和中国小说史研究提供了新的学术增长点，是很有学术眼光的。小说是一个综合性艺术体，它以人物为中心，以叙事为手段，反映的社会生活面最为广泛，最为深厚，其故事的情节和细节，人物的生态和心态，较之正规的史书更为真实。《全清小说》可开拓的内容很多，可以作宏观的专史研究和理论探讨；可以对某一专题、某一体式、某一流派的梳理和作家作品的个案剖析，以及辨伪、考订、辑佚、溯源等；也可以从大文化视域，从历史学、社会学、文化学、民俗学、宗教学、艺术学等不同角度发力。"

就此而言，第一辑和第二辑可谓承载着《全清小说》编纂出版后继以研究工作跟进的开山创路的重任，从栏目设计的恢宏大气到内容的异彩纷呈，都可谓当之无愧，令人既惊且喜，期待殷殷。

# 五

纵观《全清小说论丛》第一、二辑，编者之用心良苦，撰稿者的学术修为精深，出版者的远见卓识，都是在在可以称道的。

学术在于传承，鉴往而知来，所谓喝水不忘掘井人。《全清小说论丛》第一辑的"缅怀侯忠义先生"栏，足以令人动容。此栏目的开设，既有公谊也有私谊，不仅仅是缅怀小说史研究专家侯忠义先生，也将《全清小说》编纂伟业的来龙去脉有所交代，这既是对学术史的一次别样

---

① 朱锐泉：《清代古体小说走向的宏观把握与精细梳理》，《全清小说论丛》第二辑，文物出版社，2023年，第257页。

梳理与回顾，也是同道中人求其友声的悲壮呼唤。正如欧阳健先生诗中所云："三十五年莫逆心，稗田浩瀚共耕耘。昔因提要插双翼，今为全清施万钧。"①一代学人之间的惺惺相惜，思之泫然。

"发刊献词"和"热评《全清小说》"两个栏目，乃至于"学术动态"栏目中对《全清小说》的研讨会综述，其目的都在于集中讨论《全清小说》编纂的学术潜力、历史意义与现实价值。尤其值得赞赏和指出的一点，是此事的学术纯粹性与民间性。如王立兴先生所言："《全清小说》的整理校点工作，不曾列入各级学科规划，是在主编的组织协调下，约请国内数十位专家学者同心协力完成的。在搜集校点书籍过程中，所有交通费、复印费、排印费、邮寄费等，全都是校点者自费付出的。为了给文化建设和学术事业添砖加瓦，他们在不懈地辛勤劳作，默默地耕耘。"②

作为文言小说声名最著者之一的《聊斋志异》，当然是《全清小说论丛》不可或缺的焦点。为此，编刊者不仅在第一辑中以"特稿"形式呈现，乃至于在第二辑中已经专门辟为一个栏目"《聊斋志异》研究"，这是预料之事，也是学术生长进程中的必然。譬如，李灵年先生的《〈聊斋志异〉研究的热点和悬案》无疑是高屋建瓴之作，大开大合之中交织着对学术史超拔的简概和提点，也有着对后学者饱含深情的治学门径指示的良苦用心。又比如杜贵晨先生的《〈聊斋〉与儒学》，上升到文化视野中大而化之讨论《聊斋志异》的思考，视野之开阔超迈，入思之细密具体，可谓方家所见，令人有大快朵颐的学术饕餮愉悦。

研究全清小说，与其他断代文学的研究一样，作家、作品与版本的细密商量固然是应有之义，如"作者与版本""佳篇赏析""作品论""综

---

① 欧阳健：《痛悼侯忠义先生（2020年9月25日）》，《全清小说论丛》第一辑，文物出版社，2022年，第11页。

② 王立兴：《中国小说史上的盛事——写于〈全清小说·顺治卷〉〈全清小说论丛〉出版之际》，《全清小说论丛》第一辑，文物出版社，2022年，第5页。

论""作家考证"等栏目中的篇什。值得赞赏的是，这些论作不但于学术自有倾心、别有会心，也在不经意间流露出现实关怀，如欧阳萦雪的《〈南台旧闻〉的价值》的结尾所言："中国五千年的文明史上不缺少砥砺前行的人，'君子终日乾乾，夕惕若厉，无咎'，'天行健，君子以自强不息'，这是中国传统文化的基本精神。《南台旧闻》不但带给我们古代先贤治国的理念，还有更多的思考与感悟，激励着我们奋发向上、不断前行，这便是它的价值。"① 正所谓读书治学不是为了回到过去，更是滋养当下，延展未来。

当然，上述这些栏目在刊载长篇大论之外，学者们期间的电光火石之思，则往往化之为"学术札记"，或撰写为些许的心得体会，如"校点心得"栏目与"补白目录"栏目中撮辑的文字就是。这些玲珑文字，每每别有洞天。例如，对读第一辑与第二辑，屈军生先生的《夜读〈全清小说〉札记》②与杜贵晨先生的《〈坚瓠集〉随笔——小说考证篇》③都同时关注到了鲁迅小说名篇《孔乙己》中"孔乙己"的由来所自的考据，不禁令人莞尔。

当然，作为立志要办成全清小说研究的阵地的《全清小说论丛》，当然不会忽视自己所在的学术场的睥睨环视，因此"学术动态"是《论丛》非常重要的一个栏目，这不仅表明刊物的学术视野的宽广度，也呈现出了刊物的学术高度和强度。欧阳健先生《在"〈文学遗产〉古代小说研究论坛"的发言》、于平先生的《〈全清小说〉研讨会综述》、邓雷先生的《"〈文学遗产〉古代小说研究论坛"文言小说研究综述》，都是学术信息高度浓缩的大文章，对中国小说研究学术史意义极为重大。其中不乏学术前行者和大家前辈对后来者的谆谆教导和深情勉励。如欧阳健先

---

① 欧阳萦雪：《〈南台旧闻〉的价值》，《全清小说论丛》第一辑，文物出版社，2022年，第168页。

② 屈军生：《夜读〈全清小说〉札记》，《全清小说论丛》第二辑，文物出版社，2023年，第241~242页。

③ 杜贵晨：《〈坚瓠集〉随笔——小说考证篇》，《全清小说论丛》第一辑，文物出版社，2022年，第292~294页。

生所言："我想送给年轻人八个字：夯实基础，更新观念。现在是大数据时代，海量数据在云端上，但要真正进入人脑，靠搜索引擎是不够的，仍需要一字字、一行行、一本本地读。有些从前人承袭的观念，如'笔记'与'小说'的无意混同，'志怪'与'传奇'的刻意区隔，都是应该检讨反省的。说南朝的《阳羡书生》是'志怪'，唐代的《任氏传》是'传奇'，清代的《聊斋》是'以传奇而志怪'，完全是枉费心力，简直是跟自己过不去。如果更新了观念，又能直面古代小说的文本与文献，用慧眼去发现其中蕴涵的价值，用慧心去实现创造性转化，就会迎来小说研究辉煌的前程。"①

　　值得强调的是，无论是全清小说的整理出版，还是全清小说的局部或系统的研究，应该都有一个非常根本而重要的任务，那就是它对中国文言小说的学术史清理与廓清的初心。大量的文本、史料的文献收集校订与整理，遽密严格的作家与版本考证辨析，都相当程度上是为了实现和丰满这个初心。就第一辑和第二辑看，除了王立兴教授作为"发刊献词"的《中国小说史的盛事》和于平先生整理的《〈全清小说〉研讨会综述》中欧阳健先生的发言略有关涉之外，只有第一辑中"理论与观念"栏目中的谢超凡教授的《"自古有之，不足异也"——从俞樾看晚清"志怪"观念的演变》集中关注并略微深入讨论到这个问题。该文以朴学大师俞樾对文言小说"志怪"的观念变动为中心线索，以历史情境中的个案人物探究文学思想观念历史变迁的方式，讨论俞樾与晚清"志怪"观念的演变问题。论文中，诸如："再如朴学大师俞樾，也能坦然接受新事物……门下士能如此科学地解释反射原理，曲园于此亦开通。""大儿妇因言，可见俞樾家有讲述异事的氛围。而世事的无常，使俞樾不得不相信冥冥的鬼神力量。""此外，作为考据学家的俞樾，他的'怪'的观念有个标准，只要是古已有之的事，不管如何之

---

① 欧阳健：《在"〈文学遗产〉古代小说研究论坛"的发言》，《全清小说论丛》第二辑，文物出版社，2023年，第85～286页。

异，他也认为'不足为异'。"①此类文字不仅入思生动，更是颇得思想史的场域考察真趣。

毫无疑问，小说理论与小说研究学术史的研究，应该成为《全清小说论丛》非常重要的支撑和学术生长点，目前而言，这部分的工作显然是比较薄弱的，也因此尤其值得人们期待和企盼。

傅修海，福建连城人，文学博士，福建师范大学文学院教授。

※　　※　　※

## 鸡鸣枕

1959年，新疆和田出土了一个东汉鸡鸣枕，以文句"延年益寿大宜子孙"织锦缝缀而成，枕中呈凹状，两端为鸡首，缝出尖嘴、圆眼、细颈、鸡冠等，故名"鸡鸣枕"。李调元《井蛙杂纪》卷八，写武冈有一幕官，因凿渠得一瓦枕，"枕之，闻其中鸣鼓起雷，一更至五更，鼓声次更转不差，鸡鸣亦至三唱而晓，抵暮复然"，堪称名副其实的鸡鸣枕，据说是诸葛武侯所制。可叹"其人以为怪，因碎之，观其中设机局以应夜气"，这一空前绝后的发明，遂毁于无知者之手，哀哉。（斯欣）

---

① 谢超凡：《"自古有之，不足异也"——从俞樾看晚清"志怪"观念的演变》，《全清小说论丛》第一辑，第253、254、255页，文物出版社，2023年。

# 学习他人长处，固守自己宗旨

## ——从《全宋笔记》说开去

欧阳健

### 一

微信群推荐上海师范大学古籍整理研究所团队，历时十九年完成大型古籍丛书《全宋笔记》，收入宋人笔记四百七十七种，计十辑一百零二册，每种笔记均经过校勘、标点，采用繁体字竖排，由大象出版社出版齐全，可四五折优惠云云。

直觉感知，此项工程与我们从事的《全清小说》，在性质、规模与运作诸方面皆有相似之处。二者皆起步于二十世纪末，《全宋笔记》竟已全部告成，《全清小说》虽出版顺治卷六册，康熙卷三十一册亦陆续问世，但距整体完成尚有很大努力空间。为鼓舞士气，便将信息转发《全清小说》校点者，旋即得积极反馈。中有同志评论道：

> 《全宋笔记》是国家社科基金重大项目，现在《全明笔记》《全清笔记》好像也都列入了重大项目，只有先生的《全清小说》是"野生"的吧？

此一疑窦，我已在《其起也以同声相引重，其成也以其书示人》中，引夏允彝"其起也以同声相引重，其成也以其书示人，而人莫之能非"

的话说：《全清小说》不是国家级的，也不是省部级的项目；它的成立，是"操之在下"的，是"以同声相引重"的，是"以其书示人而人莫之能非"的，是靠自我成就取得话语权的①。姑不论"野生""家养"，我们自有充分的自信。故在微信中，我只回复了一句："学习他人长处，固守自己宗旨。"下面就展开来说一说。

所谓"他人长处"，首先是上海师范大学人文与传播学院古籍整理研究所。据悉，该所建立于1983年，研究方向为整理与研究唐宋古籍，先后完成《宋史》《续资治通鉴长编》《汉书补注》的点校，编著出版《宋代社会研究》《唐诗学引论》《〈宋史〉比事质疑》《范仲淹新传》《续资治通鉴长编考略》等。所长戴建国生于1953年12月，1982年1月云南大学历史系毕业，先后于上海师范大学、四川大学获硕士、博士学位，著有《宋代法制初探》《宋代刑法史研究》《唐宋变革时期的法律与社会》等。

该所于20世纪80年代后期，曾以二十种宋人笔记进行试点，以《宋人笔记集成》为名申请立项，获得全国高校古籍整理研究工作委员会的资助。在此基础上，1999年开始创议编纂《全宋笔记》，对现存五百种宋人笔记进行系统整理。全体同仁发扬团队精神，锲而不舍，第一编十册于2008年出版。2010年获得国家哲学社会科学规划办公室重大项目立项资助，2018年完成一百零二册二千二百六十六万字的《全宋笔记》。

《全宋笔记》的整理秉持两大原则：一是求全，二是求正，力求提供一种信实的版本。每册所收录的著作均进行点校说明，提供了作者小传、成书经过、内容评价、版本情况及源流、所用底本及校勘概况等。对先前学术界已有整理本的笔记文献，多有匡正，在充分吸纳前人时贤成果基础上，整理品质有所提高，都是值得我们学习的。

---

① 《南京师大文学院学报》2021年第4期

# 二

所谓"他人长处",更是本丛书的特约编辑陈新先生。陈新,江苏常熟人,1927年生。幼年因家贫只读过几年小学,上过三年私塾。1953年调人民文学出版社,先当校对,后任古典文学编辑、编审。先后编选、注释、点校古代诗文著作二十余种,如《水浒后传》《海上花列传》《唐三藏西游记释厄传》《西游记传》等,还负责新校注本《水浒》的审校和前言撰写。发表古代文学研究论文多篇,侧重作者和版本考订,且大多与所校注的作品有关。

1982年8月,我在"首都施耐庵文物史料问题座谈会"结识陈新,听取了他的发言,之后通过五六封信。1986年4月,陈新来南京出差,我前往拜访,谈小说史料丛书的设想等。还去南师大参加陈新召开的座谈会,就小说丛书计划发表了看法。会后陈新来访,再谈整理古代小说事。我建议以《全明小说》《全清小说》名目出版,并可与地方出版社协作,他表示赞成,赠我《欧阳修选集》一册。其时我正编纂《中国通俗小说总目提要》,陈新提出了宝贵意见,并留下上海书店之《晚清小说大全》目录以供参考。1989年11月,我去北京校看《总目提要》清样,住在人民文学出版社招待所,陈新主动帮助代看若干二校,找出不少错误。多年的交往,使我对他校勘古籍的功底十分服膺,深信经他严谨审订的图书,质量是可以完全放心的。

| 全宋筆記 第一編 一 |  |
| --- | --- |
| 特約編輯 | 陳新 |
| 責任編輯 | 郭一凡 |
| 整體設計 | 張勝 |
| 出版發行 | 大象出版社 |
|  | 鄭州市經七路25號(450002) |
| 製版 | 上海杰申電腦排版有限公司 |
| 印刷 | 河南第一新華印刷廠 |
| 版次 | 2003年10月第一版第一次印刷 |
| 開本 | 640×960 1/16 17.75印張 |
| 字數 | 157千字 |
| 印數 | 2000册 |
| 定價 | (精)31.70元 (平)26.70元 |

顷读陈新的《锦衣为有金针度》①，中有《宋人笔记点校质量亟须提高》一文，乃2001年受傅璇琮推荐，为《全宋笔记》审稿所作准备时的札记，受益多多。

文章回顾了20世纪30年代叶圣陶关于商务印书馆的规定：凡能指出他们新出版物中各类错误，每一处报酬大洋五角（约当今天人民币20元），虽然用了不少钱，但不仅提高出版物的质量，也有助于检查内部工作。50年代初人民文学出版社也有规定，新出版物责任编辑手头必须存一册样书，凡见到报刊上的批评文章或读者来信中的意见，要记录下来并转告作者。如重印须先通知作者，请他提交修改样本。有的书需要重排若干页，或勉强挖改，把原来的错失之处改正，以对读者负责。

为妥善审阅《全宋笔记》，他将中华书局《唐宋史料笔记丛刊》中几本宋人笔记初印本与重印本作了核对比较，发现除《湘山野录》有两处改正外，其他错误大都依然故我。其中的一条，竟错了五六处：

江南李后主煜性宽恕，威令不素著，神骨秀异，骈齿，一目有重瞳，笃信佛法。殆国势危削，自叹曰："天下无周公、仲尼，君道不可行，但著《杂说》百篇以见志。"十一月，猎于青龙山，一牝狙触网于谷，见主两泪，稽颡搏膺，屡指其腹。主大怪，戒虞人保以守之，是夕，果诞二子，因感之。还幸大理寺，

---

① 陈新：《锦衣为有金针度》，人民文学出版社，2023年，第82～89页。

亲录囚系多所，原贷一大辟妇，以孕在狱，产期满则伏诛，未
几亦诞二子。煜感牝徂之事，止流于远，吏议短之。

陈新指出：所谓"自叹曰"，当至"君道不可行"为止，"但著《杂
说》百篇以见志"，是作者的叙述语，"行"字下宜绝句，并加引号，
"志"字下引号当删。"雨泪"，即泪如雨下，是唐宋人的常语，不是"两
泪"。"亲录囚系多所，原贷一大辟妇，以孕在狱"，当断作"亲录囚系，
多所原贷，一大辟妇以孕在狱"。"煜感牝徂之事"，"徂"从上文可知是
"狙"字之误，则应为：

> 江南李后主煜性宽恕，威令不素著，神骨秀异，骈齿，一
> 目有重瞳，笃信佛法。殆国势危削，自叹曰："天下无周公、仲
> 尼，君道不可行。"但著《杂说》百篇以见志。十一月，猎于青
> 龙山，一牝狙触网于谷，见主雨泪，稽颡搏膺，屡指其腹。主
> 大怪，戒虞人保以守之，是夕，果诞二子，因感之。还幸大理
> 寺，亲录囚系，多所原贷，一大辟妇以孕在狱，产期满则伏诛，
> 未几亦诞二子。煜感牝狙之事，止流于远，吏议短之。

从陈新所举上例可以得知，校点成败的关键，在"字不能错，句不
能破"。

古籍校的是字，字是万万不能错的。"雨泪"错成"两泪"，"牝狙"
错成"牝徂"，乃录入粗心致误。有的则是底本因转辗抄刻所致，如《东
斋记事》"仰山神"条，辑自《类苑》卷六十九："命衙校持杯珓、执群
羊卜之。"杯珓是占卜的工具，书中"珓"误作"校"，成了"命衙校持
杯，校执群羊，卜之"，文义遂至一片混沌。"魏侍郎"条，出《类苑》
卷二十二："忽子城一角颓，执得一古砖。""颓垫"是倾坍的意思，应
作"忽子城一角颓垫，得一古砖"。因"垫"误为"执"字，就不知所云
了。近似的问题，见上海古籍出版社2012年版《历史笔记小说大观·虞

初新志》，第35页"自是杜门茹素，虽有窦霍相檄，佻健横侮"，"佻健"乃"佻傝"之误；第101页"髯有兄进香茅山，堕崖折胸死"，"折胸"乃"折脇"之误，皆此类也。

古籍点的是句，句是万万不能破的。陈新说：标点原是帮助读者阅读的，如今的标点习惯，不问内容，一遇"云""曰"等字，即随着加上冒号、引号，搞得不知所云。还有对联、诗词，都要注意格式，不能弄错。如《唐宋史料笔记丛刊》初刊《老学庵笔记》第67页"福州大支提山有吴越王紫袍寺，僧升椅子举其领犹拂地"，"寺"应属后，当断作"福州大支提山有吴越王紫袍，寺僧升椅子举其领犹拂地"，不存在所谓"紫袍寺"。又"大驾初驻跸临安"条，写故都四方士民商贾辐辏，又创立官府，扁榜一新，好事者取以为对曰：

东京石朝议女婿乐驻泊乐铺，西蜀费先生外甥寇保义卦肆。

初刊本竟断成"东京石朝议女婿，乐驻泊乐铺西蜀""费先生外甥，寇保义卦肆"。一对成两对，而皆不成对。陈新说：整理古籍加标点，目的是帮助读者顺利阅读，上述引读者入迷途的标点，说句唐突的话，恐怕不加比加还好。

同样的问题，亦见上海古籍出版社《虞初新志》第6页"众贼环而进，客从容挥椎，人马四面仆地下，杀三十许人"，将"地下"视为一词，乃是现代用语，应点作"众贼环而进，客从容挥椎，人马四面仆地，下杀三十许人"。第71页"黄公造次必于礼法，诸公心向之，而苦其拘也。思试之。妓顾氏，国色也，聪慧通书史，抚节按歌，见者莫不心醉"。其中"而苦其拘也。思试之。妓顾氏"，十一字中间隔了两句号，简直不知所云。实应断作"黄公造次必于礼法，诸公心向之，而苦其拘也，思试之妓。顾氏，国色也，聪慧通书史，抚节按歌，见者莫不心醉"。意思是黄公拘于礼法，大家要试他一试；拿什么来试呢？"试之妓"（以妓试之）。而顾氏，则是妓中的国色，是最好的试验品。

陈新说：古籍整理工作复杂艰巨，偶然出些错误，在所难免。值得深思的不仅是社会对出版物质量冷漠，出版社本身也似乎对各类错误习见不怪，视若等闲。从《全清小说》已出的几种看，我们也免不了出错，必须大大重视起来才好。

# 三

所谓"固守自己宗旨"，首先是坚持传统的"小说"概念，不赞成"笔记"名目的滥用。

中国小说研究，发轫于20世纪初。在鲁迅1909~1911年辑录《古小说钩沉》同时，王均卿（1865~1935）主持的《笔记小说大观》亦在运作之中。但《古小说钩沉》迟至1938年编入《鲁迅全集》，方始与读者见面；《笔记小说大观》1912年即由上海进步书局石印二十五册，1933年又由上海文明书局出版四十八函五百册，在市场上赢得了先机。

《古小说钩沉》辑录《青史子》《语林》《小说》《列异传》《古异传》《甄异传》《述异记》《灵鬼志》《神怪录》《神录》《齐谐记》《幽明录》《鬼神列传》《志怪记》《汉武故事》《异闻记》《玄中记》《杂鬼神志怪》《祥异记》《冥祥记》《旌异记》等古佚小说三十六种，零章片简，佶屈聱牙，难以卒读；而《笔记小说大观》收录晋至清代作品二百余种，书前加有内容提要，其广告词宣称："事实之博赡，词采之浓郁，广见闻，引兴味，读之如获一良师，交一益友，大足为文学之助。"①宣传力度，不能相侔。上海文明书局《笔记小说大观》藏版，还仿照百衲本"二十四史"的书柜，原装楠木箱二箱，另带底座，更提高了此书的商品档次，令人刮目相看。

于是乎，在20世纪头40年读者的意念中，铭刻的不是"古小说"，而是"笔记小说"；于是乎，"笔记"就是"小说"、就是用文言写成的小

---

① 转引自庄逸云：《收官：中国文言小说的最后五十年》，商务印书馆，2019年，第168页。

说，遂成了先验的、不证自明的常识。到了1983年，江苏广陵古籍刻印社将《笔记小说大观》重新校补，且按年代排列，精装三十五册十六开本出版，这种印象又一次强化了。

当然，这种将"笔记"视作文类或文体的意念，一开始就有学者表示反对。如姚赓夔说："'笔记小说'四字，最不可解。笔记自笔记，小说自小说，岂可相混？笔记而名之以小说，是何异画蛇而添足乎？"[1] 漱石生说："笔记有笔记体裁，小说有小说绳墨，二者绝不相混也。"[2] 要之，"笔记"与"小说"原是两个毫不关涉的概念，将二者牵混一起，不是古已有之，而是20世纪20年代之后才赋予的。除了《笔记小说大观》的影响，更得力于刘叶秋《历代笔记概述》的吹扬。

刘叶秋（1917~1988），1958年任商务印书馆编审。《历代笔记概述》1970年由北京出版社初版；1974年列入"中华史学丛书"，由中华书局

---

① 姚赓夔：《小说杂谈》，《星期》1922年第29期。转引自黄霖《小说、笔记与笔记小说——〈民国笔记小说萃编〉序》，《名作欣赏》2022年第25期。

② 漱石生：《余之古今小说观》，《新月》1925年11月1日。转引自黄霖《小说、笔记与笔记小说——〈民国笔记小说萃编〉序》，《名作欣赏》2022年第25期。

出版；2003年又列入"大家小书"系列，由北京出版社再版，公认为关于笔记的权威著作。此书第一章《绪论》第一节"笔记的含义和类型"，劈头第一段便是：

> "笔记"二字，本指执笔记叙而言。如《南齐书·丘巨源传》所说"笔记贱伎，非杀活所待"的"笔记"，即系此意。由于南北朝时崇尚骈俪之文，一般人称注重辞藻、讲求声韵、对偶的文章为"文"，称信笔记录的散行文字为"笔"。梁刘勰《文心雕龙·总术》云："今之常言，有文有笔，以为无韵者笔也，有韵者文也。"所以后人就总称魏晋南北朝以来"残丛小语"式的故事集为"笔记小说"，而把其他一切用散文所写零星琐碎的随笔、杂录统名之为"笔记"①。

作为学术著作，第一节的首务，当是界定作为文体或文类的"笔记"的内涵与外延。细味刘叶秋这段话，讲了三层意思：

1.举《南齐书·丘巨源传》"笔记贱伎，非杀活所待"为例，交代"'笔记'二字，本指执笔记叙而言"。话虽不错，但与论证作为文体的"笔记"的主旨无关，充其量只是一种铺垫。

2.引《文心雕龙》的话，点明"文"与"笔"的区别。但"信笔记录的散行文字"的"笔"，是不是即为文体的"笔记"？含含混混，不得要领。

3.结论："后人总称魏晋南北朝以来'残丛小语'式的故事集为'笔记小说'，而把其他一切用散文所写零星琐碎的随笔、杂录统名之为'笔记'。"却并未交代是哪位"后人"、在什么论著中讲过这些话，他们的结论能否成立，等等。

——这种完全不合学术规范的、跳跃式的"三段论"，作为"大家"的刘叶秋，竟信笔书之，浑然不觉，是什么原因呢？

---

① 刘叶秋：《历代笔记概述》，北京出版社，2003年，第1页。

盖刘叶秋出生于1917年，青少年正逢《笔记小说大观》大行其道。在他的潜意识里，"笔记就是小说"，是天经地义的，不需要证明的。而出生于50~70年代的学者，他们的入门书恰是《历代笔记概述》。在他们的标准答案里，"笔记就是小说"，也甘心从之而不违，所谓"中国古代文学史上，笔记与小说长期处于杂糅共生的状态，'笔记小说'一词由此产生并为研究者普遍接受"①，正是这种心绪的典型表述。

作为严肃的学术问题，需要花力气证明的是："执笔记叙"的"笔记"，究竟与"小说"有没有关系？这就需要回到"笔记"一词原始的本义上来。

"笔记"二字，构词重心应落在"记"字上。记，就是记住（记在心里，印在脑中），使之不忘。《书·益稷》："挞以记之。"孔传："答挞不是者，使记识其过。"人需要记识，为的是吸取教训（也包括经验），故长辈责罚后生，辄言"长长记性"是也。但人的记忆力是有限的，为使长久不忘、世代传承，就要用文字记录下来，正如颜师古《汉书·张敞传》注所说："记，书也。"所谓"好记性不如烂笔头"，即是此意。

自从笔发明以后，便成了最佳的记载工具。《礼·曲礼》："史载笔，士载言。"《注》："笔，谓书具之属。"《古今注》："古之笔，不论以竹以木，但能染墨成字，即谓之笔。秦吞六国，灭前代之书，故蒙恬得称于时。蒙恬造笔，即秦笔耳。以枯木为管，鹿毛为柱，羊毛为被，所谓苍毫也。彤管赤漆耳，史官记事用之。""笔"字的词性，随后从书具之属的名词，转化为动词，《释名》："笔，述也。述事而书之也。"

"笔记""笔记"，原本说的"用笔来记"，后来便从一种行为，变成一种行当，一种职业。史籍上最先出现的"笔记"一词，皆推《南齐书·丘巨源传》。按丘巨源（？~484），少举丹阳郡孝廉，为宋孝武所知。

---

① 陶敏、刘再华：《"笔记小说"与笔记研究》，《文学遗产》2003年第2期。

大明五年（461），敕助徐爰撰国史。帝崩，江夏王义恭取为掌书记。明帝即位，使参诏诰，引在左右。元徽初，桂阳王休范有问鼎之志，"以巨源有笔墨，遣船迎之"，未赴。及桂阳王谋反，丘巨源于中书省撰写征讨檄文。事平，望有封赏，既而不获，乃与尚书令袁粲书，发其牢骚云："笔记贱伎，非杀活所待。"意思是：笔记这种"贱伎"，不是生死之际所倚重的，"固非胥祝之伦伍、巫匠之流匹"；所议与司马迁"文史星历，近乎卜祝之间，固主上所戏弄，倡优畜之，流俗之所轻也"，如出一辙。丘巨源"撰国史""掌书记""参诏诰""有笔墨""写檄文"，皆不脱"笔记贱伎"的范围。以"同情之理解"衡之，丘巨源拒绝了桂阳王之笼络，又以撰写征讨檄文而立功，却不获封赏；而骆宾王代李敬业草《讨武曌檄》，尽管举义失败，骆宾王"亡命不知所之"，檄文却传颂千古，实在太不公平。但丘巨源、骆宾王所草檄文，在文体上既非笔记，亦非小说，却是再明白不过的事。

王僧孺（465～522）《太常敬子任府君传》（《艺文类聚》卷四十九）云："笔记尤尽典实。"是另一份最先出现的"笔记"一词的史料。按"太常敬子任府君"，即任昉（460～508），字彦昇，永明初为丹阳主簿，历黄门侍郎、吏部郎中，除御史中丞，转秘书监，出为义兴太守，卒赠太常，谥号敬子。王僧孺极钦佩任昉，赞为："天才卓尔，动称绝妙，辞赋极其清深，笔记尤尽典实。"相形之下，"少孺（枚乘）速而未工，长卿（司马相如）工而未速，孟坚（班固）辞不逮理，平子（张衡）意不及文，孔璋（王粲）伤於健，仲宣（陈琳）病於弱"，皆难望其项背。王僧孺将"辞赋""笔记"对举，盖寓文笔之别。任昉擅长表、奏、书、启，"起草即成，不加点窜"，而同期的沈约以诗著称，锺嵘《诗品》卷中云："彦昇少年，为诗不工，故世称'沈诗任笔'，昉深恨之。"可见此处所谓"笔记"，即指任昉所擅长的表、奏、书、启，在文体上既非笔记，亦非小说，也是再明白不过的事。

随着由单音节变化为双音节，后世之人便将"记"说成"笔记"，如鲁迅《故事新编·出关》："过不多久，就有四个代表进来见老子，大意是说他的话讲得太快了，加上国语不大纯粹，所以谁也不能笔记。"讲的仍然不是什么文体文类。

《庄子·天地》云："记曰：'通于一而万事毕，无心得而鬼神服。'"陆德明释文："记曰，书名也。云老子所作。""记"便成了一种文体。如明吴讷《文章辩体序题记》："《金石例》云：'记者，记事之文也。'西山曰：'记以善叙事为主。'《禹贡》《顾命》，乃记之祖；后人作记，未免杂以议论。"从这个意义上说，一切用笔来写成的典籍、著作，也可以称作"记"。有人说："笔记一体源远流长。广义说记载孔子言行的语录体的《论语》，也可以称为笔记。"①即此意也。但必须注意："记"并不等于"笔记"；否则，《礼记》《史记》《东观汉记》《桃花源记》都是"笔记"；中国文学史，索性就叫中国笔记史好了，没有必须再区分诗史、

---

① 陶敏、刘再华：《"笔记小说"与笔记研究》，《文学遗产》2003年第2期。

文史、词史、赋史了。显然，这是行不通的。

可以肯定的一点是：在唐之前，绝没有以"笔记"命名的书籍，更没有"笔记"是"以随笔记录为主的著作体裁"的观念。

至于《全宋笔记》所收四百七十七种著述，当然不会凭空而降。欲登堂入室，通晓宋代的藏书，《宋史·艺文志》是最权威的材料，其分经、史、子、集四类而条列之，大凡为书九千八百十九部，十一万九千九百七十二卷。其中与《全宋笔记》相关的，是"史部"别史类一百二十三部，二千二百十八卷；故事类一百九十八部，二千九十四卷；传记类四百一部，一千九百六十四卷；霸史类四十四部，四百九十八卷。"子部"杂家类一百六十八部，一千五百二十三卷（篇）；小说类三百五十九部，一千八百六十六卷。

兹据《宋史·艺文志》，将《全宋笔记》第一编相关的出处注明于后：

小说类：《北梦琐言》《广卓异记》《南部新书》《钓矶立谈》《湘山野录》《玉壶清话》《龙川略志》《龙川别志》《麈史》《青箱杂记》。

传记类：《三楚新录》《洛阳缙绅旧闻记》《王文正公笔录》《丁晋公谈录》《宋景文公笔记》《碧云騢》《文正王公遗事》《归田录》《春明退朝录》。

霸史类：《南唐近事》《江南馀载》《江表志》《江

南野史》《江南别录》《蜀梼杌》。

故事类：《五国故事》《近事会元》《东斋记事》《涑水记闻》。

杂家类：《晁氏客语》。

内中数量最多的，是小说类与传记类。《宋史·艺文志》已将大多数书籍的属性，注得清清楚楚，它们与所谓"笔记"，哪有一丝一毫的关系？

著作史上第一部以"笔记"命名者，人多举《宋景文公笔记》。此书晁公武（1105~1180）《郡斋读书志》著录为《景文笔录》，云："不知何人所编，每章冠以'公曰'；景文，乃祁谥也。"陈振孙（1179~1261）《直斋书录解题》始著录为《景文笔记》。可见"笔记"之名，实为宋祁死后他人所题。本书卷上"释俗"，卷中"考古"，卷下"杂说"，内容与小说并无牵连。

另一部以"笔记"笔名的，是苏轼的《仇池笔记》。此书最早载南宋曾慥（？~1155）《类说》，明万历赵开美录出刊刻。《四库全书总目》谓"疑好事者集其杂帖为之，未必出轼之手"，入杂家类杂说之属（《宋史·艺文志》不载此书，可为佐证）。其首篇《论文选》曰："舟中读《文选》，恨其编次无法，去取失当。"二篇《三殇》曰："李善注《文选》，本末详备，所谓五臣者，真俚儒荒陋者也。"亦与小说无涉。

乾隆乙酉（1765），王永祺为康熙间黄士埌《瀛山笔记》作序，中言：

> 笔记之名，昉自陆放翁《老学庵》，其余笔录笔谈，皆其类也。后人编入《说郛》《稗海》，踵而为者滋多，古今率推梦溪、放翁两家，为其异闻轶事，往往于此可考。而刬之以理，裁之以识，足当诗文著撰之外篇也。

"笔记之名，昉自陆放翁《老学庵》"，可谓千古确论。陆游

（1125～1210），晚年书室称老学庵。陈振孙称此书"所记见闻，殊有可观"，《宋史·艺文志》入传记类，《文献通考》入"小说家"。如卷一首二则云：

> 徽宗南幸至润，郡官迎驾于西津。及御舟抵岸，上御棕顶轿子，一宦者立轿旁呼曰："道君传语，众官不须远来！"卫士胪传以告，遂退。
>
> 徽宗南幸还京，服栗玉并桃冠、白玉簪、赭红羽衣，乘七宝辇，盖吴敏定仪注云。

《老学庵笔记》一书，乃第一部名"笔记"而实为小说的作品。从《老学庵笔记》开始，我们方可以说，名"笔记"的书中，有一些确是小说。即便如此，不能反转来将所有名"笔记"的书，都看成是小说，更不能将没有名"笔记"的书，武断为"笔记小说"。

子曰："名不正则言不顺，言不顺则事不成。""名"，是名分，是界定概念的内涵与外延。有关"笔记"的定义众说纷纭，尽可各执己见，成一家之言；但要将其集合为丛书，主其事者必须持一定之见，方能"师出有名"，否则就会"言不顺"、"事不成"。程毅中1991年发表《略谈笔记小说的含义及范围》，一针见血地出："以笔记与小说连称出于清末，于古于今都缺乏科学依据，在目录学上已经造成了一些混乱，今后似不宜再推广这个名称了。"①正确的选择，自应回到20世纪的发端，采

---

① 程毅中：《略谈笔记小说的含义及范围》，《古籍整理研究学刊》1991年第2期。

用鲁迅命名的"古小说"才是。

# 四

所谓"固守自己宗旨",是在具体操作中要坚持一定之规,防止因概念认知的含混带来的举措失当。

上海师范大学古籍研究所建立于1983年,是全国高校古籍整理研究工作委员会(古委会)直接联系的研究机构,程毅中的文章刊于古委会主办《古籍整理研究学刊》1991年第2期,《全宋笔记》主持者,似乎并未注意他的呼吁。在他们心目中,什么是"笔记"?主编之一的傅璇琮,在2003年5月写的《〈全宋笔记〉序》中是这样说的:

> 在中国传统目录分类中,从来就不将笔记作为一个独立门类来处理,而在具体论述中,又往往将笔记归属于小说,有时则统称为笔记小说①。

主编之一的戴建国,在2018年3月写的《〈全宋笔记〉编后记》则说:

> 中国古代目录分类中并没有笔记一说,目录学家通常把随笔而记的作品归入小说家、杂家或杂说类,没有统一的划分标准②。

两位主编都注意传统目录学,这是值得称道的。什么是目录?目是篇目,即一书的名称;录即叙录,即扼要介绍一书内容、作者生平、校

---

① 《全宋笔记》第一编第一册,大象出版社,2008年,第3页。
② 《全宋笔记》第十编第十二册,大象出版社,2018年,第309~310页。

勘经过等。目录学，被称为"纲纪群籍簿属甲乙之学"①。不论何种目录学著作，一是每目必包括书名、卷数、作者、刻版年代等要项；二是必按七略与四部两大系统予以分类。

号称《全宋笔记》，收宋人著述共四百七十七种，而以"笔记"名书者仅7种：

《宋景文公笔记》（第1卷第5册）

《仇池笔记》（第1卷第9册）

《芥隐笔记》（第5卷第2册）

《老学庵笔记》（第5卷第8册）

《芦浦笔记》（第7卷第2册）

《密斋笔记》（第7卷第8册）

《姑苏笔记》（第10卷第12册）

仅占全部著述的1.467%。《宋景文公笔记》《仇池笔记》实非作者自拟，再减去两种，实剩五种，则占全部著述的1.048%。试问，能以占的1%的"笔记"来"纲纪群籍簿属"，将其他四百七十二种都算做"笔记"，甚至断言"宋代是古代笔记的成熟期"吗？

至于在《全宋笔记》的运作中，如何处理刘叶秋所谓"'残丛小语'式的故事集为'笔记小说'"与"其他一切用散文所写零星琐碎的随笔、杂录统名之为'笔记'"的两分方案，两位主编的取舍是不一致的。

傅璇琮《〈全宋笔记〉序》提出："我们现在对古代文化与典籍文献的研究，则应从现代科学分类的概念出发，而不能受四部分类的限制。"这种"不能受四部分类的限制"、"摆脱传统的框架"的志气，是颇有胆识的。那么，他的具体措施是什么呢？傅璇琮举胡应麟《少室山房笔丛》将小说分为志怪、传奇、杂录、丛谈、辨订、箴规六类，以为"这后四

---

① 汪辟疆：《目录学研究》，文史哲出版社，1934年，第1~3页。

种所举的书名，实际上即是现代意义的笔记"，并举例说："首次以'笔记'命名的北宋宋祁《宋景文笔记》，其书分三卷，上卷称释俗，中卷称考订，下卷称杂说，全书大多为考订名物音训，评论古人言行，杂采文章史事。这些都应当说是符合我们现代意义的笔记内涵的。"既然如此，《全宋笔记》是否只收录"符合我们现代意义的笔记内涵"的作品，而将志怪、传奇这种"纯小说"摒除在外呢？傅璇琮没有说。

《全宋笔记》实际操盘手戴建国，在《编后记》字面上回避了"现代意义的笔记内涵"的提法，却交代了两点：一是"收录了一些带有纪实性内容的志怪小说"如《夷坚志》，理由是："虽以鬼神因果报应故事为多，然也不乏名物典章、社会风俗之真实记载。"二是收录了"宋人通史性的读书笔记"，但"专一的读书研究型作品，我们将其归属于专书性著作，没有收录"。这就是说，《全宋笔记》收录了相当数量的志怪、传奇，而另一方面又将相当数量的"符合我们现代意义的笔记内涵"的作品排除在外了。

两位主编的分歧，源于"笔记"概念原本就不曾限定作品的性质。即以五种以"笔记"命名的"笔记"（《宋景文公笔记》《仇池笔记》不赘）逐一析之，便可立见分晓：

1.《芥隐笔记》一卷，龚颐正（室名芥隐）撰。龚以学问文章知名当世，每有心得，随笔记录，因成是书，共一百三十五事。首条《八十一万岁》，云："李太白诗云……"

2.《芦浦笔记》十卷，刘

昌诗自叙言："凡先儒之训传，历代之故实，文字之说舛，地理之迁变，得进其源而循其流。"

3.《密斋笔记》五卷，《续记》一卷。原书久佚，杂论经史艺文。《四库全书总目提要》谓："其间援据史传，足以考镜得失。杂录前贤懿言媺行，亦多寓惩劝。"

4.《姑苏笔记》二卷，载陶宗仪《说郛》。扬雄《扬子法言·问神卷第五》谓："天地之为万物郭，五经之为众说郭。"《说郛》书名取此。《姑苏笔记》首条云："老泉论汉高帝云……"所汇即众说耳。


要之，五种之中有四种属"现代意义的笔记内涵"之列；唯《老学庵笔记》一种，写作者亲历亲见亲闻之事，可归到小说的范围。不论是以传统观念，还是以现代观念衡量，宋代题名"笔记"的书，尚且有六种不能算小说。要之，不理会程毅中"今后似不宜再推广这个名称"的意见，后果是何等严重。

《全宋笔记》的整理出版，从局部来讲也许不无可取，但却牵动着古籍整理的全局，问题就严重了。傅璇琮在序中指出：《全宋笔记》连同《全唐五代笔记》编纂整理，"是二十一世纪古籍整理研究的一个新界"。在"宏伟规划"的设计中，从横向看，《全宋笔记》与《全宋诗》《全宋词》《全宋文》并称宋代文献"四大全"；从纵向看，《全宋笔记》是国家社科基金重大项目，《全明笔记》《全清笔记》也都列入了重大项目，再加上《全汉笔记》《全魏晋笔记》《全隋唐笔记》，遂构成了《全古笔记》的一条龙。

傅璇琮的序还说："过去很长时期，与诗、文、词、小说、戏曲等相比，笔记的研究是相对薄弱的，现在我们应当把笔记的系统研究提到日程上来。"请注意，他是将"笔记"与"小说"作为平列的文体的。众所周知，"古诗""古文""古小说"，构成古典文学的主干。有人曾高度概括作为著述体式的笔记："笔记作为一种著作体式，其特点主要是杂

姑蘇筆記 二○　　　　　彭城　羅志仁　撰

老泉論漢高帝云帝常謂呂后曰周勃重厚少文然安劉氏必勃
也可令為太尉方是時劉氏既安矣勃又將誰安耶高帝之以太
尉屬勃也知有呂氏之禍矣雖然其不去呂后何也勢不可也東
坡論高帝或曰呂后強悍然其為變故欲立趙王此又不然
自高帝之時而言之計呂氏之年當死于惠帝之手呂氏強悍必
不忍奪其子以與姪惠帝既死而呂后始有邪謀此出于無聊而
高帝逆知之父子立論亦自不同如此
薛昂賦蔡京君臣慶會閣詩云達時可謂真千載拜賜應須更萬
回時人謂之薛萬回　賈秋壑柄國時浙漕朱涤深源每有獻子粟
〔說郛卷五十七〕　〔二十〕

事必稱么萬拜沒時人謂之朱萵拜深源晦翁曾係也惜哉
錢文僖公惟演生富貴家而文雅樂善出天性晚以使相留守西
京時通判謝絳掌書記尹洙留守推官歐陽修皆一時勝彥遊宴
吟詠未嘗不同洛下多水竹奇卉凡園囿勝處無不到有邪延卿
者居水南少與張文定呂文穆公游累舉不第以文行稱于鄉閭
張呂繼相更薦之得驤官延卿亦未嘗出仕幽亭蘚花足迹亦不
及城市至是年八十餘矣一日文傳率僚屬訪之去其居一里外
屏騎從步輿張蓋及門不告以名氏路下士族多遇客衆延卿不
常出見莫知其何人但欣然相接道服對談而已數公疏爽閒明
皆天下之選延卿笑曰陋居罕有過從舊日所接之人亦無如數
君者老夫甚愜題少留對花小酌于是以陶尊果蕨而進文傳愛
其野逸甚引滿不辭而吏報申牌府吏牙兵列庭中延卿徐曰公
等何官而從官之多也尹師魯指文傳語之曰留守相公也延卿

和散。上至天文，下至地理，举凡社会政治、经济、军事、文化、科学、奇谈怪论、琐事屑闻，都可以纳入笔记的范围，可谓包罗万象。笔记的各部分、各篇章往往具有高度的独立性，它们之间可以有某种外在或内在的联系，但这种联系往往是极为松散的，也并非是绝对必需的。"①请大家评品一下：这里说的难道不正是小说吗？

戴建国甚至说："我们之所以用'笔记'没用'小说'来命名我们整理的总集，用意在于避免与明代以后通俗小说的概念相混淆。我们也没取'笔记小说'为名，那样做，容易把笔记当成限制性定语来修饰小说，仍给人以小说为主的感觉，而不能真实反映宋代笔记文体的面貌。"宣示要以笔记取代小说，勾销小说的历史存在。有鉴于此，所谓"固守自己宗旨"，就是坚持传统的"小说"观，决不能让目录不存在的"笔记"

---

① 陶敏、刘再华：《"笔记小说"与笔记研究》,《文学遗产》2003年第2期。

鳩占鹊巢。针对"小说"界定的歧义，1998年10月在南京、1999年4月在长春，先后开了两次文言小说研讨会。在侯忠义先生主持下，着重讨论的正是"小说"的界定。与会专家最终达成以"叙事性"作为区分小说与非小说的共识：举凡具备一定情节与审美意趣的叙事作品，均视为小说。这是集体智慧的结晶，是中国小说研究的重大突破，而编纂《全清小说》的二十年，就是在执行这种新"标准"的学术实践。

编纂《全清小说》具体做法，是对以往列为"子部"小说家的作品进行鉴定，凡非叙事性的"丛谈""辨订""箴规"，不予收入；而列为"史部"的"偏记""小录""逸事""琐言""杂记""别传"，乃至部分"地理书""都邑簿"，只要具有叙事性，皆可视具体情况入选本书。

我们的工作既不能从概念出发，也不能从目录出发，而只能从作品的实际出发。《全清小说》要对现存作品进行查阅和鉴定，工作量之巨是不言而喻的。

# 五

所谓"固守自己宗旨"，还体现在具体技术的处理上。

```
北夢瑣言            卷二

校勘記
【一】子不異道者　「子」原無，據《太平廣記》卷四九補。
【二】拾是而諸子者　「諸」原無，據《太平廣記》卷四九補。
【三】其科選請同明經也　「請」原無，據《太平廣記》卷四九補。
【四】號醉吟先生病比大聖　四庫本作「自說閒氣布衣」。
【五】榜未及第　四庫本「榜」上有「大中」。
【六】如一目何　「目」原作「日」，據雲自在龕本改。下同。

卷二
皮日休獻書
咸通中，准
不過乎經，經為
而諸子者【二】，有
《孟子》為主，有
韓愈焉。
曰：「臣聞聖人
四也。」云云。又
者，唯韓愈為。
苟不得在二十
業文，隱鹿
揚，戲之曰：「
以人廢言也，與
```

[四]至乃與神遇　[遇]原作「過」，據雅雨堂本、四庫本改。

[五]神嫗然曰　[嫗]原作「憮」，據雅雨堂本、四庫本改。

[六]代付之自言事不驗　[代付之]自言事不驗神乃辭去。

[七]負一女子之債　[子]原作「大」，據雅雨堂本、四庫本改。

魏公。公以暇日、與二客私歠。方奕、有持狀報女巫與田布尚書偕至、泊逆旅某亭者。公以神之至也、甚異之。俄而復曰：「頤驗與他巫異、請改舍於都候之廨。」公翟然曰：「謝相公。」公曰：「何謝。」神曰：「布有不肖子、實貧無順、郡事不治、當犯大辟、賴相公陰德免焉。」公翟然曰：「異哉！某之為相也、未嘗以機密損益於家人。忽一日、夏州節度使奏銀州刺史田緘犯贓罪、私造鎧甲、以易市場馬布帛。帝赫然怒曰：「贓罪自別議、且委以邊州、所宜防盜。以甲資敵、非反而何？」命中書以法論、將盡赤其族。翌日、從容謂上曰：「藏贓罪、自有憲章。然是弘正之孫、田布之子、弘正首以河朔請朝覲、奉吏員、布亦繼父之欵。布會征淮口。繼以忠孝、伏劍而死。今若行法論即以固邊圉、未若因事弘貸激勵忠烈。」上意乃解。止黜授郡司馬。而某一出口於親戚私昵、已將忘之。今神之言、正是其事。」乃命廊下表而見焉。公謂之曰：「君以義烈而死、奈何區為愚婦人所使乎？」神憮然曰[五]：「某常負此嫗八十萬錢、今方忍恥而償之、乃宿債爾。」公與二客及監軍使下、共慣其未足。代付之曰、神乃辭去、言事不驗[六]。梁相國李公琪傳其事、且曰：「嗟乎、英特之士、負一女子之債[七]、死且如是、而況於負國之大債乎？崔君之祿而不報、盜君之柄而不忠、豈其未得閒於斯論耶？而崔相國出入將相殆三十年也、宜哉！」

七四

《全宋笔记》的整理一是求全，二是求正，十分重视校勘，这原是不错。据说出版社别出心裁将校勘记安排在每页的天头。以为当读者打开《全宋笔记》，可以看到书页天头排列的校勘记。这样的排版格式，省去了读者来回翻看正文和校勘记的麻烦，非常便于读者阅读。因这一新颖的装帧设计，大象出版社还获得第一届中国出版政府奖装帧设计奖提名奖。但从实际版式看，效果并不理想。如《北梦琐言·皮日休献书》第23页，校勘记多达六条，密密麻麻，将天头全部挤满，给人以压抑之感。编者明明认真学习讨论知道，古籍留有天头，为的是给读者有针对性地书写评语札记，如今便无从下笔矣。校勘记第一条，其原文谓："圣人之道不过乎经，经之降者不过乎史，史之降者不过乎子。不异道者，孟子也。""经""史""子"层递而下，以人民文学出版社版《太平广记》"不异道者，孟子也"前补一"子"字，自可不必。

至于清代古体小说，距今非遥，多数未曾再版，甚至是孤本、稿本，版本情况远较宋代简单，故《全清小说》校勘原则是：对底本取尊重态度，不妄改一字一词。底本文字虽不尽善、但仍能大致贯通者，亦不随意改动。通假字、古今字、异体字，径改即可，不出校勘记。还有一些是辑采古籍而成书，不仅有文字的异同、简繁的变化，更有人名、地名、事实的改易，个中原因比较复杂，有些可能是纂辑者有意为之，除非特殊情况，不必据原书一一样勘，更不必回改。

据戴建国说。关于分段，据底本而定，凡底本不分段的，原则上不再分段。段落文字过长者，据内容酌情分段。其实，古籍版式几乎全是不分段的，惟非所据底本，是现代人的排印本。所以《全宋笔记》正文的排版，不论短长，很多全不分段。如《北梦琐言·田布尚书传》第74页整整一页，看去黑黑的一片。而《全清小说》则要求对篇幅较长的作品，应适当分段，但不宜分得过细，大体每页有二三段即可。

戴建国已经注意到，笔记乃随笔记事而非刻意著作之文，笔记叙事虽或有所侧重，然其内部并无严密体系，各条记事互不相关，表现了其信笔札录，叙事纷杂的特性。但《全宋笔记》的各书，却是将记事互不相关各条（则）紧贴排印的。如第一编七册《涑水记闻》第7页：

> 混一海内，福祚延长，内外无患，由太祖以仁义得之故也。
> 天平军节度使、同平章事、侍卫马步军副都指挥使韩通为京城巡检，刚愎无谋，时人谓之"韩瞠眼"。其子少病伛，号"韩橐驼"，颇有智略，以太祖得人望，尝劝通为不利，通不以为意。及太祖勒兵入城，通方在内阁，闻变，遑遽奔归。军士王彦升遇之于路，跃马逐之，及于其第，第门不及掩，遂杀之，并其妻子。太祖以彦升专杀，甚怒，欲斩之，以受命之初，故不忍，然终身废之不用。太祖即位，赠通中书令，以礼葬之。自韩氏之外，不戮一人而得天下。
> 周恭帝之世，有右拾遗、直史馆郑起上宰相范质书，言太祖得众心，不宜使典禁兵，质不听。及太祖入城，诸将奉登明

德门，太祖命将士皆释甲还营，太祖亦归公署，释黄袍。俄而，将士拥质及宰相王溥、魏仁浦等皆至，太祖呜咽流涕曰："吾受世宗厚恩，今为六军所逼，一旦至此，惭负天地，将若之何？"质等未及对，军校罗彦瓌按剑厉声曰："我辈无主，今日必得天子！"太祖叱之，不退。质颇诮让太祖，且不肯拜，王溥先拜，质不能已，从之，且称"万岁"，请诣崇元殿，召百官就列。周帝内出制书，禅位，太祖就龙墀北面再拜命。宰相扶太祖登殿，易服于东序，还即位，群臣朝贺。及太宗即位，先命溥致仕，盖薄其为人也。又尝称质之贤，曰："惜也，但欠世宗一死耳。"

太祖将受禅，未有禅文，翰林学士承旨陶穀在旁，出诸怀中而进之，曰："已成矣。"

---

全宋事記 第一編 七

混一海内，福祚延長，内外無患，由太祖以仁義得之故也。"

天平軍節度使、同平章事、侍衛馬步軍副都指揮使韓通為京城巡檢，剛復無謀。時人謂之"韓瞠眼"。其子少痫偃，號"韓橐駝"，頗有智略，以太祖得人望，嘗勸通為不利。通不以為意。及太祖勒兵入城，通方在内閤，聞變，遽奔驟。軍士王彦昇遇之於路[二]，躍馬逐之，及於其第，第門不及掩，遂殺之，并其妻子。太祖以彦昇專殺，甚怒，欲斬之，以受命之初，不忍，然終身廢之不用。太祖即位，贈通中書令，以禮葬之。自韓氏之外，不戮一人而得天下。

周恭帝之世，有右拾遺、直史館鄭起上宰相范質書，言太祖得衆心，不宜使典禁兵，諸將奉登明德門，俄而，將士擁質及宰相王溥、魏仁浦等皆至，太祖嗚咽流涕曰："吾受世宗厚[三]恩，今為六軍所逼，一旦至此，慚負天地，將若之何？"質等未及對，軍校羅彥瓌按劍厲聲賀不跪。質頗誚讓太祖，且稱"萬歲"，請詣崇元殿，召百官就列。周帝内出制書，禪位，太祖就龍墀北面再拜命。宰相扶太祖登殿，易服於東序，還即位，群臣朝賀。及太宗即位[四]，先命溥致仕，蓋薄其為人也。

太祖將受禪，未有禪文，翰林學士承旨陶穀在旁，出諸懷中而進之，曰："已成矣。"

[二] 軍士王彦昇 "士"字原脱，据奉藏本、學言本補。

[三] 吾受世宗厚 "祖"原作"宗"，据本紀。

[四] 及太宗即位 "及"字原脱，据奉藏本、學言補。

所叙事件虽有关涉，但不相连属，应分为4则，紧密排版，易致混淆。《全清小说》则明确规定：作品中的各则中空一行，使读者有疏朗清畅、赏心悦目之感。专引的诗词、骈文、奏疏等，亦中空一行、低二格，以他字体标出。

总之，只要学习他人长处，固守自己宗旨，就一定能迎来《全清小说》最后成功。

2023 年 11 月 9 日于无锡

※　　※　　※

## 李待问的书法与气节

王应奎《柳南续笔》卷三《李存我书》，对比李待问（字存我）与董其昌的书法：一、凡里中寺院有宗伯题额者，李辄另书，以列其旁，欲以示己之胜董；二、董其昌以李待问之书若留于后世，必致掩己之名，乃阴使人以重价收买，得即焚之。既显示李待问书法之佳，还借董其昌之口："书果佳，但有杀气，恐不得其死耳！"隐晦地写顺治二年清兵下江南，李待问与沈犹龙、陈子龙、夏允彝、徐孚远等起义抗清，兵败不屈，慷慨就义之事。评道："后李果以起义阵亡，宗伯洵具眼矣。"表面上说宗伯（董其昌）的"具眼"，实际上彰扬李待问的气节。（斯欣）

# 论嘉道咸同光宣六朝笔记小说之变迁

宋世瑞

本文是《论顺康乾嘉四朝笔记小说之变迁》(《全清小说论丛》第一辑)的续篇。前文以康熙四十年与乾隆三十年为节点,分清代前中期笔记小说为"顺治元年至康熙四十年""康熙四十一年至乾隆三十年""乾隆三十一年至乾隆六十年"三个时段,今天看来,第三个时段当以纪昀去世为时间节点(嘉庆十年),即"乾隆三十一年至嘉庆十年"。又因延续道光、咸丰、同治三朝的洪杨之役造成作为文化中心的江南地区受到重创①以及近代工商业城市如上海、天津、武汉的崛起,故本文把同治三年作为一个时间节点,因此清代嘉道咸同光宣六朝的笔记小说变迁,又可以分为"嘉庆十年至同治三年""同治四年至宣统三年"两个时段。总体而言,清代笔记小说在遵循传统写法、题材、思想、语体等方面的基础上,又出现了一些新变。时间越退后,作品数量、新的现象就越多。因晚清与民国特别是民国初年的文学发展存在延续性,所以本文也把民国时期的部分作品列入研究范围。据笔者所叙录的见存作品②,从

---

① 清人述此次浩劫对文献传播的影响时云:"今大江南北,干戈遍地,名流著作,什不获一,即吉光片羽,亦无复有宝贵之者。"(朱焘:《北窗呓语》,《丛书集成续编》216,新文丰出版公司,第196页)同治元年杨锡梅《坐花志果序》中亦云:"迩年吴门迭遭兵燹,坊刻焚如。"(汪道鼎:《坐花志果》,《晚清四部丛刊》第三编第85册,文听阁图书有限公司,2011年,第1~2页)

② 本文所统计的数据,实据《清代笔记小说叙录》(待出版)一书。该书对一千四百六十种(其中清代一千四百一十种,民国五十种。除亡佚五百二十二种外,实存九百三十八种)左右笔记小说及其相关作品做了提要;另有二百余种(绝大部分为晚清作品)作品待叙录,故知晚清(道光至宣统年间)笔记小说作品,大约有八百种(包括已亡佚者)。

数量上看，嘉庆有一百三十三种（见存一百零一种，亡佚三十二种），道光有一百三十一种（八十种，亡佚五十一种），咸丰有四十七种（见存二十九种，亡佚十八种），同治有八十四种（见存四十八种，亡佚三十六种），光绪有二百三十九种（见存一百六十二种，亡佚七十七种），宣统有三十六种，民国部分作品有五十二种。

# 一 嘉庆十一年至同治三年：野史笔记写作的抬头与酝酿新变期

本期笔记小说的写作，一方面延乾隆时期之余波而又有新变，杂家笔记类、地理杂记类、故事琐语类作品的写作兴盛之外，世运之降与话语管控的松弛，使野史笔记类的写作开始抬头，而地理杂记类作品中域外文明的介绍，显示出西方文化将要大规模入华的迹象。另一方面随着所谓"康乾盛世"的远去，清朝社会进入多事之秋，清政府内外交困，特别是延续道、咸、同三朝的太平天国运动以及随之而来的大规模战乱、人口锐减，使作为经济、文化中心的江南地区受到了极大破坏，咸丰年间的笔记小说写作掉入低谷，导致本期的笔记小说写作在数量上有"前重后轻"之异。同治四年后的笔记小说，可谓是在本期提供的诸多有利或不利条件的基础上成长起来的。

在杂家笔记领域，清人在本期创获颇丰，有《人海丛谈》《樗园销夏录》《此君轩漫笔》《芝庵杂记》《瀛洲笔谈》《途说》《邝斋杂记》《鹅湖客话》《浪迹丛谈》《归田琐记》《窦存》《铁槎山房见闻录》《醒世一斑录》《寒秀草堂笔记》《舟车随笔》《竹叶亭杂记》《蔗余偶笔》《闲处光阴》《迻言》《常谈丛录》《冷庐杂识》《止止楼随笔》《雨韭盦笔记》《斯未信斋杂录》《酒阑灯炧谈》《渔舟记谈》《章安杂说》《马首农言》《北窗呓语》等作品，其中梁氏父子、钱泳、张调元、姚元之、郑光祖、陆以湉、蒋超伯、方浚颐于此用力较勤（梁章钜有《浪迹丛谈》《归田琐记》，梁绍壬有《两般秋雨庵随笔》，钱泳有《履园丛话》，姚元之有《竹叶亭杂记》，张调元有《京澳纂闻》《佩渠随笔》，陆以湉有《冷庐杂识》，蒋超伯有《䴏濵荟录》《榕堂续录》《南漘楛语》，方浚颐有《梦园琐记》《梦园丛说》），皆为叙事兼议论、载记与考证并存之书，如钱泳《履园丛话》列有二十四目，即《旧闻》《阅古》《考索》《水学》《景贤》《耆旧》《臆论》《谈诗》《碑帖》《收藏》《书学》《画学》《艺能》《科第》《祥异》《鬼神》《精怪》《报应》《古迹》《陵墓》《园林》《笑柄》《梦幻》《杂记》，体大思精，道光十八年钱泳《履园丛话自序》云此杂家笔记作品："昔人以笔札为文章之唾余，余谓小说家亦文章之唾余也。上可以纪朝廷之故实，下可以采草野之新闻，即以备遗忘又以资谈柄耳。"①可谓本期杂家笔记类作品之代表作。除上述名作外，其他作品也有可喜之处，如杨树本《见闻记略》四卷，卷一《纪盛》，所述为顺治元年至嘉庆五年间列朝恩赐先圣大臣庶民等史，其中尤以乾隆间事为详，如乾隆四十二年蠲免天下钱粮、乾隆五十八年英吉利入贡贡品、乾隆六十年恩科会试及千叟宴等，其中多录诏书及臣子奏疏，如顺治帝入北京后诏书、乾隆帝禅位诏书等。卷二为《课余杂记》，为杂说考据与诗文辑录之类，如"杜甫《题壁画马歌》之麒麟"辨、"豆腐"考、"风闻"二字考、"铁树"考、"观音粉可疗饥"辨以及县试阅卷、续梦中诗、录鬼诗等。卷三为《记游历》，所述为宦游经历，如赠同僚王维之、吴驾潢诗，满洲子弟尊师礼、翻译之学、馆阁书体、科场故事、正阳门关帝签、宁州甘薯、分宁双井茶、江西仙人掌、建昌险滩、辰沅晒经台、云南气候、省城牛车、官场宴会、粤西鹧鸪等，地域以浙东、江西、湖广为主。卷四为《记风气》，所述为社会风气变迁，如士人用扇、古今名字之称、江西风气由俭入奢、妇人装饰、水烟、苏人嗜河豚粤东好霞片（鸦片）、丝履价格、茶船、眼镜、印章等数十年间之变化。多有辑自他书以论说者，如《阅微草堂笔记》《七修类稿》《古今图书集成》《答宾戏》《纲鉴汇纂》《随园随笔》《示儿编》《吾妻镜》《香祖笔记》《渔洋年谱》《茶余客话》《坚

---

① 钱泳：《履园丛话》，中华书局，1979年，第1页。

瓠集》等。此书所述为目击耳闻之事，近于实录，内容主要为史事、轶闻、诗文、考证、博物、地理、风土等，用笔古雅。又如郑光祖有《醒世一斑录》五卷、《附编》三卷、《杂述》八卷，其中《醒世一斑录》五卷（卷一《天地》，卷二《人事》，卷三《物理》，卷四《方外》，卷五《鬼神（附后言）》），《附编》（《权量》《勾股》《医方》），《一斑录杂述》八卷五百六十六则，内容有轶事、异闻、琐语、地理、名胜、物产、水运、盐政、论辩等，以叙事体小说为主，其中多常熟故实，如《老鬼丛话》载民间鬼事百则，一句为一则。叙述中每则大多有题目，如《顾氏妖兴》《焦山》《海运》《漕粮》《银厂》《义利辨》《巫山峡》《诗人知遇》《长夏闲谈》《埋儿比非孝道》《雨异》《剪发辫》《儿童变怪》《铁券文》《外国表文》《鬼神定格》《永乐北征》《诗言不可误解》《游仙诗》《老鬼丛话》《徽地风俗》《四书改错》《红楼梦原稿》《读书疑信》《议论多而无成》《优伶激劝》《知足守身》等。承康熙年间"渔洋说部"之风的"诗话体杂小说"作品，创作仍然兴盛，如宋咸熙《耐冷谭》、王道征《兰修庵消寒录》、于源《灯窗琐话》、倪鸿《桐阴清话》、何大佐《榄屑》等，皆有史事、诗话、志怪共同叙述的特点，惜诗多话少如后来之《粟香随笔》《竹隐庐随笔》，其论诗之语高论无多。

在地理杂记领域，本期有《近游杂缀》《韩江闻见录》《岭南随笔》《古州杂记》《清嘉录》《汉口丛谈》《轮台杂记》《红山碎叶》《都门纪略》《康𪐝纪行》《琉球实录》《黔语》《泰西稗闻》《杭俗遗风》《越台杂记》等作品，呈现出沿海与边疆、域外与中夏并兴的局面。具体而言，在沿海地记方面，如郑昌时《韩江闻见录》十卷，所述以潮汕为主，卷一胜迹，多名人留题，如《丞相祠》《韩庙苏碑》《读书洞》《阳山老人》；卷二药方神术，如《三灵方》《三神术》《神语定解》《测字定解》；卷三人瑞神童，如《百二十岁贤母》《百岁夫人》《八岁神童》《弱冠县令》；卷四忠孝鬼神，如《子守训》《女搏虎》《孝子树》《劝友还符》《刀下逃魂》；卷五仙释事迹，如《阴那神僧》《金山道士》《指头点金》《利济诸善事》；卷六广东及外洋山海名胜，如《铜鼓嶂》《凤凰山》《两浮山》

《暹罗陆归》《朝鲜梦归》《海防》《海潮》；卷七文士雅事及胜迹传说，如《韶石》《石母》《铜柱》《五羊石头》《午夜灯》《深夜读书》；卷八物异土产，如《龙虎之异》《龙马》《天硫黄》《宝鸭石》《云母粉》《桐包花子》；卷九诗歌文献辑录，如《韩山书院》《驱鳄行》《鹦鹉碑歌》《潮州二十四咏》《百怀人七绝》；卷十潮州文献，包括《易》学、韵学、诗学、文字学，如《韩江〈易〉学》《韵学通转叶说》《诗病说》《六书说》等。叙述详尽，描写生动，与颜嵩年《越台杂记》、马光启《岭南随笔》同为岭南笔记中之杰出者。

描述边疆地理风土之作，则有史善长《轮台杂记》二卷，黄浚《红山碎叶》一卷、吴振棫《黔语》二卷等，皆为西北、西南地理风俗考察之作，其中谭莹《轮台杂记序》云此书"备载山川险要、军国懿章、缘道亭邮，各城廨署，谷粟驴骡之利，禽鱼草木之生，宾旅往还回民习俗，证以残编落简，询之退卒老兵，话今古之兴亡，论华戎之战守，雪钞露纂，殚见洽闻，洵可与洪稚存之《塞外纪闻》《天山客话》《伊犁日记》，祁鹤皋之《西域释地》《西陲要略》，徐星伯之《伊犁事略》《西域水道记》等书并传。剖别异同，参互考订，亦不朽之盛业，殆无负于此行已。德孚退迩，定逾《松漠纪闻》；俗判贞淫，或媲《溪蛮丛笑》。传编游侠，争为北道主人；颂织太平，特异《西州程记》。"[1]文笔雅洁，其述新疆物产丰饶、民风淳朴及各族风貌等极有意趣，流人之笔，足与杨宾《柳边纪略》、洪亮吉《天山客话》相鼎足。新疆虽有大美，身为流人，叙述中终不乏乡关之思云："小除夜祀灶后，仆役聚饮厢房，予拥被倚壁坐，闻四邻爆竹声，拇战声，妇女儿童欢笑声，回顾一灯荧荧，愁肠凄绝，呼酒尽一觞，气顿雍喘彻邻壁，仆惊无措，食顷始平。"[2]其所录天山倡和诗，亦典雅可喜。黄浚《红山碎叶》一卷，载己亥（道光十九年）三月出关后所闻见者，地理如辟展、满城、水磨沟、智珠山、红山、博克达

---

① 史善长：《轮台杂记》，国家图书馆藏光绪刻本（"中华古籍资源库"），第2页。

② 史善长：《轮台杂记（下）》，国家图书馆藏光绪刻本（"中华古籍资源库"），第9页。

山，风物如清真教、莲花白、六月菊、金棒瓜、伊拉里克玉、旗俗、土语，题咏如《塞外十二景》，叙述清致，如"市菊盈把，其中一朵粉红色，娇艳绝伦，因忆雩都味根圃中，亦曾茁此一种，追往怅然"，虽为地理杂记之书，而有日记之体，黄浚自序云："新疆辟自纯皇帝，数十年间，生聚渐繁，蒸蒸然有中华气象，士大夫之干役其地者，类能纪其山川风俗，如《西域闻见录》《三州辑略》《新疆志略》诸书，盖以橐笔从戎，而不能旁搜远揽，集异编奇，非所以为豪也。余虽荷戟轮台，而趋走军门，未能出红山一步，其所听睹，不越兹区，故即以为书目，且古人著书，往往称林，余存光尺幅，不能志其远者大者，则其叶也，非林也，又古人有聚叶为薪、积叶成屋者，余既不能聚，又不能积，偶见偶闻，随时掇拾，则谓之碎叶而已矣。"①

随着近代工商业城市的崛起以及商贸活动的展开，本期出现了一批描写新兴商贸中心及贸易指南之类的地记之书，如范锴辑《汉口丛谈》六卷，卷一述武汉三镇水系（河流湖泊），引先秦至清代正史山经地志中有关汉口水利湖山之文而考辨之。卷二述镇坊市街，列图表以记街道房舍庙宇，叙述中多引他书中有关掌故及其变迁，复载晚清武汉风俗及竹枝词。卷三述人物，载汉口名士（包括流寓）如项大德、吴小韩、吴邦治、黄鹤鸣等及其诗文，并以按语增补史料、考证史实，可称风雅小传。卷四辑录轶事志怪，如北宋车盖亭诗案、正德年间流寇刘六攻汉阳城、张献忠破武昌、书天主教事等，辑录有魏晋封《竹中记》《因果录》等。卷五辑录前人汉口诗，作者如李白、刘长卿、姜夔、陆游、徐祯卿、查慎行、赵柳江、王兰泉、黄承吉、胡戟门、黄承煜等，可谓"武汉诗话"。卷六述汉口青楼曲巷如义和轩巷、青莲楼及艺伎小传如陈小翠、小金凤、吴嬢等士妓往还诗词。此书远溯明代陈士元《江汉丛谈》地理杂记之意，民国丙辰（1916）后，王葆心有感《汉口漫志》亡佚及《上海小史》之粗疏，仿《汉口丛谈》体例，续纂《续汉口丛谈》六卷、《再续

① 黄浚：《红山碎叶》，北京大学图书馆藏磁青纸刻本。

汉口丛谈》四卷，增补旧说及述道咸以来武汉历史人文地理变迁，叙述中考证较少，而议论叙事多有新意。又如杨静亭撰《都门纪略》二卷，分《风俗》《对联》《翰墨》《古迹》《技艺》《时尚》《服用》《食品》《市廛》《词场》十目，杨氏自序云："曩阅《日下旧闻》，胪列古今胜迹，以资人之采访者备矣，下及《都门竹枝词》《草珠一串》等书，虽列风绘俗，纤细无遗，第可供学士之吟哦，不足扩市廛之闻见。京畿为首善之区，幅员辽阔，问风俗之美，补王道无偏，睹阛阓之繁华，燕都第一。鉴于古者，图书翰墨之精，悦于耳者，丝竹管弦之盛。琳琅来瀛海之珍馐，错极上方之贵。惟外省仕商，暂时来都，往往寄寓旅邸，闷坐无聊，思欲瞻游化日，抒羁客之离怀，抑或购觅零星，备乡间之馈赠，乃巷路崎岖，人烟杂沓，所虑者不惟道途多舛，亦且坊肆牌匾，真赝易淆，少不经心，遂成鱼目之混。兹集所登事迹，分载则类，易于说览，统为客商所便，如市廛中之胜迹及茶馆酒肆店号，必注明地址与向背东西，具得其详，自不至迷于所往。阅是书者，按图以稽，一若人游市肆，凡仕商来自远方，不必频相顾问，然则谓是书之作，为远人而作也可。"[1]后世增补、仿作此书者甚多，如《都门杂记》《都门汇纂》《新增都门纪略》《朝市丛载》《沪游杂记》《津门杂记》等。

与钱文漪《琉球实录》尚处于域外寻奇之见外，一批有识之士已经意识到了西方殖民者对于中国边疆的野心，故姚莹有《康辀纪行》十六卷，上海进步书局提要云："（是书）为莹（道光二十四年）奉使乍雅及察木多抚谕番僧时作。乍雅之使事本末、刺麻之异教源流、外夷之山川形势风土、入藏之诸路道里远近，纤细靡遗，叙述典雅，彬彬乎有古风，即古今学术之变迁、一时感触之诗文亦间及之，是亦山经之别乘、舆记之外篇矣。存兹一编，于地理之学，未尝无补也。"[2]所述皆有考察之功，如《初至成都》《大渡河》《打箭炉》《颜制军西藏诗》《禹贡黑水有三》

---

① 杨静亭：《都门纪略》，《中国风土志丛刊》14，广陵书社，2003年，第9~11页。

② 姚莹：《康辀纪行》，《笔记小说大观》12，广陵书社，2007年，第9061页。

《泸水通大渡河》《巴塘风景》《西藏外部落》《详考外域风土非资博雅》《建文帝为呼图克图》《益州名画录》《佛经四洲日中夜半》《三魂七魄》《管子用心天德》《四库提要驳西人天学》《中外四海地图说》《新疆南北两路形势图说》《西人海外诸国行图》《僧齐己诗》《西域物产》《王阮亭毁邓艾庙》等，可见晚清边疆地理之学兴，已与前朝广见闻之用相异。有鉴于外患日增，如同《海国图志》一类亟须了解域外情况的典籍也在本期出现，如夏燮撰《泰西秭闻》六卷（已佚），民国《当涂县志》提要云：“是书成于咸丰九年，与魏源《海国图志》相表里，而采取较严。卷一述佛兰西、弥利坚、俄罗斯三国近事。卷二述英人通商本末。卷三首列外洋通商船只，次外洋税则章程，次五口近事，次华人采金近事，次洋商与华人贸易议款。卷四首述英吉利立国源流，次西人教法源流，次欧罗巴文字之源，次波斯景教，次外邦政事。卷五述西土畴人渊源。卷六首述西人论地球形势，次推广西人对数捷法，次西人制器之学。其大旨以中国五港之口既开，轮舶火车瞬息万里，异域遐方，迩若咫尺，顾乃局守堂室，视听曾不及乎藩篱，非可久之计，故于各国建除兴废及与内地交通原委，莫不考据详审，为改革中国基础，其强识洽闻、精心远见有如此。”①此皆清代地理杂记类作品写作之新变。

在野史笔记领域，本期有《啸亭杂录》《伊江笔录》《谭史志奇》《熙朝新语》《榆巢杂识》《伊江笔录》《两朝恩赉记》《金陵摭谈》《盾鼻随闻录》《听雨丛谈》《辛壬脞录》《养吉斋丛录》等作品。以礼亲王昭梿《啸亭杂录》为发端，在雍、乾两朝中断多年的野史笔记写作重新兴盛；在太平天国运动时期，不乏洪秀全、杨秀清等事迹的记载，从而在晚清民初形成了一个“说洪杨”的杂史系列。作为清代中晚期稗史勃兴之先声的《啸亭杂录》（共十三卷），所述时段限于后金太宗——清仁宗，大略以帝王事迹居首如《太宗伐明》《世祖善禅机》《圣祖识纯皇》《土尔扈特来降》《纯庙博雅》《纯皇赏鉴》《今上待和珅》，后分叙勋臣事迹如《本

① 陈鹏飞编纂：《（民国）当涂县志》，《中国地方志集成》本，江苏古籍出版社，1998年，第346页。

朝状元宰相》《图文襄公用兵》《刘文正公之直》《舒文襄公预定阿逆之叛》《鄂西林用人》，本朝典制如《汉军初制》《国初官制》《本朝内官之制》《王公降袭次第》《活佛掣签》《八旗之制》《堂子》，士林掌故如《张文端代作诗》《高江村》《本朝文人多寿》《姚姬传之正》《纪晓岚》《查初白》《洪稚存》，军事如《金川之战》《西域用兵始末》《先良王大溪滩之捷》《木果木之败》，风俗如《满洲跳神仪》《满洲嫁娶礼仪》《帽头毡帽》《服饰沿革》，文艺学术如《淳化帖》《石仓十二代诗选》《秦腔》《文体》《三分书》《书法》《小说》《考据之难》《夜谭随录》，轶闻如《和相见县令》《书剑侠事》《娄真人》《毒死幕客》《义仆》《青楼》，前朝史迹如《宋人后裔》《明用度奢费》《宋金形势》《元泰定帝》《元顺帝》《明非亡于党人》《元初人物之盛》，域外如《本朝待外国有体》《朝鲜废君》《安南四臣》，体例类于《万历野获编》，于清代前中期朝野历史记载颇详，文笔简而有法。此书为清代杂史名作，故李慈铭《越缦堂读书记》中云此书"所载国朝掌故极详，间及名臣佚事，多誉少毁，不失忠厚之意。其中爵里字号，间有误者，而大致确实为多，考国故者莫备于是书矣"[1]。昭梿之后，吴熊光撰《伊江笔录》二卷，述吴氏乾嘉时期入直枢廷间见闻记载，与法式善《清秘述闻》《槐厅载笔》同为杂史之书，载顺治至乾隆诸帝政事、六部杂事、内外军事、边衅开端、东南英夷骚扰等，杂史中除机记载目击耳闻外，多有鞭辟入里之议论，鸦片战争前夜，中土人物中可谓较有前瞻者。文风典雅，道光中杂史笔记之可师法者。福格撰《听雨丛谈》十二卷，卷一述宗室八旗，卷四、卷七、卷八专述科举掌故，卷二卷三、卷五卷六、卷十一卷十二包括有藩封、冠服、谥法、官制、科举、选举等，如《满洲原起》《八旗原起》《花翎》《大学士》《满汉互用》《祭祀》《扎萨克》《汉人不由庶吉士入翰林》《明纪亦有满蒙官》《内大臣》《八旗直省督抚大臣考》《新疆用乾隆钱》《满洲字》《太平鼓》《繁简》《乡会试掌故》《禁止服饰》《八旗科目》《京钱》《梨枣钱》

---

① 李慈铭：《越缦堂读书记》，中华书局，1963年，第1028页。

《古史浅陋》《图记》《丙辰宏词科征士录》《乡试同考官》等，与吴振棫《养吉斋丛录》体性相同，叙述中每言满洲风俗与先秦典籍中所载华夏古礼同，已现晚清满汉融合之象。不过《养吉斋丛录》之后，清代杂史的写作进入了一个新的时期，乾嘉时期雍容典雅、语在征实的写作方式被摒弃，可谓经历了一个由"史"而"野"的变化。

"说洪杨"为清人记载道、咸、同三朝太平天国及其有关事迹者（如同唐人"闲坐说玄宗"），如谢稼鹤撰《金陵摭谈》一卷，述咸丰三年癸丑至咸丰四年甲寅太平军攻占金陵期间活动，于太平天国官制（历法、职名等）、人物（杨秀清、洪秀全、秦日纲、萧朝贵、石达开、邓辅廷等）、政令（男女别馆、王府建制等）皆有记载，叙事娓娓，盖多得之金陵百姓之口。汪堃撰《盾鼻随闻录》六卷，一名《辛壬癸申录》，卷一《粤寇纪略》、卷二《楚难纪略》、卷三《江祸纪略》、卷四《汴灾纪略》、卷五《摭言纪略》、卷六《异闻纪略》、卷七《各省守城纪略》，所记太平天国事迹较详细，唯卷五《摭言纪略》、卷六《异闻纪略》多类小说家言；卷八《独秀峰题壁》《楚南被难记题词》《金陵纪事杂咏》《江宁女子绝命词》所载为洪杨之役中遇难者诗词。王莳蕙撰《辛壬脞录》一卷，载太平军在咸丰十一年十一月十五日至同治元年四月进占浙江象山县城期间事迹，大体太平军（张得胜、潘世忠、顾廷菁）、土匪、流民、官军四股势力交相迭兴，但因太平军在张德胜占领期间纪律严明，"犹幸杀戮不惨，沦陷亦不及半年，城内虽有残破，而乡间则鲜遭蹂躏。盖我邑人情质实，风俗朴素，无玉食锦衣之奇享，故历劫亦未至异常云"。是书于城乡居民、往来流寇以及乡里仇隙等描述如绘，其用意在乎"采刍荛者或以补志乘可也"，如"张贼之入城也，所掠不过金珠玉帛，至粗笨之物一概捐去。潘贼则无所不要，甚至破衣碎缶亦夺取无遗。及其遁后，城中真如水洗。所以顾贼之来，专与四乡为难矣。使顾贼稍留数月，得遂鲸吞狼噬之心，我象人民不知作何了局"[①]。晚清民初为中国杂史写

---

① 王莳蕙：《辛壬脞录》，《近代史资料文库》第5卷，上海书店出版社，2009年，第851页。

作编纂又一高峰，其中关于太平天国（洪杨事迹）者，是书外，见诸巴蜀书社《中国野史集成》及《续编》者，不下三十种。故本期说宫闱、说名臣、说外域、说文苑外，"说洪杨"者一时可称繁盛，编年、纪传、纪事本末诸体尽见，其中不乏小说家之谈，如《洪杨轶闻》《江南春梦庵笔记》《洪福异闻》《弢园笔乘》《洪杨战纪》《洪福异闻》《咸同将相琐闻》《太平天国轶闻》《太平天国宫闱秘史》等，每寓沧桑之变、以广闻见之意。

在故事琐语领域，本期作品繁多，有《花间笑语》《闽中录异》《松筠阁钞异》《少见录》《春台赘笔》《忆书》《天涯闻见录》《语新》《敏求轩述记》《初月楼闻见录》《宦海闻见录》《昔柳摭谈》《三异笔谈》《薰莸并载》《粤屑》《聊斋续编》《粤小记》《永嘉闻见录》《白下琐言》《竹如意》《蝶阶外史》《篛廊琐记》《沮江随笔》《消闲戏墨》《明斋小识》等。除"世说体"小说如姚齐宋《甑尘纪略》、沈杲之《两晋清谈》、郝懿行《宋琐语》、严蘅《女世说》外，众多作品中深受《聊斋志异》的影响，如吴仲成《挑灯新录》、梓华生《昔柳摭谈》、俞国麟《蕉轩摭录》、柳春浦《聊斋续编》、朱翊清《埋忧集》、黄芝《粤屑》、慵讷居士《咫闻录》、谢堃《雨窗记所记》、许秋垞《闻见异辞》、王侃《冶官纪异》、香雪道人《南窗杂志》、王棨华《消闲戏墨》、张道《鸥巢闲笔》《雪烦庐记异》等；相比之下，仿《阅微草堂笔记》的作品较为鲜见，只有《坐花志果》与《印雪轩随笔》数部而已，如俞鸿渐《印雪轩随笔》四卷约二百七十七则，所述异闻居多，如卷一"杨金坡遇僵尸""嘉兴囚越狱遇神""缑山神灯""万全署狐""德州老儒遇鬼"，卷二"张冠霞家中烟火""兰皋先生病疟""溺鬼"，卷三"沈氏之婢"，卷四"休宁吴某""浙江抚军署狐仙""湖北祝由科"等，不过狐鬼方外异物之类。其他有诗话如卷一"王渔洋诗骨不清"、卷四"诗文炼句贵自然"，轶事如卷二"鸦片毒""仁和烈妇"、卷四"粤东谢鸿胪"，风俗如卷一"宣化小脚会"、卷三"休宁打标"、卷四"湖俗灯谜"，皆有观晚清世风。史论时议如卷一"木兰事"、卷二"贾似道蒙蔽主上""番银入中国"、卷三"子房为韩之心""桃源避秦"，明济世之志。游记如卷一"万全云泉山""焦山游"，描摹如画。汪俭佐序中云："先生于近世小说家独推纪晓岚宗伯《阅微草堂》五种，以为晰义穷乎疑似胸必有珠，说理极乎微茫，头能点石，今观此制，何愧斯言。"①与《阅微草堂笔记》相比，此书议论不甚高明，考证亦疏，叙事虽不敢故弄玄虚而乏文采，况叙事而兼议论，后其子俞樾继父之志而为《右台仙馆笔记》，体性已较之为纯粹。"世说体""聊斋体""阅微体"作品之外，作家根据各自学力与情性创作的小说作品是大量存在的，如上海进步书局《志异续编》提要中云："平心而论，近代小说递相掎摭，非必尽无所本，然无心暗合，容或有之，必欲探索其源出某书，未免于求剑刻舟矣。"②如张昀有《琐事闲录》二卷，《续编》二卷，其长期仕宦河南，故书中所述以河南故事为主，又因其于黄河治理颇有成就，故书中多堤役记载，文风质朴，迥出于《聊斋》《阅微》《子不语》之外，封晓江《附记》跋云"是书义例、笔舌全与文达相似"③，意谓有《阅微草堂笔记》之风，恐不尽然。又作家在写作中有综合诸家的倾向，如高继珩撰《蝶阶外史》四卷、《续编》二卷，所载杂事、异闻、谑语、博物、诗话等，多有关河北地域者，龚庄跋亦云："古今稗官凡数十种，能与《阅微草堂笔记》《聊斋志异》骖驔者，甚属寥寥。斯著卷帙无多，足征博雅，而笔力运掉，可挽千钧。方之《草堂》《聊斋》，尤堪并美。而辅世牖民，劝善惩恶之意，即隐存乎其间。盖多闻而直谅兼焉者矣。"④叙事后间有"外史氏曰"之评，仿柳泉之法，然此虽谈鬼，无曼长传奇之体；又如俞国麟撰《蕉轩摭录》十二卷，全书二百三十四则（篇）左右，叙事为主，议论次之，卷一至卷十可谓志怪之书，叙事有山峦起伏之态，如《塞外鬼》《仁鹊》《避诗翁》《长嚎翁》《半面镜》《剪雨》《苦恼子》《猴妖》《五千金》《鬼语》等，其中若《纫秋》《石榴裙冷》《白芙蓉》者叙事漫长，文风绮丽。文后多有蕉轩评。卷十至卷十二有史论子评如

① 俞鸿渐：《印雪轩随笔》，南京图书馆藏道光刻本。

② 宋永岳：《志异续编》，《笔记小说大观》第13册，广陵书局，2007年，第10616页。

③ 张昀：《琐事闲录》，国家图书馆"中华古籍资源库"咸丰刻本。

④ 高继珩：《蝶阶外史》，《笔记小说大观》8，广陵书社，2007年，第6601页。

《论安石》《活百姓》《客诘》《说气数》以及养生之语如《疑者少喜》《虑花》等。故虽云此书为"聊斋体"之一,实显杂家笔记之体。

本期于前朝的小说类型如俳谐小说(《春宵呓语》《闺律》《乾嘉诗坛点将录》《楹联丛话》《巧对录》《并蒂葫芦》)、志艳小说(《吴门画舫录》《秦淮画舫录》《三十六春小谱》《吴门画舫续录》《青溪风雨录》《秦淮闻见录》《南浦秋波录》《珠江梅柳记》《花品》)、忆语体小说(《浮生六记》《额粉庵萝芙小录》)外,关注优伶的狎邪小说逐渐增多,自乾隆晚期吴长元撰《燕兰小谱》后,《听春新咏》《燕台集艳》《燕台鸿爪集》《京尘杂录》《金台残泪记》《昙波》《明僮合录》等优伶小说接踵而来,如杨懋建《京尘杂录》四卷,卷一《长安看花记》、卷二《辛壬癸甲录》、卷三《丁年玉笋志》,载京城优伶如秀兰、鸿翠、小霞、巧龄、王常桂、张双庆、福龄等三十余人小传;卷四《梦华琐簿》,仿朱彝尊《日下旧闻》,载京城地理、风俗等,多有关戏曲资料者。又如碧里生撰《明僮合录》二卷,载京中伶人(张庆龄、徐棣香、张添馥、姚桂芳、沈宝玲、朱福保、吴双寿、范小金、刘倩云、巧玲、王彩琳、沈全珍、万希濂、郑秀兰、时小福、沈振基、陈润官、任小凤、汪小庆、张蓉官、钟凤龄),如述沈全珍云:"丽华沈全珍,字芷秋,吴人。玉立亭亭,擅硕人其颀之胜。演《游园惊梦》《鹊桥密誓》等剧,体闲仪静,缠绵尽情。每登场,恒芷偶偶,璧合珠联,奚啻碧桃花下神仙侣也。强多力,擅拳勇,举碌磈如弄丸。距跃曲踊,视短垣犹户阈焉,然不以豪气伤其体,时论谓与'二云'同工异曲,一时鼎足,嗣响其难,知言哉。"① "优伶小说"可谓志艳小说的新变。

要之,本期笔记小说"四体"都取得了新的成就,其中杂家笔记类的《履园丛话》、野史笔记类的《啸亭杂录》、地理杂记类的《清嘉录》是其中的代表作,而故事琐语类作品群内部虽无名作传世,但是内部也出现了新变,如"聊斋体"与"阅微体"的合流、地志小说中地记与小

---

① 碧里生:《明僮合录》,《清代燕都梨园史料》本,中国戏剧出版社,1988年,第427页。

说的并存、琐语中《乾嘉诗坛点将录》《楹联丛话》对俳谐体小说的新开拓等，都具有示范的意义。

# 二 同治四年至宣统三年：域外文明与诸体并兴

洪杨之役后，中国古典形态下的笔记小说逐渐回归到正常的发展轨道，随着民族危机的加重、西学东渐的盛行以及新兴文献传播媒介的出现，本期的笔记小说写作也进入了一个新旧嬗变的时期：一是沿着传统小说发展惯性下的"四体"小说创作的逐步全面兴盛，呈现出多样化的发展态势；二是出现了许多新现象，如插图本的涌现（集中于故事琐语类）、域外小说的渗入、报刊小说的流行与职业作家群的出现、伪书的大量发行等。

在杂家笔记领域，本期涌现出《吹网录》《鸥陂渔话》《十二砚斋随笔录》《泖东草堂笔记》《冷官余谈》《味退居随笔》《绍闻杂述》等数十部作品，其中王韬《瓮牖余谈》、毛祥麟《墨余录》、邹弢《三借庐笔谈》、陈其元《庸闲斋笔记》、袁祖志《海上见闻录》、方浚师《蕉轩随录》、邱炜萱《菽园赘谈》、陈康祺《郎潜纪闻》、曾国藩《求阙斋读书录》、黄钧宰《金壶七墨》、俞樾《春在堂随笔》、平步青《霞外攟屑》、文廷式《纯常子枝语》为本期名作。此类作品除继续书写小说、杂史、诗话以及道学性理、经世济民、考经证史等传统题材外（如《吹网录》《鸥陂渔话》《求阙斋读书录》《粟香随笔》），有合西学与经世、雅学与俗学为一体的倾向，显示出中西交流、古今融通的近代杂说笔记特点，如王韬周历西方诸国，为晚清了解外情的先行者，其《瓮牖余谈》八卷，卷一至卷三主要为洪杨之役中忠孝之事迹如《张小浦中丞师殉难》《南楚双忠事》，间有域外奇女《法国奇女子传》、西儒小传如《英人倍根》、经济之学《煤矿论》《武试宜改旧章》《官盐说》《海运说》、志怪如《神怪》《说龙》等；卷四、卷五为欧美日地理、文字、科技等介绍，如《新金山》《米利坚颈地》《日本略记》《俄国弊政》《英国兵数》《西国造纸法》等；卷六至卷八为太平天国战史，如《洪逆颠末记》《记忠贼事》《贼陷金陵记》《汉口贼情》等。此书叙事、议论、载记兼备，光绪元年蔡尔康序云："《瓮牖余谈》者，先生经世之书也。纪亚细亚洲、欧罗巴洲、阿非利加洲、亚墨利加州诸事迹，几于纤悉毕具。若粤匪中诸贼首之始末及贼之鸥张狼顾诸情形，并载于册；而于忠臣义士，节妇烈女，尤惓惓于怀，不忍须臾忘。"①了解外情，不过为化解民族危机的条件之一，后袁祖志《海上见闻录》屡载西事如《西医眼科》《机器造冰》《火车登山》《西妇奇术》《气行电表》《气球失事》《轮船创制》《印度记游》《西报总数》《缅甸虐政》《西人论碳》，毛祥麟《墨余录》卷十六《机器局》《志泰西机器（三十一则）》载江南制造总局经营活动及欧美科技进展，亦寓经世纾困之心。晚清所谓"雅俗分野"也非壁垒分明，如平步青《霞外攟屑》十卷，卷一《颣汋山房眭记（掌故）》，记清代典制、馆阁文臣行述、科举、服饰、官阶等。卷二《执香峪挂话（时事）》，记清代政事，包括清代财经、官场科场礼仪、各国使节往还、教案、招商局、近代西方科技事物等。卷三《辛夷垞蒉言（格言）》，戒杀生、劝学、礼制等。卷四《夫移山馆辑闻（里事）》，辑录绍兴历代名士事迹、文献遗著，发扬乡贤之意。卷五《丰雪庵杂觚》，杂考诸书，包括文献、史事、小学等。卷六《玉树庐芮录（校书）》，校录典籍。卷七《缥锦廛文筑（论文）》，文章之考，文集为主。卷八《眠云舸酿说（诗话）》，考诗话。卷九《小栖霞说稗》，通俗小说、戏曲之考。卷十《玉雨淙释谚》，考古今语，亦事物原始之意。是书分十类，诗话、文话、轶事、谚语、政事、典制、博物等皆以考证之眼出之，引书繁多如《晋书》《傲轩吟稿》《绍兴府志》《柳亭诗话》《天香楼偶得》《西河合集》《南窗纪谈》《五总志》《俞楼杂著》《舆地碑记目》等，作者非仅以雅学自限，故虽遵乾嘉考据之法，而注意于通俗文艺，如俞樾之撰《春在堂随笔》《茶香室丛钞》等。越到晚期，杂家笔记中"中外古今融通"的特点越明

---

① 王韬：《瓮牖余谈》，《笔记小说大观》13，广陵书局，2007年，第10503页。

显，如沈宗祉《泖东草堂笔记》分《伦理》《理学》《经学》《小学》《文学》《地理》《历史》《格致》《算术》《政治》《教育》《心理》《武备》《礼俗》《实业》《宗教》《掌故》《时事》《医学》《杂录》二十目，为清末传统学术与西学两重影响及传统士大夫欲融通辞章、考据、经济、性理为一体以挽救危局的产物，"以见其平生精究有用之学，而为吾国新旧学派交代时之山斗"[1]。文廷式《纯常子枝语》除记载晚清轶事外，大多为语言学（域外语言文字如日、朝、梵、英、阿拉伯文等），文献学（辑佚、目录、校勘、版本、辨伪、注释等），小学（传统之文字、音韵、训诂），史学（中国古代史实辨证，地理学、方志学等，域外史如欧美日朝诸国等，多借用西人、日人之译著），宗教学（儒释道耶回及古代宗教如祆教等），人类学（人种、民族等），内容广博，考证古典学及西学，亦存经世之心，从中也可看出国人对西学的了解已经力求全面了。民国时期的杂家笔记，承晚清之风，如李宝章《绍闻杂述》、徐珂《可言》《康居笔记汇函》、刘声木《苌楚斋随笔》、顾恩瀚《竹素园丛谈》、吴庆坻《蕉廊脞录》、昂孙《网庐漫录》、邓之诚《骨董琐记》、马叙伦《石屋余沈》等，可谓古典形态下杂家笔记最后之余晖。

在野史笔记领域，本期与民国初年合为中国野史写作与编纂的高峰[2]，一方面表现为晚清民初时人野史写作的流行与晚明清初的杂史作品得以重新整理出版，另一方面则是民国时期编纂的《满清野史》《清朝野史大观》《清人说荟》收录的作品，也多集中这一时段，故本期所谈，须与民国年间的有关清朝的野史笔记相结合。从笔记小说的角度看来，与清初野史的沉郁悲壮、清代中期的雍容典雅相比，晚清民初的野史笔记写作，其风貌明显带有小说化与随意性的特点，其中不乏诬妄妖异之谈，每每见于此类作品中若《胤禛外传》。具体而言，同光年间此类作品尚少（有王韬《弢园笔乘》、林熙春《国朝掌故辑要》、钟琦《皇朝琐屑

---

[1] 沈宗祉：《泖东草堂笔记》,《清代学术笔记丛刊》70, 学苑出版社, 2006年, 第280页。

[2] 传记体、编年体、纪事本末体等各种野史,《中国野史集成》《中国野史集成续编》两丛书收录约200种。

录》），关于历史的叙述大多掺杂于其他三体中（如薛福成《庸庵笔记》、丁丙《北隅缀录》、刘长华《梓里述闻》、林纾《畏庐琐记》等），宣统之后，随着此类作品作为革命派的宣传武器与民族意识觉醒以及清代遗老心态的体现，野史作品大量出现，几与杂事小说相混淆，如《弢园笔乘》《儒林琐记》《张文襄幕府轶闻》《春冰室野乘》《悔逸斋笔乘》《国闻备乘》《九朝新语》《十朝新语外编》《梦蕉亭杂记》《汪穰卿笔记》《梵天庐丛录》《近五十年见闻录》《野记》《栖霞阁野乘》《清代轶闻》《罗瘿公笔记选》《清稗类钞》《清朝野史大观》《满清野史》《春明梦录》《道咸以来朝野杂记》《清宫琐记》等，并在民国时期出现了四大野史笔记（瞿兑之《人物风俗制度丛谈》、李岳瑞《春冰室野乘》、徐一士《凌霄一士随笔》、黄浚《花随人圣庵摭忆》）以及关于清史分类编纂之《清稗类钞》。

在此类作品中，因作者身份的不同，情感寄寓多有差异，清朝的保守派或以遗民自许的叙述较为客观，如宣统间辜鸿铭撰《张文襄幕府轶闻》二卷，所述为辜鸿铭在张之洞处作幕宾时目击耳闻之事，自序云："余为张文襄属吏，粤鄂相随二十余年，虽未敢云以国士相待，然始终礼遇不少衰。去年文襄作古，不无今昔之慨。今夏多闲，摭拾旧闻，随事纪录，便尔成帙，亦以见雪泥鸿爪之遗云尔。其间系慨当世之务，僭妄之罪固不敢辞。昔人谓漆园《南华》书为愤世之言。余赋性疏野，动触时讳，处兹时局，犹得苟全，亦自以为万幸，又何愤焉？唯历观近十年来，时事沧桑，人道牛马，其变迁又不知伊于何极，是不能不摧怆于怀。"[1]陈夔龙有《梦蕉亭杂记》二卷，所记皆为宣统三年前清廷事迹，如《辞调北洋任职之周折》《国体改革前纪闻》《张荫桓戊戌获谴》《载漪与拳民交结》《"辛丑条约"签订过程》《荣文忠精相术》《军机处由盛而衰》《荣泽口回忆》《袁世凯二三事》《整饬淮安关监督署》《两月遇三险》《辛亥以后事不忍记载》等，民国十六年冯煦序云："庸庵尚书同年著《梦蕉亭杂记》成，出以示予，且属为之序。授而读之，其体与欧阳

---

① 辜鸿铭：《张文襄幕府轶闻》，《民国笔记小说大观》第1辑5，山西古籍出版社，1995年，第6页。

公《归田录》、苏颍滨《龙川略志》、邵伯温《闻见前录》为近。于光、宣两朝朝章国故与其治乱兴衰之数，言之綦详……观于是编，宅心和厚，持论平恕，不溪刻以刺时，不阿谀以徇物。其事变所经，纪载翔实，足备论世者之参稽，谓为公之政书可，谓为国之史稿亦可。而以甲子之变，潜龙在野为终篇。其拳拳忠荩之忱，天日可鉴，尤有不忍卒读者。予垂尽逋臣，泚翰简首，益不禁孤愤填膺，悄焉欲绝已。"①与遗老相比，锐于革新的士人则喜谈隐事以讽当局（或旧朝），如张祖翼《（清朝）野记》二卷，其于宫闱秘闻如《文宗密谕》《肃顺重视汉人》《皇帝患淫创》《文宗批答》《慈禧之滥赏》《皇室无骨肉情》《庆贵诱抢族姑》《载澂之淫恶》《毅皇后之被逼死》，政治变迁如《亲王秉政之始》《满汉轻重之关系》《文字之狱》《戊戌政变小记》，文武事迹如《满臣之懵懂》《彭玉麟有革命思想》《词臣娇慢》《翁李之隙》《强臣擅杀洋人》《李文忠被谤之由》《李元度丧师》《权相预知死期》《湘淮军之来历》《端忠敏死事始末》《孔翰林出洋话柄》《刺马详情》《胜保事类记》《裕庚出身始末》《雁门冯先生纪略》《肃顺轶事》，满洲风俗如《万历妈妈》《满人吃肉大典》《旗主旗奴》，外交轶闻如《属国绝贡之先后》《琉球贡使》《马复贲越南使记》《哲孟雄之幸存》《新加坡之纪念诏书》以及委巷之谈如《白云观道士之淫恶》《阿肌酥丸》《京师志盗》《赌棍姚四宝》《书杨乃武狱》《道学贪诈》等，皆历历言之，语浅意浮，间有以现代文叙事者，也显示了传统历史进入现代叙述的征兆。除上述作品外，光、宣时期许指严《十叶野闻》、王树楠《德宗遗事事》、金梁《光宣小记》、梁廷枏《夷氛闻记》、文廷式《知过轩随笔》及清社既屋后刘体智《异辞录》、刘禺生《世载堂杂忆》、李肖聃《星庐笔记》、朱克敬《暝庵杂识·二识》《雨窗消意录》、朱彭寿《安乐康平室随笔》、德龄《瀛台泣血记》《清末政局回忆录》《缥缈御香录》、裕容龄《清宫琐记》、卡尔《清宫见闻杂记》、王无生《述庵秘录》以及《阳秋賸笔》《啁啾漫记》《秦鬟楼谈录》《小奢摩馆脞录》

---

① 陈夔龙：《梦蕉亭杂记》，《笔记小说大观》第八编10，新兴书局，1984年，第5673～5675页。

《清稗琐缀》《清代之竹头木屑》《清宫琐闻》《洪杨轶闻》等，亦是晚清民国时期著名的杂史小说作品。

在地理杂记领域，本期有《瀛壖杂志》《游沪笔记》《燕京杂记》《朝市丛载》《津门杂记》《塞外见闻录》《天咫偶闻》《北隅缀录》《岭海丛谈》等作品，它们中仍有循前朝地记之法者如《燕京杂记》《岭海丛谈》《天咫偶闻》《塞外闻见录》等，内容有节庆、地理、曲艺、轶事、异闻、园囿、风俗、土产、文献等，"上述天时，下纪土宜，中参人事，旁志物产"①，传统地记写作也随民国进入了收结阶段（《都门识小录》叙述中有口语化的倾向），如董玉书《芜城怀旧录》注意于人物（文苑循吏畴人）、文献（诗文金石书画著作）、地理（名迹宅第博物）三项，杜召棠序云此书"一以叙物，一以记人……中叙道、咸、同、光及民国初年扬州人士其有道德文章，及一技一艺之足以堪传者，无不备载，字斟句酌，不仅供士人赏玩，且足为乡土历史上之参考"②。又如夏仁虎《旧京琐记》为"说燕京"笔记系列之一，书分《俗尚》《语言》《朝流》《宫闱》《仪制》《考试》《时变》《城厢》《市肆》《坊曲》十目，观此书可见晚清时代变迁、世风升降、宫闱秘闻、商贸迁转以及梨园曲艺、行院规矩等，可谓历史与地记结合之书。

随着新兴商埠的崛起，地记写作的新变也发生在京沪津粤地区，出现了张焘《津门杂记》、王韬《瀛壖杂志》、邹弢《游沪笔记》、藜床卧读生《绘图上海冶游杂记》、葛元熙《沪游杂记》等作品，此类地记除了补志乘、备掌故外，如前之《都门纪略》，并有商贸指南的功能，如《上海冶游杂记》又名《上海杂志》《绘图上海杂记》，卷一述上海地理沿革、租界各国、上海工部局章程、巡捕等，租界尤为详尽，如《英法租界会审署》《驻沪各国领事翻译衔名》《各国租界》《租界须知十条》《外国讼师》等。卷二载客店、银行、商铺、酒店及执事买办姓名，如《客栈》

---

① 古粤顺德无名氏：《燕京杂记》，《笔记小说大观》第14编10，新兴书局，1983年，第5909页。

② 董玉书：《芜城怀旧录》，《扬州地方文献丛刊》本，广陵书社，2002年，第2页。

《各银行住址》《各业董事名姓及各公司总买办》《各银行买办姓名》《各拍卖洋行买办名姓》《钱业南北市各庄执事名姓》《各保险行住址》等。卷三述上海各界企事业单位及执事名录，如《华人医院》《上海印委同官录》《南洋制造局同官录》《上海商电铁路局同官录》《二马路铁路公司洋员》等。卷四上海各国度量风俗历法航运宗教，如《寰球户籍》《中国通商开埠年份表》《泰西大小国政》《仙令算法》《环球各教人数》《西人总会》《著名女书场角色》《上海至各海口船价表》《英德法公司轮船价目表》等。卷五述曲艺界、警局、工程局等，如《各戏院著名角色》《上海各路信局》《各业著名老店》《各外埠航船在沪码头》《上海警察》《荐人馆》《照相馆》《看香头》等。卷六、卷七为杂谈之类，如《今年名妓花选》《青楼各事词十二则》《聚珍板》《石印书》《剪绺掉包》《张家花园》《各报馆》《各省郡县会馆》《香烟》《诸神诞日》《西人奇巧》《也是园》《四马路新竹枝词》《广方言馆》等。卷八为游戏文、灯谜等，如《讨阿芙蓉檄》《自来水文（仿四书文）》《女间判》《讨鸨母檄》等。此书与葛元熙《沪游杂记》，同为"沪游指南"之书，为初来乍到者指点迷津之用。又如李虹若编《朝市丛载》八卷，卷一《品级》《衙署》《斋戒》《忌辰》，卷二《历科鼎甲录》（顺治丙戌科至光绪丙戌科），卷三《行馆》《会馆》《客店》《庙寓》《提塘》，卷四《风俗》《行路》《路程》《风暴》，卷五《汇号》《宴会》《服用》《食品》，卷六《翰墨》《市廛》《八景》《古迹》《时尚》《戏园》《戏班》，卷七《翰墨》《古迹》《节令》《人事》《服用》《食品》《市廛》《风俗》《时尚》《技艺》《词场》《竹枝词》，载京都竹枝词。卷八《鞠台集秀》，述北京如猪毛胡同、樱桃斜街等处名伶，以班主隶其伶人，于优伶籍贯、曲目、唱腔皆简要介绍之，并有《都门纪略》之体。

晚清时期，随着出洋士人的增多，关于域外游览的笔记剧增，其中不乏以日记体记述者，如张荫桓《三洲日记》、曾纪泽《出使英法日记》《使西日记》《出使英法俄国日记》、郭嵩焘《使西纪程》、斌椿《乘查笔记》、蔡钧《出洋琐记》、王韬《扶桑游记》、沈炳垣《星轺日记》、袁祖志《谈瀛录》等，惜游历中于欧美情实未必了然，故宣统元年王垿《八述奇序》云："同光以来，出使绝域者海上相望。橐笔万里外，言海外奇事，荦荦可数。然翔实资考镜，有名于时，匪所易得。郭、曾、薛、洪尚矣，其他爬梳皮毛，盛推外国，所郭、曾、薛、洪有无关宏旨者，恒目炫而耳聋也。"[①]此类海外游记中，以张德彝《八述奇》（张德彝前已撰有《述奇》《再述》《三述》《四述》《五述》《六述》《七述》）内容最为宏富，晚清出使域外日记，以此《述奇》系列为大宗，所记中欧往还历程、英伦气候、交游、建筑、礼节、风俗、服饰、餐饮、文艺、科技、语言、经济、宗教等，日记中所录诗文、国书、条约、英国公文、商会章程、轶闻等，还原现场，足资历史考证。叙述中虽多用中国古制与西俗比对，然叙述生动，描绘细致，情感中立、客观，如光绪二十八年十一月日记云："初九日乙丑，阴冷，申初细雨阵阵。泰西各国，街市无口角；茶园酒舍，叙谈无高声。男女无论何等相见，罔弗礼貌温恭，虽当忿懥，彼此仍谦逊无恶言。君谕臣，官示民，主人嘱仆婢，厂主交作工人，铺伙语同事，街市雇贫人，均用'请'字，及'蒙喜愿'等字，喜怒不形于色。待外人不阿谀，而言语和睦，闻不厌耳。"[②]光绪三十年正月日记云："十二日辛卯，阴。中国以伶人为贱役，西国列之各工役之上，非上流人不能与之往来。即以女伶论，其技优名著者，既以富姬、夫人、小姐自居，而国君亦有时赏以宝星及爵名，如亚子亚男各号，以故男女有色尔（见前）、蕾的（夫人也）之称。闻有柯来格拟设一伶人学堂，幼童雏女往学者，各量其才，分类教之，学有门径，则梨园易入选云。入夜，雪。"[③]晚清日记传于今者甚伙，域外游历亦有重要的文学价值。

① 张德彝撰，钟叔河、张英宇校点：《八述奇》，《走向世界丛书》本，岳麓书社，2016年，第5页。

② 张德彝撰，钟叔河、张英宇校点：《八述奇》，《走向世界丛书》本，岳麓书社，2016年，第173页。

③ 张德彝撰，钟叔河、张英宇校点：《八述奇》，《走向世界丛书》本，岳麓书社，2016年，第416页。

在故事琐语领域，本期可谓异彩纷呈，"世说体""聊斋体""阅微体""忆语体""板桥体"以及劝善书、优伶小说、俳谐小说、寓言小说并行不悖。除了寥寥的世说体小说《宋艳》（民国间有陈灏一《新语林》、夏敬观《清代世说新语》、易宗夔《新世说》）、忆语体《小螺庵病榻忆语》（孙道乾忆念其亡女孙芳祖而作）外，新旧杂糅、杂事与异闻并存的小说大量出现，如《北东园笔录》《寄蜗残赘》《淞滨琐话》《遁窟谰言》《淞隐漫录》《三续聊斋志异》《里乘》《潜庵漫笔》《虫鸣漫录》《益闻录》《鹂砭轩质言》《四梦汇谈》《逸农笔记》《谈异》《澹园述异》《说冷话》《跰鏖剩墨》《跰鏖笔记》《札记小说》《绘图骗术奇谈》《客窗闲话》《荟蕞编》《见闻随笔》《阴阳镜》《香饮楼宾谈》《无聊斋杂记》《奇异随录》《陶斋志果》《温柔乡记》《十八娘传》《十二月花神议》《隐书》《天花乱坠》《新天花乱坠》《真真岂有此理》等作品，其中"聊斋体"小说继续流行，如王韬《淞滨琐话》《遁窟谰言》《淞隐漫录》《三续聊斋志异》、许奉恩《里乘》、泖滨野客《野客谰语》、邹弢《浇愁集》《蜩隐琐言》《潇湘馆笔记》、陈嵩泉《谲谈》、见南山人《茶余谈荟》、宣鼎《夜雨秋灯录》、程麟《此中人语》、俞宗骏《艳异新编》、李庆辰《醉茶志怪》、碧琳琅馆《拈花微笑续编》、张丙矗《痴人说梦》林纾《畏庐漫录》等，不过此类小说在写作中，已经结合晚清社会做了不少变动，不尽为人神旖旎之文，如王韬《遁窟谰言》《淞滨琐话》两种皆有"聊斋体"与"板桥体"交融之色，光绪十二年王韬《淞滨琐话自序》云："余向作《遁窟谰言》，见者谬加许可，江西书贾至易名翻板，借以射利，《淞隐漫录》重刻行世，至再至三，或题曰《后聊斋图说》，售者颇众。前后三书，凡数十卷，使蒲君留仙见之，必欣然把臂入林曰：'子突过我矣，《聊斋》之后有替人哉！'虽然，余之笔墨，何足及留仙万一，即作病余呻吟之语，将死游戏之言观可也。"①《淞滨琐话》中"聊斋体"小说《叶娘》《白琼仙》《反黄粱》《剑气珠光传》与"板桥体"小说如《画船纪

---

① 王韬：《淞滨琐话》，岳麓书社，1987年，第3页。

艳》《谈艳》《记沪上在籍脱籍诸校书》《燕台评春录》《东瀛艳谱》并存一书，豪客妓女，氤氲馥郁，多为才子佳人之事。民国间苏州女史贾铭辑《女聊斋志异》四卷，亦此风之余波。

"阅微体"小说虽不如"聊斋体"盛行，然而也有汪堃《寄蜗残赘》、程畹《潜庵漫笔》、黄鸿藻撰《逸农笔记》、俞樾《右台仙馆笔记》、林兰兴《古宦异述记》等作品问世，因此体须有经师功底，不易成就，故除俞曲园小说外，晚清行此体者不免有奇幻之笔，如《古宦异述记》四卷，全书约一百三十三则（篇），记述传闻轶事、异闻，不过鬼狐幽冥方外方技梦异物怪、公案婚恋剑客寇盗之类，其中多有关河北掌故者。每则有标题，如《梦》《溪中怪》《种瓜人》《大鸟》《秦氏》《崔某》《高某》《纪僧》《邯郸狱》《寿数》《小啦》《长蛇》《放生咒》《龙破尸》《雷击人》《南皮某生》《剑术》《魂见三事》《土灵芝》等，其中卷三《夏姬》《袁生》、卷四《刘胜》《谢生》《魏生》《范生》，叙事婉转，有传奇之体，然整体行文偏于《阅微》，故唐烜题辞云："吾乡昔有纪文达，杂记于今五种传。寂寂百年无嗣响，多君摇笔续夷坚。"①显示出晚清时期故事琐语类笔记小说内部融通的趋势。

在清代的志怪小说集中，类于顺治、乾隆时期《果报闻见录》《吕祖汇集》之类的劝善书，也在晚清大量出现，如道咸间的《回澜集》《信征集随笔全集》、本期同光间的《蟾宫第一枝绣像全书》《活世生机》《古今劝惩录》《浙闱科名果报录》《富贵丛谭》《科场异闻录》《绘图古今眼前报》《借铎》《采异录》等，世风日下，鬼狐弄人，大概是此类劝善书大量产生的时代背景，如吕相燮辑《科场益异闻录》二十二卷附录一卷，该书分"国朝九卷""前明五卷""唐宋三卷""直省四卷""小试一卷"五种及附"《科名佳话》《梓里纪闻》《教学微言》"，前五种辑录唐宋以来科场报应之事，每种前皆有吕相燮自叙，前三种分科辑录，《直省科场异闻录》按省域辑录，《小试异闻录》以人辑录。此书意在明科名前

---

① 林兰兴：《古宦异述记》，南京图书馆藏光绪三十三年石印本。

定、功名富贵源于道德伦理，同治十二年俞增光序云此书作意云："从来世人见典谟训诰，则忽忽思睡，闻因果异闻则怦然心动，上而士大夫，次及商贾，下逮牧竖，莫不皆然，抑知典谟训诰之中，何尝不显示因果乎……《科场异闻录》分时别地，因劝及惩，说鬼说神，志梦志怪，若蜃楼海市，愈出愈奇，若迅雷疾风，一轰一醒，足令见者触目兴怀，闻者惊心动魄，是可为度世津梁，岂持作登科宝筏也哉。"①张璟瑿序中称许此书云："自唐宋以来凡科名之得失，必溯其源以见古之所谓降祥降殃者，竟无毫发爽，较之释氏空谈因果益信而有征，洵觉世之津梁、渡人之宝筏也。"②亦《棘闱夺命录》《浙闱科名果报录》之类。

在志艳小说中，本期有《海陬冶游录》《花国剧谈》《眉珠庵忆语》《白门新柳记》《白门新柳补记》《秦淮艳品》《十洲春语》《兰芷零香录》《秦淮八艳图咏》《扁舟杂忆》《三五梦因记》《恨冢铭》《珠江奇遇记》《老狐谈历代丽人记》《冶游自忏文》《香莲品藻》《醋说》《板桥杂记补》《海上花天酒地传》以及民国之《秦淮广纪》《秦淮感旧集》等作品，因上海已取代苏州、金陵成为江南的经济中心，中外士女杂沓而来，"海上为通商口岸第一区，花天酒地，比户笙箫，不是数二十四桥月明如水也"③。关于沪上仙窟的作品显著增多，如《海上冶游备览》《海上群芳谱》《上海三十年艳迹》等，叙述中不乏劝诫之意，如吴趼人《上海三十年艳迹》一卷，所述为沪上青楼事迹（间有伶人小传），北里传记如《李巧玲》《艳迹述略》《二怪物》《四大金刚小传》《九花娘》《洪奶奶》《金巧玲》《女伶》《胡宝玉小传》之外，述艳迹变迁如《北里变迁之大略》，狎邪游客活动如《上海游客之豪侈》，曲巷轶事如《上海花丛之笑柄》以及与此花丛相关者如《花丛事物起原》《洋场陈迹一览表》《上海

① 吕相燮辑：《科场异闻录》，《广州大典》402·第50辑子部小说类第2册，广州出版社，2015年，第428页。

② 吕相燮辑：《科场异闻录》，《广州大典》402·第50辑子部小说类第2册，广州出版社，2015年，第428页。

③ 黄协埙：《淞南梦影录》，《笔记小说大观》第一编7，新兴书局，1978年，第4277页。

已佚各报》等，文风轻靡，所揭露风尘之暗、销金之恶，已无清初《板桥杂记》之清雅宗尚。又如忏情侍者撰《海上群芳谱》四卷，首列咏花诗，继之以当时青楼歌妓事迹（类乎小传），间赋高昌寒食生、雾里看花客等诗词品题，可谓花以喻人之作。其中《清品》二十四人，如周文卿（莲花）、姚倩卿（梅花）、李三三（牡丹）、王桂卿（桂花）等。《隽品》二十四人，如王翠芬（绣球花）、徐雅仙（芙蓉花）、陈燕卿（杏花）等。《逸品》二十六人，如李宝卿（玉兰花）、孙文玉（萱花）、周素娥（千日红）、胡宝玉（百合花）等。《秀品》二十六人，如黄绣君（秋葵花）、周丽卿（青鸾花）、张云仙（李花）等。此谱中并载东洋兰田仙（西番莲）、西洋美斐儿（镜中花）等而品题之，紫薇舍人序云此书"其旨虽咏词比事，寓言中多所惩劝"[1]，此可称沪上地志小说之作，如王韬《海陬冶游录》《瀛壖杂志》、袁祖志《海上见闻录》、邹弢《沪游笔记》《春江灯市录》、黄式权《淞南梦影录》、池云珊《沪游梦影录》等，本土与域外并存、地志与冶游同举，上述诸作中以《海陬冶游录》最为有名，黄协埙《淞南梦影录》卷三赞之云："稗官野史，专记沪上风俗者，不下数家，而要以王紫诠（韬）之《海陬冶游录》为最。咏既去之芳情，摹已陈之艳迹。鸳鸯袖底，韵事争传，翡翠屏前，小名并录。其于红巾之扰乱，番舶之纵横，往往低徊三致意，固不仅记花月之新闻，补水天之闲话也。"[2] 其实黄氏之作，亦可与之同列。

作为志艳变体的优伶小说仍然兴盛，则有《评花新谱》《鸿雪轩纪艳》《瑶台小录》《撷华小录》《粉墨丛谈》《怀芳记》《情天外史》《海上梨园新历史》《燕台花事录》等作品，如王增祺撰《燕台花事录》三卷，所记皆京师优伶事，卷上《品花》，优伶才艺品鉴，如朱爱云、孟金喜、宝香等二十一人，类乎小传；卷中《咏花》，为有关优伶之联帖、题句、诗词等，多交游之作。卷下《嘲花》，与优伶有关之戏谑语、联语、诗

---

① 忏情侍者：《海上群芳谱》，南京图书馆藏上海申报馆聚珍板。

② 黄协埙：《淞南梦影录》，《笔记小说大观》第一编7，新兴书局，1978年，第4283页。

词等，如伶人问状元事："小郎问予曰：'状元几年一个？'告以故。则迟疑曰：'设无其人奈何？'因言方今人才极盛，岁取之不尽，不似若辈花榜状头之每艰其选也。郎甫首肯，一醉汉大笑曰：'你莫信他，哄小孩子话。'"[1]优伶小说，乾嘉间尚稀，不过《燕兰小谱》《日下看花记》寥寥数部而已；晚清则伙，咸丰乙卯双影庵生《〈法婴秘笈〉序》中云："向之为《燕台花谱》者，凭臆妍媸，任情增减。壬癸之年以后，甲乙之籍更多。"[2]（按：壬癸之年，即道光初年）若《金台残泪记》《燕台鸿爪集》《京尘杂录》《明僮合录》《昙波》《撷华小录》《情天外史》《怀芳记》《瑶台小录》等，以诗词为媒介沟通士伶，狎伶与志艳合流，此亦清代笔记小说一新现象。此优伶剧话衍及民国，尚有《梨园旧话》《梨园轶闻》《观剧丛谈》《闻歌述忆》之类，惜乎此时士伶诗词际会，业已风流云散了。

　　本期及民国初年是中国古代俳谐小说发展的一个高峰，在西方幽默文学与近代新兴媒体的刺激下，此类作品数量激增，如独逸窝退士《笑笑录》、俞樾《一笑》、沤醒道人辑《笑林择雅》、李伯元《庄谐丛话》、逍遥子《最新绘图游戏奇观》、佚名《绘图谈笑奇观》、雷瑨《文苑滑稽谭》《满清官场百怪录》、佚名《笑话奇谭》、陈庚《笑史》、佚名《旧笑话》、悟痴生《奇言可笑录》、赤山畸士《改良新笑话杂俎》、坐花散人《春申江之新笑谈》、愚公《千笑集》等，内容是据古改编与当今创作并行，与大量出现的插图本[3]相似，此类小说颇受市场欢迎，如省非子《改良新聊斋》二卷，全书五十则（篇），每则（篇）附图一幅，所述皆

---

[1]　王增祺：《燕台花事录》，《清代笔记小说》第4册，河北教育出版社，1996年，第445页。

[2]　双影庵生：《法婴秘笈》，《清代燕都梨园史料（正续编）》（上），中国戏剧出版社，1988年，第405页。

[3]　因晚清出版技术的便捷及俗文学作品销路大开，小说插图本大增（如华东师大馆藏光绪乙未《绘图古今眼前报》，其封面有广告云：上海四马路文宜书局代售各种石印书籍：《绘图万年青》《绘图加批西游记》《绘图东西晋》《绘图东周列国志》《绘图金批三国志》《绘图青楼梦》），绘图风潮下，有《遁窟谰言》《淞隐漫录》《海上见闻录》《绘图浇愁集》《奇闻随笔》《绘图古今眼前报》《痴人说梦》《绘图上海冶游杂记》《最新绘图游戏奇观》《技击余闻》《绘图谈笑奇观》《改良绘图四续今古奇观》《绘图骗术奇谈》《海国奇谈》等笔记小说作品。

有关晚清世风，光绪三十四年省非子《茶余酒后著新聊斋之缘起》称此书"运东方淳于之口，撰玩世讽语之文"①，如《半截新学》《三十年后无通人》《糊涂虫》《制革补牙织毛剃头修脚宰牛放马打狗钓龟捉鳖之进士》《华人仅剩屁股》《要钱面目之管太守》《狐亦陪坐议官制》《北京之梦与上海之梦与》《董狐出洋》《宋江卢俊义当征兵》《顽固尾之大狐讲科学》《亚洲之黑气》《财神运神寄文昌书》《新学界上人劝嫖世界上人》《色中饿鬼传》，不过借狐鬼以骂世，以游戏之笔以嘲俗，文风浅薄，口语化较为明显。与报刊小说②相适应，晚清职业作家群③中，俳谐小说以吴趼人成就最高，其有《滑稽谈》《俏皮话》《新笑史》《新笑林广记》等，"余生平喜诡诙之言，广座间宾客杂沓，余至，必欢迎曰：'某至矣！'及纵谈，余偶发言，众辄为捧腹，亦不自解吾言之何以可笑也。语已，辄录之，以付诸各日报，凡报纸之以谐谑为宗旨者，即以付之。报出，粤、港、南洋各报恒多采录，甚至上海各小报亦采及之"④，吴趼人行文虽不免改编痕迹，然所述有关世风、政局、道德，并以晚清当下为话题，讽世风以寓意，故称妙手，如《滑稽谭》之《破碎不完之〈西游〉》中述孙悟空因打杀尸魔被唐僧贬回花果山，众猴叙旧，问及唐僧为何没有什么本事却要悟空做徒弟时，悟空道："你没见过人事，如今世界上拜老师的，何尝是要学他本事，不过是一条援引的路子罢了。"⑤

在寓言小说上，本期首先表现为清人对《伊索寓言》的译介上⑥。明

---

① 省非子：《改良新聊斋》，《晚清四部丛刊》第7编子部90，文听阁图书有限公司，2012年，第5页。

② 晚清笔记小说，作品集已与报章并行，上海益闻报馆编《益闻录》不分卷，欧阳兆熊、金安清撰《水窗春呓》二卷，与今人整理之《〈青鹤〉笔记九种》，皆从报刊专栏中辑录而后成书。

③ 《申报》也曾发布过征求小说的广告，故晚清时期的小说家可以写作维持生计，如李伯元《南亭笔记》记载晚清官场、吴趼人《研廛笔记》多志怪异闻等，雷瑨有《文苑滑稽谭》揶揄士林，林纾撰《技击余闻》谈豪客，此类作品的传播多与新媒体的出现有关。

④ 吴趼人：《俏皮话》，《吴趼人全集·短篇小说集》本，北方文艺出版社，2019年，第337页。

⑤ 吴趼人：《滑稽谭》，《吴趼人全集·短篇小说集》本，北方文艺出版社，2019年，第431页。

⑥ 林纾虽写了不少翻译小说，然在笔记小说方面的贡献，则有《畏庐漫录》《技击余闻》《畏庐琐记》，叙述中并无欧美小说影响的痕迹。

清时期的《伊索寓言》在华译本，晚明有《况义》，晚清更受欢迎①，有《意拾喻言》《泰西寓言》《伊索寓言》《海国妙喻》以及种蕉艺兰生《异闻益智丛录》卷十一《寓言》等，本期张焘《海国妙喻》辑录《伊索寓言》译文70则，收罗较同时人为多，如《蝇语》《踏绳》《守分》《鼠防猫》《犬慧》《救蛇》《狐鹤酬答》《贼案》《二鼠》《学飞》《喜媚》《忘恩》《求死》《金蛋》《肉影》《柔胜刚》等，译文亦合中国古典笔记法，如《人狮论理》云："一日，狮与人同行，各自称大，不肯相让。人则指一石像脚蹈狮子，曰：'尔看，岂非人大乎？'狮曰：'不然。吾谓狮之爪下，不知埋没多少人也。'噫，人能塑像而狮不能也，使狮能塑像，彼亦必塑狮之在人上也。理之当然，何足奇哉。"②贾人编伪书《海国奇谈》《海外异闻录》③，亦从此书采撷资料。其次表现为寓言小说自《庄子》《韩非子》《郁离子》以来的中土创作，此类小说往往与其他类型的小说相混，如袁祖志《海上见闻录》有《蚊娥寓言》、无竞庐主人《无竞庐丛谈》之《黄宗》《黄淑》《立宪梦》《陆选人》《新闻》、佚名《绘图谈笑奇观》之《蚤虱结拜》，寓讽世之意，又如吴趼人《俏皮话》一卷，假动植、金石以及人体脏器相对语以讽世态，如《畜生别号》《苍蝇被逐》

---

① 张焘《中外见闻录序》云："自来圣贤之教，经史之传，庠序学校之设，《圣谕广训》之讲，皆所以化民成俗，功在劝惩。无如人闻正言法语，辄奄奄欲睡，听如不听，亦人之恒情。若以笑语俗言警惕之，激励之，能中其偏私蒙昧贪痴之病，则庶乎知惭悔祸，勉为善良矣。昔者希腊国有文士名伊所布，博雅宏通，才高心细。其人貌不扬而善于词令，出语新而隽，奇而警，令人易于领会，且终身不致遗忘。其所著《寓言》一书，多至千百余篇。借物比拟，叙述如绘，言近旨远，即粗见精，苦口婆心，叮咛曲喻，能发人记性，能生人悟性，读之者赏心快目，触类旁通，所谓'道得世情透，便是好文章'。在西洲久已脍炙人口，各以该国方言争译之。其义欲人改过而迁善，欲世反璞而还真，悉贞淫正变之旨，以助文教之不逮，足使庸夫倾耳，顽石点头，不啻晶警世之木铎，破梦之晨钟也。近岁经西人士翻以汉文，列于报章者甚夥。虽由译改而成，尚不失本来意味，惜未汇辑成书。余恐日久散失，因竭意搜罗，得七十篇，爰手钞付梓，以供诸君子茶余酒后之谈，庶可传播遐迩，借以启迪愚蒙于惩劝一端，未必无所裨益，或能引人憬然思，悦然悟，感发归正，束身检行，是则寸衷所深企祷者也，幸勿徒以解颐为快焉可耳。"（张焘辑：《海国妙喻》，南京图书馆藏光绪十四年铅印本。）

② 张焘辑：《海国妙喻》不分卷，南京图书馆藏光绪十四年铅印本。

③ 晚清民初是中国文献学史上伪书出现的高峰之一，本期张培仁《妙香室丛话》、梁山居士《奇闻随笔》、蒋某《真真岂有此理》、题名张焘的《海国奇谈》《海外异闻录》，皆伪书也。

---

《乌鬼雅名》《猪讲天理》《蛤蟆感恩》等，间有笑话数则如《民权之现象》《思想之自由》《送死》（裴效维拟题）等。晚清士人于西学东渐潮流下，所撰小说多有实验主义倾向，吴趼人所撰侦探小说、笑话小说、志艳小说、寓言小说与章回小说，往往能见古典与近代变迁之迹，文风清浅，叙事牵合连缀较为勉强，带有过渡性质，此书亦实验主义之作品。

总之，本期笔记小说创获极多，杂家笔记类、野史笔记类、地理杂记类、故事琐语类皆有名作传世，是中国笔记小说史上不可多见的"四体"并兴的一个时期，带有综合、融通的特点，还出现了一批兼擅多种笔记小说类型的作家如王韬、邹弢、俞樾、吴趼人[①]等。从作品的融合性上来看，王韬《瓮牖余谈》记载地理、人物、怪异、西学等，吴炽昌《客窗闲话》与黄式权《淞南梦影录》为地志、异闻、杂事兼志艳之作，都具有汇合融通的特点。同时本期欧美文学对本土笔记小说的影响也在增加，关于小说的观念也在变化，丙午（光绪三十二年）吴蛰公《伤心人语序》云小说之功用："有一物焉，而可于形色声势之中，变人意力、铸人灵魂者，小说也。"[②]故除寓言小说外，笔记小说内容中的域外因素越发明显，如《无竞庐丛谈》此书可见域外小说渗入之迹[③]，《伊珊格》

---

① 王韬有《瓮牖余谈》《瀛壖杂志》《瑶台小录》《淞滨琐话》《淞隐漫录》《海陬冶游录》《花国剧谈》《老饕赘语》，邹弢有《浇愁集》《三借庐笔谈》《蜾隐琐言》《潇湘馆笔记》《游沪笔记》《海上花天酒地传》，俞樾有《春在堂随笔》《小浮梅闲话》《荟蕞编》《耳邮》《右台仙馆笔记》《广杨园近鉴》《五五》《一笑》《十二月花神议》《隐书》，吴趼人有《趼廛剩墨》《趼廛笔记》《札记小说》《中国侦探案》《上海三十年艳迹》《滑稽谭》等。

② 南京图书馆藏光绪三十二年丙午振聩书社铅印本。

③ 无竞庐主人《无竞庐丛谈自序》中云："小说之体裁有四：曰说部，曰传奇，曰弹词，曰笔记。四者之中，唯笔记为最古。远者不可见，自汉以来，如班固《艺文志》所载，刘向《列仙传》之类是已。至于唐代，其体独盛，说者谓《红线》《虬髯》数篇，为范晔、李延寿所莫及。近代作者，如观弈之《阅微草堂》、随园之《新齐谐》、留仙之《聊斋志异》，最为脍炙人口，其余《谐铎》《说铃》《夜谈笔记》，亦复美不胜收。迨至西学东渐，述作炳然，即小说一门，或译或著，已汗牛充栋矣。惟笔记之体，则如凤毛麟角，不过《吟边燕语》《啸天庐拾遗》落落一二编而已。"（无竞庐主人撰：《无竞庐丛谈》不分卷，南京图书馆藏光绪三十四年铅印本。）"迨至西学东渐，述作炳然，即小说一门，或译或著，已汗牛充栋矣。惟笔记之体，则如凤毛麟角，不过《吟边燕语》《啸天庐拾遗》落落一二编而已。"于中可见笔记小说本身的迟缓性，以及笔记小说自身的中国特色。

《卜绮霞》《茂西欧》之外，如《金星》一篇述绍兴冯某到访金星与外星人问答，则已经是科幻小说，大概作者曾阅读翻译小说《约界旅行》《地心旅行》之类科幻作品而述诸笔记当中。

# 结　语

从嘉庆十年（1805）至宣统三年（1911）百余年间，虽无康乾时期笔记小说的雍容典雅、考据精深，然而八百种（见存六百种左右）的作品数量，亦见其创作成绩也是可观的。受时代风潮与西学东渐的影响，晚清笔记小说出现了诸多新变，可以说，晚清民国是传统笔记小说写作最后的辉煌期。因士大夫阶层及其生存环境的消失，语体与传统学术的现代转换，笔记小说渐渐进入了消亡期，古典形态下的笔记小说"四体"，因"小说界革命"而面貌得以改观的是故事琐语类小说，这也是中国古典小说转型的标志性事件之一，传统意义上的"笔记小说"开始瓦解，所谓议论、叙事、考证、载记的"叙述四体"之分，已逐渐让位于"叙事"一种，此后在学术界，笔记小说沿着"札记小说"与笔记体小说行进，从而"笔记小说"融入到了今日文体学视角下的"四体"（笔记体、传奇体、话本体、章回体）之一。而在文学界，笔记小说由新兴的"短篇小说"（以使用现代文为主要特征）所替代，短篇小说又分化出微型小说、小小说诸多名目。

宋世瑞，山东东明人，文学博士，阜阳师范大学文学院讲师。

# 蒲松龄创作思想探赜

王立兴

蒲松龄是短篇小说的圣手。他的《聊斋志异》，代表了我国古代短篇小说的最高成就。《聊斋志异》以其鲜明的进步倾向和独特的艺术表现力，不仅博得了国内广大人民的喜爱，拥有广泛的读者；而且它还飞越了国界，成为世界人民精神财富的一部分。有关蒲松龄及其《聊斋志异》的研究，也愈来愈为国内外学者和广大爱好者所注目。蒲松龄的名字，将和莫泊桑、契诃夫、欧·亨利等短篇小说大师的名字一样，以金色的大字，载入世界文化史册。

蒲松龄为什么会取得这样巨大的成功？本文试图从蒲松龄的创作思想入手，结合他的小说创作实践，就这些问题作一些探巡，以求得问题的深入解决。

## 一 立意在"孤愤"

蒲松龄为什么要创作《聊斋志异》？他在《自序》中有过一段自白：

> 集腋为裘，妄续《幽冥》之录；浮白载笔，仅成孤愤之书。寄托如此，亦足悲矣。嗟乎！惊霜寒雀，抱树无温；吊月秋虫，偎阑自热。知我者，其在青林黑塞间乎！

他在一些诗作中，也向我们透露了他的创作意图：

新闻总入《夷坚志》，斗酒难消磊块愁①。

人生大半不如意，放言岂必皆游戏？②

　　这里，作者告诉我们：他的《志异》是"孤愤"之作，是有所寄托的，是借写搜奇记怪来浇"磊块愁"的；它绝不是什么游戏笔墨，而是寄托着对于社会人生的悲愤感慨之言。

　　蒲松龄写作《志异》的心情是郁愤的，态度是严肃的。他生当清代初叶，那正是血与火的时代，阶级矛盾和民族矛盾都异常尖锐激烈，天灾人祸，接踵不断，人民在挣扎，在苦斗。蒲松龄有才华，有抱负，但却仕途坎坷，终身失意，在乡野过着自己舌耕、妻子纺绩的艰辛生活。这样的经济地位和生活境遇，使他更多地看到了社会的不平，政治的黑暗，世上的疮痍，人间的苦难；更深地感触到时代的脉搏和人民的呼吸。他怨悱、感愤，情发于中而文形于外，他要用笔来呼喊，来抗争。但是在那文网高织、冤狱遍地的年代，他只好托物言志，借谈狐说鬼的形式来寄托自己的悲愤之情。"以为异类有情，或者尚堪晤对；鬼谋虽远，庶其警彼贪淫。"③这样做，既可用超现实的形式，避开文网；又可用独有的文心和彩笔，自由地传神写照，表情达意，完成自己"孤愤"的意旨。蒲松龄创作《志异》的用心，亦良苦矣！

　　蒲松龄的"孤愤"说，揭示了文学史上存在的一个普遍现象。历史上一些有成就的杰出文学家，往往都经历过左迁失志、贫贱忧戚的生活。"艰难困苦，玉汝于成"，不幸的遭遇，使他们视野更开阔，义愤更深广，对现实的黑暗和人民的疾苦有着更深切的感受，因而写出了感人至深的文学作品。在蒲松龄之前，一些作家和评论家已经注意到这个事实，并

---

① 《感愤》，（清）蒲松龄著，路大荒整理：《蒲松龄集》，中华书局，1962年，第475页。

② 《同毕怡庵绰然堂谈狐》，转引自杨柳：《聊斋志异研究》，第22页。

③ 余集：《聊斋志异序》，《聊斋志异会校会评会注本·各本序跋题辞》。

做了理论性的阐述。如司马迁的发愤著书①、韩愈的不平则鸣②、欧阳修的文穷而后工③，都是这方面最精辟的总结。以后，杰出的小说评论家李贽又指出《水浒传》也是"发愤之所作"，勇敢地揭示了《水浒传》的创作精神④。蒲松龄正是从自己的生活遭遇和创作实践出发，继承了我国文学创作的这一优良传统，并加以发扬光大，明确地宣告他的《志异》是"孤愤之书"。

立意在"孤愤"的指导思想，贯彻在《志异》的整个创作之中，直接影响了《志异》一书的思想与艺术成就。

首先，"孤愤"反映了作者对现实的批判态度，寄托了作者的进步理想。蒲松龄愤世嫉俗，敢于直视血淋淋的人生，他的《志异》抨击现实，诋诮一切腐恶势力和不合理的现象，从各个侧面深刻地揭示了当时社会的真实面貌。举凡《促织》《席方平》《梦狼》《续黄粱》等篇，将批判的矛头指向了从皇帝、宰相到县令、胥吏等大小官吏，揭露了封建社会政治的黑暗和吏治的腐败；《红玉》《商三官》《窦氏》等，对勾结官府、迫害人民的豪绅恶霸作了无情的鞭挞；《司文郎》《贾奉雉》《考弊司》等，对科举制度的弊端和"黜真才而进凡庸"的"盲试官"痛加针砭；《连城》《寄生》《青梅》等，对摧残青年、扼杀人性的封建礼教和封建婚姻制度发出了抗议的呼声；《武孝廉》《姊妹易嫁》《宫梦弼》《曾友于》《胡四娘》等，则对种种丑恶的世态加以辛辣嘲讽。另外，作者有感于民族压迫，还用冷峻峭刻、闪烁其词的笔法，写了《公孙九娘》《乱离》《张氏妇》等，把批判的矛头对准清代统治者，对他们骄奢淫逸、残杀人民的罪行，在一定程度上作了披露。

《志异》不仅揭露黑暗，也歌颂光明，寄托了作者的进步理想。例如：《席方平》《商三官》《王者》等作品，歌颂了被压迫人民的反抗精神

---

① 司马迁：《史记·太史公自序》。

② 韩愈：《送孟东野序》。

③ 欧阳修：《梅圣俞诗集序》。

④ 李贽：《忠义水浒传序》。

和正义斗争；《白秋练》《瑞云》《连城》《阿宝》《鸦头》等，歌颂了坚贞不渝的爱情；《张鸿渐》《乔女》《封三娘》等，歌颂了主动助人的美德；《娇娜》《香玉》等，歌颂了男女之间的纯真友谊；《翩翩》《粉蝶》《婴宁》等，歌颂了摆脱封建束缚的理想境界。作者敢于冲破政治的桎梏，礼教的堤防，传统的偏见，庸人的非议，刻画了这么多新的正面人物形象，确实表现了一个真正艺术家的勇气和创新精神，寄托了作者进步的社会理想和美学理想。

其次，"孤愤"产生激情，才能写出真切感人的作品。"感人心者，莫先乎情。"①文学作品主要是以情感人的，作家只有对描写对象有了实感，动了情，写出的作品才能感动人。作家的激情是艺术的生命。《志异》中的许多优秀作品，饱含着作者的孤愤之情，是作者直摅血性的至情之文。

我们看到，作者长期仕途蹭蹬，他对科场的暗无天日有着最深切的感受，他曾愤激地说："仕途黑暗，公道不彰，非袖金输璧，不能自达于圣明，真令人愤气填胸，欲望望然哭向南山而去！"②正因为他有着切肤之痛，才写出了像《叶生》《司文郎》《三生》那些令人心灵震颤的作品。象叶生那样生前"时数限人，文章憎命"，死后"魂从知己"，"借福泽为文章吐气"的辛酸遭遇，写的是多么沉痛！所以冯镇峦说："此篇即聊斋自作小传，故言之痛心。"③在其他两篇小说中，作者写了科举制度对读书人精神的毒害；写了"心盲""目瞽"的试官不能选拔真才，应受到抉目剖心的惩罚，才能一平众愤。这些都是他发自心灵深处的呼喊。

作者长期生活在农村，对土豪劣绅横行乡里的罪行"目击而心热"④，他写了商三官、田七郎这样的理想人物，对他们舍身歼仇、除恶务尽的行动表示激赏。他把商三官比做"女豫让"，"愿天下闺中人，买丝绣之，

---

① 白居易：《与元九书》。

② 《与韩刺史樾依书》，（清）蒲松龄著，路大荒整理：《蒲松龄集》，中华书局，1962年，第136页。

③ 张友鹤辑校：《聊斋志异会校会评会注本》，上海古籍出版社，1978年，第85页。

④ 《上孙给谏书》，（清）蒲松龄著，路大荒整理：《蒲松龄集》，中华书局，1962年，第128页。

其功德当不减于奉壮缪也"。慨叹:"世道茫茫,恨七郎少也。"

激于对"花面逢迎,世情如鬼"①的黑暗现实的深刻不满,作者塑造了一批热爱自由,热爱天然,心灵纯洁优美,不受礼法拘束的可爱的少女形象,象婴宁、小翠、娇娜、青凤、晚霞、小谢、秋容、阿绣等。这些少女生机勃勃,充沛着青春的活力,充满着人情美和人性美,是作者的精心之作。作者对这些形象的喜爱也溢于言表,如称婴宁为"我婴宁",在《狐梦》篇直接颂扬青凤等,表明作者在这些少女形象中倾注了深厚的感情。

再次,"孤愤"反映了作者积极为世用的创作目的。蒲松龄关心社会的治乱和百姓的疾苦,他是一个面对现实,面对人生的热肠人。他的作品都是有所为而发,有着鲜明的功利目的。他在《志异》中曾明确地说:"谁谓文章仅华国之具哉!故志之以风有位者。"②"愿此几章贝叶文,洒为一滴杨枝水!"③可见,他是希望他的《志异》能有补于世,以起到经世、讽世、警世、醒世的作用。

蒲松龄爱憎感情强烈,有着鲜明的是非、善恶、美丑观念。他通过《志异》贬奸斥佞,惩恶赏善,希望坏人得到惩罚,被压迫者能取得胜利;他指谪时弊,无情地撕开了社会政治的溃疡面,亮出了世俗的众生相,希望人们能有所认识,有所领悟,从中取得鉴戒。他要人们分清什么是真正的美,什么是真正的丑。他在《罗刹海市》中,对那种不重文章,而重形貌,形貌又以丑为美、以美为丑的如鬼世界深恶痛绝;在《画皮》《丐仙》《乔女》《吕无病》等篇中,告诫人们不要为披着美女画皮的狞鬼所迷惑,也不要囿于事物表面的丑而看不到其内质的美。他的一些具有寓言性质的作品,如《劳山道士》《佟客》《仇大娘》《小猎犬》

---

① 《罗刹海市》,欧阳健、欧阳萦雪主编:《全清小说·康熙卷(八)》,文物出版社,2022年,第434页。

② 《新郑讼》,欧阳健、欧阳萦雪主编:《全清小说·康熙卷(十)》,文物出版社,2022年,第433页。

③ 《马介甫》,欧阳健、欧阳萦雪主编:《全清小说·康熙卷(九)》,文物出版社,2022年,第254页。

《狼》《螳螂捕蛇》等，都蕴含一定的深意，人们可以从中受到启示，增长智慧。

古往今来，搞创作第一要紧的是立意，"意犹帅也"①。作家立意的高下，直接关系到作品反映现实的深度和广度，影响到作品质量的优劣。《志异》在我国小说创作上开辟了康庄大道，取得了辉煌成就，首要的就在于它是蒲松龄立意在孤愤、寄寓深远的作品。

## 二　指归在"神理"

蒲松龄认为艺术的最高境界是"尽此神理"。他在《聊斋志异》中，曾经借描写音乐、绘画等故事情节，多次阐明了他的这一艺术见解，生动地表达了他的美学理想。

蒲松龄在《宦娘》中，写温如春从道士学得鼓琴绝技，女鬼宦娘也酷爱音乐，从温生学琴，开始"未尽此神理"，以后温生曲陈其法，加以点正，宦娘大悦曰："妾已尽得之矣！"《局诈》中，作者写程道士善鼓琴，得到李生古琴后，更是"刚柔应节，工妙入神"。《粉蝶》中，阳曰旦在神仙岛从十娘学琴曲《飓风操》，开始，音节粗合；久之，"顿得妙悟"。翌日，阳再鼓之，十娘曰："虽未入神，已得什九，肄业可以臻妙。"《吴门画工》中，记吴门某画工因得到吕祖的指点，所绘董鄂妃像"皆谓神肖"。还有《阿绣》写真假两阿绣同学天宫西王母，二人都力求"神似"。结果，真阿绣一月得"神似"；假阿绣三月而后成，但终不及真阿绣美。这是因为，一是学之得其神，一是学之得其貌也。

作者在描写这些"入神""神肖"的艺术品时，还进一步意识到这些优秀艺术品具有强大的艺术力量。《画壁》写朱生看到壁画上一垂髫散花天女"拈花微笑，樱唇欲动，眼波将流。朱注目久，不觉神摇意夺，恍然凝想。身忽飘飘，如驾云雾，已到壁上"，与垂髫仙女相会。《画马》

---

① 王夫之：《姜斋诗话》卷二。

写曾姓壁间挂赵子昂画马一帧，内一匹"黑质白章"，"尾处为香炷所烧"。西邻崔生欲去远方访友，苦无坐骑，这匹断尾马突然飞腾起来，帮助崔生很快见到了友人。这两则神异的故事生动地说明：吸摄人心的艺术往往会使人们产生丰富的遐想，甚至会驱使人们去创造生活的奇迹。

这一点，蒲松龄曾以自己的小说《青凤》为例，形象地加以描述。《青凤》是作者精心结撰的佳构之一，小说中的狐女青凤，"弱态生娇，秋波流慧"，确实传神阿堵，呼之欲出，具有很强的艺术感染力。十分有趣的是，作者又把青凤写进他的另一篇小说《狐梦》中。这篇小说记他的好友毕怡庵"每读《青凤传》，心辄向往，恨不一遇"，于是"摄想凝思"，竟然在梦中与狐女相遇。而狐女也竟然要毕转请作者像写青凤那样为她立传。她说："聊斋与君文字交，请烦作小传，未必千载下不无爱忆如君者。"为此，作者自豪地说："有狐若此，则聊斋之笔墨有光荣矣。"这里，作者欣喜地看到了他的作品所产生的艺术效果，并且形象地揭示了这些作品的艺术力量之所在。

基于以上认识，蒲松龄在总结自己的小说创作经验时，进一步从理论上对"神理"问题做了阐述。他认为搞小说创作，一题到手后，必须"静相其神理所起止"，以达到"理明辞达、神完气足"的目的，这样才算完成小说创作的艺术使命。[1]可见，他是自觉地把"神理"论作为《志异》创作的指导思想。

蒲松龄关于"神理"的论述，包孕着极其丰富的内容。这里所谓的"神理"，是一个完整的艺术概念。"神"，是指客观事物的精神与作家主观精神的兴会契合所创造出来的艺术形象；"理"，是指这种艺术形象所反映的客观内容和作家的主观理想。蒲松龄提出"静相其神理所起止"，"尽此神理"，就是要求作家对客观对象静观默察，烂熟于心，神遇而迹化，创造出具有高度神似的典型化的艺术形象。这样的艺术形象，由于反映了生活的本质，就能充分地传神达理，感染读者，对现实生活产生

---

[1] 《与诸弟侄书》。《聊斋先生文集》卷四，国学维持社，1915年。

深刻的影响。

蒲松龄的"神理"论,确实触及我国民族艺术传统中的一个核心问题——即形和神的关系问题。我国古代很多文学艺术部门都很注意处理形和神的辩证关系,形成了自己一套独特的艺术表现方法和理论观点。如我国古代绘画主神似,不主形似,强调写神、传神,而不要求外形的纤毫不爽。象画论中所提出的"以形写神""传神阿堵"①"迁想妙得""气韵生动"②"不似之似"③"形神兼备,以神为尚"④等,就是对中国画艺术特点的高度概括。这种理论在古代诗论中也颇流行。

我国小说中关于"写神"的理论出现较晚,那是《三国演义》《水浒传》《西游记》等小说在塑造人物方面取得了巨大成功之后,才引起了少数有识之士的重视。明中叶后出现了《李卓吾先生批评忠义水浒传》,那位托名李贽的评点者赞扬《水浒》作者"真是传神写照妙手",所写人物"各有派头,各有光景,各有家数,各有身份",读者"不必见其姓名,一睹事实,就知某人某人也"⑤。袁无涯评论《水浒传》,也称赞该书描写人物能"曲尽情状,已为写生"⑥。后来睡乡居士也曾赞扬《西游记》刻画唐僧师徒四人"各一性情,各一动止……正以幻中有真,乃为传神阿堵"⑦。到了清初,金人瑞曾从为文的"圣境""神境""化境"三种境界,高度评价施耐庵的《水浒传》已经到了出神入化的地步,指出该书"把一百八个人性格都写出来",刻画人物"色色绝倒,真是化工肖物之

---

① 顾恺之《画论》:"四体妍媸,本无关于妙处,传神写照,正在阿堵之中。"张彦远《历代名画记》卷五。

② 谢赫:《古画品录》,俞剑华:《中国画论类编》,第355页。

③ 王绂《书画传习录》:"古人所云不求形似者,不似之似也。"《中国画论类编》,第100页。

④ 邵梅臣《画耕偶录》:"昔王僧虔云:'书之妙道,神采为上,形质次之,兼之者方可绍于古人'。画亦然。"《中国画论类编》,第286页。

⑤ 《明容与堂刻水浒传》第三回评,中华书局影印本。

⑥ 《出像评点忠义水浒全传·忠义水浒全书发凡》。

⑦ 《二刻拍案惊奇序》。

笔"①。从以上很有限的几条资料可以看出，在蒲松龄之前，对小说创作中这种以"传神"见长的描写人物的方法，论述的人并不多，而且阐释的也不够清楚。

蒲松龄则不同，他从自己的创作实践出发，总结和吸收了前人的成果，首次提出了"神理"论，明确地把它作为品评作品和创作小说的艺术准则，自觉地以这一理论来指导自己的小说创作，表现了这位艺术巨匠既对自己民族艺术传统具有深刻的认识，又具有勇于创新的精神。

正是遵循着这一艺术思想，他的《志异》在塑造人物方面才放出异彩，形成了自己鲜明的特色。他塑造人物的特点是：

第一、以神为主，以形为辅，达到形神洽合、写形传神的目的。

蒲松龄不重外形孤立的描写，而是着眼于人物精神气度和性格的刻画。作者很善于抓住人物的个性特征进行反复着色和淋漓尽致的描绘，而与描写性格无关的情节则一律从略，因而创造了许多有血有肉、栩栩生动的人物形象。如强项无畏、百折不挠的席方平；疾恶如仇、不避嫌怨的崔猛；粗犷易怒的苗生；迂讷痴情的孙子楚（《阿宝》）；怯懦怕老婆的杨万石（《马介甫》）；因屡遭追捕而成惊弓之鸟的张鸿渐；艳如桃李、冷如霜雪的侠女等等。《志异》人物刻画最为成功的还是那些由花妖狐魅幻化的少女形象，象青凤、娇娜、婴宁、小翠、小谢、辛十四娘、菱角、葛巾、香玉、莲香、宦娘、聂小倩、连琐等，形象都很鲜明。《辛十四娘》有这样一段描写：

> 女子起，娉娉而立，红袖低垂。妪理其鬓发，捻其耳环曰："十四娘近在闺中作么生？"女低应曰："闲来只挑绣。"回首见生，羞缩不安。

这里，一个美丽娴静少女的那种羞怯不安而又含情脉脉的情态，宛

---

① 《水浒传序》及《读第五才子书法》。

然在目。作者在展示这些小儿女的意态风情时，很善于抓住富有特征性的细节，以极其细腻的笔触，描画出她们的一招一式、一颦一蹙，使我们能触摸到她们性格的生命。

《志异》善于运用写形传神的方法，在描写人物外形时，往往只用寥寥几笔，勾勒出人物一刹那间的形貌和神态，就能紧紧抓住读者。如写娇娜亮相，只用了"娇波流慧，细柳生姿"八个字，就将她形美质慧的特征显现了出来，取得了以目传神的效果。以后再通过她两次救孔生于危难之中的行动，进一步刻画了她大方、钟情的性格特征，娇娜的形象就如浮雕一样凸现了出来。

第二、以动为主，以静为辅，做到动静结合，从动态中展示人物性格。

让人物有丰富的行动性，通过人物动态来刻画性格，这是我国古代小说的特点和长处。蒲松龄吸取了这一方法。他在刻画人物时，往往选取具有典型意义的故事情节，充分展开矛盾冲突，透过人物富有特征性的行动，显示人物性格的本质。像席方平、商三官、乔女、小翠、孙子楚、乔生（《连城》）、郎玉柱（《书痴》）等，就具有这个特点。作者使用这种近似白描的手法，使人物性格洗练、鲜明，具有很强的质感。

《志异》善于通过言语、对话和小动作来刻画人物。如《云翠仙》中，云翠仙责骂梁有才的语言；《王成》中大亲王、王成、店主三人在斗鹑时的对话；《邵女》中媒婆与邵母的对话；《狐梦》中狐女姐妹的对话和小动作；《小谢》中小谢和秋容戏要陶生的小动作，都写得神情逼肖，精彩动人。人物的声音笑貌和内心活动也就在这些生动的描写中跳脱了出来。

《志异》写人、写物，有时也有极简单的静态描写，也有环境的介绍和气氛的点染。但作者写这些的目的，还是为了写情写人，渲染氛围，创造意境，让人物性格更加鲜明突出，富有情韵。如《乔女》关于乔女形状的描写，《聂小倩》关于燕生破革囊的描写，《石清虚》关于石头的描写，《婴宁》关于自然环境的描写，以及《公孙九娘》《连琐》《粉蝶》

《王桂庵》等篇中那种抒情诗的境界，都有助于刻画人物性格，深化作品的主题。

第三、以人的特性为主，以异类的特性为辅，做到相得益彰，使人物的性格特征更加鲜明。

作为一部以花妖狐魅为题材的浪漫主义小说，蒲松龄充分利用了这种题材的特点，一方面，他以现实生活为基础，撷取了社会上各种人的性格特征，赋予这些异物以人的形貌和性情，使花妖狐鬼"多具人情，和易可亲，忘为异类"；另一方面，作者在描写这些幻化的人物时，又能保持原型的特征，使人们"偶见鹘突，知复非人"[①]。这种"敷色"与"点染"的结合，有助于人物的个性化，使人物的形象更加鲜活。如《绿衣女》中，写绿衣女"绿衣长裙，婉妙无比""腰细殆不盈掬"，其歌"声细如蝇，裁可辨认。而静听之，宛转滑烈，动耳摇心"，当于生把她从蛛网下救出时，她"徐登砚池，自以身投墨汁，出伏几上，走作'谢'字"，真是写色写声，写形写神，活画出一个绿蜂幻化的少女形象。再如，性格粗犷的苗生，原来是虎精（《苗生》）；读书最慧的俞士忱，原来是蠹鱼精（《素秋》）；性格高洁、嗜酒成癖的黄英姐弟，原来是菊精（《黄英》）；离开家乡水佐餐就要生病的白秋练，原来是洞庭湖的鱼精（《白秋练》），这些形象都写得惟妙惟肖，真切动人。

蒲松龄在塑造人物方面的成就，在我国小说史上有着重要的意义。我国小说成熟较晚，从文言小说系统来看，六朝时只是粗陈梗概，唐代始有意为小说，开始注意了人物的描写，如《李娃传》《霍小玉传》《柳毅传》《虬髯客传》等篇，人物形象已很生动。但这时作家对刻画人物还不很自觉，他们往往"作意好奇"[②]，让奇幻的故事情节淹没了人物性格。宋明以来，文言小说不外拟古模仿、搜奇记逸之作，更无独创性可言。从白话小说系统来看，宋元白话小说兴起，说话人和话本整理者虽然仍

---

① 鲁迅：《中国小说史略》第二十二篇。

② 胡应麟：《少室山房笔丛》第三十六。

把故事情节的奇巧放在首位，但他们也很重视人物形象的描述刻画。到元末明初，长篇小说《三国演义》《水浒传》以及之后《西游记》《金瓶梅》的出现，标志着作家们已经自觉地把塑造人物放在小说创作的中心位置。这些小说写形传神，成就非常突出。他们奠定了我国小说民族化的基础，对后来小说创作有着深远的影响。蒲松龄打破了文言小说的桎梏，吸取了白话小说塑造人物的长处，在"神理"论的指导下，把塑造人物放在小说创作的首位，这样他的《志异》就脱颖而出，为我国古代小说树立了一座新的丰碑。

# 三 方法在"击虚"

蒲松龄深深懂得小说创作之三昧。他以"神理"论来指导《聊斋志异》的创作，确实抓住了小说创作的关键。但是如何才能"尽此神理"呢，蒲松龄又进而提出了"避实击虚"的方法。他在《与诸弟侄书》中写道：

> 盖意乘间则巧，笔翻空则奇，局逆振而险，词旁搜曲引则畅。虽古今名作如林，亦断无攻坚撼实，硬铺直写，而其文得佳者。故一题到手，必静相其神理所起止，由实字勘到虚字；更由有字句处勘到无字句处。既入其中，更周索之上下四旁焉，而题无余韵矣。尽其取于心而注于手也，务于他人所数十百言而言未尽者，予以数言了之；及其幅穷墨止，反觉有数十百言在其笔下。又于他人所数言可了者，予更以数十百言排荡摇曳而出之；及其幅穷墨止，反觉纸上不多一字。如是又何虑文之不理明辞达、神完气足也哉？此则所谓避实击虚之法也。

蒲松龄所提出的"避实击虚"的命题，主要是指作家如何掌握艺术创作规律、发挥独创性的问题。他认为：一个作家要完美地表现主题，刻画人物，达到"理明辞达、神完气足"的艺术境界，就必须在艺术构思、表现手法、情节安排、语言运用等方面充分发挥独创性，要"乘间""翻空""逆振""旁搜曲引"，而不能"攻坚撼实，硬铺直写"。这就是他提出的"避实击虚"的方法。

蒲松龄的这一艺术见解，反映了他对小说创作特点的深刻认识和对作家的严格要求。小说是通过个别反映一般，通过偶然反映必然，作家的本领就在于能否从纷繁复杂的生活现象之中，捕捉最能反映事物本质的材料，经过加工，提炼，想象，虚构，典型化，用自己所擅长的艺术手段，把它铸造成精美的艺术品。蒲松龄指出，作家要具有这样的本领，就必须把握艺术创作的特点，自觉地运用"避实击虚"法，进行创造性的劳动。在创作实践中，往往是拘守老套易，取意尖新难；平铺直叙易，曲折表现难；照实事描写易，典型化虚构难；用抽象平庸的语言易，取具体生动的语言难。优秀的、有出息的作家，就在于能舍易求难，在"击虚"二字上狠下功夫，创造出具有个人艺术风格的艺术珍品。

作为一个浪漫主义作家，蒲松龄提出的"避实击虚"法还有其特定的含义。《志异》大部分作品是以花妖狐魅为题材的，这样，作者就可以在不违背事物本质真实的前提下，更自由地驰骋幻想，更大胆地进行想象虚构。他可以"上穷碧落下黄泉"，尽情地在"击虚"二字上做文章，充分发挥浪漫主义创作方法的特长，把自己的"孤愤"之情寄托在那些既离奇虚幻、又真切感人的艺术形象身上，使《志异》一书充分表现出浪漫主义的奇情壮采。

《志异》的很多作品，往往都具有精美的形象结构：人物活灵活现，故事新奇，画面生动，意境优美。这和作者精巧新颖的艺术构思是分不开的。

蒲松龄很讲究意匠经营。在《青梅》中，他曾借狐女青梅和阿喜的曲折离奇的遭遇，发抒了自己对艺术构思的见解。他说："天生佳丽，固将以报名贤；而世俗之王公，乃留以赠纨绔。此造物所必争也。而离离奇奇，致作合者费无限经营，化工亦良苦矣。"他指出，生活中"离离奇奇"的事情，激发了作者的创作欲望，需要"费无限经营"，才能从生活原型中创造出完美的艺术品。作者深知文字经营的难处，因之他总是极为重视构思的艺术技巧，力求通过巧妙的运思，更好地塑造人物，表现主题。

艺术构思是有其特点和规律可循的，蒲松龄所说的"意乘间则巧"正是注意到这一点。这和庄周所总结的庖丁解牛的道理是一样的："彼节者有间，而刀刃者无厚，以无厚入有间，恢恢乎其于游刃必有余地矣。"①蒲松龄则强调作家要构思得法，避实击虚，充分掌握"乘间"规律，这样创作才能游刃有余，取得好的艺术效果。

蒲松龄能匠心独运，因此他的小说出人意表，不落俗套，给人以不同凡响的感受。例如《娇娜》，按常理孔生和娇娜应结为夫妇，但作者却别出心裁，将二人处理成良友关系，歌颂了他们在危难中相互救援的纯真友谊。这就打破了"男女授受不亲"的戒律，成功地塑造了封建社会末期出现的新人形象。《姊妹易嫁》中，姊姊嫌贫爱富，拒嫁"牧牛儿"，这本是常见的题材，但作者写妹妹敢于冲破封建礼法的禁锢和世俗的传统观念，代姊出嫁，这就赋予小说以崭新的内容。《嘉平公子》写一女鬼迷恋嘉平公子，家人百术驱之不能去，后公子在谕仆帖中写了白字，将"椒"讹"菽"，"姜"讹"江"，"可恨"讹"可浪"。女见之，书其后云："何事可浪？花菽生江。有婿如此，不如为娼！"女羞愧离去，自此遂绝。以白字却鬼，真是奇绝妙绝，入木三分地讽刺了那些虚有其表的纨绔子弟。这些都反映了作者对生活的独特感受和卓越见地。

蒲松龄发挥了刘勰"意翻空而易奇，言征实而难巧"的艺术见解②，提出了"笔翻空则奇"的浪漫主义创作主张，以大胆的想象和虚构，充分运用了幻想的表现手法，为其小说在刻画人物、表达生活理想方面开拓了无限自由的广阔天地。

---

① 《庄子·养生主》。

② 《文心雕龙·神思篇》。

在《志异》中，作者幻想的翅膀飞得很高很远，他"驰想天外，幻迹人区"，打破了天上人间的畛域和生死阳冥的界限，忽而仙界，忽而人间；忽而阳世，忽而冥府。他把花妖狐魅人格化，让这些异类可以和人恋爱、结婚、生子（《葛巾》《莲香》等），也可以让人死后在幽冥世界中衡文、考试、做官、成家（《于去恶》《考弊司》）。人可以死而复死（《晚霞》），也可以死而还魂（《连城》）。男女青年可以在梦中相识，也可以在梦中成亲（《寄生》）。少男可以化成鹦鹉飞到少女身边（《阿宝》），鹦鹉也可以变成美丽的少女嫁给心爱的人（《阿英》）。可以让人化成虎（《向杲》），化成龙（《博兴女》），去攫取作恶多端的豪绅恶霸的首级，报仇雪恨；也可以让虎变成人，以扑杀不学无术的读书人（《苗生》）。可以罚贪官白甲首歪置腔上，使其"目能自顾其背，不复齿人数"（《梦狼》）；也可以罚行为卑鄙的丘生暂变作马，成为他人的坐骑，恢复人形后还下了几枚马粪（《彭海秋》）。还有，人可以易慧心，换妍首（《陆判》），可以衣叶餐云（《翩翩》），妻子能在镜中现形劝丈夫苦读（《凤仙》），盲和尚能以鼻嗅烧成灰的文章而定其优劣（《司文郎》），吟诗能传情，也能治病（《白秋练》），等等。作者"惊骛八极，心游万仞"，"笼天地于形内，挫万物于笔端"[①]，奇情绮想，为我们创造了一个无比神奇美妙的世界。

蒲松龄以幻想的形式来揭露现实，抒发理想。他在结构故事、刻画人物时，主要遵循的不是现实生活的客观逻辑，而是幻想和理想的逻辑，因此他的小说较现实主义创作有更多的自由。那些在现实主义作品中不可能出现的人和事，在他的小说中却奇迹般地出现了。如《续黄粱》正是通过梦境，将曾孝廉当了宰相后所经历的人世的宦海升沉、地府的种种惩罚和再生后的饥寒冤苦熔冶于一炉，才淋漓尽致地揭露了封建大僚肮脏丑恶的灵魂。《晚霞》也是通过阿端和晚霞生生死死的不平常遭遇，曲折地反映了旧社会艺人辛酸悲苦的命运。作者在批判现实的同时，常

---

① 陆机：《文赋》。

常把所描写的对象加以理想化，因此他的很多作品都具有一种理想主义的色彩。《志异》中塑造了很多理想化的人物，创造了许多迷人的理想化境界。作者通过对美好理想的积极追求，表达了他对黑暗污浊现实的抗争与否定。

蒲松龄的小说常常采用虚实相间的手法，将虚幻的情节与现实的内容交织在一起，真中有幻，幻中有真，以求收到虚实相生、虚中见实的艺术效果。如《王桂庵》中，王桂庵与芸娘的巧结姻缘，有一个由梦境引发到实境的过程，王桂庵后来根据梦境果然在江村寻到了芸娘。《彭海秋》写彭好古与娟娘的结合，也是由幻境到实境，彭海秋以幻术招娟娘与彭好古同游西湖，三年后，彭好古在扬州果然巧遇到娟娘。《阿绣》中的真假两阿绣，小说一实写，一虚写，两阿绣交替出现，相互映照，使刘子固也难辨真伪。《志异》中这种似真似幻、扑朔迷离的写法，使读者悬念莫解，急待追寻事物的真相，求得心理上、思想上和艺术上的满足，因而收到特殊的艺术效果。

蒲松龄深深植根于现实生活的土壤中，他的很多作品虽然奇到极处，幻到极处，但奇而不失其真，幻而不离其实，天上地府的生活仍然是按照人间生活设计的，幻化的异类也是根据人的特性塑造的，这些都不过是现实世界的曲折反映。不像当时有些记述怪异的小说，背离了生活的真实，为奇而奇，为幻而幻，故意制造一些怪诞的情节以眩人耳目。正因为《志异》广泛地反映了社会生活的真实，揭示了事物的本质，所以我们读起来兴味盎然，十分亲切，引起感情上的强烈共鸣。

短篇小说"直则少情，曲则有味"[①]。因为直则平、则露、则浅；曲则险、则幽、则深。高明的作者在谋篇布局和组织情节时，总是力避前者，殚思极虑地追求后者，以便使自己的作品取得更好的艺术效果。在这方面，蒲松龄下过一番工夫。他提出的"局逆振而险"的主张，正是从自身创作实践中总结出来的一条宝贵经验。确实，蒲松龄的小说以情节的

---

① 冯镇峦评（张友鹤辑校：《聊斋志异会校会评会注本》，上海古籍出版社，1978年，第365页）。

委婉曲折为人们所称道。笔触工细，情思婉转，故事情节一波三折，极富于变化，是其作品突出的特点。如《促织》，围绕着促织的得而复失，失而复得，故事情节波澜起伏，张弛有法，小说也就在这曲折变幻的情节中，逐步把矛盾冲突推向了高潮。《莲香》写桑生与莲香、李女的爱情故事，小说由妓引出狐，由狐引出鬼，或分写，或合写，文情腾挪跳荡，无往而不曲，真是曲径通幽，引人入胜。《葛巾》写常大用追求葛巾，由二人邂逅到最终结合，中间几经波折，反复离奇。但明伦评曰："此篇纯用迷离闪烁、夭矫变幻之笔，不惟笔笔转，直句句转，且字字转矣。"①这样的作品，当然具有扣人心弦的艺术魅力。

蒲松龄的小说在谋篇布局方面往往出奇制胜。作者或以大开大阖的手法，以激化矛盾，加强人物的行动；或用惊奇倒挂的手法，设置伏笔，制造悬念，以增添文情的变幻；或运用巧合的情节，以推动故事的发展和矛盾冲突的解决。《王桂庵》《仇大娘》《西湖主》等，都是这方面的代表作。《王桂庵》写王桂庵和芸娘的爱情，由投金，征梦，婚媾，投江，到最后以巧遇团圆收煞，故事夭矫变化，大起大落，如奇峰突起，奔流急转，摄人心魄。此篇因用蓄势法，"愈蓄则文势愈紧，愈伸，愈矫，愈陡，愈纵，愈捷"②。《仇大娘》主要以巧合的情节取胜，小说写魏名八次祸害仇大娘家，仇家八次都因而得福；后魏名愧悔，两次备礼送仇家，仇家反因而遭祸。这种奇巧的情节出人意表，显然包含着深刻的寓意。《西湖主》则处处用险笔，它先以"犯驾当死"埋下伏线，继写陈生误入花园题诗红巾引起风波，直至王妃报恩赐婚止，故事一波未平，一波又起，波谲云诡，险象丛生。但明伦评曰："生香设色，绘景传神，令人悦目赏心，如山阴道上行，几至应接不暇。其妙处尤在层层布设疑阵，极力反振，至于再，至于三；然后落入正面，不肯使一直笔。时而逆流撑舟，愈推愈远；时而蜻蜓点水，若即若离。处处为惊魂骇魄之文，却笔

---

① 张友鹤辑校：《聊斋志异会校会评会注本》，上海古籍出版社，1978年，第1443页。

② 但明伦评（张友鹤辑校：《聊斋志异会校会评会注本》，上海古籍出版社，1978年，第1636页）。

笔作流风迴云之势……文之矫变，至此极矣！"①这个评语，很能道出《志异》在谋篇布局方面的特点。

蒲松龄特别注意小说结尾的艺术处理，他有时惜墨如金，尽快收束，"务于他人所数十百言而言未尽者，予以数言了之，及其幅穷墨止，反觉有数十百言在其笔下"；有时则泼墨如云，尽量铺陈，"又于他人所数言可了者，予更以数十百言排荡摇曳而出之，及其幅穷墨止，反觉纸上不多一字"。如《连琐》最后以"二十年来如一梦耳"一语作结，即蕴涵丰富，余味无穷，如再缀数语，便成蛇足。对此，王士禛评曰："结尽而未尽，甚妙。"②《香玉》的结尾则与此相反，它极力渲染黄生与香玉、绛雪的"情死"，这样的结局使故事染上了一层悲剧色彩，也很耐人咀嚼。其他像《莲花公主》《绿衣女》等的结尾，也都笔墨生花，美丽动人。这种极富于变化的结尾，正是作家从艺术的整体美出发精心设计的。

# 四　成功在"狂痴"

蒲松龄在写作《聊斋志异》时提倡一种"狂痴"精神。他在《自序》中说：

> 才非干宝，雅爱搜神；情类黄州，喜人谈鬼。闻则命笔，遂以成编……遄飞逸兴，狂固难辞；永托旷怀，痴且不讳。展如之人，得毋向我胡卢耶？

他在《志异》中写了很多"狂痴"的故事，对那些狂生、情痴、书痴、石痴等精心刻画，倍加赞赏。如悖于礼法、不畏鬼魅的狂生耿去

---

① 张友鹤辑校：《聊斋志异会校会评会注本》，上海古籍出版社，1978年，第654～655页。

② 张友鹤辑校：《聊斋志异会校会评会注本》，上海古籍出版社，1978年，第337页。

病（《青凤》），意痴行狂、钻穴凿壁的霍桓（《青娥》），自断枝指、身化鹦鹉的情痴孙子楚（《阿宝》），割肉疗疾、魂随知己的乔生（《连城》），嗜书成癖、不谙色性的郎玉柱（《书痴》），自愿减寿、爱石如命的邢云飞（《石清虚》）等。这些人都执着于生命的某一点上，行动怪僻，被一般人视为狂人、痴人，而作者却独具只眼，对这些特异的性格和狂痴的行为作了热情的肯定和由衷的赞美。这里，显然寄托着作者的理想，表明作者是有意识地通过艺术形象来宣扬这种"狂痴"精神。

"狂痴"精神究竟是一种什么样的精神呢？"狂者进取，猖者有所不为。"①"用志不分，乃凝于神。"②"狂"，才敢乖于风教，标新立异，指天画地，挥斥古今，不受传统拘束，不怕庸人非议。"痴"，才能执着专一，锲而不舍，百折不回。历史上，不少杰出的文学家、艺术家，从屈原、司马迁到汤显祖、曹雪芹，从顾恺之、张旭到八大山人、扬州八怪，都是因为在自己的事业上发扬了可贵的"狂痴"精神，才走上了成功之路的。这些历史事实，带有一定的规律性，很值得认真总结。

蒲松龄观察分析了这一历史现象，结合自己的生活经历和创作实践，对"狂痴"精神作了深刻的阐发。他指出："性痴则其志凝：故书痴者文必工，艺痴者技必良；世之落拓而无成者，皆自谓不痴者也。"（《阿宝》）"怀之专一，鬼神可通。"（《葛巾》）"情之至者，鬼神可通。"（《香玉》）这确是作者的经验之谈。他自己正是以这种"狂痴"精神，毕生致力于《志异》的创作。

蒲松龄一生落拓失志，政治抱负得不到施展。长期的底层生活，使他更多地接触了人民，了解了社会，改变了自己原先的志向。他决心献身于小说创作，借小说来倾吐满腔的"孤愤"。他以不同寻常的兴趣，如痴如狂的劲头写作《志异》。这里，"孤愤"之情和"狂痴"精神互为表

---

① 《论语·子路》。

② 《庄子·达生》。

里，"孤愤"激发了他的"狂痴"精神；"狂痴"又进而推动他更加奋勉地去完成"孤愤"之作。他上天入地，谈狐说鬼，打破窠臼，大胆创新，无论是古代的奇情韵事，当今的血泪新闻，村夫的俚俗传说，野老的"放纵之言"①，他都热心采集，广为搜求，为我所用，把它们改造成既新奇动人，又惊世骇俗的艺术品。他的这种不同于常人的眼光和作为，招来了世俗的非议，人们笑他狂，笑他痴。对此，他坦然置之，直认不讳，且我行我素，毫不动摇。他的创作活动也引起了友朋的关注，他的挚友张笃庆曾多次赠诗，希望他改弦更张："此后还期俱努力，聊斋且莫竟谈空。"（《寄留仙、希梅诸人诗》）"谈空误入《夷坚志》，说鬼时参猛虎行。咫尺聊斋人不见，蹉跎老大负平生。"（《怀蒲留仙先生》）②好友的谆谆劝勉是感人的，但这并没有使他改变信念，放弃《志异》的创作，他仍然循着既定目标，步履坚定地走下去。

蒲松龄家境贫寒，生活十分清苦。但是，困顿的生活并没有使他消沉、颓唐，相反的却磨砺了他的意志，激发了他的进取心。早年他在好友李尧臣家读书时，就严格要求自己，奋志攻读："请订一籍，日诵一文焉书之，阅一经焉书之，作一艺、做一帖焉书之，每晨兴而为之标日焉，庶使一日无功，则愧则警，则汗涔涔下也。"③以后他到淄川名缙绅毕际有家当塾师，利用毕家丰富的藏书，精读博览，使他知识更加渊博，阅历更加丰富。他在毕家坐馆前后达三十年之久，相对安定的环境，为他创作《志异》和其他作品提供了有利的条件，他这时更加勤奋地读书、写作。"假非诵读破万卷，安有述作千人惊？"④后人用这两句诗来赞扬蒲松龄《志异》的写作，是很有道理的。他一生除《志异》一书外，仅

---

① 《聊斋志异·自序》："放纵之言，有未可概以人废者。"

② 引自路大荒：《蒲柳泉先生年谱》，（清）蒲松龄著，路大荒整理：《蒲松龄集》，中华书局，1962年，第1773、1781页。

③ 《醒轩日课序》，（清）蒲松龄著，路大荒整理：《蒲松龄集》，中华书局，1962年，第64页。

④ 沈炯：《聊斋志异题辞》，张友鹤辑校：《聊斋志异会校会评会注本》，上海古籍出版社，1978年，第36页。

路大荒先生《蒲松龄集》收录的，就有文十三卷，诗六卷，词一卷，戏三出，俚曲十四种，杂著五种，其他散佚淹没的还不计其数。这些作品内容之丰富，形式之多样，在文学史上是罕见的。这些诗文词曲等与《志异》一书互为表里，相映生辉，是我们了解《志异》创作的不可或缺的依据。蒲松龄是在极其艰苦的条件下坚持写作的。他在《戒应酬文》中，曾形容他写作的情况："尔乃坐枯寂，耐寒威，凭冰案，握毛锥，口蒸云而露湿，灯凝寒而光微，笔欲搦而管冷，身未动而风吹，吟似寒蝉，缩如冻龟，典春衣而购笔札，曾不足供数日之挥。"[1]《聊斋志异·自序》也说："独是子夜荧荧，灯昏欲蕊；萧斋瑟瑟，案冷疑冰。"他的一些诗词也透露其写作《志异》时的情景："《志异》书成共笑之，布袍萧索鬓如丝；十年颇得黄州意，冷雨寒灯夜话时。"[2]"愁满笺，苦满笺，自笑千篇类一篇，挥毫已复然。"[3]尽管环境是如此的凄寂艰苦，心情是如此的郁结悲愤，但他仍然以严肃认真的态度，坚韧不拔的精神，日复一日，年复一年，积少成多，集腋成裘地从事《志异》的创作。他用毕生心血浇灌了《志异》，从三十岁前后即开始小说的创作，直到晚年定稿时，他仍在精益求精地反复修改润色，力求使作品更加臻于完美。解放初期发现的《志异》上半部原稿中，就保留了他多处修改的手迹。他的这种一丝不苟、刻苦写作的精神，是十分感人的。逆境造就了强者。蒲松龄身处政治上、生活上的逆境，由于他在小说创作事业中发扬了可贵的"狂痴"精神，不怕鬼，不怕魅，不为名位所囿，不为冻馁所困，几十年如一日，志凝情笃，百折不移，终于使《志异》取得了光辉的成就。历史是有情的。人民是历史的评说者。曾几何时，那些喧嚷一时的达官贵人，早已灰飞烟灭；而身处僻壤、终老乡野的蒲松龄和他的伟大著作《聊斋志异》，将永远彪炳于文坛！

---

① （清）蒲松龄著，路大荒整理：《蒲松龄集》，中华书局，1962年，第303页。

② 《次韵答王司寇阮亭先生见赠》，（清）蒲松龄著，路大荒整理：《蒲松龄集》，中华书局，1962年，第45页。

③ 《长相思》，（清）蒲松龄著，路大荒整理：《蒲松龄集》，中华书局，1962年，第717页。

蒲松龄有关小说创作的见解，主要见于他的《聊斋志异·自序》及《与诸弟侄书》二文，其余散见于《聊斋志异》的一些篇章和他的一些诗文中。这些见解，虽然不可避免地打着时代的烙印，但对我们了解蒲松龄的小说创作思想，无疑是极为重要的资料。

在我国古代小说史上，由作家本人来总结自己的创作经验，并做了较完整的理论阐述的，蒲松龄是第一人。在他之前，洪迈、罗烨、胡应麟、李贽、叶昼、冯梦龙、凌濛初、金圣叹等，虽然对小说作了一些理论阐述和艺术经验的总结，但他们大都不是总结自己的创作经验。在他之后，也只有曹雪芹一人可以与之媲美。因此，他的这些经验，就弥足珍贵，值得我们重视，今天仍然对我们有很多启示。

1984 年 3 月原稿，2023 年 12 月重拾修订。

王立兴，安徽定远人，南京大学文学院教授。

※　※　※

## 刘廷式再见于今

沈括《梦溪笔谈》，写刘廷式与邻舍翁之女相约为婚。后廷式读书登科，邻翁已死，女病双瞽，廷式使人申前好，卒与成婚。屠元淳《昭代旧闻》卷三，也写了一个韩堉，聘戚氏女。未几，两目失明。戚谓："韩郎年少能文，必成远器，而配以盲女，非偶也。"韩毅然不可，如礼迎娶以归。戚不得已，媵以美婢。韩曰："人情见欲则动；不若无见，以全我居室之好。"遽遣婢还。后举于乡，出为教谕，挈妇偕行，伉俪无间，豫人称其笃行，以为"宋之刘廷式再见于今"云。（斯欣）

# 论《聊斋志异》爱欲书写与"孤愤"之志

李军均　李静娜　向晓芳

## 引　言

蒲松龄在《聊斋自志》中自况"孤愤",云:"集腋为裘,妄续幽冥之录;浮白载笔,仅成孤愤之书。寄托如此,亦足悲矣。"[1]此一"孤愤"自况,被认为接续中国古代士人"悲愤著书"的传统。此自况,又与蒲松龄在康熙十年(1671)正月收到家书后所做《感愤》(又作《十九日得家书感赋,即呈孙树百、刘孔集》)诗互证。该诗系言志之作,诗云:"漫向风尘试壮游,天涯浪迹一孤舟。新闻总入《夷坚志》(又作'狐鬼史'),斗酒难消磊块愁。尚有孙阳怜瘦骨,欲从元石葬荒丘。北邙芳草年年绿,碧血青磷恨不休。"[2]诗之首联,以杜甫自比,比的不是杜甫的悲惨遭遇,而是杜甫的家国情怀;颈联中用伯乐(孙阳)、刘玄石事言自己和朋友之关系及自己佗傺之遭际[3];尾联则用北邙和碧血之文化隐喻[4],

---

[1] 《聊斋志异会校会注会评本》,上海古籍出版社,2020年,第3页。本文后引《聊斋志异》原文皆此版本,不另注。

[2] 《蒲松龄集》,上海古籍出版社,1986年,第476页。

[3] 《战国策·楚策四》:有马驾盐车而上太行,蹄裂膝折、皮开肉绽、汗水滴流,行至山坡中途,已经精疲力竭。伯乐恰好遇到,见而怜之,下车抚马而哭,解衣盖于马身。"骥于是俯而喷、仰而鸣,声达于天,若出金石声者。何也?彼见伯乐之知己也。"《搜神记》卷十九:狄希,中山人,能造千日酒,饮之千日醉。刘玄石饮之,至家醉死。经三年,狄希往玄石家,家人云玄石已死。于是凿冢破棺,玄石开目张口,引声而言:"快哉,醉我也!"

[4] 北邙山在洛阳之北,汉晋时王侯公卿多葬于此。又洛阳曾是夏朝、商朝、西周、东周、东汉、曹魏、西晋、北魏、隋朝、唐朝、武周、后梁、后唐、后晋等十三朝建都所在,尤其是两周、东汉、曹魏、西晋等朝形塑了洛阳的文化意象。如汉朝梁鸿《五噫歌》有言"陟彼北芒兮,噫!顾瞻帝京兮,噫!"碧血指苌弘事。《左传·哀公三年》载:刘氏、范氏世为婚姻,苌弘事刘文公,故周与范氏。赵鞅以为讨。六月癸卯,周人杀苌弘。又《庄子·外物》言:"人主莫不欲其臣之忠,而忠未必信,故伍员流于江,苌弘死于蜀,藏其血三年,而化为碧。"

书写自己不遇之深切悲怨。此两者是后世认知蒲松龄"孤愤"意义的最直接文献。

为夯实蒲松龄的"孤愤"之内质，又有人引他证之史料，如张元《柳泉蒲先生墓表》言蒲松龄："其生平之侘傺失志，溷落郁塞，俯仰时事，悲愤感慨，又有以激发其志气，故其文章颖发苕竖，诡恢魁垒，用能绝去町畦，自成一家。而蕴结未尽，则又搜抉奇怪，著有《志异》一书。虽事涉荒幻，而断制谨严，要归于警发薄俗，而扶树道教，则犹是其所以为古文者而已，非漫作也。""学者目不见先生，而但读其文章，耳其闻望，意其人必雄谈博辩，风义激昂，不可一世之士；及进而接乎其人，则恂恂然长者，听其言则讷讷如不出诸口，而窥其中则蕴藉深远，而皆可以取诸怀而被诸世。然而阨穷困顿，终老明经，独其文章意气，犹可以耀当时而垂后世。"① 又如蒲松龄之子蒲箬所著《清故显考岁进士候选儒学训导柳泉公行述》，言："（我父）至五十余尚希进取。我母止之曰：'君勿复尔！倘命应通显，今已台阁矣。'自是我父灰心场屋，而甄匋一世之意，始托于著述焉。思所及，中人情之膏肓，笔所书，导物理之肯綮。至于蕴藉诙谐，一着纸而解人颐，犹其末也……如《志异》八卷，渔蒐闻见，抒写襟怀，积数年而成，总以为学士大夫之针砭；而犹恨不如晨钟暮鼓，可参破村庸之迷，而大醒市媪之梦也，又演为通俗杂曲，使街衢里巷之中，见者歌，而闻者亦泣，其救世婆心，直将使男之雅者、俗者，女之悍者、妒者，尽举而匋于一编之中。呜呼，意良苦矣！"② 两文之说，与蒲松龄之自况互为印证，遂为蒲松龄"孤愤"意义的申发拓展了辉耀文学史、思想史、文化史的空间。

发愤为文，大抵是缘于人生理想与现实的悖离而形成焦虑、失意等负面情绪，并通过为文之方式将此种负面情绪发抒，在文字的结构中获得精神的慰藉。人生的理想，是人在成长过程中形成的超越现实之欲望；

---

① 《蒲松龄集》，上海古籍出版社，1986年，第1814～1815页。
② 《蒲松龄集》，上海古籍出版社，1986年，第1818页。

而欲望会激发人喜、怒、忧、思、悲、恐、惊之七情和眼、耳、鼻、舌、身、意之六欲。在家国同构的古代中国文化语境中，男性的自我书写常含蕴着妾妇情结，即将君臣的离合拟于丈夫与妻妾关系亲疏。如此，不妨将古代中国读书人入仕理想及由此引发的爱欲①，与男女之间的情欲对读②，或可发现发愤为文的心灵幽隐。尤其是有清一朝，无论男性还是女性，都被其时的制度文化所沉重压抑，但相比于完全被压抑的女性，清代男性还能以在青楼楚馆中的性放纵，弥补其在男性社会秩序中被压抑的社会情欲。当然，清代男性赴青楼楚馆以性放纵获得从生理的纾解到社会情欲的满足，必须建立在其财力能给予支撑的基础上，而穷愁潦倒的落魄读书人，则可能因为财力困乏的原因而不能倚赖此途径获得满足，如此则大体会选择发愤为文来获得自我的纾解。事实上，发愤为文的命题中即包含着此种实际。

蒲松龄颇有才华，年轻时亦曾风光于科场。顺治十五年（1658），十九岁的蒲松龄参加科举考试"初应童子试，即以县、府、道三个第一补博士弟子员，文名籍籍诸生间"③。山东学道施闰章赞赏蒲松龄的才学，言："首艺空中闻异香，百年如有神，将一时富贵丑态，毕露于二字之上，直足以维风移俗。次，观书如月，运笔如风，有掉臂游行之乐。"④此时的蒲松龄可谓踌躇满志，他与几个年龄相仿的年轻秀才结成郢中诗社，攻读举业之余，饮酒作赋，相互推重与期许。此后蒲松龄先是乡试两次败北，精神受到打击。而其哥嫂提出分家让蒲松龄的物质生活更形

---

① 马尔库塞："爱欲作为生命本能，则蕴含着更多的内容，既包括性欲，也包括食欲、休息、消遣等其他生物欲望。"（[美]赫伯特·马尔库塞著，黄勇、薛民译：《爱欲与文明》，上海译文出版社，2006年，第4页）

② 恩格斯指出："体态的美丽，亲密地交往，融洽的旨趣等，曾经引起异性间的性交的欲望，同谁发生这种最亲密的关系，无论对男子还是对女子都不是完全无关紧要的。""人与人之间的，特别是两性之间的感情关系，是自从有人类以来就存在的。"（《马克思恩格斯全集》第21卷，人民出版社，1965年，第89、326页）

③ 张元：《柳泉蒲先生墓表》，《蒲松龄集》，上海古籍出版社，1986年，第1814页。

④ 淄川咸丰举人王敬铸手抄《聊斋制艺》，转引自《蒲松龄志》，山东人民出版社，2023年，第19页。

穷苦，如其自谓穷困是"贴身的家丁，护驾的将军"①。身无所长的蒲松龄以做塾师维持生业，然谋馆是一难，蒲松龄在《闹馆》中曾言"沿门磕头求弟子，遍地碰腿是先生""君子受艰难，斯文不值钱，有人成书馆，便是救命仙"②。报酬微弱、伙食不佳则为两难，时常"今日当了袄，明日当了裙""粗面卷饼曲曲菜，吃的是长斋"③。然而无论财物上如何穷困，蒲松龄皆未曾放弃科举，直至七十岁后才在无奈之中返家，七十一岁时援例成岁贡生。

蒲松龄一生中，有两位不得不提的女性，分别是蒲松龄婚姻伴侣原配刘氏和精神爱侣顾青霞。刘氏是位平实贤惠的乡下妇女，她七十一岁去世，与蒲松龄共度了五十余载，为蒲松龄生养了四子一女。刘氏"入门最温谨，朴讷寡言"，一生辛劳，"少时纺织劳勚，垂老苦臂痛，犹绩不辍"，是陪伴并安慰失意的蒲松龄的良侣④。然在刘氏健在时，蒲松龄对刘氏的感情或许仅仅是一个持家的生活伴侣，这可以从蒲松龄所作关于刘氏的诗文数量的变化窥一斑。蒲松龄为刘氏作诗八首，其中至少六首是在刘氏去世后所作悼念诗。与顾青霞相识，蒲松龄时年三十。顾青霞原为歌妓，后成为宝应知县孙蕙的姬妾，才色双全。正值盛年的蒲松龄到同乡好友孙蕙处做幕僚，得以结识顾青霞，并以之为"梦中情人"似的理想精神伴侣。此种看法可从其围绕顾青霞的文学活动得到一定印证，如《孙给谏顾姬工诗，作此戏赠》《为青霞选唐诗绝句百首》《听青霞吟诗》《梦幻八十韵》《伤顾青霞》等诗，形塑了顾青霞"神女"的美好形象，并以顾青霞为知己。因此，马瑞芳先生如此概述蒲松龄对两位女性的不同情感：

在蒲松龄身上一直有个特别现象，人生和爱情在他心中一

---

① 蒲松龄：《除日祭穷神文》，《蒲松龄集》，上海古籍出版社，1986年，第1753页。

② 蒲松龄：《闹馆》，《蒲松龄集》，上海古籍出版社，1986年，第813页。

③ 蒲松龄：《学究自嘲》，《蒲松龄集》，上海古籍出版社，1986年，第1749页。

④ 蒲松龄：《述刘氏行实》，《蒲松龄集》，上海古籍出版社，1986年，第250、251页。

直有两种完全不同的解释：他数十年守着的，是不识字或识不了多少字的糟糠之妻，数十年向往的，是出口成章、吟诗作赋的风雅女性；他数十年对着的，是寻常面貌的荆钗布裙，数十年向往的，是环佩叮当、妖娆可爱的国色天香；他数十年过着的，是粗茶淡饭的百姓生活，数十年向往的，是娇妻美妾、富贵神仙的逸乐生涯①。

如斯言，实则揭示了蒲松龄在现实婚姻和理想爱情中的矛盾性和两面性。

结合蒲松龄的此种生命实际，考量《聊斋志异》之"孤愤"，固然有一定的文学史、思想史和文化史意义，但这种意义的申发，或许应该有另一个向度的斟酌，即《聊斋志异》的爱欲书写是否可以重构其"孤愤"的价值。

明清两代，一方面是情色文学的昌盛，另一方面是思想和政治上出于道学和社会治理的现实需求，对性欲的禁制。如清人纪昀《阅微草堂笔记·滦阳续录五》言："饮食男女，人生之大欲存焉。干名义，渎伦常，败风俗，皆王法之所必禁也。"②在这样的文化语境中，《聊斋志异》中性爱行为的书写，可能并非一种窥探式的猎奇和低俗趣味的迎合。日常为社会禁制的性欲及其行为，可以从个体和社会两个维度考察。"从个体方面看，异性的寻求、结合、生育都是消耗与牺牲，自私是人类天性，纯粹是消耗牺牲的事是很少有人肯干的。于此造化又有一个很巧妙的安排，使这消耗与牺牲的事带有极大的快感。人们追求异性，骨子里本为传种，而表面上却现得为自己求欲望的满足。"③但《聊斋志异》中有诸多突破为日常社会禁制的性爱书写，譬如女性行旅的权力、"奔女"、"性歧

---

① 马瑞芳：《蒲松龄的梦中情人》，（清）蒲松龄：《马瑞芳重校评批聊斋志异》，河北教育出版社，2008年，第1508页。

② （清）纪昀：《阅微草堂笔记》，上海古籍出版社，2016年，第439页。

③ 朱光潜：《谈性爱问题》，《朱光潜全集》第4册，安徽人民教育出版社，1988年，第109页。

变"、"壮伟"等的书写，细读此类文本，其中性爱的爱欲书写蕴含着个体自性和社会禁制之间的纠结。有鉴于此，从《聊斋志异》的爱欲书写，或可寻绎蒲松龄的生命情志。

# 一　内外与大义：《聊斋志异》行旅书写性别论

男女两性的社会分工和物理活动空间，在古代中国并非一成不变。先秦时期宣扬"女主内男主外"，如《周易》云："家人，女正位乎内，男正位乎外。男女正，天地之大义也。家人有严君焉，父母之谓也。父父子子，兄兄弟弟，夫夫妇妇，而家道正，正家而天下定矣。"[①]这种"女主内男主外"思想的本质是基于自然生理的"天地大义"，因此只有男女双方各司其位，才有利于维持社会的基本秩序（大义），故此时的女内男外只是社会分工的不同，双方的地位是平等的。但在此后的朝代更迭中，男女平等的思想逐渐被男性中心主义的观念所替代，并对男女两性的空间逐步做出严格限定。如《礼记·内则》言："男不言内，女不言外，非祭非丧，不相授器……外内不共井，不共湢浴，不通寝席，不通乞假。男女不通衣裳，内言不出，外言不入。男子入内，不啸不指，夜行以烛，无烛则止。女子出门，必拥蔽其面，夜行以烛，无烛则止。道路，男子由右，女子由左。"又言："礼始于谨夫妇，为宫室，辨外内，男子居外，女子居内。深宫固门，阍寺守之。男不入，女不出。男女不同椸枷，不敢县于夫之楎、椸，不敢藏于夫之箧、笥，不敢共湢浴。夫不在，敛枕箧，簟、席、襡器而藏之。"[②]

宋代司马光《书仪·居家杂仪》对男女两性的内外空间之别，更是做了细致入微的严苛规范，言：

---

① （唐）李鼎祚撰，王丰先点校：《周易集解》，中华书局，2020年，第174～175页。

② （清）孙希旦撰，沈啸寰、王星贤点校：《礼记集解》，中华书局，1989年，第735～736、759页。

凡为官室，必辨内外。深官固门，内外不共井，不共浴室，不共厕。男治外事，女治内事，男子昼无故不处私室，妇人无故不窥中门。男子夜行以烛，妇人有故出中门，必拥蔽其面。（如盖头、面帽之类。）男仆非有缮修及有大故，（谓水火、盗贼之类。）不入中门。入中门，妇人必避之，不可避，（亦谓如水火、盗贼之类。）亦必以袖遮其面。女仆无故不出中门，有故出中门，亦必拥蔽其面。（虽小婢亦然。）铃下苍头，但主通内外之言传，致内外之物，毋得辄升堂室，入庖厨①。

这样的男女限定，在明清小说中也多有书写。如《醒世恒言》卷十一《苏小妹三难新郎》中对男女各自的职责有一段说明：

男子主四方之事，女子主一室之事。主四方之事的，顶冠束带，谓之丈夫；出将入相，无所不为，须要博古通今，达权知变。主一室之事的，三绺梳头，两截穿衣，一日之计，止无过饔飧井臼；终身之计，止无过生男育女②。

这段议论呈现了和《周易》中完全不同的男女观，男女分工合作的思想被重男轻女、重外轻内的观念所取代，男尊女卑的思想成为社会主流。在此种性别观念下，女性被看作男性的附庸，女性的一切都属于男子，包括身体。因此女性被限制在闺阁之中不再是因为社会分工，而是男性担心女性在行旅途中遭遇贞洁危机。

尤其是清朝，女性的贞节观念被绝对化，如王相《女四书》为女教大成，有清一代的节妇烈女越来越多，据《休宁县志》记载，仅安徽休宁县即有二千二百多个节烈女性。在这一文化语境中，女性的贞洁危机

①（宋）司马光：《涑水家仪》，引自陶宗仪编：《说郛》卷71，《景印文渊阁四库全书》第880册，第50页。

②（明）冯梦龙：《醒世恒言》，人民文学出版社，1956年，第226页。

更被社会严防。在《聊斋志异》中，蒲松龄将妇女遭遇贞洁危机归因为独自的行旅。独自行旅不是指妇女单独一人，而是强调无年长男性陪伴在侧。妇女独自行旅遭遇贞洁危机的原因，首先是基于男女两性生理的力量差距。女子在力量上不敌男性，故而面对男子的强行施暴，女性几无还手之力。《博兴女》中某女姿容娟好，豪强伺其外出时，强行将其掠去，至家后欲逼与淫。面临此种情况，女子只能"号嘶撑拒"。《王大》中李信与王、冯、周三友人夜行时遇一妇人，明知此妇素有凶悍泼辣之名，冯却说："此处无人，悍妇宜小祟之。"遂将妇人拖至山谷，在遭遇贞洁危机时，即使是凶悍妇人，也只能"大号"，而冯掬一把泥土填其口就能解决问题。因此，在绝对的力量差异面前，女子若是独身一人，即使是悍妇也无力自保。其次是女性知识的匮乏。传统社会中女性缺乏受教育的机会，不能读书识字，即使身在开明之家的女性有机会接受教育，学的也是女德女诫等闺训，而不可能从书本中开阔眼界增长见识。而"不出闺门"的礼制规范又使她们失去了了解社会现实、积累为人处世经验的机会。因此在她们独自行旅时，常常无从分辨善恶是非而极易陷入危机。《薛慰娘》中女探亲后携媪归家，将欲渡江时，一妪急招附渡，为媪素识。上船后却被投以迷药，女妪皆迷，最终女被转卖给富室为妾。正是因为女子缺乏生活经验，轻信他人，加之身边又无父兄保护，沦落为妾后又不堪屈辱而自尽。

在男尊女卑的性别观念下，女性的贞洁危机不止是对女性身体的伤害，更是对妇人丈夫的所有权的侵害。在男性看来，为了保护妇女的贞洁，或者说为了保护丈夫对妇女的所有权，妇女行旅活动必须有男性参与，这样才是"合法"安全的。

《聊斋志异》中的妇女行旅故事，按照男性在妇女行旅活动中的参与方式，可以将妇人的"合法"行旅分为三类：第一类是"从于男性"；第二类是"为了男性"；第三类是"成为男性"。

"从于男性"是指妇人行旅与否取决于男子，其"合法"来自于男子的全程"监护"。所谓"在家从父，出嫁从夫"，女子待字闺中时，若父亲行旅，女从之；女子出嫁后，若丈夫行旅，女亦从之。男性的职业决定着他们的居或游，作为男性附庸的妇女并无行旅选择权，父亲或丈夫的行旅决定了她们的行旅。《连琐》中，父亲由于官职变动，由陇西行至山东泗水之滨，女亦随之流寓至泗水。《娇娜》中，孔生举进士，授延安司礼，携妻赴任。《橘树》更是其中的典型之作。陕西刘公为兴化令时，有道士献菊一盆赠女，女珍爱非常，朝夕护之唯恐伤。后刘公任满，女亦随之离去。虽万分不舍橘树，却无可奈何。作者让女与橘树再见的契机是，十余年后女子的丈夫被任为兴化令，女子随之前往。丈夫在兴化为官三年后解任，女又再次随之离开。此篇中，女子完全丧失了行旅自主权，她从始至终只能作为附庸跟随男性的行旅。父亲离开时她即使万分不舍也只能离去。离去后的十余年间她并无机会独自回来。直到丈夫行旅至此她才能跟随而来，丈夫解任后她又跟随离去。

"为了男性"是指男性的身影虽未出现在妇人行旅中，但其直接影响了妇女的行旅动机，"为了男性"为妇女行旅提供了"合法"的内在动机。只要是"为了男性"，女性可以暂时不遵守"不出闺门"的规范，直到责任的完成。"为了男性"的妇女行旅故事可以分为两类：一类是为了寻找丈夫而行旅；一类是为了给男性复仇而行旅。

"寻夫"是中国古代叙事文学之常见主题。"寻夫"主题中男性虽未直接参与妇女的行旅，但妇女以男性为行旅动机，且其行旅动机在道德上完全迎合男性的价值观，男性以另一种方式参与了行旅。《宫梦弼》中黄女与柳生有婚约，后黄父欲嫁女至一贾人，女察其谋后毁装涂面，乘夜遁去。"丐食于途，阅两月，始达保定。"此篇中黄女为了遵守和柳生的婚约，闺阁弱质女流却孤身一人丐行两月，此种行为完全迎合了"女不二嫁"的守贞观念，且"毁装涂面"也是在行旅过程中对贞节的守护。黄女的寻夫之旅不仅是对女性贞节的维护，更是对未婚丈夫的权利的自觉维护。《吕无病》中孙公子因新妇王女霸道蛮横，远避都城，留妾室吕无病和幼子在家。王女日日虐待二人，在儿濒死之计吕携之夜奔，寄儿于一小村，吕奔波京师向孙报告消息，"句未终，纵声大哭，倒地而灭。"在孙生作为父亲、丈夫的角色出现缺位时，吕无病舍生忘死地向其传递消息，极力维护丈夫的家庭及后代。吕无病的寻夫之旅则迎合了男性中心主义中妇女作为"贤妻良母"的形象。

"复仇"类妇女行旅故事中，妇女虽是行旅活动的主体，但她们的行为却是为了给男性赢回尊严。《商三官》中商父因忤逆邑豪被其家奴打死，诉讼经岁不结，商女乃乘邑豪诞辰招优为戏时化身优伶，以美色诱邑豪，赢得二人独处时机，在杀死邑豪后自尽。在此类故事中，妇女要获得行旅的"合法"，必须有一个神圣的目标（为父/夫报仇），此外，在行旅过程中她们还必须守护贞节。由于商女在杀邑豪的过程中以美色诱之，且二人独处一室，故商女有极大丧失贞节的可能。神圣的目标给了商女失贞后短暂的生存权利，却不能弥补其失贞的过失。在目标完成后，她的生存权利也随之丧失。若不自尽，她就永远只能以失贞女子的身份生活，其行旅就不是"合法"的，只有死亡才能弥补其失贞的过失，让行旅最终"合法"。《庚娘》篇也是如此，庚娘为替夫报仇，以美色与王十八虚与委蛇，在复仇成功后也选择了自尽。

《聊斋志异》中"复仇"类妇女行旅故事的女性，有部分是溢出常规的复仇。此种复仇，或是被动反击男性的侵犯。即女性在行旅过程中遇到男性侵犯时奋起反击，通过对男性惩戒来维护其行旅权利。如《瞳人语》中女子省亲途中被一浮浪子轻薄尾缀，"瞻恋弗舍，或先或后，从驰数里"，面对男子的无礼之举，女先呼婢为之垂帘，再略施小术，使男子睛上生翳。女子的惩戒最终使男子忏悔反省，日益检束。《黎氏》中黎氏翔步山中，被一佻达无行的男子曳入山谷强合，黎遂随之至其家，趁其外出时，化为狼，食其子女。因此，此类故事中女子在行旅途中被侵犯时，她们通过惩罚男子来维护其行旅权利。或是主动"以性行侠"。如《霍女》中朱大兴佻达喜渔色，偶遇霍女独行，遂强行将女带至其家，霍女至其家后日日锦衣玉食，使其家境迅速败落，破其吝又治其淫。之后霍女又以同样的方法惩治了何某、巨商子。霍女"以性行侠"的行为，呈现的是她对身体自由的追求和对贞节观念的反叛。

"成为男性"即妇女假扮为男人，以男性的形象行旅。如果说"为了男性"是为妇女行旅提供"合法"的内在动机，"成为男性"就是为妇女提供了"合法"的外在形象。《颜氏》中顺天某生幼时从父之洛，后娶颜氏女，生屡试不中，颜女乃戏言曰："请男装从君归，伪为弟。君以襁褓出，谁得其辨非？"颜女遂以男装从生返乡。返乡后日日闭门不出，"居半年，罕有睹其面者。客或请见，兄辄代辞。"可见，女子即使假扮男装，为获得"合法"的行旅权利，仍需从夫而行，归家后还是需遵守"不出闺门"的规范。随后颜女在科举考试中连战连捷，宫埒王侯，后托疾乞求辞官还乡。在女扮男装故事的最后，颜女向其兄嫂坦陈了真相，一旦身份被揭开，颜女就只能"闭门而雌伏矣"，且回归到正统的家庭生活秩序后，颜女还需承担生养子嗣的责任，甚至因其不孕，还需为丈夫出资购妾。由此可见，"成为男性"只是在外形上为妇女行旅提供了短暂的"合法性"，一旦真相揭露，妇女还是要回归到正统的家庭秩序中。

## 二 孤独与幻觉:《聊斋志异》"奔女"书写性爱论

男女遇合，本是人之常情，也是社会群体得以延续的自然选择。据《周礼》《礼记》记载，中国早期社会即有"中春之月，令会男女。于是时也，奔者不禁"[①]的习俗，且有所谓"聘则为妻，奔则为妾"[②]之说，在一定程度上认可了"奔"的合理性。随着社会经济的发展和伦理制度的细密化，男女之"奔"被伦理化释读，如汉代郑玄注《周礼》《礼记》中之"奔"。尤其是两性的社会权力关系中，从整体而言，自汉代始女性依附于男性。同时，男性的社会经济地位和人性的本然，促成了男性基于慕色的奔女情结。如宋玉《高唐赋》中"愿荐枕席"的"巫山之女"，成为后世男性文学书写的母题之一，是可谓男性奔女情结的意想。

---

① （清）孙诒让撰，王文锦、陈玉霞点校:《周礼正义》，中华书局，1987年，第1040、1044页。

② （清）孙希旦撰，沈啸寰、王星贤点校:《礼记集解》，中华书局，1989年，第773页。

宋以来，社会礼法约束更严苛，女德将女性规训得刻板单一，日益枯燥乏味，世俗价值观念中的男性也有一定的道德束缚，于是男性便在故事中召唤他们心中理想的女性，也将被压抑神女情结释放在文字中，且重于男女间闺房秘事。如：

> 少顷，又闻空中车马喧闹，管弦金石之音，自东南来。初犹甚远，须臾已入室矣。回眸窃视，则三美人皆朱颜绿鬓，明眸皓齿，约年二十许。冠帔盛饰，若世所图画后妃之状。遍体上下，金翠珠玉，光艳互发，莫可测识。容色风度，夺目惊心，真天人也……俄顷冠帔者一人，前逼床抚程微笑曰："果熟寝耶？吾非祸人者，子有凤缘，故来相就，何见疑若是？且吾已至此，必无去理，子便高呼终夕，兄必不闻，徒自苦耳。速起，速起！"……美人引手披程起，慰令无惧，遂与南面同坐。其二人者东西相向……酒阑，东西二美人起曰："夜已向深，郎夫妇可就寝矣。"……美人徐解发绾髻，黑光可鉴，殆长丈余。肌肤滑莹，凝脂不若，侧身就程，丰若有余，柔若无骨。程于斯时，神魂飘越，莫知所为矣。已而交会才合，丹流浃藉，若喜若惊，若远若近，娇怯婉转，殆弗能胜，真处子也[①]。

故事中的男性程士贤是人生的失败者，在"苦寒思家"的人生窘境中有神女来奔，最为关键的是来奔之神女还是"处子"，此一交代不仅满足了男性慕色的神女情结，还建构了奔女的贞节观念。

从世俗意义上而言，蒲松龄也是一个失败者，不仅仕途经济如此，情感上也是如此，因此有了"梦中的情人"顾青霞。如此之人生，在不为时代所重的小说书写中，可能会通过意想的完美来弥缝现实的缺憾。于是，《聊斋志异》中塑造的花妖狐鬼"奔"于书生，是大胆炽烈的。女

---

① 《辽阳海神传》，（明）陆楫等辑：《古今说海》，巴蜀书社，1988年，第272～274页。

性无礼法束缚地"奔"来,男性亦"狂"而迎之。一般而言,情色爱欲具有排他性和自私性,因此在时间和空间上大多应该满足私密性,如夜晚和独处空间等。《聊斋志异》有二十六篇有"奔女"情节。除《吕无病》《梅女》《云萝公主》《房文淑》《甄后》等五篇是女性白昼来"奔"外,其他二十一篇均是女性夜晚来"奔"。就奔女发生的独处空间而言,《林四娘》《嘉平公子》《霍女》《胡四姐》《狐联》《红玉》《犬灯》《丑狐》《绩女》《浙东生》《云萝公主》《书痴》《甄后》等十三篇是家中;《伍秋月》《梅女》《狐谐》《双灯》等四篇是旅店酒楼;《小谢》《吕无病》《聂小倩》《鲁公女》《章阿端》《莲香》《沂水秀才》《房文淑》《绿衣女》等十篇或废旧鬼宅,或山中别业,或荒寺等。

性爱源于对美貌的感知。来"奔"之女大多颜色颇丽,容貌秀美,姿态轻盈。如容姿艳绝的林四娘,并皆姝丽的小谢和秋容,姿态嫣然的梅女,倾国之色的莲香,风流秀曼的李女,婉妙无比的李女等等,"奔女"来时常以夜月或烛光相伴,灯前月下加深花妖狐鬼的容貌之美,同时营造出彼此间浓烈渴望的氛围。蒲松龄笔下夜月烛光的美不在少数,如《红玉》中,"一夜,相如坐月下,忽见东邻女自墙上来窥。视之,美;近之,微笑;招以手,不来亦不去。"月下时空交替,彰显其音容笑貌。《胡四姐》中,以"银河高耿,明月在天"开篇,尚生"就视"三姐"容华若仙"的美感;她在与尚生"促膝灯幕"时,尚生竟"瞩盼不转",烛光的映照下发出"我视卿如红药碧桃,即竟夜视,不为厌也"的感叹。《章阿端》中,在戚生眼中"对烛如仙"。《鲁公女》中,张于旦挑灯夜读时,"忽举首,则女子含笑立灯下"。《伍秋月》写伍秋月多次出现在王鼎的美梦中,使得他不敢熄烛,再次"梦女复来"时,王鼎"急开目,则少女如仙,俨然犹在抱也"。《聂小倩》中,初始"月明高洁,清光似水",继而老媪"偶语月下",接着便是"一十七八女子来,仿佛艳绝";而宁采臣将美艳动人的小倩尽收眼底。《犬灯》中,"双婢挑灯"一女郎到魏运旺前。《霍女》中,朱大兴见霍女"烛之,美艳"。

从场域来看,"奔女"发生场所,大多为书生处所。书生多为独居,处于无他人打扰的府院、书斋、旅店、荒宅、古寺等。蒲松龄自身穷苦，笔下的书生亦免不了贫寒，未能延续《西厢记》《墙头马上》《平山冷燕》等后花园式场域的豪华书写。这些场域实质上大多是供书生读书的书斋。陈宝钥的空斋独坐，陶望三将闹鬼的荒宅当作书斋，沂水秀才独自课业山中书斋，张于旦将寺庙当书斋挑灯夜读，郎玉柱居家中书斋苦读，于璟将醴泉寺作为书斋夜读，刘仲堪"淫于"典籍读于家中，尚生独居清斋……面对典籍古卷，贫寒的书生渴望妙龄少女，渴望其给予的身体的抚慰和精神的满足。故而，蒲松龄为诸多故事中的主人公编织了情色爱欲之梦，众多娇艳女子来"奔"，让寒士体会现实中遥不可及的温存。

府院书斋的封闭性满足了男女爱欲的需要，山野、古寺的人迹罕至又为花妖狐鬼与书生相会的私密性提供了保障。于此类空间中，男女内心的真实情感毫无掩饰地表达出来，情色爱欲尽情地放纵。这些"奔"女与书生是否一见倾心且不知，便直接投欢送抱，激起书生的兴奋，唤醒了其身体，书生亦不怖其异类身份，开怀迎之，初见便"颠倒衣裳"，引得双方一番云雨，共度春风，纵情极乐之中。这些密闭的场域超越了外部环境的限制，将人世伦理的束缚锁于门外、弃之旷野，男女可自由在此空间中实现自我，封建社会中的禁忌亦于此被打破。

"奔女"对于书生的投怀送抱，共度良宵，打破了性欲的禁忌。《胡四姐》中，尚生起初见到三姐，"惊喜拥入，穷极狎昵"，整夜凝视三姐而不厌，看到"荷粉露垂，杏花烟润，嫣然含笑，媚丽欲绝"的胡四姐，情急拽住四姐不放行，尚生"引臂替枕"，欢好备尽。《嘉平公子》中，温姬多次与公子欢好，甚至冒雨相会。公子拿起温姬的小靴"沾濡殆尽，惜之"。《伍秋月》中，王鼎多次梦到与十四五的女郎欢爱，初次"上床与合，既寤而遗"，一闭眼女郎便来，"方狎"则惊醒，如仙般的女郎就卧在王鼎怀中。《林四娘》中，陈宝钥怀疑林四娘为鬼，"而心好之，捉袂挽坐"，后将女子拥入怀中，催促其解衣裳，并迫不及待地"代为之殷勤"，一番"狎亵既竟，流丹浃席"。《绩女》中，少女所带的床褥香滑无比，铺于榻上后，满室异香。老媪见眼前佳人，竟感叹自己不是男儿身；

得知女子为狐后，又大惧，老媪扶女子，女子"臂腻如脂，热香喷溢；肌一着人，觉皮肤松快"。老媪心动到胡思乱想。《莲香》中，桑生见莲香，熄灭烛火"绸缪甚至"，看到李女后，将莲香抛于脑后。李女"罗襦衿解，俨然处子"。而后常常夜至，天亮离去。"赠绣履一钩"于桑生，桑生"每出履"，李女便感应而到，两人极尽欢爱。性欲无关喜欢与否。《丑狐》中，狐女欲与穆生温冷榻，穆生见其颜色黑丑，恐惧厌恶其丑而"大号"。狐女赠其元宝，穆生方愿与其同床共枕。《双灯》中，仆人对于来"奔"之女，可以同榻而眠，亦可以"阴搠其衫"，不存在两性的深情。《浙东生》中，浙东生与狐女狎昵有半年之久，却以猎网捕捉之，狐女哀乞，浙东生竟无动于衷。

男性不畏惧鬼狐的到来，一则源于女子美貌的引诱足以使其克服恐惧，享受片刻的欢愉快感。如相如见"窥墙"的红玉，并无惧怕之心，再三请求女子爬梯而来；得知温姬为鬼后，嘉平公子并没有退缩，为得美妻而继续与温姬往来，将其"寄诸斋中"；陈宝钥知林四娘为鬼，恋其美貌仍与之好。二则男性本身狂放不羁、刚正不阿，一身正气足以遮蔽对鬼狐的恐惧。《章阿端》中，戚生"有气敢任"，不惧鬼说，以廉价购入"白昼见鬼，死亡相继"的宅邸栖身。仅两个月多，婢丧而妻亡，戚生不顾他人劝说，"盛气被袄，独卧荒亭中，留烛以觇其异"。蓬头垢面的老鬼出现时，竟然胆大到"捉臂推之"，毫不畏惧。面对阿端对其狂妄行为的责骂，以笑语相对，并裸身而起捉之，无丝毫畏惧。章阿端高喊"狂生不畏鬼耶？将祸尔死！"戚生不惧其威慑，强解其裙襦，将章阿端化为缠绵的情人。《聂小倩》中，小倩欲与宁采臣燕好，宁采臣以"略失一足，廉耻丧道"拒绝；小倩暗示宁生夜无人知，宁生怒斥"速去！不然，当呼南舍生知"。小倩不甘心就此离开，置金于褥，宁生将其摔于台阶。小倩施展的色、财引诱，逐次被宁采臣义正词严地击破，也正是宁采臣的果敢正直，无所畏惧，博得小倩爱慕，互诉衷肠。《鲁公女》中，张于旦"性狂不羁"。虽与鲁公女仅有一面之缘，鲁公女逝世后，张于旦却日夜祷告祈求鲁公女"珊珊而来，慰我倾慕"。望见含笑灯下的鲁公女（鬼），张于旦只有喜悦，不嫌其鬼身，抱起足弱的她以代行。甚至奔赴秋闱也抱鲁公女一起，未有任何惊怖。《梅女》中，封云亭见画中女子"容蹙舌伸，索环秀领"，先是惊骇，知其为缢鬼。后因是白昼，"不大畏怯"，并礼貌表达愿为梅女解冤之意，封生解囊相助旅店，"断屋梁而焚之"。封生自始至终未因梅女伸舌的丑样而拒之于千里。

颠倒衣裳是建立在双向的基础上。夜月下美妙的少女，飘然而至，贫寒寂寥的书生面对突如其来的佳丽，自然敞怀迎之，共享欲望催生的肉体欢愉。然而"性"活动仅是一次短暂的行为，身体的片刻享受不过是抵抗精神困境的替代品，此为初尝禁果，尚属于爱欲的初始阶段，但只有超越浅层次的"云雨"，爱欲才会持续。"奔女"篇章中，更多是超越自然性欲层面，摆脱了床榻上片刻快感的依托，转化为持久的情感体验，成为维持爱欲持久存在的精神土壤。

蒲松龄将"奔"女的结局安排得符合传统书生的心理需求。书生仰赖狐妖狐鬼的帮扶，实现了心中所想，而花妖狐鬼的结局亦往往服务于书生的需求。

一部分鬼狐为书生排忧解难后选择离去。狐女以"谐"语还击小觑万福的人，"四座无不绝倒"，且无反唇的余地，狐女解得万福的寂寥后，拂身而去（《狐谐》）；一别十年，胡四姐再见尚生，只为度其为鬼仙，事成毅然离去（《胡四姐》）；甄后虽离去，却为刘仲堪送一仙籍女郎，慰藉其空寂的生活（《甄后》）；章阿端为助戚生，三次出策行贿阴间，戚生夫妇才能多次续平生之欢，章阿端自身却退出他们的生活（《章阿端》）；绩女所绩生细光，织成的布匹光洁如锦，高出常价三倍，使得老媪不愁吃穿（《绩女》）；吕无病"微黑多麻"并不貌美，然却精通诗书。能为孙麒"拂几整书，焚香拭鼎"，勤劳贤惠，光洁满室，更周护了孙麒之子阿坚（《吕无病》）。云萝公主中面对破旧潮湿的宅院，云萝公主先给安大业千金以修葺；在安生被衙役推入深渊时，云萝公主用虎救之；云萝公主多番助其化险为夷，最后为其诞下两子，为子嗣的前途亦筹划有致（《云萝公主》）。花妖狐鬼自动退去，书生自然也不用为曾经的欢愉承担任何责任。有的书生迂腐不堪，鬼狐想帮却无能为力，只能愤然离去。沂水秀才爱财取金，对白绫巾上的草书却置若罔闻，两狐女言其俗不可耐，翩然离去（《沂水秀才》）。焦生拒绝美色的诱惑，一本正经的夜读，却连一简单对联都对不上。二女对此"名士"，一笑而去（《狐联》）。嘉平公子更让人哭笑不得，一个简帖错谬甚多，温姬愤而发言："何事'可浪'，'花生江菽'。有婿如此，不如为娼！"（《嘉平公子》）。郎玉柱一味埋头苦读，唯书本至上，不懂男女之道，不谙世事。女子以"棋枰、樗蒲之具"邀其共戏，郎玉柱依旧不开窍，女子留其一子离去（《书痴》）。

留下的花妖狐鬼幻化成人，书生迎其为己妻，抱得美人归。《伍秋月》中，王鼎在伍秋月的指导下"归家，勿摘提幡"，七日不出门，将兄长从阴间救回；另从鬼隶手中夺回伍秋月，助其还阳为己妻。《梅女》中，当梅女为鬼身时，引导封生"交线之戏"。爱卿的加入，使得"三人狎坐，打马为戏"，无不欢喜。当梅女具备肉身时，封生"覆囊呼之"，唤醒梅女，消除其痴傻，与之永结为好。《小谢》中，小谢与秋容情同姐妹，与陶生嬉戏，先以脚"踹生肚""捋髭""批颐颊"，用西物瘙陶生鼻为乐；接着二人又"转身向灶，析薪溲米"，宛然贤妻；小谢与秋容字迹不佳，陶生将小谢拥入怀中，把腕教之，对秋容则"抱而授以笔"；二人拜生为师，为其抓背按腿，"争媚之"。陶生明知两人为其争风吃醋，却乐在其中。两人还阳后，"争奔而去"。陶生左拥右抱的不仅是娇妻，更是患难相扶知己。《莲香》中，莲香与李女均围绕桑生打转，莲香多次告诫桑生色能伤身，桑生三番五次不听告诫。李女偷窥莲香容姿以较高下，桑生窃喜两女因己而心生嫌隙。桑生固执，病入膏肓，莲香依旧施法相救，李女愧疚，愿倾力相助拯救桑生，二人协力将桑生从阴间拉回，二女矛盾也化解。二人还阳后，共侍一夫，桑生终抱得美人归。这些妻妾甚至成帮扶书生生存的一把好手。辅助书生经营谋生，富裕家室，看顾家族。《红玉》中，红玉赠冯生四十两金，指点其娶得卫氏女。冯生沉冤昭雪后，红玉带其子福儿与其相聚，为其操持家务，维持营生，叮嘱冯生闭门苦读，莫问丰欠。仅半年，"人烟腾茂，类素封家"。

"聘则为妻，奔则为妾"，蒲松龄丝毫没有贬低"奔"女。来"奔"之女，突破父母之命，媒妁之言的限制。蒲松龄扼杀了女性的丑陋，保留对"奔女"姣好容貌和轻盈体态的爱恋。外在之美是爱欲的吸引力，奔女与书生一见倾心，在无外在打扰的环境下，颠倒衣裳冲破压抑，释放人欲。蒲松龄笔下书生多为至情至性的贤德之人，他们在幻想中得到奔女的慰藉。这些奔女为书生游戏伴读、操持家务、发财致富等排忧解难，超越了直观生理上的快感，产生心有灵犀般的精神愉悦。

## 三 慕色与魔怔：《聊斋志异》"性歧变"书写心理论

关于中国古代同性恋的最早史料记载，有学者认为见于《尚书·商书·伊训》①，但文中伊尹所谓"三风十愆"并不能明确解读出同性恋之习。此后文献中记载较确定为先秦男同性恋者有羽人和景公（《晏子春秋》）、弥子瑕和卫灵公（韩非子《说难篇》），及《战国策》所载安陵君、龙阳君等，后世此风亦盛，较知名者有汉哀帝和董贤、明武宗和江彬等。较早可确定为记载女同性恋的史料，应是《汉书·外戚传上·孝成赵皇后》，言："房与宫对食，元延元年中宫语房曰：'陛下幸宫。'"颜师古注引应劭曰："宫人自相与为夫妇名对食，甚相妒忌也。"②明清时期同性恋尤为盛行，而社会对同性恋亦持宽容态度，尤其是男权文化更是支撑着男同性恋的滋盛，以致有专门供男同性恋休闲娱乐的场所——"男院"。

晚明到清时，同性恋几乎和异性恋平分秋色，部分士人趋之若鹜。晚明名士张岱在《自为墓志铭》中曾言："少为纨绔子弟，极爱繁华，好精舍，好美婢，好娈童，好鲜衣，好美食，好骏马，好华灯，好烟火，好梨园，好鼓吹，好古董，好花鸟，兼以茶饮橘虐，书蠹诗魔。""好娈童"已成此期士人时尚，小说中的同性恋书写也丰富起来，至有专书同

---

① 刘达临：《性与中国文化》，人民出版社，1999年，第575页。

② （汉）班固：《汉书》卷九十七下《列传六十七下·外戚传下·孝成赵皇后》，中华书局，1962年，第3992页。

性恋之小说，如《龙阳逸史》《弁而钗》《宜春香质》等盛行一时。"好娈童"之风盛行，最终形成养女妆之男伶的行为。如清人钱泳《履园丛话》卷二十三"杂记"载乾隆年间王梦楼太守以女妆之男伶送毕秋帆（即毕沅）事，云：

> 　　五云者，丹徒王梦楼太守所蓄素云、宝云、轻云、绿云、鲜云也。年俱十二三，垂髫纤足，善歌舞，余时年二十五六，犹及见之；越数年，五云渐长成矣，太守唯以轻云、绿云、鲜云遣嫁，携素云、宝云至湖北送毕秋帆制府，审视之，则男子也。制府大笑，乃谓两云曰："吾为汝开释之。"乃剃其头，放其足，为僮仆云①。

　　官至两湖总督的毕秋帆（毕沅）好男风为世人所知，晚清小说《品花宝鉴》即影射其人其事，《履园丛话》所载王梦楼以男伶送毕秋帆正投其所好，亦由此可见毕秋帆好男风之行为也被时人接受。清人葵愚道人（汪堃）纂《寄蜗残赘》据钱泳《履园丛话》亦载其事，然《寄蜗残赘》所载有更多细节，尤其是交代当时"风闻言事者，反劾以女奴作男装。毕殁后，素云不知何往，翠云随其枢返吴中。有见之者眉目秀媚，腰肢绰约，亦人妖也"。言事者不以男伶女妆劾毕秋帆，反以"女奴作男装"而劾，可见好男风并非政德之污点。由此个案可知当时社会对好男风及女妆之男伶的深度接受态度。

　　蒲松龄《聊斋志异》中也不乏此类题材。如《黄九郎》中，何子萧与黄九郎一起算计秦藩，九郎装扮为女，作天魔之舞姿，"宛然美女"，秦藩酷爱男色，为九郎迷惑，赐金万计。《人妖》中，马万宝与妻子"放诞风流"，隔墙窥探装扮为女性的王二喜"颇风格"，夫妻两人调包，想趁此调戏王二喜，按摩中马万宝以手探"虚实"，发现二喜为男不为女，马万宝

---

① 《笔记小说大观》第25册，江苏广陵古籍刻印社，1983年，第173页。

并不介意男女之性别，怜其美不忍报官拆穿，"遂反接而宫之"，并以药疗之，细心呵护。马万宝基于自身的男性身份，放荡的本性，征服的不单是女性，他阉割王二喜不过是出于男性对于壮伟生殖器的嫉妒，他"探私"，"则擂垂盈掬，亦伟器也"。出于自身的征服欲和嫉妒心理，阉割了二喜的完整性，使得王二喜如滕婢般为马万宝"提汲补缀，洒扫执炊"，尽着妻妾服从并服务于男性的职责。《男妾》篇中，一官绅买妾，看一老媪卖女，"女十四五，丰姿姣好，又善诸艺"。官绅带回家后"喜扪私处"，竟为男子，而浙中一人"一见大悦"，以原价赎去。《韦公子》篇中的优僮罗慧卿，虽为男子，却以"秀丽如好女"的身份，使得韦公子"眷爱臻至"。

蒲松龄同性爱恋书写中，何子萧素有"断袖之癖"，对于纤弱姝丽，貌美胜于女子的黄九郎一见倾心。何子萧一有机会便"曲肘加髀而狎抱之，苦求私昵"。虽被"温如处子"的九郎痛斥，而待九郎睡下，立马"潜就轻薄"（《黄九郎》）。男女的情爱于当时应分开而谈，男性属特权阶级。明清禁欲虽达到一个制高点，但男同性恋并未消歇。晚明便有"男院"，到清代相公私寓制，社会上形成不重美女重美男的现象①。

中国古代妇女所受的压抑远甚于男子，对"节妇""贞女""烈女"的颂扬，不过是鼓励女性成为男性附属品的口号，从《诗经》时代，便有妇女的性压抑，历经千年而不释：

> 吾国妇女之幽郁，几成特性……求诸昔日之文学，则作家如李清照、朱淑真，文学中之人物如冯小青，林黛玉，皆此类也……春秋之时，鲁、卫为文化最盛之地，卫之贵妇女，幽郁之性特甚，今见于《邶》《鄘》《卫》之诗者，如《柏舟》《绿衣》《燕燕》《日月》《终风》《泉水》《载驰》《竹竿》《河广》之篇，盖无往而不充满涕泪。或则曰"女子善怀"，或则曰"我心

---

① 李渔曾言及当时社会男风之盛，言："南风一事，不知何始，沿流至今，竟与天造地设的男女一道争锋起来。""如今世上的人，一百个之中，九十九个有这件毛病。"（清·李渔：《李渔全集》，浙江古籍出版社，1991年，第107、157页）

则忧"，于是殷忧长愁，郁为风气，吾国一般妇女之幽郁性，逐渐滋长，以至今日，盖有由矣①。

朱东润此处将压抑称之为幽郁。古代女性居于深闺、宫廷、寺院道观中，这些场所使他们难以接触异性，长期处于性压抑中，爆发的方式一则是越"礼"，放荡自我，如柳宗元《河间传》所叙妇人，从最初羞与群恶为类，奉养姑婆，礼敬宾友，但最后变为淫荡之妇。二则为女性之间互有好感，封闭的空间、严苛的戒令使得女性只能接触到同性，增加女同性恋发生的概率。如《聊斋志异·封三娘》中，封三娘在水月寺与范十一娘"把臂欢笑"，举止亲密，相谈甚欢，虽"大相爱悦，依恋不舍"，却还是互赠"绿簪""金钗"别离而去。封三娘听闻范十一娘病急，"泣下如雨"，为缓解范十一娘的相思之苦，封与范同榻而眠，订为姐妹，互诉衷肠。女同性恋多以"爱"（情）为主，很少有"肉欲"的成分，更多体现的是对彼此的精神上的呵护，促成自己的爱恋对象觅得良人。封三娘在闺房与范十一娘同居同食时告诫众人"妾来当须秘密。造言生事者，飞短流长，所不堪受"。此与明目张胆的男性同性恋何子萧相比，其爱欲行为略显遮蔽，女性只能在正统保守中寻爱，即便在一起亦是不能长久。封三娘离开后，范十一娘"伏床悲惋，如失伉俪"。封三娘为范十一娘择婿孟安仁，虽破了色戒，却未留恋尘世，"匪报也，永以为好也！"是出于对范十一娘的爱，希望她以正妻的身份与孟安仁延绵子嗣。

明清两代女性深居简出，活动的范围限制于深深庭院中。没有所谓的社会活动，更不能随意与亲友来往，只能独居深闺。为了维护礼节要求的"清誉"，她们在灵肉中挣扎，即便有难以抑制的性冲动，以自我摧残来恪守"礼"，将"欲"的阉割代代相传，"节烈"之路带给她们外在的荣誉，妇女的身心却备受煎熬。在禁锢之中，女性性欲需求在现实中得不到满足时，可能突破一般意义上的人伦之藩篱。如《犬奸》中，青

---

① 刘小枫、陈少明：《诗学解诂》，华夏出版社，2006年，第64页。

州商人经商于外，"恒经岁不归"。妻子独守空闺，空虚无人解，情感无处释放，活动的生命除了自身，只有蓄养的白犬。性欲兴起时，妻子主动与白犬欢好，"引与交"，日子久了，"犬习为常"。待商人回来登榻时，犬"啮贾人竟死"。突然出现的第三者，打破了妻犬的和谐平衡，贾人的死将妻、犬送上公堂，两方对簿公堂，犬"直前碎衣作交状"。商人妻长期独处，寂寞难耐，已为有妇之夫，断不能与其他异性有交集；闺中之妇亦不能随意抛头露面，家中只有白犬相伴。礼教的约束使得妇人未越轨，重节操未与丈夫之外的任何男性接触。长久的独处，身边只有白犬，空虚孤寂时没有像其他妇人放荡，没有自我残害，选择的是社会伦理下的另类放纵，变态的"性"释放，求欢于家犬。妇人未与异性或同性不伦，未杀害自己的夫，即使公堂之上亦"始无词"，可未杀夫，夫却因她而死。让人震惊的是妇女被当众侮辱，众人"共敛钱赂役，役乃牵聚令交"，所经之处，"观者常数百人，役以此网利焉"。可怜的女性，一路被围观，满足了数百猥琐看客的低级趣味。蒲松龄虽用"人面兽交"等道德情感的话语做出批判，而"云雨台前，乱摇续貂之尾；温柔乡里，频款曳象之腰"之语，亦透露出自身狎玩之态。今人看人兽恋，或许难理解，在当时可能是较为常出现的现象。正如古人对三寸金莲狂热追求，时人对"美男装成如美女"的热爱，某种程度上是一种社会风气，一种社会现象的反映。

周作人曾言："因为极端的禁欲主义即是变态的放纵，而拥护传统道德也就同时保守其中的不道德。"[①]明清的男风兴盛，女同性恋在遮掩下进行，是人们以放荡、狎妓、性变态来反抗压抑的外现。多妻妾、重人欲子嗣是上古生殖崇拜的一脉相承，而同时中国传统文化中呈现出截然相反的一极，自儒家观念兴起后，人的自然属性极大地削弱，社会属性增强，个体的本能只能服从伦理道德，千篇一律的道德化人设，禁锢着人的情欲，人的本质淹没在理性的外衣下，非理性的本能冲动便成为人们新的追求。

---

① 周作人著，钟叔河编：《谈虎集》，岳麓书社，2019年，第243页。

# 结　语

　　《聊斋志异》为蒲松龄的写心之作，较为全面地发纾了他的嗔、痴、怨、恨。作为"纯儒"，他心怀天下，终其一生想厕身于庙堂之中，无数次蹭蹬科场，不知疲惫地追求仕途以施展济世之才。然而，痴迷场屋的他却屡试不第。科场黑暗，以金银"通关节"者比比皆是；帘官昏聩无能，中榜者多为才疏学浅的庸才，"陋劣幸进，而英雄失志"；官吏上下勾结，贪赃枉法，逼得底层人家破人亡。在这样不公的时代下，蒲松龄"济苍生，安社稷"的道路被堵死。蒲松龄将满腔的"孤愤"发纾在《聊斋志异》中，希冀从鬼神、精怪中寻求身心的抚慰，从两性的爱恋中获取补偿。深夜投怀送抱的二八佳人，打破了"父母之命，媒妁之言"，她们给予书生的不仅床笫之欢，亦是超越肉体痉挛的精神慰藉；在蒲松龄笔下，甚至以男男女女的同性之欢爱挣破时代的枷锁，解放压抑的肢体、心理。蒲松龄笔下的鬼神、精怪，几乎施于世人全面的帮助，疗治其身体的疮痍，给予世人所希冀的一切。这一切不过是蒲松龄现实不得而书写的白日梦，他身处黑暗，揭露了制度的腐败，可未能跳出封建的牢笼，欲通过理顺家庭伦理关系来维护封建社会的道德秩序，在时代的空幻和人生的失落中"狂固难辞""痴且不讳"。

　　本文为教育部人文社会科学研究规划基金"文献学视阈中文言语体说部编撰及其思想研究"（项目编号：20YJA751013）阶段性成果之一。

　　李军均，文学博士，现为华中科技大学人文学院副教授。

　　李静娜，文学硕士，现任职于中建八局华中建设有限公司办公室。

　　向晓芳，现为华中科技大学人文学院中国古代文学专业在读研究生，为本文通讯作者。

# 诗歌之境与奇幻世界的共生

## ——论《聊斋志异》中的诗词

杨志君　段海波

在小说中掺入诗词，从叙事的角度来说，一般都会打破小说原有的叙事节奏，造成叙事的停顿。从《左传》里的实录诗词和赋诗言志，到文言小说乃至话本小说的"有诗为证"，小说引用诗词时的目的更加多元，结构更加规范，形式更加多样。

中国古代的文言小说很早就有掺入诗词的习惯，《世说新语》以及《搜神记》中就掺入了不少诗词。唐传奇中掺入诗词的数量就更多了，鲁迅《唐宋传奇集》就有二十篇传奇掺入了诗词；宋元文言小说，如《青琐高议》《醉翁谈录》中均有几十首诗词的掺入。《娇红记》掺入大量诗词的模式更是受到后代文言小说的模仿。文言小说至明代，受到《娇红记》的影响，出现了"以诗与文拼合之文言小说"[①]的中篇传奇。其中《钟情丽集》诗词掺入字数占比已经超过50%，出现了诗歌的字数占比超过叙事部分的情况。

根据陈大康先生统计，明代中篇传奇中，诗词掺入字数占比超过20%的有《钟情丽集》《怀春雅集》《龙会兰池录》《金兰四友传》《花神三妙传》《寻芳雅集》《天缘奇遇》《刘生觅莲记》《双双传》《李生六一天缘》《五金鱼传》，另外《贾云华还魂记》《双卿笔记》诗词掺入字数占比

---

① 孙楷第：《中国通俗小说书目：外两种》，中华书局，2012年，第306页。

也达到19%①。

　　至《聊斋志异》，诗词早已不是小说的附庸。有学者指出，"文备众体"的小说发展至《聊斋志异》，小说与诗词做到"诗稗互渗"②，犹如盐入水中，形成真正的有机结合。

　　学术界对于《聊斋志异》的研究，主要集中在《聊斋志异》的故事本事、艺术特色、人物形象、作品个案研究等方面，对《聊斋志异》中诗词的研究成果有分量的不多。虽然有部分学者对小说中的诗词进行了研究，但主要是关于诗歌与小说互文、艺术效果、诗歌本事、诗学研究等方向的微观考察。既缺乏对其中掺入诗词的整体观照，也缺乏对掺入其中的诗词特点的探讨。

　　需要说明的是，本文所说的"诗词"，仅指"诗"和"词"两种文体，不包含曲、赋等其他韵文。本文所谓的"袭旧诗词"，即小说中引自前人作品中的诗词，不仅包括集部的诗词，也包括见于史部、子部、说部中的诗词。


# 一　《聊斋志异》中诗词概况及特点

## （一）《聊斋志异》诗词概况

　　在《聊斋志异》中，插入诗词的作品有三十七篇，具体见下表。

表1　《聊斋志异》掺入诗词统计表

| 体裁篇目 | 四言 | 五绝 | 五律 | 七绝 | 七律 | 五古 | 七对 | 五对 | 七古 | 词 | 其他 | 总计 |
|---|---|---|---|---|---|---|---|---|---|---|---|---|
| 《考城隍》 | 0 | 0 | 0 | 0 | 0 | 0 | 1 | 0 | 0 | 0 | 0 | 1 |
| 《翩翩》 | 1 | 0 | 0 | 0 | 0 | 0 | 0 | 0 | 0 | 0 | 0 | 1 |
| 《林四娘》 | 0 | 0 | 0 | 0 | 1 | 0 | 0 | 0 | 0 | 0 | 0 | 1 |
| 《嘉平公子》 | 1 | 0 | 0 | 0 | 0 | 0 | 0 | 0 | 0 | 0 | 1 | 2 |

---

① 陈大康：《明代小说史》，人民文学出版社，2007年，第291页。

② 李桂奎：《诗稗互渗与〈聊斋志异〉意趣创造》，《文学评论》2019年第3期。

| 体裁篇目 | 四言 | 五绝 | 五律 | 七绝 | 七律 | 五古 | 七对 | 五对 | 七古 | 词 | 其他 | 总计 |
|---|---|---|---|---|---|---|---|---|---|---|---|---|
| 《连城》 | 0 | 0 | 0 | 2 | 0 | 0 | 0 | 0 | 0 | 0 | 0 | 2 |
| 《公孙九娘》 | 0 | 0 | 0 | 2 | 0 | 0 | 0 | 0 | 0 | 0 | 0 | 2 |
| 《姬生》 | 0 | 0 | 0 | 2 | 0 | 0 | 0 | 0 | 0 | 0 | 0 | 2 |
| 《西湖主》 | 0 | 0 | 0 | 1 | 0 | 0 | 0 | 0 | 0 | 0 | 0 | 1 |
| 《细侯》 | 0 | 0 | 0 | 1 | 0 | 0 | 0 | 0 | 0 | 0 | 0 | 1 |
| 《田子成》 | 0 | 0 | 0 | 0 | 0 | 0 | 0 | 0 | 0 | 0 | 4 | 4 |
| 《丐仙》 | 0 | 0 | 0 | 1 | 0 | 0 | 0 | 0 | 0 | 0 | 0 | 1 |
| 《连琐》 | 0 | 0 | 0 | 0 | 0 | 0 | 2 | 0 | 0 | 0 | 0 | 2 |
| 《巩仙》 | 0 | 0 | 0 | 1 | 0 | 0 | 0 | 0 | 0 | 0 | 0 | 1 |
| 《绿衣女》 | 0 | 1 | 0 | 0 | 0 | 0 | 0 | 0 | 0 | 0 | 0 | 1 |
| 《瑞云》 | 0 | 1 | 0 | 0 | 0 | 0 | 0 | 0 | 0 | 0 | 0 | 1 |
| 《辛十四娘》 | 0 | 1 | 0 | 0 | 0 | 0 | 0 | 0 | 0 | 0 | 0 | 1 |
| 《凤仙》 | 1 | 3 | 0 | 0 | 0 | 0 | 0 | 0 | 0 | 0 | 1 | 5 |
| 《香玉》 | 0 | 3 | 0 | 0 | 0 | 0 | 1 | 0 | 0 | 0 | 0 | 4 |
| 《蒋太史》 | 0 | 0 | 0 | 0 | 1 | 0 | 0 | 0 | 0 | 0 | 0 | 1 |
| 《曹操冢》 | 0 | 0 | 0 | 0 | 0 | 0 | 1 | 0 | 0 | 0 | 0 | 1 |
| 《书痴》 | 0 | 0 | 0 | 0 | 0 | 0 | 0 | 0 | 0 | 0 | 1 | 1 |
| 《王桂庵》 | 0 | 0 | 0 | 0 | 0 | 0 | 0 | 0 | 0 | 0 | 2 | 2 |
| 《婀娜》 | 0 | 0 | 0 | 0 | 0 | 0 | 1 | 0 | 0 | 0 | 0 | 1 |
| 《侠女》 | 0 | 0 | 0 | 0 | 0 | 0 | 0 | 0 | 0 | 0 | 1 | 1 |
| 《白秋练》 | 0 | 0 | 0 | 0 | 0 | 0 | 0 | 0 | 0 | 0 | 5 | 5 |
| 《韦公子》 | 0 | 0 | 0 | 0 | 0 | 0 | 0 | 0 | 0 | 0 | 1 | 1 |
| 《瞳人语》 | 1 | 0 | 0 | 0 | 0 | 0 | 0 | 0 | 0 | 0 | 0 | 1 |
| 《仙人岛》 | 0 | 0 | 0 | 0 | 0 | 0 | 1 | 1 | 0 | 0 | 0 | 2 |
| 《杨大洪》 | 0 | 0 | 0 | 0 | 0 | 0 | 1 | 0 | 0 | 0 | 0 | 1 |
| 《苗生》 | 0 | 0 | 0 | 0 | 0 | 0 | 0 | 0 | 0 | 0 | 2 | 2 |

| 体裁篇目 | 四言 | 五绝 | 五律 | 七绝 | 七律 | 五古 | 七对 | 五对 | 七古 | 词 | 其他 | 总计 |
|---|---|---|---|---|---|---|---|---|---|---|---|---|
| 《宦娘》 | 0 | 0 | 0 | 0 | 0 | 0 | 0 | 0 | 0 | 1 | 0 | 1 |
| 《绩女》 | 0 | 0 | 0 | 0 | 0 | 0 | 0 | 0 | 0 | 1 | 0 | 1 |
| 《阿霞》 | 1 | 0 | 0 | 0 | 0 | 0 | 0 | 0 | 0 | 0 | 0 | 1 |
| 《凤霞士人》 | 1 | 0 | 0 | 0 | 0 | 0 | 0 | 0 | 0 | 0 | 1 | 1 |
| 《劳山道士》 | 0 | 0 | 0 | 0 | 0 | 0 | 0 | 0 | 0 | 0 | 1 | 1 |
| 《彭海秋》 | 0 | 0 | 0 | 0 | 0 | 0 | 0 | 0 | 0 | 0 | 1 | 1 |
| 《大男》 | 0 | 0 | 0 | 0 | 0 | 0 | 0 | 0 | 0 | 0 | 1 | 1 |
| 《伍秋月》 | 0 | 0 | 0 | 0 | 0 | 0 | 0 | 0 | 0 | 0 | 1 | 1 |
| 总计 | 5 | 9 | 0 | 10 | 2 | 0 | 8 | 1 | 0 | 2 | 23 | 60 |

注：其他类为单句节录

由上表可知，《聊斋志异》中的掺入的诗词，主要是出现在与爱情有关系的篇目中。从总体上来说，《聊斋志异》几乎囊括了各种诗歌体裁。从字数来论，四言、五言、七言均有；从格律论，古风、近体并包。或是因为蒲松龄本就擅长诗歌创作，又能从古代诗歌中吸取营养，以及身处于清朝这一诗歌相对发达的时代。故呈现出转益多师、兼容并蓄的特点。顾高珩夸赞《聊斋志异》："点染多姿，四六诗词无不佳妙。"①

但要注意的是，《聊斋志异》中虽然包含的诗歌体裁数量很多，但有几种体裁并没有出现在小说中。如五律、七古，以及五古。另外，词的数量明显少于诗。就五古一体没有一首，或许也是和蒲松龄本人的诗歌品位有关。蒲松龄曾言："少苦鲍谢诸诗佶曲不能成诵，故于五古一道，尤为粗浅。"②

---

① 盛伟编：《蒲松龄全集》，学林出版社，1998年，第44页。

② 同上，第130页。

从蒲松龄的诗歌创作来看，蒲松龄创作的诗歌有一千零二十九首。而吴重熹钞本《聊斋词》中记载蒲松龄创作的词只有八十三阙；《聊斋词集笺注》也不过一百一十八阙。由此可见，蒲松龄的诗词创作是以诗为中心的，这在一定程度上也影响了蒲松龄在创作《聊斋志异》诗词掺入的体量差别。而在蒲松龄创作的诗歌中，"古体诗共有285首：包括三言1首，四言5首，五言143首，七言93首，杂言43首。近体诗共755首：包括五律50首，五绝56首，七律370首，七绝269首。另外还有五言排律7首，七言排律2首"①。我们可以看到，在蒲松龄创作的一千零二十九首诗中，有多达七百五十五首诗是近体诗，约占73%，可见近体诗在蒲松龄的诗歌创作中占据绝对优势地位。这也是《聊斋志异》中掺入的诗以近体为主的原因之一。

（二）《聊斋志异》掺入诗词的特点

《聊斋志异》中诗词可分为三部分：一部分是袭自于前人的袭旧诗词；一部分是引用蒲松龄以前创作的诗词；还有一部分则是蒲松龄根据小说具体语境创作的诗词。从功能上来说，袭于前人的诗词和蒲松龄原创的诗词并没有什么区别。但在掺入的方式上，则存在明显的区别。

从下表可以看出，《聊斋志异》中掺入的袭旧诗中最多的是唐诗，并且基本上所有的袭旧诗都是通过节录的方式掺入到小说当中的。

表2 《聊斋志异》袭旧诗的朝代及原诗文体统计表

| 朝代<br>书名 | 先秦 | 六朝 | 隋朝 | 唐朝 | 宋朝 | 元朝 | 明朝 | 清朝 | 总计 | 备注 |
|---|---|---|---|---|---|---|---|---|---|---|
| 四言 | 2 | 0 | 0 | 0 | 0 | 0 | 1 | 0 | 3 | 3首皆为节录 |
| 五言绝句 | 0 | 0 | 0 | 0 | 1 | 0 | 0 | 0 | 1 | 节录 |
| 五言律诗 | 0 | 0 | 0 | 0 | 0 | 0 | 1 | 0 | 1 | 节录 |
| 七言绝句 | 0 | 0 | 0 | 6 | 1 | 1 | 1 | 0 | 9 | 9首皆为节录 |
| 七言律诗 | 0 | 0 | 0 | 2 | 0 | 0 | 1 | 0 | 3 | 2首为节录、<br>1首为照录 |

---

① 赵蔚芝笺注：《聊斋诗集笺注》，山东大学出版社，1996年，第3页。

| 朝代书名 | 先秦 | 六朝 | 隋朝 | 唐朝 | 宋朝 | 元朝 | 明朝 | 清朝 | 总计 | 备注 |
|---|---|---|---|---|---|---|---|---|---|---|
| 乐府 | 0 | 0 | 0 | 0 | 0 | 0 | 0 | 0 | 0 | |
| 五古 | 0 | 0 | 0 | 0 | 0 | 0 | 0 | 0 | 0 | |
| 七古 | 0 | 0 | 0 | 0 | 0 | 0 | 0 | 0 | 0 | |
| 杂言 | 0 | 0 | 0 | 0 | 0 | 0 | 0 | 0 | 0 | |
| 古风 | 0 | 0 | 0 | 0 | 0 | 0 | 0 | 0 | 0 | |
| 总计 | 2 | 0 | 0 | 8 | 2 | 1 | 4 | 0 | 17 | |

从上表可知，除去一首七律是照录，其他袭旧诗都是采取节录的方式掺入小说中。

在掺入蒲松龄以前创作的诗词时，基本是全文掺入的，可见下表。

表3　《聊斋志异》引自《聊斋志异》创作前原创诗词统计表

| 体裁篇目 | 四言 | 五绝 | 七绝 | 七律 | 七对 | 五对 | 其他 | 完整程度 | 总计 |
|---|---|---|---|---|---|---|---|---|---|
| 《连城》 | 0 | 0 | 2 | 0 | 0 | 0 | 0 | 完整 | 2 |
| 《宦娘》 | 0 | 0 | 0 | 0 | 0 | 0 | 1 | 完整 | 1 |
| 总计 | 0 | 0 | 2 | 0 | 0 | 0 | 1 | 100% | 3 |

其次，从诗词引出者来看，出自女主人公的占比达到45.6%，出自男主人公的达到40.3%，其余诗词为叙述者或次要人物引出。由此可见，《聊斋志异》中的诗词主要是人物诗词，而且是由主人公引出的，这部分诗词总占比达到85.9%。

从掺入诗词所处位置来看，除了几首诗词是处在"异史氏曰"（即评论）的位置，其他的诗歌都融入小说正文中。

一般而言，人物诗词相比叙述者诗词，与情节的融合度更高一些，因为人物诗词往往"出于塑造人物形象的需要"[①]，而且是根据故事情节

---

① 雷勇：《作者文人化及其对清代白话小说创作的影响》，《南开学报》2003年第5期。

而设计的，本身就是故事情节的一部分，甚至发挥着推动故事情节的重要作用。

　　而明代中篇传奇小说，因为小说作者主观上展示才华的目的，常常在小说中过度掺入诗词。就算都是由小说中的人物引出，也势必会对小说叙事造成损害。如学者所言："集中于自己诗才的显露，于是作品情节的单薄与人物形象的苍白便成了不可避免的事。"①更何况，这些传奇小说中的诗词还不全是由小说中的人物引出，且诗词本身也缺乏创新和美感。

　　《聊斋志异》中诗词呈现的特点与白话小说也不同。正是因为《聊斋志异》中的诗词所起的功能基本不包括结构功能，没有一首诗词是说话人在故事叙述过程中，强行打破叙事的节奏进行评论的。"本为诗词中的自我抒情角色经常悄然潜入或被代入到《聊斋志异》这部小说的文本天地，化身为小说中的'他者'角色或附体到'他者'角色身上，完成了聊斋诗稗之间由抒情到叙事的转换。同时，诗词之'抒我情'也翻转为小说之'叙他事'。凭着这种诗稗互渗能力，蒲松龄大大丰富了《聊斋志异》的意趣创造空间。"②《聊斋志异》中的诗词大多由故事中人物引出，不像宋元明小说总是由叙述者发出，容易造成故事的中断。这就使《聊斋志异》从根本上避免了诗词与小说的脱节，这也是《聊斋志异》中诗歌与小说情节融合的体现。

## 二　《聊斋志异》中诗词的功能

### （一）体现出作者的炫才倾向

　　小说中出现的蒲松龄在之前创作的诗词以及临时创作的诗词，笔者以为，有蒲松龄主观上炫耀才华的可能。

---

① 陈大康：《明代小说史》，人民文学出版社，2007年，第103页。

② 李桂奎：《诗稗互渗与〈聊斋志异〉意趣创造》，《文学评论》2019年第3期。

《聊斋志异》是在蒲松龄怨恨最深的时候写成的，其中不乏对世俗社会种种不公的怨恨和抱怨，有对自己无法中举的无奈。蒲松龄因为其曲折的人生境遇，加之身为诗人的他对生活的敏感，势必会将在科举场上的失意，用别的途径抒发出来。诗歌，亦是展示自己才能的途径之一。因而小说中虽然没有在同一处掺入大量的诗歌，但是仍然有不少诗歌可以显示出蒲松龄的才学。

如《聊斋志异·连城》中"慵鬟高髻绿婆娑，早向兰窗绣碧荷；刺到鸳鸯魂欲断，暗停针线蹙双蛾"，就是其《同沈燕及题〈思妇图〉》。"雅戏何人拟半仙？分明琼女散金莲。广寒队里应相妒，莫信凌波上九天"接近其作品《三千》"雅笑何人拟半仙，空中龙女散金莲。广寒队里恐相妒，莫信凌波上九天"。此外，《聊斋志异》中还存有一首蒲松龄以前创作的词作："因恨成痴，转思作想，日日为情颠倒。海棠带醉，杨柳伤春，同是一般怀抱。甚得新愁旧愁，划尽还生，便如青草。自别离，只在奈何天里，度将昏晓。今日个蹙损春山，望穿秋水，道弃已拚弃了！芳衾妒梦，玉漏惊魂，要睡何能睡好？漫说长宵似年，侬视一年，比更犹少：过三更已是三年，更有何人不老。"将以前的创作的诗词拿到小说中，虽然也是因为这阕词恰好契合小说的语境，但也是因为这阕词能展示作者的才华。

此外，还有不少诗词作品，是以化用的方式进入到小说当中，并不直接呈现出诗词的原貌。如《姊妹易嫁》篇中有"女犹眼零雨而首飞蓬也"一句，后面"首飞蓬"三个字明显是将《诗经》中的"首如飞蓬"化用了进去。虽然诗词没有出现，但是也是展现作者才学的方式，是我们窥见蒲松龄知识结构的方式之一。

其实不只是诗词，《聊斋志异》中还有数量可观的骈文。骈文比起诗词来，更加讲究辞藻和典故的使用。蒲松龄生活在骈文复兴的清朝，博学鸿词科的开设，对一直未能中举的蒲松龄来说绝非小事，蒲松龄在开设当年就写了两篇叫《拟上征天下博学宏词，亲考拣用，以备顾问，群臣谢表》的文章来夸赞这一盛举。《聊斋文集》中亦存在大量骈文，如

《为花神讨封姨檄》："飞扬成性，忌嫉为心。济恶以才，妒同醉骨；射人于暗，奸类含沙。昔虞帝受其狐媚，英、皇不足解忧，反借渠以解愠；楚王蒙其蛊惑，贤才未能称意，惟得彼以称雄。沛上英雄，云飞而思猛士；茂陵天子，秋高而念佳人。从此怙宠日恣，因而肆狂无忌。怒号万窍，响碎玉于王宫；溯湃中宵，弄寒声于秋树。倏向山林丛里，假虎之威；时于滟滪堆中，生江之浪。"[①]此文富丽精工，铺张扬厉，几乎句句用典。规模宏大，以至于喧宾夺主。此外，《八大王》里的《酒人赋》，《席方平》《犬奸》里的判词，都用骈文写成。这些骈文也是蒲松龄在小说中炫耀才华的表现。

### （二）为《聊斋志异》增添诗性

诗词能够为《聊斋志异》增添诗性，这体现在两个方面。一是直接掺入小说中的诗歌能为小说增添诗意。二是化用前人诗歌意境，甚至在小说中直接因某首或某句诗词而生发出一个故事。

《聊斋志异》有不少故事是用诗词做引子的。《王桂庵》不就是根据"门前一树马缨花"所创作的吗？王桂庵如果不对那位女子念念不忘，就不会在梦中有所回响——梦见江村一户人家内，正有其念念不忘的女子。而这间屋子门前装饰，正合"门前一树马缨花"。王桂庵梦醒之后，在现实中果然找到了自己思念已久的女子芸娘。《白秋练》更是出现了"以诗歌疗疾"的奇思妙想。无论是颇为大胆的"为郎憔悴却羞郎"还是甜美可人的"罗衣叶叶"，不同的诗句共同构成这一奇幻的故事，共同塑造了白秋练这具有诗才、诗气的女子。除此之外，娇娜、连琐这些富有诗意的角色也都是借助诗歌来生发创作出的。

蒲松龄在创作《聊斋志异》的某些故事时采用了诗化的叙事模式，有的故事虽然没有诗歌掺入，但是却具有诗歌的品格。因为蒲松龄擅长将诗歌化用进小说，以使得小说具有诗的品格。

比如《宦娘》这一篇中宦娘因温如春高超的琴艺而喜欢上他，又因

---

① 路大荒整理：《蒲松龄集》，上海古籍出版社，1986年，第296~297页。

人鬼殊途，遂决定撮合他与善于弹奏古筝的葛良工结合。有学者认为这篇小说实际上是建立在"琴瑟友之"的意蕴之上的[①]。《黄英》则是来自陶渊明笔下的菊花意象。但继承陶渊明意志的马生穷困潦倒，而黄英作为菊花之精灵，则靠着种花卖花骤富。二者的鲜明对比也说明蒲松龄是借着这个意象抒发自己的思想。

### （三）有利于塑造人物形象

《聊斋志异》中的诗词除了展示作者的才华，为小说增添诗意，亦能够起到塑造人物形象的作用。《聊斋志异》中的诗词多是由故事中人物引出，这些诗词对人物的性格多少会呈现。在读者的接受过程中，小说人物引出的诗词一定程度上会影响读者对人物形象的感观，并且这类诗词会比作者代叙述者所作的诗词更能打动读者。譬如我们会因为林四娘的诗"静镇深宫十七年，谁将故国问青天？……高唱梨园歌代哭，请君独听亦潸然"而对林四娘这一美丽的宫女却无端惨死，鬼魂独在深宫长达十余年的悲惨遭遇产生同情。

《绿衣女》中有这么一首诗："树上乌臼鸟，赚奴中夜散。不怨绣鞋湿，只恐郎无伴。"《绿衣女》在《聊斋志异》里不算引人注目的篇目，并且只有六百余字，情节也比较简单。但是这首出现在小说内部的诗相比于其他诗词则又有些不同。一般人理解这首诗，都是从绿衣女与于生的故事入手。认为这首诗说的是树上的黎雀打扰到了两者的幽会，让他们不得不分开。而这个绿衣女不怕自己的鞋湿掉，只担心自己的情郎没有伴。如果这么解释的话，这首诗歌不过只是单纯的抒发情感而已。但实际上，这首诗歌介绍的是故事背景，即绿衣女在见到于生之前的人生经历。从何得知呢？就从这一句"赚奴中夜散"。因为绿衣女并不是在白天或者清早来找到于生的，而是在半夜。造成这一结果的原因是绿衣女之前的动物伴侣早就已经被鸟吃掉了。她之所以唱出这首诗，实在是因为担心其原先的郎君孤单地游走于黄泉路上。而且，后文出现的干扰者

---

① 袁行霈：《中国文学史（第四卷）》，高等教育出版社，2002年，第328页。

是蜘蛛，并非是鸟。

绿衣女笑着说出的"偷生鬼子常畏人"，本就是在说她自己。她认为自己就是一个偷生之人，因此才会在之后表现得非常反常。你看她向于生发问："生平之分，殆止此乎？"是因为"妾心动，妾禄尽矣"，临近出门，又胆怯而不前，必要于生等到绿衣女逾垣而去，才能返回。这一切的不合理行为，都是因为绿衣女刚刚失去依靠，因此才会如此多疑，如此敏感。胆怯、懦弱都事出有因，一切的缘故都在诗里。蒲松龄用一首诗写出这一故事的背景，为《绿衣女》这一形象的形成做了绝佳的铺垫。如果没有这首诗，我们只会感慨这位女子柔弱，却不会深思其表现背后的悲惨遭遇。

# 三 《聊斋志异》对诗稗互渗传统的继承与突破

蒲松龄的诗词"脱胎诸子，出入齐梁，超凡越俗，卓然不群；他人语作寻常处，他出之以奇崛；他人语作浅陋处，他出之以深邃"，更是有"酿得蜜成花不见"的美誉[①]。《聊斋志异》继承了前代小说"文备众体"的传统，又在诗词的掺入方面，突破了前代小说的许多缺陷。

## （一）《聊斋志异》对诗稗互渗传统的继承

与前代小说相比，《聊斋志异》中掺入的诗词数量并不多，在四百九十多篇中，只有三十七篇掺入了诗词。前代小说则不同，诗词入稗是中国古代小说的传统。《世说新语》因文人在空谈时十分注重语言的辞藻，会引用一定数量的诗词。在《言语》篇第五十六条有"无小无大，从公于迈"[②]，诗歌是由人物直接吟诵出来的；《文学》篇第三条记载郑玄家中的仆人也能言"薄言往愬，逢彼之怒"[③]，在这里也是让人物直言

---

① 马瑞芳：《聊斋志异创作论》，山东大学出版社，1990年，第482页。

② 刘义庆：《世说新语》，中华书局，2011年，第115页。

③ 刘义庆：《世说新语》，中华书局，2011年，第190页。

之。《言语》第八十条有"《北门》之叹，久已上闻；穷猿奔林，岂暇择木？"①《文学》篇第五十二条谢安谢玄二人赋诗言志，谢安诵"昔我往矣，杨柳依依，今我来思，雨雪霏霏"②，谢玄赋"訏谟定命，远猷辰告"。③

　　同为文言小说的《搜神记》，也有七处引用了诗词。例如卷一《淮南八老公》有"明明上天，照四海兮。知我好道，公来下兮。公将与余，生羽毛兮。升腾青云，蹈梁甫兮。观见三光，遇北斗兮。驱乘风云，使玉女兮"④。《杜兰香与张传》也有一诗："阿母处灵岳，时游云霄际。众女侍羽仪，不出墉宫外。飘轮送我来，岂复耻尘秽。从我与福俱，嫌我与祸会。"⑤唐传奇受到变文和俗赋的影响，单篇流传的唐传奇作品中有不少掺入了数量不等的诗词，《东阳夜怪录》掺入了十四首诗；黄甫枚《步非烟》掺入了十一首诗；李景亮《李章武传》中掺入了八首诗；元稹的《莺莺传》掺入了五首诗。明代的文言小说中，《剪灯新话》《剪灯馀话》都有篇目掺入大量诗词。"其甚者连篇累牍，触目皆是，几若以诗为骨干，而第以散文联络之者。"⑥《剪灯新话》的《秋香亭记》掺入了八首诗，占据整篇小说的一半多。《剪灯馀话》中的《月夜弹琴记》一篇中就掺入三十几首诗词。话本小说抑或者是拟话本小说中，诗歌数目也不少。以"三言"为例，其每篇作品平均有七八首诗词掺入其中。与之相比，《聊斋志异》中的诗词数量的确难以引人注目。

　　《聊斋志异》中的诗词，也继承了前代文言小说的特点，在格调上偏于高雅，显示出文言小说重视情感叙事的风格。但《聊斋志异》中的诗词与其他类型小说中的诗词有区别。如《聊斋志异》中的原创诗词就与话本小说中的原创诗词明显不同，因其创作者的身份不同、文化素养不

① 刘义庆：《世说新语》，中华书局，2011年，第135页。

② 刘义庆：《世说新语》，中华书局，2011年，第232页。

③ 刘义庆：《世说新语》，中华书局，2011年，第232页。

④ 干宝：《搜神记》，中华书局，2019年，第11页。

⑤ 干宝：《搜神记》，中华书局，2019年，第28页。

⑥ 孙楷第：《中国通俗小说书目：外两种》，中华书局，2012年，第306页。

同；接受者的文化素养亦不同，导致其创作者在进行诗歌创作时，具有明显的差别。

蒲松龄在诗歌的使用上，超越同时代乃至于前代的地方，就是其能够用精确适当的语言进行艺术创作，使得诗歌不是简单地掺入小说当中，让前后文本割裂，而是与之融为一体。读者在阅读时，也不会像阅读一些粗制滥造的白话小说，需要机械地跳过诗词，而是在诗词与情节的融合中，获得更深层次的审美体验。其中不少诗词，也会引发读者对人生和现实境况的思考，从而从历史的同一性中生发出同故事里人物的情感的交流。

再者，我们在阅读《聊斋志异》时，因《聊斋志异》奇崛的、神秘的艺术风貌，我们会自觉不自觉地以审美的态度来欣赏和接受。小说亦有诗意，"情感和想象是诗歌的灵魂，把这个灵魂附于小说，小说亦有诗的神韵"[1]。而《聊斋志异》里的作品，也"都是作者在传说的基础上用想象、虚构的手法幻化、虚构出来的虚拟世界，在这个虚拟的世界中，作者以其无拘无束的幻想，上天入地，突破时间和空间的限制，为我们构筑了一个神秘奇特的理想世界"[2]。

在《聊斋志异》中，"诗歌之境"与"奇幻世界"融合共生，呈现出不同于一般小说的美学形态。

### （二）掺入诗词数量较少且具有较高的审美品格

从小说中掺入诗词的角度来看，唐传奇基本都有不少的诗词掺入。唐代是诗歌的盛世，"以诗文为文学正宗思想的浓烈，使故事叙述在某种程度上成了诗文的载体，逞才的手段，而这一处理在作品问世伊始就得到时人赞赏"[3]。正如前文所言，单篇流传的传奇不缺乏诗词的掺入，其中有不少都掺入了诗词。文言小说发展到宋代，"论次多实，而彩艳

---

① 石昌渝：《中国小说源流论》，生活·读书·新知三联书店，1996年，第160页。

② 于兴菊、赵玉荣：《〈聊斋志异〉虚幻世界的艺术魅力探析》，《东北农业大学学报（社会科学版）》2005年第3期。

③ 陈大康：《明代小说史》，人民文学出版社，2007年，第293页。

殊乏"①。加之宋代的传奇小说有意识地与通俗小说靠近，而宋代发达的"说话"自然也会影响到文言小说的发展轨迹。文言小说也逐渐开始掺入数量较多的诗词，并且其中有不少质量都不高。"宁可抄袭也要保证作品中含有大量诗文，表明一部分作者已不是以显示风雅为主要目的，而是他们误以为羼入大量诗文乃是创作不可变易的格式。"②

从文言小说的诗词的掺入量来说，从志人志怪到《聊斋志异》，其经历了一个由少至多，再由多减少的过程。无论是志人还是志怪，其中包含的掺入诗词的量都不多；而宋明时期，文言小说中的诗词数量明显增加；至《聊斋志异》，诗词掺入量则又减少。"在一个以诗文取士的国度里，小说家没有不能诗善赋的。以此才情转而为小说时，有意无意之间总会显露其'诗才'。"③蒲松龄对于诗歌的掺入，明显有所克制，在四百九十篇故事中只有几十首诗词掺入，远不及前代作品。并且诗词主要存在于与爱情有关的篇目中，这使得诗词具有抒情的品格。同时也使得诗词具备较强的审美属性。

前代的文言小说，有一些也掺入不少艺术水平比较低的诗词。如《燕居笔记》中这两阕词：

> 蜡纸重重包裹，彩毫一一题封。谓言已进大明宫。特取馀甜相奉。口嚼槟榔味美，心怀玉女情浓。物虽有尽意无穷。感德海深山重④。

> 燕尔新婚未久，文成离别堪伤。孰云奸可蹈贤良。天理昭昭难罔。不遇盘根错节，焉知利器锋芒。劝君勉力守建康。塞马从来倚伏⑤。

---

① 胡应麟：《少室山房笔丛》，上海书店出版社，2001年，第283页。

② 陈大康：《明代小说史》，人民文学出版社，2007年，第293页。

③ 陈平原：《中国小说叙事模式的转变》，北京大学出版社，2010年，第198页。

④ 冯梦龙：《燕居笔记》，上海古籍出版社，1994年，第416页。

⑤ 冯梦龙：《燕居笔记》，上海古籍出版社，1994年，第2289页。

此外，从诗词的掺入的方式，还可以看出蒲松龄有较为进步的女性意识。

《夷坚志》作为宋代文言小说的代表之作，其中可见诗词共计二百四十三首。这些诗词在作品中，吟咏或书写这些诗词的，有各种神魔志怪，也有很多普通凡人。但从性别来说，最主要的还是男性。《夷坚志》中由女性所发出的诗词只有十五首，占比不到6%。女性主体虽然出现在小说中的次数很多，但是几乎不创作或吟咏诗词。《聊斋志异》中的诗词发出者，上文已经叙述，由女主人公发出的比例达到45.6%，远远超过《夷坚志》。

我们可以看到，《聊斋志异》诗词的主体发出者由男性为中心，变为男女比例几乎一致，甚至女性在占比还优于男性，这样的变化是值得深思的。

这些善吟唱诗赋的美丽女子，可以说是蒲松龄身上所具备的男权意识作怪。这些美好的女性是因为蒲松龄的男权思想才创造出的。但是，如果仅仅只是男权思想的影响，不能创造出被普罗大众接受的美好的女性形象。故造成《聊斋志异》中出现如此情况的原因，还与这几个方面有关。一方面，随着时代的发展，女性地位的提高，清代受教育的女性增多，甚至出现了不少女子诗社；另一方面，也可能是顾青霞在蒲松龄内心之中的投影一直挥之不去；另外，不能忽视蒲松龄自身所具备的女性意识，只有蒲松龄也认为女性同样具有诗才，有诗歌的灵气，才能创作出这么多具有诗气的女性形象。

甚至可以说，《红楼梦》中许多富有诗气的人物的破碎，也受到过《聊斋志异》的影响。

**（三）较少使用诗词进行描写**

《聊斋志异》中诗词不常用于描写，突破了前代文言小说多用诗词描写场景或景物，造成小说叙述的中断的弊端。诗词的掺入比起前代许多小说更加和谐。

一般而言，"诗歌词赋插入叙事散文，不仅仅有散文不能代替的艺术表现功能，而且对于调节叙事节奏和丰富叙事色彩都有着不可低估的作用"①，但对景物进行过分的铺陈，则无益于小说故事的发展与叙述的推进。

魏晋以前，人们对于景物描写的意识不强，导致文章中出现的景物描写较少，掺入的写景诗歌更是凤毛麟角。魏晋以来，对自然景物进行诗性的描述，即大量地使用骈文进行铺陈，来叙述场景或描写景物以及人物，成为中国古代小说中掺入的韵文的常见功能之一。因此在这一时期的小说当中也经常出现描述性的诗词。

《游仙窟》中有不少描写性诗词："昔时过小苑，今朝戏后园。两岁梅花匝，三春柳色繁。水明鱼影静，林翠鸟歌喧。何须杏树岭，即是桃花源。"②"极目游芳苑，相将对花林。露净山光出，池鲜树影沉。落花时泛酒，歌鸟惑鸣琴。是时日将夕，携樽就树阴。"③

因为张文成本身对诗歌的娴熟，因此诗词也一定程度上增添了一定的美感，同时也增加了小说的诗性。

但是，随着文言小说的发展，之后的文言小说中掺入的诗词越来越多，以至于不少学者认为诗词成为小说中的累赘。

如《青琐高议》后集卷之五，有隋炀帝望江南八阕：

湖上月，偏照列仙家……青露冷侵银兔影，西风 吹落桂枝花，开宴思无涯。

湖上柳，烟里不胜垂……线拂行人春晚后，絮飞晴雪暖风时，幽意更依依。

湖上雪，风急堕还多……仰面莫思梁苑赋，朝尊且听玉人歌，不醉拟如何？

---

① 石昌渝：《中国小说源流论》，生活·读书·新知三联书店，1996年，第166～167页。

② 曹小云：《日藏庆安本〈游仙窟〉校注》，黄山书社，2014年，第128页。

③ 曹小云：《日藏庆安本〈游仙窟〉校注》，黄山书社，2014年，第130页。

湖上草，碧翠浪通津……游子不归生满地，佳人远意寄青春，留咏卒难伸。

湖上花，天水浸灵葩……水殿春寒澄冷艳，玉轩清照暖添华，清赏思何赊。

湖上女，精选正宜身……玉琯朱弦闻昼夜，踏青斗草事青春，玉辇从群真。

湖上酒，终日助清欢……湖上风烟光可爱，醉乡天地就中宽，帝主正清安。

湖上水，流绕禁园中……泛泛轻遥兰棹稳，沉沉寒影上仙宫，远意更重重[①]。


八阕词接连出现，在小说中非常突兀。按照词的发展轨迹来说，这八首词都不太可能是隋炀帝所作，可能是刘斧创作以凸显其诗才。但是也足以体现出，宋代就已经有同时掺入大量诗词的例子。

又如《花影集》中《四块玉传》有七绝四首：

长安西望暮云愁，宫枕空山草木秋。泉水溶溶浑似旧，更无人露玉鸡头。

断云横树古台荒，人去千年事渺茫。唯有旧时池上月，为谁清夜静涵光。

一湾野水抱沙流，台畔闲云任去留。当日但期开一笑，那堪终古笑无休。

遗恶秦儿苦运危，函关再破势崩雷。可怜六国生民血，尽作咸阳一炬灰[②]。

---

① 刘斧：《青琐高议》，上海古籍出版社，2012年，第95～96页。

② 陶辅：《花影集》，中华书局，2008年，第88~90页。

文言小说中出现的这些用于描写的诗词，基本脱离了小说内容，与小说的关系不深。这些大量用于描写的掺入诗词实质是因为掺入诗词这一手法在当时的小说创作中不可或缺。"长期以来前人的创作示范与诗文插入比例的不断攀高，已使大量羼入诗文手法成为定式，中篇传奇中的这一现象只是创作传统影响的表现而已。"①

　　随着小说发展到明代，很多小说中的诗词含量大幅增加。据陈大康先生统计，中篇传奇中有不少诗文占比超过50%的。在这之中，《钟情丽集》的诗文占比更是达到了54.32%，在全书中掺入了七十一首诗词；稍次于《钟情丽集》的《龙会兰池录》中诗文所占比重为51.67%；而《怀春雅集》诗文占比虽然只为43.48%，但是其中掺入诗词的数量高达二百一十三首；《五金鱼传》中诗文所占比重为31.16%；《金兰四友传》诗文所占比重为30.92%，在仅四篇的篇幅里掺入了五十三首诗词②。诗文比例增加，并不意味着艺术水平的提高，六大名著中没有一本是依靠掺入诗词的数量取胜的，文言小说也不会以为掺入大量的诗词就能够获得人们的青睐。

　　蒲松龄未必知道用诗词来描写场景会造成故事时间的停滞，中断故事的叙述。但蒲松龄作为一个高超的小说家，在创作小说时肯定能意识到——无论是文言小说还是白话小说，过分地掺入诗词并不会提高小说的艺术水平。用诗词的铺排来描写场景，在通俗小说中几乎达到了极致，如《西游记》中随处可见描写景物的俗赋："势镇汪洋，威宁瑶海。势镇汪洋，潮涌银山鱼入穴；威宁瑶海，波翻雪浪蜃离渊。木火方隅高积土，东海之处耸崇巅。丹崖怪石，削壁奇峰。丹崖上，彩凤双鸣；削壁前，麒麟独卧。峰头时听锦鸡鸣，石窟每观龙出入。林中有寿鹿仙狐，树上有灵禽玄鹤。瑶草奇花不谢，青松翠柏长春。仙桃常结果，修竹每留云。一条涧壑藤萝密，四面原堤草色新。正是百川会处擎天柱，万劫无移大

---

①　陈大康:《明代小说史》，人民文学出版社，2007年，第293页。

②　陈大康:《明代小说史》，人民文学出版社，2007年，第291页。

地根。"①《西游记》作为白话小说，小说中掺入了大量描写景物的俗赋以及诗词，也受到用诗词来描写景物这一风尚的影响。但《西游记》的读者绝非因为这些描写景物的俗赋而喜欢上这本书。

**（四）对运用诗词进行"教化"传统的突破**

宋代、明代的文言小说里的诗歌，常常进行说理。"小说创作中追求惩劝目的的刻板偏重，主题的伦理化，作品的道学气。"②因此诗歌中常常出现说理性的诗词，如《青琐高议》别集卷三有：

> 越娘墓下秋风起，脱叶纷纷逐流水。只如明月葬高原，不奈霜威损桃李。妖魂受赐欲报郎，夜夜飞入重城里。幽诉千端郎不听，倾心吐肝犹不止。仙都道士不知名，能用丹书镇幽鬼。杨郎自此方醒然，孤鸾独宿重泉底③。

《剪灯馀话》有：

> 万法千门总是空，莫思啸月更吟风。这遭打个翻筋斗，跳入毗卢觉海中。
>
> 泉石烟霞水木中，皮毛虽异性灵同。劳师为说无生偈，悟到无生始是空。
>
> 万种喽灢林大节，千般伎俩木巢南。从今踏破三生路，有甚禅机更要参？④

而《聊斋志异》中的诗歌多出现在相爱的故事中，借用爱情的失落，抒发幽微的情怀，实际上还是借诗歌的苦痛、缠绵的情感、诗意的建构，

---

① 吴承恩：《西游记》，人民文学出版社，2010年，第2页。

② 李剑国、陈洪：《中国小说通史·唐宋元卷》，高等教育出版社，2007年，第707页。

③ 刘斧：《青琐高议》，上海古籍出版社，2012年，第145页。

④ 李昌祺：《剪灯馀话》，清光绪三十四年至民国十四年武进董氏刻诵芬室丛刊本。

来宣泄自己的情感。感伤之情抒发得越细致，蒲松龄的哀怨与愤懑就越强烈。"小说人物的强烈抒情对于真实生活而言也并不是那么自然的，通过散文形式的大段心理独白或言语独白来表现也都不太合适，而通过诗歌来表达却比较恰当。"①这就导致了《聊斋志异》中的诗词，少有进行说理的。

　　诗歌在中国古代处于中心地位，文人士大夫不能不受到"诗教"的影响，"诗教"精神势必会影响封建社会任何一个文人士大夫的表达。"'诗教'理论作为国家意识形态权威话语的组成部分，凭借着经学的独尊地位与《诗》作为经的神圣权威地位与影响，在其长期的教授、传播、使用的过程中，逐渐成为某种不言自明、天经地义的权威话语和某种终极依据。"②正因为如此，许多小说作者都会在诗歌创作时掺入一些具有说教性质的诗歌。如《令狐生冥梦录》中的"一陌金钱便返魂，公私随处可通门！鬼神有德开生路，日月无光照覆盆。贫者何缘蒙佛力？富家容易受天恩。早知善恶都无报，多积黄金遗子孙"③。蒲松龄未必完全不受这一精神的影响，小说中仍然有"史传"和"诗教"的余韵。只是相比起来，"诗教"的因子小得多。或者说，蒲松龄受"诗教"的影响更多体现在老年时期创作的《聊斋俚曲》上。

　　另外，《聊斋志异》中的诗词非常凸显人的主体性，或者说，主要凸显的就是作家的主体性。这些诗词是作家自我主体性的体现。《聊斋志异》中诗词，不是描写事物或者人物等可以删去不影响小说内容之作。《聊斋志异》中的诗词，总是渗透着作家的情感与思想，其主要方式是细致描写人物的情感而不静止地描述人物的外貌。

---

① 李鹏飞：《以韵入散：诗歌与小说的交融互动》，《北京大学学报（哲学社会科学版）》2012年第3期。

② 刘方：《中国美学的历史建构与文化功能》，中国社会科学出版社，2016年，第81页。

③ 瞿佑：《剪灯新话》，上海古籍出版社，1995年，第26～27页。

# 结　语

《聊斋志异》中掺入袭旧诗词的体量较前代小说相比明显减少；并且几乎不用诗词进行描写和说理。但就袭旧诗词的水平而言，《聊斋志异》反而超越当时的许多小说，可与唐传奇比肩。《聊斋志异》中掺入诗词的方式与前代小说有别，是由蒲松龄独特的个人经历所造成的。《聊斋志异》中的诗词，虽然数量较前代诗词较少，但仍在小说中承担了多样的功能。

《聊斋志异》继承了"文备众体"的小说传统并且有所突破。这主要体现在以下三点，首先是《聊斋志异》中掺入诗词的数量明显减少；其次是不大量使用诗词进行描写；再次是几乎不同诗词进行说理。

而作为知识来考察《聊斋志异》中的诗词，可以发现其中更多体现的是知识分子的、相对高雅的审美，整体体现出"雅洁"的风格特征。

杨志君，湖南安仁人，长沙学院影视艺术与文化传播学院讲师。

段海波，湖南怀化人，湘潭大学文学与新闻学院2023级硕士研究生。

# 论《聊斋志异》的空间构建

谢超凡　张久彬

《聊斋志异》[①]在中国古典文言小说中占据重要地位，成为明清文言小说研究的一大重点。它以丰富多样的故事情节，惟妙惟肖的人物塑造，光怪陆离的审美旨趣，不仅吸引着众多爱好古典小说的读者，更是被多次进行文学与影视的改编与借鉴，同时成为学界古典文言小说研究的重要对象。

空间是故事情节展开与进行的必要条件，人物的存在与塑造，环境的表现与气氛的渲染，以及主题思想内容的寄托或表达，无不依托或存在于各自的空间当中。《聊斋志异》中，作者主要设置了三处文本空间，一是与人类生存空间相近似的人间世界，二是往上的天界空间，三是往下到达的阴间空间。人间世界是平常普通的世界，与人类现实生活基本无差别，而天界与阴间空间是作者虚拟的空间世界，其光怪陆离的设置成为志怪小说的一大特色。而无论是何种空间的构造，作者都精心设计，在众多地理意象的相互配合下，形成了各自的代表性特征。其中有部分依赖于传统文化积淀形成的地理因素意象，也有通过整体空间意象表达才能产生的地理意象因素。

## 一　人间

人间即作者生活的空间，是最为平常的空间，包含着我们人类日常

---

① 本文所引《聊斋志异》原文内容，皆出于（清）蒲松龄著，张友鹤辑校：《聊斋志异会校会注会评本》，上海古籍出版社，2019年。

生活中的全部因素，比如山河湖海、万物生灵等。《聊斋志异》中的人间世界即以作者所亲身经历的生活世界为蓝本，在此基础上加以部分地理上的听闻与想象，最终成就文本空间的人间世界。值得注意的是，在此世界中有两个需要特殊说明的地理描画。一是远方世界的表述，包括人类所未踏进的深山、荒漠、海岛等空间，这其中孕育着人类闻所未闻的空间地理因素，作者加以精心营造，以区别于人类日常生活的普通空间；另外是阴魂所处的地理空间，这一空间类似于人类梦境，即不与真实性的空间相同，又不隶属于阴曹地下世界，是介于三方空间的另一维度世界。

文本展现的人间空间形态，其自然地理因素囊括山海江湖，人类与万物生灵，其中有四方地理方位，也有阴晴冷暖的气候天气变化等。文化地理因素包含经济、政治、交通、文学、艺术等等诸多方面。此空间掌握话语权的主体为人类，展现的生活世界以人类为主体，人是人间世界具有决定性作用的最为重要的活动因素。其地理空间的展开与地理意象的设置都是围绕着人类主人公而存在与发挥着作用。

**（一）日常生活空间**

比如《婴宁》，讲述的是人与狐的爱情故事，其情节展开于人类空间世界，这个空间世界包含起起伏伏的山野、缤纷开放的野花、曲曲折折的白石小路、隐隐约约的农舍等。地理意象的表现与营造，都是按照主人公王生的行动得以展示，其地理空间的设置是人物存在和情节的必要条件，但是必须与人物塑造和情节发展相互统一，在文本表达中发挥应有的作用。如王生出门遇见婴宁：

> 会上元，有舅氏子吴生，邀同眺瞩。方至村外，舅家有仆来，招吴去。生见游女如云，乘兴独遨。有女郎携婢，拈梅花一枝，容华绝代，笑容可掬。

此段包含"上元""村外""梅花"三个地理空间的营造，"上元"即元宵节，是文化空间，正与"游女如云"相对应，古代女子平时不被允许出门，只有上元节和上巳节，可以结伴出游，正如唐寅《元宵》诗所写："满街珠翠游村女，沸地笙歌赛社神。不展芳尊开口笑，如何消得此良辰。"而这一天的出游给年轻的男女提供了见面的机会，所以从文学作品来看，有很多浪漫的爱情故事发生于这一天。蒲松龄选择"上元"节这个时间既为两人的相见提供了可信的理由，又暗寓了二人后面的爱情故事。"村外"，缘于婴宁是个狐女，一般活动于远离城市的地方。而"梅花"的选择既衬托了婴宁的美丽，又蕴含了婴宁高洁、不流于俗的气质。

而后是王生只身一人对婴宁的探寻：

> 伶仃独步，无可问程，但望南山行去。约三十余里，乱山合沓，空翠爽肌，寂无人行，止有鸟道。遥望谷底，丛花乱树中，隐隐有小里落。下山入村，见舍宇无多，皆茅屋，而意甚修雅。北向一家，门前皆绿柳，墙内桃杏尤繁，间以修竹，野鸟格磔其中。意是园亭，不敢遽入。回顾对户，有巨石滑洁，因据坐少憩。俄闻墙内有女子，长呼"小荣"，其声娇细。方伫听间，一女郎由东而西，执杏花一朵，俯首自簪。举头见生，遂不复簪，含笑拈花而入。
>
> 见门内白石砌路，夹道红花，片片堕阶上；曲折而西，又启一关，豆棚架满庭中。肃客入舍，粉壁光明如镜，窗外海棠枝朵，探入室内，褥借几榻，罔不洁泽。

此两段描写典型表现了地理空间因素的整体组合形成的氛围与意象表达。"南山""乱山""鸟道""谷底"以整体的空间方位设置表现路程的遥远坎坷，婴宁生活地方的偏僻和与世隔绝，而正是因为生活在这远离世俗之地，才孕育出婴宁天真无邪、无拘无束，不知礼法为何物的性格。而后，"茅屋""绿柳""杏花""白石砌路""粉壁"等地理因素又进行了整体的安插设置，将女主人公的居所清晰呈现，塑造的是女主人公天真烂漫、纯真自然的形象特征，同时推动着整体的文本从王生带来的紧张焦虑走向浪漫舒缓。文本中人间的世界的构造基本与现实生活相一致，其地理因素不仅通过人物和情节的需要而出现与设置，更在文本效果的表达上起到了不可或缺的作用。

而全书文本中对单一地理因素的运用也同样突出，例如以人类难以运控的地理事物的非常规性发展表现志怪主题的某一故事情节。正是因为人类社会中部分自然地理事物的难以改变与非人力可为性，地理因素意象才能成为志怪主题的有效运用工具，借以表现主人公的神奇魔力或故事发展的诡异特性。比如《种梨》《寒月芙蕖》等篇，即以自然植物生长规律性的改变，表现主人公超自然的神力。也有篇章直接以风雨雷电等自然现象或奇特生物为主题进行奇异现象的记录，如《水灾》《地震》记录了清朝的几次水灾与地震，《义鼠》《义犬》《山魈》等是对奇特生物的直接描写，《水莽草》是对特有植物的记录。这些寻常的地理要素虽为日常生活中常见或是自然科学上正常的地理现象，但在作者志怪手法的笔下得到了灵活的运用，作者或为实录，或为虚构，或为想象，日常普通的地理意象表现出不寻常的文学效果。诸多的地理因素的单一运用同样可以丰富文章主题，凸显志怪风格，成为全书整体主旨表现的有力工具。

### （二）远方奇异空间

《聊斋志异》的时代，人们认知水平不高，改造自然能力低下，出于对外界世界的探索意识与求知需要，异域世界的描绘成为满足读者需要，同时也是体现作者对地理空间想象与思考的重要方面。在文本的地理空间设置上，异域世界与人类日常生活空间出于同一维度，能够通过空间上的平行转换到达。《聊斋志异》中关于异域世界的构建不在少数，它们包含远方未曾到达的海岛、人迹罕至的深山峡谷、深有千万里的湖底海底、黄沙覆盖的千里沙漠等等。这些异域世界具有与人类社会相似的万物生灵，也有与人类文明相似的社会秩序，有同样的山河湖海、天气气候等地理空间要素。除此之外，此类文本更强调其异于人类寻常社会的方面，如超自然的能力，罕见的动植物与风俗习惯等，以此达成志怪主题小说的主题与作者求异的主旨追求，同时在文本志怪风格的基础上更增趣味。

《海公子》篇即构造了一个远方海岛的地理空间，讲述主人公张生海岛的险遇，借此展现远方世界的奇异。其中关于海岛环境的主要描述有：

> 东海古迹岛，有五色耐冬花，四时不凋。而岛中古无居人，人亦罕到之。
>
> 至则花正繁，香闻数里；树有大至十余围者。
>
> 忽闻风肃肃，草木偃折有声。
>
> 旋见一大蛇，自丛树中出，粗于巨筒。张惧，幛身大树后，冀蛇不睹。蛇近前，以身绕人并树，纠缠数匝；两臂直束胯间，不可少屈。
>
> 饮未及尽，遽伸其体，摆尾若霹雳声，触树，树半体崩落，蛇卧地如梁而毙矣。

与寻常地理空间类似，异域海岛上有鲜花、草木、蛇、风等自然地理要素。不同之处在于鲜花四时不凋、香闻数里的特质和大蛇之粗长，同中有异的描绘符合当时社会关于异域远方空间的一般想象与心理认识。

《夜叉国》一篇更为详尽地为读者展现了异域远方的风光，不仅有迥异的地理风貌和生物物种，更有相异的民风民俗和生活习惯。其讲述的是男主人公流浪海岛，与当地女性结婚，生下一女二子，后因思念家乡，带一子逃离，最后这个孩子返回接走母亲和弟妹，回归正常社会的故事。其中关于异域民族生活习惯和自然风貌物种的记录大致有：

> 方入，见两崖皆洞口，密如蜂房；内隐有人声。至洞外，伫足一窥，中有夜叉二，牙森列戟，目闪双灯，爪劈生鹿而食。

二物相语，如鸟兽鸣，争裂徐衣，似欲啖啮。

诸夜叉早起，项下各挂明珠一串，更番出门，若伺贵客状。命徐多煮肉。徐以问雌，雌云："此天寿节。"雌出，谓众夜叉曰："徐郎无骨突子。"众各摘其五，并付雌。雌又自解十枚，共得五十之数，以野苎为绳，穿挂徐项。徐视之，一珠可直百十金。

而北风大作。徐恻然念故乡，携子至海岸，见故舟犹存，谋与同归。子欲告母，徐止之。父子登舟，一昼夜达交。

少年曳入幽谷一小石洞，洞外皆丛棘；且嘱勿出。去移时，挟鹿肉来啖商。

夜叉国的自然地理风貌与大陆差别不大，有山石、海崖、风雨气候，其人民捕猎鹿等动物为食。同时他们与人类社会一样存在等级制度、婚配观念、家庭种族观念与器物价值观念，还能与人类婚配孕育子女。不同之处在于其人民作为另类物种"夜叉"的差异性，外貌上"牙森列戟，目闪双灯"，丑陋恐怖；语言如"鸟兽鸣"，不可解；饮食上茹毛饮血，生食猎物；而且力气奇大，善射勇武。文本中表现的地理因素的奇异性，是此故事发生于异域环境下的必要条件，是志怪小说的特有风格，而异中显同的人文地理要素同样是为了后文情节的进展。在后文中，主人公张生逃离海岛后，其子又返回接走夜叉母子回归人类正常生活，此情节的继续开展依赖于夜叉具有能与人类进行交流与孕育子女的能力，而且几个孩子的样貌"皆人形，不类其母"。所以对其类似于人类原始社会风俗习惯的风俗展现，为母夜叉融入人类社会提供了必要条件。此地理空间的构建，是作者基于人类社会普遍规律认知而进行的，在原有世界地理空间认知的基础上，作者加以个人想象与虚构的融合。文本尽可能地在将异域风光与特质加以详尽展现的同时，保留其与寻常社会的相似性，从而达到相应地平衡以使文本的情节发展趋于顺畅，减少文本悖论的产生。

### （三）游魂活动空间

在《聊斋志异》的空间构建上，游魂活动空间是一个比较特殊的空间存在。游魂上可意达天界，下可寻访阴曹，也可以在人的梦中与其交流，还能化作实体形态与人互动沟通。游魂存在的寄托，或为器物，或为肉体，或为地下遗骸。可以说游魂空间存在于与现实物质社会不同的另一维度中，在这个维度空间中，人可以通过梦或是离魂的形式进入或者交流沟通，游魂可以转换为实体形式与人互通，也可转变为虚无形态不被人发觉。这种复杂的地理空间构建，并非作者有意为之，而是为了顺应文本情节发展、阐发故事主题表达而无意间构造的一种复杂空间形态。这种设置使其存在主体可以选择合乎情理或符合个人人物特征的形式与外界发生交集，不仅使文本情节发展顺畅，更使得人物形象塑造全面，同时加强着志怪主题的奇异风格，也暗含着作者精神投射与人生旨趣。

如《莲香》一篇讲述了狐女莲香、游魂李女与桑生的爱情故事，莲香与李女皆与桑生有情，但游魂的身份特质使桑生患病，多亏莲香救治得以痊愈。后李女借尸还魂，重生为阳间女子，得以与桑生结成连理。故事中，莲香居住于南山洞穴，桑生生活在人类房屋，两者都活动于人类空间，而游魂李女则居无定所，来去无踪，生活在另一维度空间中。文中关于李女生活世界的表述大都是其亲自诉说：

> 越夕，无人，便出审玩。女飘然忽至，遂相款昵。自此，每出履，则女必应念而至。
>
> 曰："妾，李通判女，早夭，瘗于墙外。已死春蚕，遗丝未尽。与郎偕好，妾之愿也；致郎于死，良非素心。"莲曰："闻鬼物利人死，以死后可常聚，然否？"曰："不然。两鬼相逢，并无乐处；如乐也，泉下少年郎岂少哉！"莲曰："痴哉！夜夜为之，人且不堪，而况于鬼！"
>
> 燕曰："尔日抑郁无聊，徒以身为异物，自觉形秽。别

后，愤不归墓，随风漾泊。每见生人则羡之。昼凭草木，夜则信足浮沉。偶至张家，见少女卧床上，近附之，未知遂能活也。"

游魂的空间世界与人间世界重叠而与人间世界有异，其主要游荡活动于夜间，白天则隐匿于草木。作为游魂，李女主要居住于生前的肉体埋葬的坟墓附近，主要活动于桑生居住的地方，而伤心离去的时候则无所归依："昼凭草木，夜则信足浮沉。"同时女鬼说明在此空间内，鬼与鬼的相互联系"两鬼相逢，并无乐处"，也就是两鬼不能交欢。同时，游魂具有额外的感知能力，如桑生把玩李女遗留的鞋子时，游魂便会有所感应出现在桑生身边。

《连城》篇也讲述了相似的游魂死而复生的故事，乔生与连城两情相悦，在经受一系列阻碍不能结为连理的过程中双双离世，其魂魄相聚于阴间，后在朋友的帮助下得以重生成为夫妻。其中对于魂魄游离的过程和到达魂魄所居的阴间有详细的表现：

生自知已死，亦无所戚。出村去，犹冀一见连城。遥望南北一道，行人连绪如蚁，因亦混身杂迹其中。俄顷，入一廨署，值顾生，惊问："君何得来？"即把手将送令归。

生问连城。顾即导生旋转多所，见连城与一白衣女郎，泪睫惨黛，藉坐廊隅。见生至，骤起似喜，略问所来。生曰："卿死，仆何敢生！"

生曰："卿大痴矣。不归，何以得活也？他日至湖南，勿复走避，为幸多矣。"适有两媪摄牒赴长沙，生属之，宾娘泣别而去。途中，连城行蹇缓，里余辄一息；凡十余息，始见里门。

赧然曰："恐事不谐，重负君矣。请先以魂报也。"生喜，极尽欢恋。因徘徊不敢遽出，寄厢中者三日。

该篇中，写到乔生魂魄初离开人体到阴曹的路程，"遥望南北一道，行人连绪如蚁，因亦混身杂迹其中。俄顷，入一廨署"，更巧的是，竟然遇到了在此掌管文书案卷的生前好友顾生。当问起连城魂魄所在，顾生带着乔生找了好几个地方才找到。而后当两人的魂魄要返回人间时，连城由于是个女性，生前又是小姐，不耐行走，步履缓慢，走里余就要休息一下，休息了十次才走到里门，而这段路乔生用的时间则是"俄顷"。这里游魂的活动空间和形式与人间社会并无二样，符合人们对阴阳两界空间构建的一般心理认知。而阴曹内的"廨署"与作为阴间司长顾生身份的构建则是仿照人间的社会机制与政府组织。与其他地理因素运用和文本空间建设的方法相同，此文的地理空间展现也是作者在个人空间认识与人类社会地理文化因素的认知中，将现实世界进行变换以杂糅个人想象而产生。

　　游魂活动的空间构建一方面与人间的普遍空间形态有所重合，另一方面也可以自由出入于阴曹地府之间，他们大多数游离在两界的交接之处。《莲香》中的魂魄寄居在个人的坟墓之中久久不去轮回，而游戏在人间与人互动，这是顺应着文本情节发展为其与桑生的相遇提供便利条件。同时作者也为其重生提供必要的条件：因为李女的遗骸已经不复当初，即重生于附近的人家而不远离可借用他人肉体保证其年龄与容貌形态的原本化。所以李女游魂的空间选择成为文本情节发展到借尸还魂复生为人的客观环境需要，同时又保证了李女的人物形象基本保持相似的年龄外观。而《连城》的游魂基本按照正常游魂的情节走向，赴往阴曹以待轮回，其活动的空间基本为阴曹一界，阴曹路程中的熙熙攘攘和官府机构设置的游魂暂时停留的空间设置也为两人魂魄的最终重逢提供必要环境，成为情节进展的促成因素。同中有异的游魂空间形态塑造，完美融合着各自特色的地理空间因素而为各自文学艺术效果的达成提供便利。这其中，作者借用将阴阳两界情未了之情人重生复合，喜结连理的艺术处理，诉诸个人对"有情人终成眷属"的希冀，而阴司中魂与魂的交流则表达着作者对人与人之间重情重义的呼唤。

# 二　上界

上界是天庭的世界，其中大部分为神仙居所，也有各种神灵存在，是人类充满敬畏的空间构建。来自天庭上界空间的任何事物，它们或者有与人间生活一致的外表形态，或具有神奇怪异的外表，但毋庸置疑的是它们天生带有神奇的魔力与效果。上界的各种地理因素的统一，作为整体的意象存在营造着神异奇特的空间氛围，为整体文本情节的展开和人物的塑造提供了必要的支持。同时来自上界单一地理因素也能贯通整篇文章，成为文本的主题，表现其特殊的主旨。

《白于玉》讲述吴生与一神仙老者交好，老者帮助他成仙的故事。吴生通过做梦的形式到达仙界，乘鸟飞往上界，在仙童的带领下游览了天界的景致并赴宴品尝了佳肴，受仙女遗留金钏一只，后坠落峡谷而从梦中醒来：

> 俄有桐凤翔集，童捉谓生曰："黑径难行，可乘此代步。"生虑细小不能胜任。童曰："试乘之。"生如所请，宽然殊有余地，童亦附其尾上；戛然一声，凌升空际。未几，见一朱门。童先下，扶生亦下。问："此何所？"曰："此天门也。"门边有巨虎蹲伏。生骇俱，童一身障之。见处处风景，与世殊异。童导入广寒宫，内以水晶为阶，行人如在镜中。桂树两章，参空合抱；花气随风，香无断际。亭宇皆红窗，时有美人出入，冶容秀骨，旷世并无其俦。童言："王母宫佳丽尤胜。"
>
> 握手入，见檐外清水白沙，涓涓流溢；玉砌雕阑，殆疑桂阙。甫坐，即有二八妖鬟，来荐香茗。少间，命酌。有四丽人，敛衽鸣珰，给事左右。
>
> 将及门，回视童子，不知何时已去。虎哮骤起，生惊窜而去。望之无底，而足已奔堕。一惊而寤，则朝暾已红。方将振衣，有物腻然坠褥间，视之，钏也。

后奉旨祭南岳，中途遇寇。窘急中，一道人仗剑入，寇尽披靡，围始解。

天庭上界的地理空间构建于非人力可达的空中，凡人没有腾空而上的能力，只能凭借具有神力的鸟为坐骑到达天庭，又通过万丈深渊的跌落梦醒得以使其魂魄返回。其中设有"天门"，门边有巨虎看守。广寒宫以水晶为阶，内有参空桂树，亭宇皆为红窗，仙女环侍。王母宫则清水白沙，玉砌雕阑。一系列的地理环境因素相互组合，营造了与世殊异的美景，凸显了天界的美轮美奂，吸引着吴生去追求求仙得道的人生志趣，从而推动文本情节的最大转向。天界整体的环境构造与人间相仿，人物设置上也与人间相似，仙人与鬼魂不同却与人类相似，都要饮食、宴饮、酬和享受人生，也有一定的等级阶级性。有山水、花鸟等优美的自然风景和精致奢华的建筑构建，不同之处在于其具有各自非凡间所有的神奇特性，如台阶为水晶所做，桂树无比巨大，而这样的描写其实也符合世人对广寒宫的想象。此文也用了"假实证虚"的手法，当吴生一惊而寤，以为仅是个梦的时候，却发现了"梦里"与他交好的紫衣女子所赠送的金钏，这就证实了发生的真实性，也可以证明他在梦里所见的那些地理空间与环境也是真实的存在。同时无论何种意象，都具有来自天界的自然神力，如吴生携带回人间的金钏，能够防御火灾，道士赠送的丹药，可以益寿延年。非同寻常的自然环境与建筑布置，协同其他的人物、灵兽、金钏、丹药等意象，一同营造出悬于天际不与人间相同的，美轮美奂的天庭地理空间形态。

而天庭上界中也生存着各种各样的仙人和灵兽，自然界有风雨雷电，文本空间中便设置有雷神雨神，也有生活在天空中的神龙麒麟等灵兽。这些具有神力的灵兽和代表着自然气候变化的仙人，将单一地理因素的运用符号化，结合于传统古典地理意象的表达意蕴，在作者神异化的手法处理后成了精彩的志怪小说。这些表现上界自然事物的意象，以其神奇的能力和惊艳的外表，化身为当时社会无法理解的地理因素的解释，部分更是诉诸着作者的个人意愿和劝善惩恶的主旨思想而发挥着深厚的文化意蕴。

《雹神》一篇简短介绍了父母官王筠苍爱民心切并感动天神,使得天神降冰雹时"其多降山谷,勿伤禾稼"。《雷曹》讲述乐云鹤在友人的帮助下得以上达天界观看空中星辰,参与雷神下雨,使得家乡旱情得以缓解,同时天上星辰下落转变为其妻子腹中胎儿,喜得麟子。《雷公》则讲述了雷神降雨过程中被人误伤,最终发挥神力重回天界的故事。此外还有《龙》《蛰龙》《龙无目》等篇,皆讲述了天界神灵的显现或下落凡间。

这些来自天界的神仙和神灵,天生具有神力,能够呼风唤雨上天入地,掌握着凡间的风雨等自然事物,或者为人间的自然气候天气等地理因素的化身。正是因为他们掌握着事关人间生死发展的地理气候大事,也能轻而易举地改变人类的生存环境,人类本身就应当对其心存敬畏与崇拜。而这种天神与神灵虽然化身为人的形态,拥有人类所具有的感情,但却是客观正义的代表,他们能够感知人心善恶并给予奖励或者惩处,如赐予宝物,或成就人类心愿等,而这其中正是作者对天界自然风雨等地理因素的个人解释与想象,也是作者劝善惩恶的主旨表达和感情寄托。

# 三 下界

下界主要为阴曹地府,这里是人间死亡后的灵魂的归宿,也是新生轮回的开始。从先秦时期的"九原""幽都"至汉代的"泰山治鬼"说,冥界在人们的观念中为人死后的另一个生存空间。南北朝之际,随着佛教传入中原,阴森可怖的地狱说成为主流,冥界逐渐成为在凡间作恶之人接受审判的酷刑之所。古代的冥界想象在本土泰山信仰和佛教地狱观念的融合中,不断发展变化,并逐渐渗透到文学创作中来,发展到《聊斋志异》创作的时代已经形态兼备①。作者对阴司地狱的描写,极尽详细

---

① 黄洁:《〈聊斋志异〉空间叙事研究》,汕头大学硕士学位论文,2021年。

周密，一方面仍然承接着中古代对于生死的想象与思考，另一方面融合着宗教思想的阐释，同时也有更多作者为顺应文本发展与主旨表达而设立的地域阴曹景观表现。阴司地狱中故事的展开，更是作者个人思想与情感主旨寄托的重要表现，作者将所痛恨的邪恶与黑暗事物通过文本的阴司地狱报应加以惩罚，而面对生活中未得好报的善行，作者也在其死亡后以地狱审判与轮回的形式加以抚慰和宽恕。

《酆都御史》讲述华公进入冥府参观，与冥王对话，最后返回人间的故事，其中的场景设置有台阶、宫殿、神人、冥司等，生人进入冥界可以通过特殊的入口，比如酆都深不可测的洞穴，距离大约为一里左右。值得注意的是冥府世界也有宗教因素的介入，在华公迷路不知所出的情况下，背诵佛经即可寻得出路：

> 公自计经咒多不记忆，惟《金刚经》颇曾习之，遂乃合掌而诵，顿觉一线光明，映照前路，忽有遗忘之句，则目前顿黑；定想移时，复诵复明。乃始得出。

这其中寄托着作者劝善惩恶，弘扬佛家众生平等好生乐善的价值追求，暗示佛法的践行在冥府中、轮回中可以为自己消解磨难、解除困境。

《三生》篇讲述了主人公三次生死轮回的过程，冥王因其生前品性恶劣，所以罚他轮回转生为动物牲畜，在经历多次磨难之后，最后转生为人，其中讲述与冥王的交流时，写道：

> 初见冥王，待以乡先生礼，赐坐，饮以茶。觑冥王盏中，茶色清彻；己盏中，浊如醪。暗疑迷魂汤得勿此耶？乘冥王他顾，以盏就案角泻之，伪为尽者。

阴间的礼仪风尚与人间相似，阴间的司隶冥王等都遵守人间礼法，同时饮食与人间相似，而其赏罚分明的做法更体现着作者赏罚分明的主旨意图。

《伍秋月》一篇提及了冥府中的部分空间设置：

> 问女："冥中亦有城郭否？"答曰："等耳。冥间城府，不在此处，去此可三四里。但以夜为昼。"问："生人能见之否？"答云："亦可。"生请往观，女诺之。乘月去，女飘忽若风，王极力追随。欻至一处，女言："不远矣。"生瞻望殊罔所见。女以唾涂其两眥，启之，明倍于常，视夜色不殊白昼。顿见雉堞在杳霭中，路上行人如趋墟市。俄，二皂絷三四人过，末一人怪类其兄。
>
> 便请二皂，幸且宽释。皂不肯，殊大傲睨。生恚，欲与争。兄止之曰："此是官命，亦合奉法。但余乏用度，索贿良苦。弟归，宜措置。"
>
> 皂怒，猛掣项索，兄顿颠蹶。生见之，忿火填胸，不能制止，即解佩刀，立决皂首。一皂喊嘶，生又决之。女大惊曰："杀官使，罪不宥！迟则祸及！"

与《酆都御史》相似，秦生进入冥府的方式是通过他人神力帮助，其路程与《酆都御史》提及的一里左右相差不远。而冥府与人间的空间设置上最大的不同在于"以昼为夜"，这符合游魂野鬼的一般生活习惯与身份特质。而冥府中有城市，执行的官员、法律等人文地理因素，也有索贿的皂隶，这些与人间相似的生活方式与意象设置大大丰富了阴曹地府的空间形象，使其丰富具象化，增添着真实感和奇异风格。但女鬼行走"飘忽若风"，行动快速，"欻"地就到以及用唾沫涂秦生的眼眶，生立刻视夜如昼，又体现出与人间世界的不同。

阴司地狱中最为精彩的部分是对刑罚之所的地狱场景的展现，作者以阴森恐怖的意象表现在文本中描述了阴界刑罚的残酷与恐怖，比如

《李伯言》《席方平》两篇：

> 骑从导去，入一宫殿，进冕服；隶胥祗候甚肃。案上簿书丛沓。一宗，江南某，稽生平所私良家女八十二人。鞫之，佐证不诬。按冥律，宜炮烙。堂下有铜柱，高八九尺，围可一抱；空其中而炽炭焉，表里通赤。群鬼以铁蒺藜挞驱使登，手移足盘而上。甫至顶，则烟气飞腾，崩然一响如爆竹，人乃堕；团伏移时，始复苏。又挞之，爆堕如前。三堕，则匝地如烟而散，不复能成形矣。（《李伯言》）

> 冥王又怒，命以锯解其体。二鬼拉去，见立木高八九尺许，有木板二仰置其上，上下凝血模糊。方将就缚，忽堂上大呼"席某"，二鬼即复押回。冥王又问："尚敢讼否？"答云："必讼！"冥王命捉去速解。既下，鬼乃以二板夹席缚木上。锯方下，觉顶脑渐辟，痛不可禁，顾亦忍而不号。闻鬼曰："壮哉此汉！"锯隆隆然寻至胸下。又闻一鬼云："此人大孝无辜，锯令稍偏，勿损其心。"遂觉锯锋曲折而下，其痛倍苦。俄顷，半身辟矣；板解，两身俱仆。（《席方平》）

> 二鬼即推令复合，曳使行。席觉锯缝一道，痛欲复裂，半步而踣。一鬼于腰间出丝带一条授之，曰："赠此以报汝孝。"受而束之，一身顿健，殊无少苦。遂升堂而伏。冥王复问如前；席恐再罹酷毒，便答："不讼矣。"冥王立命送还阳界。隶率出北门，指示归途，反身遂去。（《席方平》）

其中地狱景观的描写主要以细致地呈现各类残酷的肉身刑罚为主，包括"刀山""剑树""油锅""火床""铜柱"等五花八门的刑罚器具，而刑罚则包括"扎股穿绳""油炸""上火床""手足钉扉"等等。刑罚施行者为鬼卒，受罚者不限亡魂，亦有冥界鬼王。对刑罚过程的详细描写令人读之毛骨悚然、胆战心惊，也塑造出地狱空间阴森恐怖的空间氛围。

这两篇同为阴府地理空间的构造，表达的主旨却不大相同。《席方平》篇写席方平的父亲因得罪富室羊某，羊某死后买通阴司榜掠而死，且在阴间大受凌虐。席方平为了替父鸣冤，魂入冥府。但是上自冥王，下至城隍，都被羊某贿赂，席方平在阴间备受酷刑，冤屈莫伸。但席方平经受住一次又一次的杖笞、火床、锯体等严刑的加害，也不顾"千金之产，期颐之寿"的诱惑，绝不服软，最后终因灌口二郎秉公执法，才使得冤屈得以伸张。这篇小说反映了"阴曹之昧暗尤甚于阳间"的地府的黑暗。

《李伯言》篇讲述李伯言在阴间代理阎罗，处理案例。而这个故事主要表达了作者的两个观念，一个是善恶有报，一个则体现了作者对执法公正的渴望。当李伯言在处理案件存了私念时，殿上立刻起了火，烧着了房梁，惊恐之际，小吏赶快说"阴曹不与人世等，一念之私不可容。急消他念，则火自熄。"

其实不管是席方平篇还是李伯言篇，都是作者通过阴间的描写，反映作者对人间黑暗的批判以及对司法公正的追求。

《汉书·地理志》中有言："凡民函五常之性，而其刚柔缓急，音声不同，系水土之风气。"[1]《聊斋志异》的创作根植于作者所处的地域文化，作者所经历与形成的文化积淀与精神特质，影响着作者的文本表达，其文本中的时空观念塑造，地理文学意象的使用与表达，皆是个人生活经验与文学思考的结合。

蒲松龄生活于山东淄川，此地东临大海，南为泰山和众多湖泊，西方与黄土高原相隔太行山脉，地处中原，同时又有黄河流经。在气候上，地处暖温带四季分明的气候区，气候变化丰富，其复杂的地理环境使得各种局部小气候多样，动植物多样。复杂的天然地理条件使得作者得以游览各种自然景致，经历各种自然天气变化，同时也亲见与

---

① （汉）班固：《汉书》卷二八《地理志》，中华书局，1962年，第1640页。

听闻各种生物奇闻，极大丰富着作者写作的现实源泉。近海的地理特质使海仙传说在此大行其道，巫觋文化、神仙方术乃至阴阳五行思想等神秘的文化内蕴，使齐地也成了古代神话的渊薮。蒲松龄长期生活在乡村，对大自然中繁衍生息着的各种动植物十分熟悉，这使他能够相对地超越出当时文人普遍的生活视野，在关注人与人关系的同时，又将注意力投射到人与自然的关系上。在与自然界多方位的接触中，蒲松龄形成了一套独特而进步的自然观，并通过《聊斋》的创作与流传，逐步为世人所了解和接受①。近海的地理方位，多样的地形气候，和神话盛行的齐地理文化渊源，成为蒲松龄书写志怪小说的广阔文学地理因素来源。

从人生经历来看，蒲松龄一生落寞不得志。作为一个汲汲于功名的儒生，虽从小饱读诗书、聪慧过人，但自顺治十五年，蒲松龄初应童子试，就以县、府、道三试第一，补博士弟子员，闻名籍里。在这之后，屡试屡败，穷困潦倒，直到康熙五十一年，七十二岁的蒲松龄才得一岁贡的功名。"岁贡"也就相当于秀才，他视"蟾宫折桂"为一生的追求，但最终还是失败了。三十一岁时，蒲松龄南游至江苏宝应，作孙蕙的幕宾，一年后便辞幕回乡。此后他即回到淄川本籍，在淄川西铺毕际有家坐馆授徒，直至七十岁撤帐返家，终其余年。在外出做友人幕僚期间，作者经常往返于鲁北与江苏之间，两地之间距离较远，同时在作者交通不便、只身跋涉的过程中遍布惊险，这极大丰富着作者的精神阅历。在经历过南方山水与洪泽湖等湖泊和泰山以北的中原过渡后，作者遍览胜景，其地狱——人间——天界的时空划分与文本构造，也得益于此类难得的经历。纵观蒲松龄不得志的科举追求与落魄的个人生活经历，我们不难理解其郁郁不得志的心境，在个人能力无处施展的情况下，作者没有能力去维持生活中的公正与美好，而常常经历不公与冷遇。所以作者常常怀有一种对微小生命与个体的关怀，形成万物平等的观念。而天界

---

① 张筱南：《〈聊斋志异〉与蒲松龄的自然观》，《蒲松龄研究》2001年第3期，第46～50页。

人间与地狱空间的构建，也是诉诸着维持社会正义与关怀弱者警戒恶人的人文情怀与社会意图。

谢超凡，福建龙岩人，文学博士，华中科技大学人文学院副教授。

张久彬，山东东营人，华中科技大学人文学院古代文学硕士研究生。

※　※　※

## "药师"佛

"清风不识字，何必乱翻书"，是雍正朝文字狱的著名案例。其作者徐骏，是徐乾学之子，顾炎武之外甥孙，康熙五十二年恩科进士。任庶吉士，在奏章里把"陛"写成"狴"，被革职下狱。章孝基《雷江脞录》卷一《药师佛》，写徐骏求学时，因师督责过严，不能堪，乃潜买砒毒，将师药死。"时三徐声势赫奕，人虽知之，不敢言，因群呼为'药师佛'"。徐乾学与弟徐元文、徐秉义，皆官贵文名，人称"昆山三徐"。"天地君亲师"，为中国传统崇拜祭祀对象，至高无上，徐骏狠戾狂悖，将老师药死，实实死有余辜，而人竟不敢言，可见三徐势力之大。（斯欣）

# 清代《女世说》二种

## 宁稼雨

　　清代文言体志人小说开始多样化的态势，其中一个引人瞩目的现象就是赓续明代《儿世说》的编纂思路，继续以人物群体身份来取材编书，如章抚功'的《汉世说》和乔从颜的《僧世说》等。其中一个比较惹眼的类型便是继承《世说新语》写人传统，专收女子故事成书的小说样式。李清和严蘅各有一种《女世说》，便是其中代表。

## 李清《女世说》

　　《女世说》，四卷，李清（1602~1683）撰。《八千卷楼书目》小说家类著录。清字映碧，一字心水，晚号天一居士，直隶兴化（今属江苏省）人。天启辛酉（1621）举人，崇祯辛未（1631）进士，授宁波府推官，擢刑科给事中。以谏语侵尚书甄淑被劾。甄淑败后起吏科给事中。弘光朝迁工科给事中。在他三任谏职期间，先后数十次上章奏，指斥时弊，皆不行。寻迁大理寺左寺丞，遣祀南镇，未及杭州而清兵克南京，遂隐松江，又寓高邮，久乃归故里。杜门不与人交，晚年著书自娱，尤潜心史学，康熙间征修《明史》，辞以年老不至。除本书外，又有《澹宁斋集史论》《史略正误》《南北史合注》《南唐书合订》《三垣笔记》《南渡录》《明史杂著》等①。

　　本书约成于康熙时作者隐居期间，传本罕见，唯见道光乙酉（1825）

---

① 据《国朝耆献类徵初编》卷五〇五。

三月经义斋刊巾箱本。陈汝衡《说苑珍闻》所云"无意中获一刊本，书凡四卷，又补遗一卷"，与道光本相同，当为同本。书题"昭阳李清映碧辑"，"雪溪钱时霁景开校"。前有作者自序和凡例。自序情感挚深，读来令人潸然泪下，是一篇出色的序文，具有独立的文学价值。序中略述作书缘起。清早年丧父，伯父维凝抚育、教诲成长。二人感情不减亲生父子。维凝有《世说》癖，曾以《世说·贤媛》一门"未饫人食指"为憾，欲撰《女世说》以续之，志未竟而卒。作者为报伯父养育之恩，辑此书以竟伯父遗志，其用心可叹。其书模仿《世说新语》体例，分三十一个门类。

在清初志人小说遗民意识与歌功颂德两大潮流中，本书属于前者。作者在书前凡例中，已交代本书取材，为正史《列女传》和其他传记，以及各种野史。这与作者所处时代有关。作为崇祯进士，一个大展宏图、施展才干的难得机会，随着明王朝的覆灭而成为泡影。所以遗民意识对他来说，是顺理成章的事情。康熙时他以年老为由，谢绝了朝廷征修《明史》的抬举，而躲在家里却自撰若干史学著作，也包括本书。这不能不认为是遗民意识使然。这些遗民型小说的作者对满清王朝怀有抵触情绪，可惮于清政府的淫威，又不敢正面反抗。于是他们搜集前代或明人事迹，或以思古隐含贬今之意，或言隐逸以否定现实。如《白氏妇》写白氏妇年轻守寡，于宅中造祭室纪念古时文人，香火严洁，躬自洒扫[1]。这里作者笔意，不能简单看成旌表封建节妇，而是在其中隐含着民族气节的意向。《黄巢姬妾》条叙唐僖宗平黄巢后责问其姬妾从匪。姬妾云："狂贼凶逆，国家以百万之众，共守宗祧。今陛下以不能拒贼责一女子，置公卿将相于何地乎！"[2]在这段故事中，恐怕寄托了作者对明王朝覆灭的责难、同情，也隐含着他对清王朝的不信任态度。又如：

---

[1] 《女世说·儒雅》。

[2] 《女世说·通辩》。

　　　　吕徽之隐仙，居万山中，耕渔自给。后有人乘雪物色之，
惟草屋一间。忽米桶中有人，乃其妻也，因天寒，故坐其中。
问徽之何在？答曰："方捕鱼溪上。"① （《女世说·高尚》）

　　文中吕徽之夫妇的远离尘世行为，给故事蒙上一层冷峭、孤寂的气
氛。这种氛围也正表现了作者思念故国的难言之隐，并与作者当时的隐
居心境完全一致。

　　除了这些遗民意识的内容外，作品中还有些故事则显现了部分传统
观念的痕迹。如《杜羔不第》条写杜羔屡举不第，其妻竟写诗羞辱他，
杜致羞而不敢归家②。反映儒家入世思想作用下人们对科举功名的注重。
又如：

　　　　石氏有女嫁尤郎，情好甚笃。郎为商，远行不能阻。忆
之病，临亡，叹曰："吾恨不能阻其行以致于此。后凡有商旅
远行，吾死当作大风为天下妇人阻之。"人呼石尤风。（《女世
说·忿狷》）

　　在中国封建社会中，妇女对男子的依附地位决定了她们离开了依附
对象便难以生存下去。这并不仅仅是生理的需求，更主要的是灵魂的空
虚与自我的失落。而作为商妇怨的主题，又表现了历史上重农轻商的传
统思想。

　　由于本书由前代史书网罗而来，并非作者自作，故在故事情节规模、
语言风格诸方面不甚一致。但就其艺术风格来说，一种冷俊、孤峭，又
有些凄婉的格调，却弥漫于整个书中。这也正是作者遗民心情的下意识
反映。

---

① 引文据进光经义斋刊巾箱本。下同。

②《女世说·规诲》

# 严蘅《女世说》

严蘅（1825~1854）《女世说》，未见著录。严蘅其人事迹。史传未载。据书后红烛词人陈元禄跋，知严蘅为陈之妻。字瑞卿。钱塘（今浙江杭州）人。精于女工，工小词、音律，笃信佛，唯有本书存世。此书为严蘅生前遗稿，死后被陈元禄发现，抄录编辑成书。陈跋作于咸丰乙卯（1855），可知书作于此之前。另书前有严蘅戚叶石礼纨女士小引，作于同治乙丑（1865），则此书编刊于是年。此书未见它本，唯见清嘉善张祖廉编印《娟镜楼丛刻》本。

书为一卷，多记当时才女故事。通过这些作品，可以看出作者的人格追求，如记金士珊幼时于古入"竹炉汤沸火初红"小诗中看出逻辑错误，笑谓："汤已沸矣，火犹始红耶？"可见其才华出众为作者欣赏之处。有了才能，这些女子便追求一种清高、超人的境界，以示绝俗。如：

> 柴夫人静仪，字季娴，与冢妇朱柔则并工诗画，风雅一门。是时武林风俗繁侈，值春和景明，画船绣幕交映，湖湄争饰，明珰翠珠，以相夸炫。夫人独棹小艇，偕顾启姬诸大家，练裙椎髻，授管分笺。邻舟游女望见，辄赧颊徘徊，自顾弗及[①]。

面对那些珠红玉翠、粉黛娇娆的庸俗女子，柴静仪等并不流于世俗，而是以近于挑衅的方式，用自己的装束本身去抨击那些太太小姐的庸俗之态，并表现出自己对高雅人格的理解和审美追求。可是在恶俗浇漓，世风日下的环境中，她们的清高之志往往为环境所不容，因而其命运也大都不妙，其中以她们的爱情悲剧尤为突出。如记黄媛介工诗善画，幼许杨氏，但杨久客不归。有人追求她，父母也同意改嫁，但她本人却坚持不肯，而杨氏却愈加轻视。在此情况下，黄媛介遂"航载笔格诣吴

---

① 引文据《娟镜楼丛刻》本，下同。

越间，傲居西泠段桥头<sup>①</sup>，凭一小阁，卖诗画自活，稍给便不肯作"。封建社会对女子价值判断的标准，不是才能和人格，而是"女子无才便是德"，以及"三纲五常"等道德规范。社会标准与才女本人人格理想的冲突，构成了她们悲剧命运的基础。这些才女既不肯向世俗势力就范，放弃自己的人格，又找不到解放自己，改造社会的正确途径，于是只能远离尘世，在孤独中排遣自己的心迹。文中黄媛介，正是这样一位无力挣扎的女子。还有些才女，也遇到意中男子，但由于各种原因，不能如愿，如：

> 嘉庆中，某王孙者，家城中，珠规玉矩，不苟言笑。某氏女亦贵家也，解词翰。以中表亲相见，相慕重。杏儿者，婢也，语其主曰："王孙所谓都尔敦风古，阿思哈发都（都尔敦风古，言骨格异也。阿思哈发都，言聪明绝特也）。"再三云，女不应。王孙遘家难，女家薄之。求婚，拒不与，两家儿女皆病。一夜，天大雪，杏儿私召王孙。王孙衣雪鼠裘至，杏曰："寒矣！"为脱裘，径拥之女帐中而出。女方寝，惊寤。申礼，防不从。王孙曰："来省病耳。"亦以礼自卫也。杏但闻絮絮达旦声。旦，杏送之出。王孙以绡巾纳女枕中，女不知也。后遂不复游相见。旬余，梦女执巾问曰："此君家物耶？"曰："然。"寤而女讣至。知杏儿取巾以体殓矣。王孙寻郁郁以卒，杏自缢。

这幅礼教精神的力作，在其功劳簿上又记下了令人难忘的一笔。三条人命，对礼教的业绩来说已经算不得什么，但对于人们认识其吃人本质来说，其作用则不可低估。这场悲剧的根源，在于当事人双方以才貌和感情选择配偶的标准与其家人以门第为选择的标准之间的冲突引起，并以当事人的必然失败所致。二人相见时各申以礼，又絮絮达旦，固然

---

① 按，据文义，"段"当作"断"。

是礼教道德对其熏陶的痕迹，但更能说明二人爱情追求的超功利、超肉欲，不失为一种崇高、圣洁、美好的精神结合。在这些故事中，可以看出作者对那些怀才蹇滞、命运坎坷才女们深深的理解和无限的同情。

本书不分卷，亦未取世说体以类相从之法，这也许是书稿未完的原因。书中文笔似欠精练，但情感却十分真挚、动人。其风格是在凄冷之中渗透出一种淡淡的哀怨，反映出一个女性作家情感体验的细腻、坦诚。书前叶氏小引云："卷中林下高风，不栉雅范，咳唾珠玉，如闻其语，牵萝倚竹，如见其人矣。"从作品中也可以看出严蘅本人也是一个清高、孤傲而又极有精神追求的女子。从作品所倾诉的感情和作品在作者生前竟不为丈夫所知的事实，有理由推测，在书中那些恃才傲世的女子身上，很可能隐含着作者本人的经历和感受。叶氏小引云："夫人当日脂奁粉盒之旁，不离砚匣笔床之具，偶尔晨书暝写，便能藻古鉴今。红烛词人，唯知双照比肩，眉餐夫秀色，不问三多负腹，皮孕乎阳秋。一旦镜里鸾飞，琴边鹄别，乃钿床兮麈拂，旋苕篗兮冥搜。一卷名言，获丛残之遗墨，千秋隽味，托著述于名山。"可见红烛词人并不十分了解自己的妻子。果真如此，那么陈元禄整理此书，庶几是良心发现后一种情感上的补偿。

# 《玉几山房听雨录》手钞本杂考
# 及张岱佚诗的发现

### 李连生

陈撰（1678～1758），字楞山，号玉几、玉几山人，鄞县（今浙江宁波鄞州区）人，侨居钱塘（今杭州市），工诗文，善书画，为毛奇龄入室弟子。以书画游于江淮间，寄寓扬州数十载，亦被归入"扬州八怪"之列，乾隆元年（1736）召试博学鸿词科，不赴，以布衣终。著作有《玉几山房吟卷》《玉几山房听雨录》《玉几山房画外录》等。其中《玉几山房听雨录》二卷，为有关杭州掌故的笔记。

陈撰以及他的《玉几山房听雨录》（以下简称《听雨录》）研究者不多，目前本人只见到《古学汇刊》刻本以及魏锡曾的手钞本，后者更少问津，故就刻本和钞本的几个问题略陈管见，以俟高明。

## 一　陈撰家世

目前对陈撰生平、家世所知不多，而《听雨录》中有数条有助于考证的材料，卷下一条记曰：

> 钱唐杨端夫（益）学诗于周弨，复学诗于二陆之门，赋《西湖》云："山色湖光步步随，古今宜画亦宜诗。水浮亭馆花间出，船载笙歌柳外移。过眼年华如去鸟，恼人春色似游丝。六桥几见轮蹄换，取乐莫辞金屈卮。"姜蓉塘（南）以为与朱梦炎作声律相敌，顾"水浮"一联，复见之于予世祖西麓先生

《同谢立斋湖楼小酌》句中，第改"行"为"移"耳。西麓先生
《西麓稿·吴山雪霁》云："九天宫阙春风满，陆地楼台夜月寒。
铁笛一声吹雁落，片云不到玉阑干。"

陈撰在这里提到的"世祖西麓先生"即南宋末诗人陈允平。陈允平，
字君衡，一字衡仲，号西麓，四明鄞县人，据此知陈撰为南宋陈允平
后代。

卷下有一条非常关键的数据谈及陈撰之先祖：

> 武林虞德园，先君癸未同籍，尝自叙其事：淳熙既试南宫，
> 授经昆山，借《梁王忏》，同窗友诵，而次日云光入楹，甘露沾
> 壁，飞楮堕几。昙鸾降为之师，雨水沉、雨金粟、雨元黍，社
> 所以名雨花也。或焚牒而转眼复完，或非时而万花尽吐，感其
> 奇瑞，习定甚坚。忽尔前知，自堕魔纲。莲池闻而叹曰："虞子
> 远结净社，续儿时念佛之缘，是矣！不幸着魔如此，兹偕弟澜
> 会试，澜不过火灾，而虞足痿失通矣。"入燕，果然。寄袜通
> 忏，尚未复书，廷试前方阅状元策，而书始至。书云："子读状
> 元策时得吾书。"

"武林虞德园"即虞淳熙（1553～1621），字长孺，号德园，钱塘人。
"癸未同籍"，即万历十一年（1583），陈撰之先人当与虞淳熙为同年进
士。查《万历十一年进士登科录》，当年同榜进士陈姓者共十八人，只有
陈继畴的籍贯为浙江绍兴府上虞县（今上虞市），最为接近杭州："陈继
畴，贯浙江绍兴府上虞县，民籍。国子生。治《易经》。字师洛，行二，
年二十八，九月初二日生。曾祖琏。祖鈇。父旦。"① 又据《万历癸未科进
士同年序齿录》："陈继畴，曾祖琏。祖鈇。父旦，封推官。静台。《易》

---

① 龚延明主编：《天一阁藏明代科举录选刊·登科录》，宁波出版社，2016年，第602页。

一房。丙辰九月初二日生。上虞县人。癸酉八十五名，三甲二十八名。通政司政。癸未，授福建泉州府推官……己亥，升南右评事。庚子，升南工部主事。辛丑，考察致仕。"①故可知陈继畴，字师洛，号静台，生于嘉靖三十五年丙辰（1556），万历元年癸酉（1573）浙江乡试中举，十一年进士及第，初授泉州府推官，历南京大理寺右评事，终官南京工部主事，万历二十九年辛丑（1601）致仕。从相差的年龄计算，陈继畴如果是陈撰的先君，大概至少也是祖父或曾祖辈。

又一条提及明末清初著名的"西泠十子"：

又有张祖望（纲孙）、孙宇台（治）、陆丽京（圻）、柴虎臣（绍炳）、沈去矜（谦）、丁飞涛（澎）、吴锦雯（百朋）、严子餐（沆）、虞景明（黄昊）、家际叔（廷会），称为西泠十子。

"十子"中的"家际叔"，即陈廷会（1618~1679），字际叔，一字瞻云，自号鹁客，钱塘人。陈撰称其为"家"，则陈廷会应为陈撰的族人。

陈撰还有一个弟弟陈在人，名球奏：

三严先生，文章节概，照映一世。其后灏亭司农（沆）、柱峰司马（曾榘），皆能世其家学。定隅（曾槷），司农少子、司马之同怀弟也……长君启炫，字苏邻，诸生，有名，与予兄弟交，不幸二十六死矣！山阳之慨，吊影青灯；蜀州之叹，曝晴书帙。今日检校败簏，得其《冬日过湖上》一绝，因亟录之："行来醉面最便风，路指南屏一曲中。未雪芦花先做白，着霜桃叶也能红。"碎金零宝，所当爱惜。予弟在人（球奏），与苏邻同物，同得病，同卒于乙酉年，苏邻三月，弟则六月也。

---

① 见福建师范大学《历代进士登科数据库》"陈继畴"条。

卷上有一条云：

> 王蒙《雨林小隐》，为钱唐崔彦晖作，僧止庵有题句。崔字遵晦，号云林，与蒙俱吴兴赵孟頫外孙，善篆隶词赋，画亦超诣，隐居盐桥市中，以卖药自给，年老病终，无嗣。予先人之蔽庐，亦在盐桥之西，崔固里中先哲也。

魏锡曾曾在"予先人之蔽庐"上眉批云："按据此，玉几先生之先，亦里中闻人，惜录中未及述德也。"则陈撰先人曾住杭州盐桥之西。

## 二　魏锡曾手钞过录本

《听雨录》收入《古学汇刊》二集中，编者邓实在跋语中谈及刊刻此书的过程：

> 实按：玉几山人原本仅书"卷上"二字于篇首，今取便刊刻，分为上下。此书本山人未完之稿，然先民遗著，虽残编断简，尤当珍惜，矧此采辑渊博，有关掌故，灿然部帙，学者即作完书观可也。原书亥豕焉乌，触目而有，盖为山人草稿，日久纸敝墨渝，辨别微茫，未敢臆改，则姑仍其旧，惜未得魏稼孙先生缮定之本一为对勘，仅从《绩语堂题跋》录出魏跋，以征是书传付之源流，而叹是书，虽曾归丁氏插架，未获与厉氏《东城杂记》同收入《武林掌故丛编》，流布于世，如此佳帙，若至湮没，斯亦后生之责，故不辞谬误，而以活字本印之，聊以代钞胥之劳云尔。顺德邓实附记。

故此书因为没有收入《武林掌故丛编》，所以流布较少，邓实以活字本印刷刊刻，功莫大焉，但邓实据以刊刻的是陈撰草稿本，再加上年代已久，纸敝墨渝，因而错漏很多，很多地方难以卒读。

跋语中提及魏稼孙即魏锡曾，字稼孙，号鹤庐，仁和人，贡生，福建浦南场大使。以癖嗜印篆，又号印奴，与赵之谦、吴让之等交，光绪七年卒官。遗稿有《绩语堂裨录》数十卷，刻者十不及一。又有《续语堂诗文集》三卷，《书学绪闻》二卷，《萃编刊误》《唐开成石经图考》《绩语堂题跋》等若干卷[①]。《绩语堂题跋》，今传有光绪九年1883年刻本，其《跋陈玉几听雨录》云：

> 按此书标题有"卷上"字而缺下卷，寻绎厥指，肇藻湖山，搜讨文献，初属草稿，未别部居，亥豕焉乌，往往而有。锡曾曩岁游邗，辱许信臣先生见付原本，命事校录，跋涉累年，蓬梗稍定，爰始手缮，继命胥钞。瀛壖鲜书，俭腹失据，臆改者十三，存疑者十七，并于简端志之。以尘先生同里丁君竹舟（申）、松生（丙）昆季，家富藏书，偏嗜掌故，乱后得厉氏《东城杂记》手稿，若先生跋语，以桐鱼叩石鼓者，今转取原本，相属团瓢筑社间，载酒问奇，是正疑义，当遂观成书矣。戊辰十月识于漳州石码关廨。

此跋也被邓实刊入刻本。跋语中魏锡曾讲述了自己校订此书的经过。此书是从许信臣处得到原稿本，魏锡曾再手钞过录一本，当即我们现在见到的国图所藏清同治六年（1867）钞本。

许信臣即许乃钊，许乃钊（1799～1878），字恂甫，号信臣、贞恒、遂庵，晚号遂庵老人，邃翁。道光十五年进士，翰林院庶吉士。清浙江钱塘（今杭州）人，累官江苏巡抚。

《听雨录》中有夹页两张，分别钞了许乃钊与丁丙的跋语。许乃钊跋语云：

---

① 参见清潘衍桐辑：《两浙輶轩续录》卷43，清光绪十七年浙江书局刻本；谭献：《魏锡曾传》，载缪荃孙：《续碑传集》卷81《文学六》，清宣统二年江苏编译局刻本。

玉几陈先生撰，吾杭人，雍乾时以学问诗画名于世。江浙文人学士皆与订缟纻欢，而翰墨流传于故乡者绝少，此册所辑，皆吾杭掌故，尤为可宝。咸丰庚申秋日，购于扬州仙女镇市肆，嘉道以来收藏印识甚多，其见重于世如此。吾杭有厉徵君《东城杂记》，汪小米中翰刻之劫后，已不可问。此书于西湖故事尤详，系先生手自抄录，更为难得。前半朱笔圈点，改正补缀，亦先生自校，惜未能毕事耳。钊患难余生，虽年未古稀而颇形衰惫，自得此编，时一展读，不复更能订正，深以为憾。

稼孙媚长吾乡，博学好古君子也。先贤遗迹，搜罗最富，虽断楮残笺，罔不珍重爱惜。乱后尤孜孜不倦，因以此册为赠，所望录成副本，更以见闻附益之，付诸剞劂，则是书为不朽矣。

同治五年岁次丙寅夏五钱塘后学徐乃钊识于扬州左卫街康斋。

## 丁丙跋语云：

犹子立诚，稼孙婿也，上年夏五，以犹子入钱塘邑庠，且以寒家藏有厉征君《东城杂记》手稿，因出遂翁所贶此册见赐。丙按：先生[①]《南宋杂事诗·题辞》有云："宋社既屋，南渡事迹俱湮，其杂见于志乘纪载诸书者，悉零樗子屑，缺而未备。予本鄞人，侨居是地，屡欲搜讨，勒成一编，而遗文放失，秘籍莫窥。无已而阅市借人，掌题舌砥[②]，迄今数易寒暑，尚未卒稿。"云云。想指是录也。今年稼孙书来，嘱录遂翁原跋，以存交谊。既手抄笔应，复缀数语，愈见翰墨因缘之珍重耳。戊辰

---

① 按：指陈撰。

② 按：《南宋杂事诗·题辞》中原文作"舐"。

六月十二日田园丁丙记。

据丁丙跋语，则两段跋语似皆丁丙手自抄录，交给魏锡曾，魏遂夹于书册中。丁丙《善本书室藏书志》（清光绪二十七年钱塘丁氏刻本）卷十九著录《玉几山房听雨录》，题曰："《玉几山房听雨录一卷》，手写稿本，魏稼孙旧藏。"跋语有云："随笔行楷，风神遒逸，真可作法帖观。旧为新安项芝房、古润戴培之收藏，劫后归许信臣中丞，手跋以赠魏稼孙，转而赠八千卷楼。有陈撰印、云溪词客、蒋生、玉屏珍赏、小天籁阁诸印。"

据上述可知，丁丙藏本是许乃钊赠予魏锡曾的陈撰手稿原本，而魏锡曾保留了他自己手钞的过录本，即我们现在见到的国图藏本。此过录本卷首有描摹的若干收藏印："云溪词客""玉屏珍赏""新安项源汉泉氏一字曰芝房印记""陈撰之印""润州戴植字培之鉴藏书画章""蒋生""元龙"等，卷末描摹的收藏印有："两峰子""罗""扬州罗聘""江恂于九""江恂私印""小天籁阁""新安项芝房收藏书画私印""古歙项芝房珍藏金石书画印""弌心千古""求放心斋""翰墨轩""古润戴植培之氏一字芝农鉴藏书画记"等。

《听雨录》卷上《法华山看梅遂至西溪记》云："予有梅园二亩在坞口，溪流环之，颇堪卜筑，道之甚乐之。坞中梅花逊坞外，而溪声如一，遂与道之、骥子步至西溪。麟上人出迎，茶饷甚佳。麟居白云流水，其西十数武，即予山庄。有竹有茶有泉，大堪栽梅而有待。"

此条下有一段文字：

"白云流水"，宋释济颠篆书，在永兴寺，乾隆丁亥，同丁二希曾、陈大象昭访之，寺虽徙，扁横脱地下，犹存"流水"二字，今则不可问矣。玉屏记。

这段"玉屏"所记的文字不见于刻本。魏锡曾于其上眉批云:"按册首有'玉屏真赏'印,此数语列下方,附录之。据与丁、陈两先生同游,疑亦里中老辈,惜不得其姓氏,当属松生考之。"

玉屏或即江立。"玉屏珍赏"与"云溪词客"或是江立的藏书印。江立(1732~1780),字圣言,号玉屏,又号云溪,安徽歙县人,寓居扬州。工山水,兼善兰竹①。

"两峰子""罗""扬州罗聘"为罗聘(1733~1799)印记,罗聘,清代画家,"扬州八怪"之一,字遁夫,号两峰。

"江恂于九""江恂私印"为江恂(1709~1786)印记,江恂,字于九,号蔗畦,清广陵(今江苏仪征市)人,江昱胞弟,乾隆十八年拔贡生。

"翰墨轩""古歙项芝房珍藏金石书画印""润州戴植字培之鉴藏书画章""古润戴植培之氏一字芝农鉴藏书画记"均为戴植藏书印。戴植,字培之,号芝农,江苏丹徒人。清代书画家、藏书家、书画收藏家。

"小天籁阁""新安项芝房收藏书画私印""古歙项芝房珍藏金石书画印""新安项源汉泉氏一字曰芝房印记",此皆为清藏书家项源的藏书印,项源,字汉泉、芝房,室名小天籁阁,安徽歙县人。

"蒋生""元龙"或为蒋元龙的藏书印②,蒋元龙(1735~1799),字干九,一字云卿,号春雨,浙江秀水人,乾隆辛卯副榜。

"求放心斋"或许是清陈劢的藏书印。陈劢(1805~1893),字子相,室名有何随居、求放心斋、运甓斋等。

除此,卷首卷尾尚钤有"黄裳藏本""容家书库""木雁斋""黄裳珍藏善本""来燕榭珍藏印"等印,这些均是当代藏书家黄裳的藏书印。

黄裳《来燕榭读书记·玉几山房吟卷》提及:"余前年春得魏稼孙手写《玉几山房听雨录》,颇珍视之,以世无刻本也。今更得此以俪之,真

---

① 俞剑华编:《中国美术家人名辞典》,上海人民美术出版社,2009年,第234页。

② "元龙"印记的辨认,得自吾友福建师范大学社会历史学院蔡飞舟副教授的惠助,谨致谢忱。

为快事……壬辰四月十九日。"①

过录本卷尾除藏书印外尚有两条题记。一条云："咸丰十年九月朔，钱唐乡后学许乃钊购于扬州仙女镇书肆。"魏锡曾有两条题识："同治六年丁卯十月初九日钞起，廿一日毕，凡八十叶，廿二、廿三两日复加点勘。锡曾识。时在莲河。""廿四日雨窗复阅一过。""莲河"与"廿四日"之间钤"稼孙手抄"朱文印一枚。其左旁有黄裳题识："庚寅三月十四日海上所收，黄裳藏书。"其下钤"黄""裳"白文印各一枚。

综上，陈撰《听雨录》手稿本递藏与流传的轨迹，大致经罗聘、江恂、项芝房、戴植、蒋元龙、许信臣、魏稼孙之手，最后归丁丙。魏锡曾又手钞过录一本，由黄裳收藏，终归国图。

书中还出现一位藏书家周星诒的按语，卷上一条云：

> 吾邱子行，名衍，别字竹房，又曰真白居士。所著有《石鼓诅楚文音释》《学古编》《乘槎杌》《重正卦气》《尚书要略》《道书援神契》《说文续解》《晋文春秋》《九歌谱》《十二月乐谱》《词闲中编》《听玄造化集》《竹素山房诗集》。其先由太末徙家钱唐，生花坊乃其故居，详见《宋学士传》《胡石塘墓志》。

此段后附双行小字："星诒按：竹房所著，为《晋史乘》《楚史梼杌》，此脱四字。二书竹房撰，序托为旧籍宋潜溪，据陶氏《辍耕录》，谓是竹房所撰。"

卷下：

> 上天竺藏有戴进画《十八应真像》；下竺有王蒙画壁，保叔塔右壁，有王蒙画《海天落照图》；六和塔有大士石刻；吴山元妙观有李息斋写竹；灵隐寺有欧阳询《鄱阳帖》模石；接待寺

---

① 黄裳：《来燕榭读书记》，辽宁教育出版社，2001年，第95页。

有吴说书额、姜夔书《给库碑》；九曲城五圣庙有苏汉臣画壁；显应观有萧照山水、苏汉臣画壁；西太乙官凉堂有萧照画壁；天申万寿圆觉寺有高宗书《圆觉经》，及赐寺僧《守璋》二诗；贞圣观有理宗《真武像赞》、欧阳修小草《秋声赋》，归雁亭诗石刻；龙泓洞有蒋之奇篆书；府学内有李公麟画《七十二贤像》石刻；昭庆寺钟楼上有坡公写竹；大觉寺有赵孟頫书"十可轩"，参寥书"觉路"大字；南山满觉院有米芾书《周氏世德碑》，王安石撰文；南屏山有唐人摩崖八分《家人卦》《中庸》《乐记》。

此段后附双行小字："星诒按：南屏山摩崖《家人卦》《中庸》《乐记》为司马温公八分书。"以上两段"星诒"按语都被魏锡曾圈去，眉批皆曰："小字勿抄。"

周星诒（1833～1904），字季贶，原籍祥符（今河南开封）人，迁居浙江山阴（今绍兴），为咸丰、同治间藏书大家[1]，与魏锡曾为亲家[2]。此两段或许是周星诒浏览此书时随手写下的按语，与体例不合，故被魏锡曾圈去。

# 三　钞、刻本的优劣

经与钞本的对比，《古学汇刊》的刻本问题比较多，最严重的是文字缺漏，多达三千六百余字，故不少地方因此而文义不明。如：

钱唐陆景宣（圻），顺治间以史案系狱，事白后，变姓名出亡，过吴中，有《赠友人》诗云："小吏冲寒问远津，市门相见

---

① 李玉安、黄正雨：《中国藏书家通典》，中国国际文化出版社，2005年，第657～658页。
② 白云娇：《国图藏周星诒子部善本题跋辑考》，《文献》2015年第3期，第81页。

作品论 ———————————————————————————— 169

欲沾巾。当年曾识南州尉，摇手休呼梅子真。"后闻入罗浮山为僧，晚逝岭南，礼天然师，法名今龙。又尝游温、台诸山，不知所终。全里洪昉思（昇）有《答人问》一首："君问西泠陆讲山，飘然瓶盂竟忘还。乘云或作孤飞鹤，来往天台雁荡间。"

此条中"晚逝岭南，礼天然师，法名今龙。又尝游温、台诸山"十九字，刻本缺。又如：

钱唐汪魏美（沨），崇祯己卯举人。甲申后，侍老母天台山中，日籴米半升以供母，自采蕨根，淘汰食之。后奉母归里，居河渚，不入城市，十年以殁。始或居孤山，寻迁大悲庵，继迁宝石院。匡床布被之外，残书数卷，锁门而去，常经旬不返。卢监司一日值先生于僧舍，问："汪孝廉何在？"应曰："适在此，今已去矣。"忽一日晨起视日，曰："可矣！"命其子速具纸笔，作诗曰："大化无停轨，道术久殊辙。住世守顽形，问途犹未彻。至人本神运，可运不可说。冰泮水还清，云开月方洁。一旦破樊笼，逍遥从此别。"掷笔而逝。

此条自"匡床布被之外"至"适在此，今已去矣"一段共四十五字，刻本无。

卷下一条：

施孟庄（敬），钱唐人。《秋塘曲》："莲卸秋塘净，风来野水香。采莲休采叶，留与盖鸳鸯。"七言："天吴拔断蛟龙尾，月露洗出珊瑚枝。""夕阳霭霭众山暝，秋水迢迢双鹭明。""茉莒绿深江路草，枇杷黄卷客窗枝。"皆清越可喜，谪居滇。

刻本从"天吴拔断蛟龙尾"以下四十三字全缺。

这仅是部分的缺漏，还有整条文字缺失的情况，如：

《北涧集·梅屏赋序》："北山鲍家田尼庵梅屏甲京都，高宗尝令待招阮图进。"

按：此条不见于刻本。又如：

王良臣，名轩，钱唐人，受业姚文敏公之门，以贡为松溪教谕，时年五十，无子，不赴。阳明先生为赋《当年》一诗，晚年艺菊，号曰肥香道人。子曰元，世其家学，为休宁训导。

此条刻本缺。魏锡曾眉批云："按此条原列'唐丁隐君'一条眉端，今附此。"

缺失最多的是冯梦祯的《孤山仆夫泉记》至《上天竺钟铭》，其间包括冯梦祯所作十二首诗歌，均不见于刻本，约一千六百余字。魏锡曾此条上眉批云："自《孤山仆夫泉记》至此，原本书于简端。今审皆冯具区作，编附《结庐孤山记》后。"

还有因缺漏而乱入其他条的文字，如：

菊香墓在孤山四贤祠下左侧，不知何许人，有小碑，题曰"本司婢女菊香之墓"，夕烟春草，凄艳绝人。王考功《西樵诗》："昨过西泠路，苍茫吊夕曛。余魂销未尽，重赋菊香坟。"杨云友墓，在断桥智果寺，张卿子《悼扬姬云友》云："画楼犹咫尺，寒食去年同。草忆裙带绿，花销人面红。断桥烟并水，残夜雨还风。那得空离恨，埋香佛地中。"

刻本从"张卿子《悼扬姬云友》云"下即接下一条"仁和丁礼部药园"。中间引诗"画楼犹咫尺……埋香佛地中"四十字全缺。又如：

宋关子东（注），杭人，官博士。《松声》诗："梦破松声枕上闻，睡魔夜半战吟魂。初疑夜雨连江岸，乍觉寒潮上海门。招引好风来古寺，追随月色下前邨。晚行欲向声来处，郁郁苍波尽日奔。"见《南窗纪谈》。《春渚纪闻》："'钟声互起东西寺，灯火遥分远近邨。'此予友关子东西湖夜归所作，非身到西湖，不知此语形容之妙。关氏诗律，精深研妙，世守家法，子东二兄子容、子开，皆称作者。"子东，自号香岩居士，登绍兴五年进士第，教授湖州，官止太学博士，有《关博士集》。

此条自"《春渚纪闻》钟声互起"以下一百余字，刻本全缺，并接入下一条《南柯录》文字。若无钞本对照，则完全不明所以。再如：

潘雪帆（问奇），钱唐人，不求仕进，往来燕吴间，后客死广陵，太守傅泽洪葬之平山堂侧，有《拜鹃堂集》。《过朱仙镇谒鄂王祠》："巍巍祠宇貌如生，古柏啼鸦满树青。三字有灵存宋史，六陵无树起秋声。行营不到黄龙府，死梦应寻五国城。漫道和戎非上策，只因羞见小朝廷。"选有《宋诗啜醨集》。其《啜醨集选成同祖梦岩作》，有云："欢场绮语两无缘，风月清时便惘然。回首渐忘行乐地，看须已失著书年。从知大雅何妨变，未必名山遂可传。邑有小胥供笔札，虫鱼聊与故人笺。""伪体从来乱比兴，子云油素拟相承。但留气格还天宝，不碍屠沽毁竟陵。垂老敢期千载业，主盟唯有半年灯。编成不向长安卖，卖向空山雪与冰。"又《杂感》："野褐生无入世缘，五噫空走灞陵烟。妇亡不娶如花落，亲老能餐比月圆。平等每轻齐物论，文章只喜《卜居》篇。思归愿托军持，天目山头枕手眠。"

按：此条自"场绮语两无缘"至"天目山头枕手眠"一大段二百余字，刻本全缺，且直接下条"江道闇（信）"，因缺失较多，无法卒读。

除缺漏外，刻本文字的错误亦复不少，如钞本卷上：

> 钱唐李宗表（毕），少从永嘉郑禧学，郑妻以女，结草阁于北关门外，后避兵，往来于东阳、武康二邑间。有司常举上考功，奏补国子助教，未几病免，后卜筑武康。子辕，洪武间以琼州宜伦县丞，殁于官。其《乱后归武林》云："舍舟东新桥，徒步北郭门。人烟竟萧瑟，往事不复论。晨炊起断墨，秋草生颓垣。平生富丽地，转盼成荒村……"《月支王头饮器歌》："北风吹寒地椒短，卷毛绵羊尾脂满。"

其中，"转盼成荒村"，"村"字，刻本作"邱"，出韵，显误；《月支王头饮器歌》，试题之"月"字，刻本作"日"，不辞，亦误。这些都赖钞本改正，此类错误不胜枚举，不烦赘述。

魏锡曾在抄录过程中也对原文做了不少的校对与订正，有明显错误或明确根据者在正文中径改，存疑者在正文留出空白，并均于眉批写出校记说明，正如他在跋语中说："臆改者十三，存疑者十七，并于简端志之。"其态度还是很谨慎的。

如《天目游记》条中，"山左有土堰"，魏锡曾眉批云："按土堰原作土硬，臆改。""郭璞记洪以为妖而焚之"，魏批："按郭璞，原为朴，臆改。"又如"钱唐李宗表（毕）"条，其中"秀水朱竹垞检讨"。魏批："按检讨，原作简讨，今臆改。"又如：

> 一初守仁，钱唐人，《张伯雨初阳台唱和卷》："笙管声沉采凤飞，朝阳出海散晴晖。一时文物推延佑，五夜丹光起太微。岁月无情诗卷在，山川如旧昔人非。祗应湖上梅花月，照见楼台独鹤归。"

魏批："按原作'独鹤啼'，臆改'归'字。""啼"字出韵，故改。又：

> 钱唐刘士亨（泰），着有《菊庄集》。《中秋西湖玩月》："湖舡夜玩中秋月，表里通明直见沙。水静苍龙惊笑语，天空白兔迸光华。残荷偃翠衣无叶，老桂吹香帽有花。咫尺南屏钟未动，不妨敲户宿僧家。"

魏批："按'苍龙'，初疑'苍龙'，徧检卷中'龙'字，皆作'龙'，无省半者。此'龙'字，当即'庞'字。"

类似这样的很多，均有足够的根据，不是妄改。

当然，魏锡曾也偶有钞错或讹误之处，如卷上：

> 香山太守有《灵隐寺红辛夷》诗，府治虚白堂有香山手植紫薇花两株，又有《樟亭驿樱桃》诗。坡公有《次曹子芳龙山贸觉院瑞香》诗，又《菩提寺南漪堂杜鹃花》诗、《吉祥寺牡丹》诗，又《同刘景文真觉院赏枇杷》诗。

诗题《次曹子芳龙山贸觉院瑞香》中之"贸"字误，刻本作"贤"，亦误，而下文《同刘景文真觉院赏枇杷》中作"真"，核之苏轼原诗，"真"字才是正确的，故当据改为"真"字。又如卷下：

> 周与鹿先生（诗）《听泉亭记》略曰：……山人于西偏构草阁一楹，日吟哦其中，未几，予以病告来归，月率三四过山人，过率登石箦踞，竟日忘返，则谓山人曰："峰以泉胜，泉以石胜，兹石之上，可琴可弈，可尊可著，可凭可眺，可吟可啸，顾不当亭耶？"

"可琴可奕"，疑误，刻本作"弈"，当依刻本。

冯梦祯《天目游记》开篇有云："两天目为高峰断崖中峰三，善知识幽栖之所，骨塔在焉。"按：钞本原有句读，但断句有误，当为："两天目为高峰、断崖、中峰，三善知识幽栖之所。"高峰、断崖、中峰为天目山三位高僧法号，即高峰原妙，以及其弟子中峰明本、断崖了义三人，而非地名。

有些则是钞本本身的问题。钞本卷上《结庐孤山记》云："六月初九日，亨实居士记于自卧楼下之小轩，小轩尚未名。"按："亨"字似误，冯梦祯《快雪堂集》作"真"，真实居士即冯梦祯自谓。卷下"项伯臧"条，魏锡曾眉批云："按前作'伯藏'，此作'伯臧'，存疑。"卷下，汪然明《西湖记游》："山川名胜，妙本天然，何所容其粉饰？……复于西泠结纤道人净室，旁营生圹，思伯董宗伯题曰：'此未来室也。'"按："思伯"疑为"思白"之讹。

又如卷上：

> 江念祖（遥止），杭诸生，居散花滩，山水。字画胥极力摹古，范文白曰："江画在顾、陆而下，倪、黄而上，非特气韵高，亦缘本领大耳。晚隐金、衢间，闭门深山，罕与人接。"江常与周减斋论画曰："黄子久从北苑树基，而老笔纵横，饶有荆、关遗意，今以虞山片石画子久，以荆、关诮云林老人，似未得之。"

按："江"字，钞本作"汪"，显误。刻本不误。

从上可知，刻本亦非一无是处，也有可与钞本参校之处。再如卷下，西农老人《述志答严忍公无救兄弟》诗，其中一句："葛巾芒履午挂床。"魏锡曾眉批云："按原本'芒午'连写，中当脱一字。"刻本此处作"芒履"，似更为合理。

西农老人《西湖三首》其三，最后两句云："佳游有典型，时共诠述。"魏锡曾眉批云："按原本'型'下径接'时'字，旁加'、'，今审

'诠述'两字相属,疑'时'上脱一字。"刻本此处作"清时",可从。

《天目游记》"四月三日"云:"穷崖际为玉剑泉崖,高二十仞,水落上落。"按:"水落上落"不辞,刻本作"水从上落",查冯梦祯《快雪堂集》,正作"从"字,故可据刻本改正。

# 四　张岱佚诗

卷下发现张岱佚诗一首:

张维城《山居夜宿》:"钱唐门外潮声喧,昭庆寺前游侣繁。欲向澄湖荡桂楫,何如僻径入桑园。行行景物转萧瑟,结庐其间为隐逸。但闻仲蔚居蓬蒿,复道庞公挈家室。四边野水环既周,时时把钓临清流。到此讵非剡曲棹,登来已是雪中楼。欲知客兴何清绝,雪霁天清气逾洁。孤塔真成宝粟堆,两峰好作瑶华屑。层阴背日雪消迟,却料西溪应倍之。言寻竹色无穷尽,忽惊梅蕊纷参差。穿云屡度寒云里,步月偶闻清梵起。始知住壑多幽僧,不问为邻者谁氏。应闻托宿向梅花,岁暮宁愁天一涯。肯与世人逐颜色,由来真性重烟霞。"

张维城即张岱,张维城这个名字用得比较少,仅在张岱校辑的《徐文长逸稿》中出现过。《徐文长逸稿》封里题:"山阴张汝霖素之父、王思任季重父评选,张维城宗子父较辑。"[1] 遍查今张岱各种诗文集,如夏咸淳辑校《张岱诗文集》(增订本)、路伟、马涛点校《沈复粲钞本琅嬛文集》等,此诗似皆未见收录,故颇疑为张岱佚诗。

张岱家在绍兴,但经常前往杭州居住游玩,杭州有其祖传别墅寄园。细绎此诗,大致是明亡前的作品,在岁暮落雪的日子里,张岱住在西湖

---

① 参见胡益民:《张岱评传》,南京大学出版社,2002年,第22页。

附近的山中，书写所闻所见。每四句一转韵，平仄韵交替，描写了西湖的许多名胜之地与美景，如钱塘潮、昭庆寺、南北高峰、西溪等，但尚不易判断张岱具体所居在何处。

天启四年（1624），二十八岁的张岱曾在西湖岣嵝山房读书七个多月，或写于此时。张岱《西湖梦寻》卷二《岣嵝山房》云："李芨号岣嵝，武林人，住灵隐韬光山下。造山房数楹尽驾回溪绝壑之上。溪声淙淙出阁下，高厓插天，古木蓊蔚，大有幽致……天启甲子，余与赵介臣、陈章侯、颜叙伯、卓珂月、余弟平子，读书其中。"同卷《冷泉亭》云："天启甲子，余读书岣嵝山房……余在西湖，多在湖船作寓，夜夜见湖上之月。而今又避嚣灵隐，夜坐冷泉亭，又夜夜对山间之月，何福消受。余故谓西湖幽赏，无过东坡，亦未免遇夜入城。而深山清寂，皓月空明，枕石漱流，卧醒花影，除林和靖、李岣嵝之外，亦不见有多人矣。"张岱《陶庵梦忆·岣嵝山房小记》，有对山房环境的描写："岣嵝山房，逼山、逼溪、逼韬光路，故无径不梁，无屋不阁。门外苍松傲睨，蓊以杂木，冷绿万顷，人面俱失。石桥低磴，可坐十人。寺僧刳竹引泉，桥下交交牙牙，皆为竹节。"所有这些和《山居夜宿》描写环境比较接近。

或亦有一种可能是寓居西溪时所作。《西湖梦寻》卷五《西溪》云：

　　地甚幽僻，多古梅，梅格短小，屈曲槎桠，大似黄山松。好事者至其地，买得极小者，列之盆池，以作小景。其地有秋雪庵，一片芦花，明月映之，白如积雪，大是奇景。余谓西湖真江南锦绣之地，入其中者，目厌绮丽，耳厌笙歌，欲寻深溪盘谷，可以避世如桃源、菊水者，当以西溪为最。余友江道闇有精舍在西溪，招余同隐。余以鹿鹿风尘，未能赴之，至今犹有遗恨。

后附有张岱自作《秋雪庵诗》："古宕西溪天下闻，辋川诗是记游文。

庵前老荻飞秋雪，林外奇峰耸夏云。怪石棱层皆露骨，古梅结屈止留筋。溪山步步堪盘礴，植杖听泉到夕曛。"可见，西溪一带也是张岱经常闲游并非常喜爱的。

此处提及的江道闇，《听雨录》卷上有记载：

> 江道闇（信），仁和诸生，乙酉后谢去。尝游郡西，乐其幽胜，遂挟琴书、挈妻子，居横山之麓，题曰蝶庵。既从古闽道援为僧，初名宏觉，字梦破。从云门礼公受具，名济斐，往来江汉，戊子卒于佛日寺。有《蝶庵集》。

钱谦益《初学集》卷十八《横山题江道闇蝶庵》诗云：

> 疏丘架壑置柴关，冢笔巢书断往还。尽揽烟峦归几上，不教云物到人间。萧疏屋宇松头石，峭茜风期竹外山。莫殢蝶庵成蝶梦，似君龙卧未应闲。

从诗意看，钱谦益应曾到访蝶庵并留诗，于此可见蝶庵名气之大。晚明嘉定诸生马元调《横山游记》"白龙潭"条云：

> 廿八日早起即问白龙潭，邦玉谓草深竹密，宜俟露晞。乃先走蝶庵，访道闇。蝶庵者，道闇藏修精舍，径在绿香亭外。沿溪得小山口，绿阴沉沉，编荆即是。秀竹千竿，掩映山阁。历磴连呼，衡门始豁。升堂坐定，寂如夜中，仰看屋梁，大字凡四："读书谈道"。心胸若披，乐哉斯人，饮水当饱。

同书"楼西小瀑"条云："拥书楼偃仰少息，邦玉言白龙潭不置……返乎竹浪，而道闇适自城中归蝶庵。亟来晤，相见恨晚。抗言往昔，谈谐间发，极尔清欢，夜分乃歇。"

同书卷末载崇祯十年丁丑小寒日勾甬万泰跋略云：

自邦玉氏诛茅结庐，一时名流多乐与之游，而人始知有横
山……会同人江子道闇挈妻子读书其中……①

江邦玉，即江元祚，邦玉其字，钱唐人，隐居不仕，在西溪横山筑别业横山草堂；江道闇或与江元祚为族人，亦在横山一带筑精舍即蝶庵，二人志同道合，都携家在深山隐居。

《山居夜宿》中"欲向澄湖荡桂枻，何如僻径入桑园。行行景物转萧瑟，结庐其间为隐逸。但闻仲蔚居蓬蒿，复道庞公挈家室"。诗中用"仲蔚蓬蒿""庞公挈家室"典故，与江道闇"挈妻子，居横山之麓"事颇相似，而"到此讵非剡曲棹，登来已是雪中楼。"用"剡溪访戴"的典故，或许即指"余友江道闇有精舍在西溪，招余同隐"一事。张岱亦号蝶庵、古剑蝶庵老人，与江道闇隐居之地同名，恐怕也非巧合，或许张岱虽非同江道闇长隐草堂，但也曾小住于蝶庵（"登来已是雪中楼"），则张岱此诗有可能是夜宿"蝶庵"所写；或"未能赴之"而心颇向往，故名蝶庵。

---

① 以上引文见马元调：《横山游记》，光绪七年钱塘丁丙嘉惠堂刊本；参见陈寅恪：《柳如是别传》（中）第四章，三联书店，2001年，第630～631页。

# 《霞城笔记》及其作者考论

周睿鹏

《霞城笔记》十卷，是颜懋侨的札记体小说，其内容驳杂，涉及政事谕旨、孔庙祭祀、地理杂记、朝野异俗、稗史轶闻、文论诗评、文字狱事、先祖年谱、赴任日记等诸多方面。原稿本五册，为江西德化李盛铎旧藏，后归北京大学图书馆，收录于《北京大学图书馆藏古籍善本书目·子部·杂家类·杂记》，每册均钤有"懋侨""幼客"二印，凡半叶九行，前后无序跋，不知刊行与否。另著录于傅增湘《藏园群书经眼录》《藏园群书题记》《藏园订补邵亭知见传本书目》，国家图书馆今藏民国藏园依稿本之传抄本（五册）[①]，此本首卷钤有"江安傅氏洗心室藏"印，凡半叶十行，行二十一字，亦无序跋。

除北大稿本、国图抄本外，《霞城笔记》未见其他版本，学界亦暂未有关于该书的专论。笔者近受欧阳健先生之托，以国家图书馆藏传抄本为底本抄录校点此书，查阅资料，成此拙文，不揣浅陋，略为阐发，尚祈学者不吝指正。

## 一 颜懋侨及其家世考

《霞城笔记》每卷俱题"曲阜颜懋桥幼客氏撰"。作者颜懋侨，字幼客，号痴仲，山东曲阜（今曲阜市）人，复圣颜渊六十九世孙。

颜氏后人秉承先祖圣训，在曲阜声望极高。颜懋侨正是北宗曲阜颜

---

① 周洪才：《孔子故里著述考》，齐鲁书社，2004年，第379~380页。

氏一族，其祖上数代，忠烈与名士辈出。懋侨高祖颜胤绍，字永胤，号赓明，明崇祯四年（1631）进士。《明史》载，崇祯十五年（1642）胤绍擢河间知府，清兵南下，他坚守城池，知必不敌而自焚殉国，赠光禄寺卿，乡谥"忠烈公"。曾祖颜伯璟，字士莹，胤绍长子，出明四氏学廪生，清封奉直大夫。《曲阜县志》载，兖州陷落，伯璟"左足伤"，被满军所俘，听闻河间已陷，"乃痛哭，请于帅，愿得往求父骸骨"，以跛足"达河间，求得父遗骸以归"，后祭其父，有"父忠子孝"语。入清后绝意仕进，育有六子，赠太中大夫，乡谥"孝靖先生"。

祖父颜光敏，字逊甫，号德园，一字修来，伯璟次子，康熙六年（1667）进士，历任国史院中书舍人、礼部仪制清吏司主事、吏部稽勋清吏司主事、验封清吏司主事、本司员外郎、验封司郎中、奉政大夫、考功司郎中等，充《大清一统志》纂修官。《霞城笔记·自叙》录有其子颜肇维撰《颜修来先生年谱》（以下简称《年谱》），事极详尽，记其"长身广颡，丰下隆背，喜与海内豪杰游。淹通经史，旁精律历勾股之学，雅好鼓琴，及围棋、投壶、蹴鞠、弹弋各技，皆能运化入神""性好游览，遇有佳山水，不能辄去"，其著述"已行世者，则有《未信堂时艺》《乐圃诗集》《音正》《文释》等书；尚未刊行，则有《旧雨草堂诗》《德园日历》《南行日历》《家诫》《未信编》《音变》等书"。朱彝尊《奉政大夫吏部考功清吏司郎中颜君墓志铭》书其葬铭云："生乎陋巷之里，殁乎宣武之坊。葬乎侍郎之林，祭乎复圣之堂。年逾强仕，不为夭也。秩以大夫，不为小也。吾铭君藏，久而有考也。"[①]

颜伯璟妻镇国中尉某之女朱氏，生光猷、光敏、光敩三子，皆高中进士，重儒笃学，延绵文脉，世称"曲阜三颜"。颜光猷，伯璟长子，字宗秩，号澹园，康熙十二年（1673）进士，任《明史》纂修官，后以刑部郎中出守贵州安顺府。《霞城笔记·奥区》"龙打鼓"条有"先伯祖尝知安顺府"之语，《曲阜县志》记其在任时，"与人质直，见人必劝以书，

---

① 赵传仁、颜景琴、王纯、孙文娟：《颜光敏诗文集笺注·附录》，齐鲁书社，1997年。

随所得浅深，皆食其报……值提督李芳述部激噪，光猷匹马入其垒，晓以大义，皆投戈受命"。《著述记》载其"生平无他好，诗文外，唯以琴棋自娱"。著有《周易属词》（后改《易经说义》）《澹园文集》《水明楼制义》等。颜光敩，字学山，康熙二十七年（1688）进士，入翰林院授检讨讲官，后命为提督浙江学政，《曲阜县志》记其在任期间"束刍粒米不以累，有司阅文至夜分乃寐，积劳呕血，不少懈。训士如严师慈父，士气腾涌，文风丕变"。《年谱》载其文"剽悍迅疾，洸洋恣肆，识者谓颍滨之于东坡也"，亦记录其"试礼部不中"，光敏"督责严切，比归，限以家居日课"，卒成进士之事，有《怀山遗稿》《学山近稿》《浙游漫录》《浙游重记》。

父颜肇维，初名雍，字肃之，号次雷，晚号漫翁，雍正中考充教习期满，以知县用选临海，著有《钟水堂诗赋》《莎斋稿》《漫翁编年稿》。《霞城笔记》即懋侨随父临海任时所作，其卷五《临乘》悉载临海邑中轶事，卷十《自叙》中所录《浙中日记》即雍正戊申年（1728）随父赴任途中之见闻。《临海县志》载，颜肇维八年在任期间，"捐置田一十六亩""茹蘖饮冰，兴利除弊……选老成练达之儒经理其事……民风蒸蒸日上，与四民共享昇平之乐"①。《临乘》中则详载肇维任期内所革之事：针对派发田亩之经费"为猾吏所持"之弊，"城中设八方通邑，归并五十余都，从前陋规，悉行革除"；针对临海赵公河久经湮塞之弊，"疏浚深阔，共长一十五里，置闸以御碱潮。畜淡水，溉田两岸，硗瘠数万亩，令成膏腴，计成功五十有四日，捐养廉三百余金"；针对岩下坝三沟六浦，年久损坏之弊，"以事关水利，请发盐筴八百两，重建石坝，以防海潮"；针对"边海诸山之民，尚多淡食"，需于晴日"泼海水岩石上"晒盐，但仍被政府禁止之弊，"屡言之当事，欲弛其禁"。《曲阜县志》亦载肇维"以兴利革弊为任，首除里甲阔税征米改折之累，民情欢服。值江海斗泛滥为灾，设粥赈饿者，全活无算。察赵公河故道，朱子所作三沟六浦，

---

① 张寅等修，何奏簧纂：《临海县志》，台北成文出版社有限公司，1975年，第692～693、745页。

悉鸠工竣之，灌溉有资。建太平桥，别筑盐台三，修战舻九，汛房二百。增高汤信国，备倭五十九城之七，洽绩卓越"。此外，懋侨《钟水诗堂序》有"先生之于政事也，搏象搏兔，一赴以不欺之力"，可见肇维任内革除田税积弊、疏浚赵公河、重修三沟六浦、为民请命等斐然政绩。

懋侨是肇维仲子，其亲兄弟有颜懋龄、颜懋份、颜懋價、颜懋健、颜懋企、颜懋全六人，另有颜光猷三子颜肇广所生颜懋伦和颜懋价两位同族兄弟。懋伦，字乐清，号清谷，雍正己酉（1729）拔贡，荐授四氏学教授，官鹿邑知县，"笃好文学、尤邃于诗"，《曲阜诗钞》记其同何琦纂《曲阜县志》，颇详瞻而未梓行，有《癸乙编》《什一编》《夷门游草》《秋庐唫草》等。《霞城笔记·奥区》"雾凇"条载其诗"非雪飘难坠，和霜结渐深"，《浙中日记》则有其临别所赠懋侨之诗，《癸乙编》亦录，题曰《送别幼客二兄赴浙》。

懋企，字庶华，乾隆己巳（1749）拔贡。《曲阜县志》记其"入国学，性嗜书，独居一室，坐卧纵横卷帙中，双目炯炯。好考据典故，钩隐搜奇无细大，耻不一知"，有《飞尘集说》《鬼集实录》《颜氏史传》《颜氏墨考》等。懋价，字介子，号慕谷，雍正乙卯（1735）拔贡，乾隆间授肥城县教谕。《肥城县志》称其"风流尔雅，冠绝当时，善饮酒，能诗工书，尤邃于理学"，《曲阜县志》载其"新文庙，修礼乐器，遴佾生，习仪容，釐正学田，葺先贤祠"，有《佳木堂稿》《余生后草》《鸢台偶吟》等。懋全，字异我，号韦斋，晚号苏道人，附贡生。除《行状》外，有《韦斋诗稿》，今佚。此外，《浙中日记》载，懋侨七月二十二日随父赴浙前，"来送者朱姊丈、季直、大哥、四弟"。"大哥"即颜懋龄，字引年，号山木，恩贡生，候选直隶州判，"工诗善隶书，遗编割裂，至杙灯檠"，有《木厓斋诗》一卷；"四弟"疑为颜懋價[①]，字质以，恩监生，官

---

[①] 颜肇维《钟水堂诗》前有"季男懋份"跋，季，癸也，有末之意。但肇维足有七子，颜懋份之后仍有子嗣，"季男"作"少子"之意明显有误，第三子可称"叔子"，亦可称"季子"，《孔子故里著述考》认为颜懋價为肇维第三子，懋企为第四子，而颜懋价《鸢台偶吟》有《答质以四兄》一诗，懋價字质以，可证其应为肇维第四子，而"季男"懋份为第三子。

蒲台县教谕，有《秋水阁遗草》一卷。

　　据乾隆三十九年（1774）刊本《曲阜县志》①及《仲兄幼客先生行状》②（以下简称《行状》）记载，颜懋侨生于康熙四十年（1701）二月十五日申时，卒于乾隆十七年（1752）十一月十四日巳时。懋侨"初生有异征，泗水楚家寺僧慧朗将化，与弟子诀云：'投舍曲阜颜考功宅。'诘朝来访，具言其事。于是，人以为慧朗后身"，故号"檀特侍者"，意指曾侍奉如佛陀前世须达拿太子苦修于檀特山，研学妙理。又著《柰园录》，取"柰园"佛寺别称之意。

　　懋侨幼年学诗于王秋史先生，博学强记，与同诗客辨，口若悬河。父颜肇维在署中建太乙楼一座，专供其读书之用。雍正元年（1723），从蓼谷山人王苹学诗，居于济南。乾隆二年（1737），上临雍视学，赴京陪祀，以恩贡充万善殿教习；七年（1742）冬，诏试瀛台紫光阁赋诗，颇得上意；八年（1743），引见圆明园，选授观城县教谕；十三年（1748），赠文林郎，四氏学教授；十五年（1750），父去世，回乡守制；十六年（1751），自京出居庸关，过山西诸地，阅边塞阨塞、山河形势；十七年（1752），所著《十三省形胜摘要》仅成山西、贵州二卷，未完而卒。除《曲阜县志》所载著作外，另有《山东文献集成》第四十三册《海岱人文》三十三种四十五卷著录《蕉园集》《石镜斋集》《履月轩稿》《玉磐山房集》《蕉园集拾遗》各一卷，《行状》所记《四唐诗选》二卷，李、杜、韩、柳《诗选》各一卷，《李商隐诗选》一卷，《诗话》一卷，《秋庄小识》一卷，《樵夫湖偶录》三卷，《苕溪渔隐》两卷。

---

① 潘相纂修：《乾隆曲阜县志》，乾隆三十九年（1774）修，收入《中国地方志集成·山东府县志辑》第73册，凤凰出版社，2004年，第516~517页。

② 颜懋仝：《仲兄幼客先生行状》，《山东文献集成》四十三册，山东大学出版社，2007年，第八条附录。

懋侨一生交友颇多，《行状》有"辇下名士多与之游，当道者亦争为延致"之语，郑燮《蕉园集序》则言其"以名家子游京师，日见当代名公卿与四方羁旅特达之士"。懋侨任有京职，蜚英腾茂，自是朋比甚众，客盈满室。

学者如牛运震，字阶平，号真谷，人称"空山先生"，雍正十一年（1733）进士，官历安县、两当、平番知县，有《诗志》八卷。懋侨兄颜懋龄三子颜崇柏为运震婿。《行状》载乾隆三年（1738）懋侨在京谒运震时，"与对坐松树下，掀髯而谈，亹亹不倦。比归，漏常数下"。运震不仅为懋侨《蕉园集》作序，更撰其墓志，二人关系不可谓不亲密。《霞城笔记》所附《曲阜颜幼客诗钞》（以下简称《诗钞》）《送牛进士运震宰泰安》一诗，有"汤汤黄河水，齿齿太行山。山水三千里，路远何时还。此心忽化秦时月，送君西出函谷关"之句，而运震《绝句二首寄颜痴仲懋侨》末句则云："思子不可见，青春白发生。"足见二人情谊之至切。

画家如朱岷，字仑仲，一字导江，号客亭，工画山水，兼善指画，有《渔洋山人诗册》。懋侨《题朱仑仲枣香居》有"旅馆不疏索，与君托比邻。过湖无巷隔，问水到门频"[1]之句，其时懋侨学诗于历城，同其弟懋伦常至枣香居谒仑仲，懋伦有诗，赞其"会得田郎潇洒甚，生来清俊与君同"，比山姜子田雯嗣孙。

书法家如蒋衡，字湘帆，一字拙存，晚号江南拙叟，书法冠绝，以十二载手书"乾隆石经"。《诗钞》有《寄蒋拙存》云："相见高楼古井边，琼花观里住三年。""怀居寂寞诗成后，也似衰翁草太玄。"言明二人君子之交，更赞叹蒋衡借宿琼花观静心写经之恒姿。

懋侨平生不流于俗，有畸人侔天之志，《行状》载他"每游公卿大人，非固召弗往"。但除诗、书、画之大家外，懋侨亦与清朝宗室、康熙二十三子爱新觉罗·允祁颇近。允祁，生于康熙五十二年（1713），号宝啬斋主人，《曲阜县志》载，允祁初见懋侨时感叹道："久闻诗人颜幼

---

① 张英麟、毛承霖纂：《续修历城县志》卷十九《古迹考四·亭馆三》，民国十五年（1926）修，济南出版社，第6页。

客，今乃得见耶！"《行状》又记："（懋侨）尝与真谷谒宝啬斋二十三王殿下，敝衣从入座。王调之曰：'吾闻颜幼客天下诗人，今观其貌，乃类厨人，何耶？'兄立赋诗二首呈上，王讽之，大笑曰：'厨人有诗如是！'"允祁年晚懋侨十余岁，虽仰慕其诗才，但又不拘常格，出言嘲谑；而懋侨为人清高，却屡次拜谒，应教立成，可见二人翰墨之缘，所交非浅。

## 二 《霞城笔记》的主要内容

傅增湘《藏园群书题记》载有《霞城笔记跋》，详细著录了《霞城笔记》的主要内容：

> 原书十卷，卷一《君德》，多录雍正朝谕旨；卷二《治略》，述康、雍以来政事大端；卷三《圣学》，述孔庙事实；卷四《奥区》，杂述地理之事；卷五《临乘》，记浙江临海邑中故事；卷六《天文》，兼述律吕、时令、星野、占验及异俗；卷七《人物》，杂述古今人事物理；卷八《艺林》，评论诗文，旁及考证；卷九《逆命》，纪雍正朝文字狱事，咸引据官书；卷十《自序》，则为其祖修来先生之年谱、及其父肃之赴浙途中日记也。

十卷中，《君德》《治略》《逆命》等多为诏令、奏议，多引自官书、少叙事色彩；《圣道》有涉及曲阜孔氏、颜氏人情物理数条；《奥区》《天文》《人物》《艺林》四卷分别从地理、天文、人事、诗文方面记述轶事奇闻，兼有志人、志怪色彩，可以札记体小说观之；《临乘》记临海邑中所见所闻，亦有汉魏六朝小说特征；《自叙》所录《浙中日记》有补史阙、详史略、证史误之价值。胡应麟认为，"小说，子书流也，然谈说道理，或近于经，又类注疏者；纪述事迹，或通于史，又有类志传者"，《霞城笔记》可谓兼有"谈说道理"与"纪述事迹"两类小说分支特征，以下分谈本书各卷的主要内容和具体情况。

卷一《君德》共六十条，记录雍正元年正月至十年五月内的谕旨、御批、言论、诗文等纶音，其中谕旨十七条，御批四条，言论四条，诗文二首，另述雍正皇帝敬天法祖、勤政爱民、谗慝不行、不避子卯之懿德。敬天法祖之举，如建先农坛、谒孔子林庙、祀先啬神农、虔诚祈雨等；勤政爱民之举，如减轻火耗、疏导河道、赈济灾地、躬耕藉田等；谗慝不行之举，如驳早建储位之言，切责岳锺琪之慢怠，惩治李永绍之藐法、追论塞思黑之逆言等；不避子卯之德，如"河源"条等不贺各地庆云之祥瑞，"南巡"条等不闻各处神鱼之祥物，"修德"条记积石关外河流昼夜澄清，谕旨云：

> 朕从来不言祥瑞，年来庆云、醴泉、凤皇、芝草之属，悉皆屏却，唯务修德，以承天眷，观河洲立庙之地，即有河流莹澈之祥。此乃上天以居高听卑之道，显示我君臣士庶者，唯有益加勉励、夙夜敬谨而已。

此不言祥瑞之行，《临乘》"金芝"条记有颜肇维一事，极为相类：

> 壬子闰五月，临署宸翰堂梁间生一金芝，幕中皆欲献于朝。家大人曰："祥瑞之事，不过好事者粉饰太平而已，何益于政治乎？且上亦厌言瑞应矣。"遂匿，不以闻。

以此二条相比照，足见雍正"不语怪力乱神"的嘉言懿行对为官者襟怀坦白、清廉为政，不求神问卜、赂桃李之馈的深刻影响。此卷虽多引自官书，却可补雍正朝政治文献资料之缺漏。

卷二《治略》共六十五条，主要记录康、雍二朝毁祠、科举、治军、理财、盐政、储谷、水利、藉田、破大小丹江、收归台湾等政事大端及君德记录，多引之于官书，同时有少数几条朝野与民间的人物活动和奇闻异事。政事大端，如相度"万年吉地"形势理气、严惩私宰耕牛及讹言煽诱之人、鄂尔泰等玩忽纵贼案、严禁《南山集》等邪说诬民之书等事；君德记录，如端午廷禁香囊、宫扇，圆明园宫殿不施丹漆等；人物活动，如利玛窦明末来华传教之事，颇具六朝杂传之风，有小说意味，如在金陵"出千里镜、自鸣钟"，"再出浑天仪、量天尺"及言"《大统历》已坏，会须修之"等情节，构思精巧、叙事饱满。

奇闻异事，属"马流和尚"条最有札记小说之意味：

> 江浙之间，有一种丐僧，名曰"马流和尚"，能用药物迷人，劫夺行李。又有一等丐船，诱人室女，挖取红珠，堕胎中小儿，取其心肝五脏，制为熬刑邪药。或将人折割，造就奇形怪状残疾之像，令在云栖、天竺路上号泣要钱，至方员山天台、雁荡及普陀一路，值烧香人盛之时，责令乞化到晚，无所得，即受拷掠。其累累道左者，多系苏湖富人子女。往时，闻有贵家主之故，未有败露。彭城李公督捕下江时，始廉得其状，拿获首恶黄栀、包得穷、小李逵等不下二百余人，置于法，其害近亦衰止。

"彭城李公督捕"，即时任浙江总督李卫。《大义觉迷录》亦载其所奏"马流和尚"之事："又，钱塘县知县李惺，缉得游方匪僧裕安、上乘等，讯出同伙甚多，皆系'马流和尚'，结党为匪，各处云游挂单，遇孤村静室，庵庙人少者，即用强行劫，或以蒙汗药投入饮食之中迷人，取其衣资，更有损害性命者。臣随拣造弁员，为发给路费，押带匪僧作眼，分头认缉，先后又获同党静参等二十余犯。"本书所记，马流和尚不仅用药物迷人，更挖取五脏、制取邪药，或致人残废、令人乞讨，作案行径较李卫陈述的更为狠毒，最终查获的案犯数量更有后者十倍之多。此卷对康、雍二帝为君之行、治国之策记录完备，有助于对二朝政事予以还原。

卷三《圣道》共84条，主要记录曲阜文庙祭祀、政治教化、孔子事迹、颜氏家制、孔庙轶事、儒学道统等内容，多引自官书，充实了清早期庙堂祭祀和诗礼传统的文化内涵。有小说意味者，唯"再生桧"条，写孔庙赞德殿前二株桧树，屡枯屡活，因其茂萎暗合孔氏兴败，被人称为神树之逸事。

卷四《奥区》共七十九条，杂述内地十八省地理状貌、州县沿革、奇山异水、人情风物，其中以天台山文献史料为重，兼记作者见闻。地理状貌八条，有《山海经》《淮南子》《煎茶水记》所记名山秀水，及西安碑洞、洛阳凌云台、济南历下灵岩寺、兖北堽城坝的历史渊源；州县沿革五条，考证燕云十六州州名，划定甘、晋两省管辖范围，增设凤阳等四府为直隶州，升格宁武县为府，议定江南新分县名；奇山异水五条，有乐清玉环山、嵊县青枫岭、泰山日观峰、留都秣陵、靖江王府；人情风物十五条，有"毛文龙"条于谦托梦受帖，"惰民"条绍兴无赖贫人，"放水灯"条广东各府风俗，"夔"条桐庐独足仙，另有辽东"独子青"、齐地雾凇、泸水"鬼弹"、边国奇牛异羊等。天台山文献史料十二条，有李白《天台晓望》、孟浩然《寻天台》、元稹《刘、阮妻二首》、孙绰《游天台赋》、沈约《桐柏山金庭观碑》等诗、赋、碑记，《真诰》《舆地志》《会稽志》《入天台山志》等书志所记天台形貌。作者见闻九条，趣事甚多，如"观潮"条详写雍正六年（1728）九月初三日出候潮门观潮所见之景："其霤若雷，其势如山，吼掷狂奔，一瞬至岸，如山鸣天裂，三激而定，则横江千里，水天一色矣。江头人家潮至，浪花直喷屋上，倾溜如骤雨。"《浙中日记》亦记同年九月初一日与舅祖看潮之事，云"万钟齐鸣，排山倒海，浪花喷岸，观者衣袂皆湿"，颇具艺术价值；"柏树"条写家仆获古剑、古镜，但因"分器不均，诉于主人"；"水赤"条记宁德、济南儒学泮池池水变红；"灵泉"条写邹峄山有泉，持器祈祷则流；"龙打鼓"条写安顺府龙井声发数十里；"五圣祠"条记载懋侨调侃李克敬瞻拜四贤祠，颇有意趣。此卷可谓清早期天台文化及邻域风物之丛考。

卷五《临乘》共九十三条，详细记载颜肇维作宰之时，台州府临海县政治、经济、人物、习俗、地理、风物等各方面的情况，兼具杂纂与异闻特征。政治十七条，含平叛、岁收、祈水、擢升、科举、迁海令、顺庄法、定服色等级、禁营汛之弊等，其中"赵生"条，记述庠生赵齐芳因欠官学三两白榜纸银被责打致死，从而引发诸庠生激愤，此即顺治十八年（1661）著名的"两庠退学案"，此后临海二十五年绝榜，影响严重，《聊斋志异·张鸿渐》一篇即以此案为原型。经济六条，含改造里甲体系、疏浚河道、修造海防、额赋蠲免、钱粮奏销及官员亏空处分。人物七条，其中临海人有四，钱日耀，家藏吴越王"钱镠铁券"；宗渤，遇僧受教，归朝吟偈，得帝恩赐；谢道清，宋理宗皇后，上传国玺以降元朝；洪氏，临海素辉阁女史，自序《素辉阁画幅》，其女素工小诗；另有唐代诗人郑虔，谪台州司马任间，始创天台文化；唐仲友，台州知州，为朱熹所奏劾；骆宾王，曾任临海丞。习俗五条，有浙中首置"观风整俗使"之事；陈孚卿《学记》"结缸""诔张"等台州弊俗；台州女子采山花全枝绾髻之俗；台州白丁自称监生哄骗愚人之风；台州海民因淡食而晒"浇岩盐"之事。地理二十四条，有台州府内亭、堂、楼、阁、寺、庵等人文景观，山、洞、岩、溪、江、湖等自然景观，及雷电、大雪、冻雨、地动等天气异象。风物方面十条，除海门卫城楼大钟、钱日耀家宝塔外，另有异鸟、滑兽、金松、土肉、四足蛇、藤梨、木桃、螺蛤、江瑶柱、竹兜子、桐树山芽茶等自然奇物；轶闻二十四条，除《临海志》所录海潮覆溺渔船、孕妇一产三男、金刚像出汗之外，亦有多条故事性极强的文字："收尸"条写烈妇蔡慧奴托梦收尸；"赎母"条写孝子王广文贯喉赎母；"妖龙"写太平县妖龙复仇士人；"马头山"条写山洞老猿捉邻村美妇；"留署"条写县令奸宿女犯；"姚椒姑"写恶少奸女不得，写状诬之，女服药自尽；"美妇"写恶少欲挟制美妇之兄，反被虎叨去；"捕鼠"条写临海县衙署鼠不畏人，猫皆怕鼠，虽为纪事，却似寓言；"张叔平"条记临海张伯端羽化之事，情节跌宕：

　　紫阳真人张叔平尝为府胥，饭时，其家馈鱼，置梁间，忘之，疑其婢窃食，棰之毙。后梁间有蛆坠下，始知其诬，因叹曰："案牍之内，似此者多矣。"一夕尽焚之，以罪应遣赴山左。昔有道士授以一函，令其临难开看，行至百步溪，忽忆道士语，开看，跃入溪中，尸解去。解役二人相顾错愕，忽见水面浮出山东回文一角，即取以报命。令讶其往返太速，诘之，役以实告。移查山东，果有前文，且张叔平已递到月余矣。土人以为仙，立祠百步岭上，台州城内紫阳楼，其旧居也。

"窃鱼"之事，康熙二十二年（1683）洪若皋纂《临海县志》有记，并有张叔平喟叹之诗："刀笔随身四十年，是非非是万千千。一家温饱千家怨，半世功名半世愆。紫绶金章今已矣，芒鞋竹杖任悠然。有人问我蓬莱路，云在青山月在天。""山东回文"之事，仇兆鳌《悟真篇集注》卷首"陆彦孚记"一篇记载，"久之，事扶风马默于河东。处厚被召，临行，平叔以此书授之曰：'平生所学，尽在是矣，愿公流布，当有因书而会意者'"，可知张叔平曾在山东兖州传《悟真篇》于时任知府马默，故文中有此叙述。本卷记述，使临海县诸多旧事传说与奇物异风得以保存，有较为独特的地方史料研究价值。

卷六《天文》共三十七条，杂述天文、历法、异象、占验、星宿、分野、地舆、律吕、宜戒、择时等，《山海经》《异域志》等书所记狗国、轩辕国、女人国、文身国等奇国异邦，以及"神龙印""旱魃""尸致鱼"等条琐杂事物的辑述。此卷旁征博引，应属"杂纂"之类，有逸事小说之风。

卷七《人物》共六十条，记录历朝人物传记、自序，书中所载奇物、格言及趣事等，其中有志人小说意味者数不在少。譬如"传胪状元"条篇幅虽短，却颇有《笑林》讽刺俳谐之风：

　　有一人传胪状元，终日发狂大笑，其妻问曰：'状元几十年一科？'其人曰：'状元三年一次。'妻曰：'吾以为古来只汝一人一次。'其人爽然。

又如"商显仁"条,以君臣对话表现南北音辞语调之异;"益都高义"条,引自钮琇《觚剩》,属托孤故事类型;"妃操"条记载滋阳、益阳二妃贞洁事迹。最有小说意味者当属首条范承谟《画壁诗》自序,此长序近五千字,逻辑严密、情节紧凑、徜徉恣肆、璧坐玑驰,人物对白环环相扣,气氛渲染丝丝入心,使宁死不降之忠臣形象跃然纸上。此卷故事性强,既具传说风格,又有写实性质,有琐言小说之格局。

卷八《艺林》共九十八条,抄录历朝名诗名句、人物言行,加以整合分类,并略加考证、评论,另杂记风物、习俗、轶闻数条,胪列如下:"金盐""冪䍦""流黄簟""敲冰纸""陈姥姥"诸条记书中各类风物;"掷骰"条记古人博具变迁和赌博情状;"盒子会"条记南京旧院盒子会盛况;"缠足"条溯源妇人缠足之俗;"外宠"条沿革娈童、男色之俗;"读碑"条记各朝名士过目成诵的本领;"蜀独"条记历代墨客拆字戏人的笑谈。此卷虽也选辑细琐事物,但故事情节完整、叙事性强,是清早期社会风俗的生动记录。

卷九《逆命》共三十九条,记录雍正朝诸多大案,以文字狱案为主,案犯包括曾静、陆生楠、屈大均、贾士芳、张玉、年羹尧、钱名世、尚之信、吕留良、齐周华、隆科多、佟吉图、查嗣庭等。虽引自官书,但犯案与招供的细节记录翔实,具有小说色彩,如屈大均梦登翁山、年羹尧所论王气、尚之信暴虐无度、李自成冲冠一怒,皆以短句叙长事,言简义丰、细腻传神,颇具艺术容量。

卷十《自叙》分《颜修来先生年谱》与《浙中日记》两部分,《颜修来先生年谱》前文已表,此不赘述。《浙中日记》写雍正戊申年(1728)七月二十二日至九月十五日赴浙途中之见闻,其所记行舟路线、各地名士、酬和诗文、旅途见闻、社会风俗等,皆有重要史料查考价值。

## 三 《霞城笔记》作者的相关品评及本书史料价值

作为一部札记体小说,《霞城笔记》在整理官书野史、记录作者经历之外，还有多处作者的品评和考证。郑燮《蕉园集序》云："（懋侨）擅貌以精，灌骨以髓，刮宿取鲜，剖微容发，使余读其诗，如见其人，如履其地，如历其事，如睹其物。胸中恢恢然，浩浩然，忽变而为博洽通人，而草野田家之消，为之一洗也。"可见懋侨不仅长于纪事，更喜发胸臆，兼有探本溯源之思，《霞城笔记》有多条附编者所按，记述其品评、考证之语，胪列如下：

品评之语十一处，有"厘正"条，认为既罢封爵，则应更正孟子庙主之名；"孔门三出妻"条，认为《檀弓》之言不可全信，孔子休妻之说有污蔑圣人之嫌，而当今世风日下，对出妻者不免流于薄情；"犹父"条，认为师徒若以父子相称，则兄弟之子亦可称其伯父为父亲；"修庙"条，隐言朝廷应拨款修缮颜庙；"仆婚"条，感叹孔族分支"主弱臣强"的现状；"查粮"条，论曲阜民困在于未能清查粮额；"捕鼠"条，因临海县衙署猫皆怕鼠，引发世间君子极易被小人挟制之思；"天者三家"条，陈说对古人三种宇宙观的看法，特奇"宣夜"一说；"三妇"条，认为吴吴山一生得三女之爱，确实有足够的经历评点《牡丹亭》，故《吴人评牡丹亭》很大可能是他本人所评，然后借闺阁之名流传罢了；"天行"条，对朱元璋有关天与日月之行的说法予以反驳；"新民"条，叹息绍兴堕民丐户即便除籍改业，仍不愿改变恶习的风气。

考证之处四条，有"考亭"条，记载黄子棱、朱熹皆随父定居考亭，后人因此称黄子棱为"望考"、朱熹为"考亭"，用父定居之处称呼儿子实无道理，劝后人早加更正；"拜杖"条，写好友宋无功言其曾祖因触趟而受廷杖之事，但经查考后实无此事；"劾唐"条，考证朱熹奏劾台州知州唐仲友二说，一说与陈同甫所近妓女有关，一说与台倅高炳意欲报复有关；"玉京洞"条，闻许迈隐居于玉京洞，有摇橹声，向万年寺僧人求考，得知并无此事。此品评、考证二类不仅可补史之不足，亦有助于完善作者的思想逻辑与治学态度。

懋侨一生富诗名之盛，颜懋全《行状》云："先仲兄幼客先生以诗名当世者三十年。"何毓琦《十客楼集序》言："若夫幼客之诗，吞洞庭而渺潇湘，浩浩荡荡，方将尽宇宙而并包之，所谓此中空洞，可容使君等数百辈者也。"《霞城笔记》除附有《曲阜新志》所录《诗钞》二十八首外，亦在正文中记有七处懋侨状物、纪事、酬和之诗，胪列如下：

> 写琼州"采青"之陋俗，有诗云："拾灯满路似繁星，踏月歌残暗采青。不待天明不家去，木梳横插野鸡翎。"
>
> 写顺德黄连村"吹角""卖鱼"之风俗，有句云："黄连村里闻吹角，雨歇榕阴唤卖鱼。"
>
> 写西江生物"潜牛"，有句云："六泷崄恶腰舟上，不遇潜牛即可行。"
>
> 写临海桐树山长如云中、通体皆白之竹，有句云："茶生雾里青如黛，竹长云中白到头。"
>
> 写滋阳、益阳二妃贞洁事迹，有诗云："手缚诸王送款归，将军醉卧解重围。至今野老犹垂涕，血汗前朝说二妃。"
>
> 赠父友休宁汪芳藻（字蓉州）诗云："雪被姻缘恨不情，留欢无计送欢行。再来却恐汪三老，月冷勾栏络纬声。"
>
> 赠友濮州陈抱拙《临海寄怀》诗云："白发新声贾扣哀，赵官明月寺门苔。诗名不合谢榛并，也作人间眇秀才。"

最后，《霞城笔记》亦有丰富的史料价值，包括人物、地理、风俗诸考，尤以卷十《自叙》所录《浙中日记》为甚，略记如下：

人物史料，如《清史列传·文苑传》记录颜懋侨祖父颜光敏有"九岁工行草，十三娴诗赋"之句，而《年谱》则记："顺治壬辰，府君年十三岁，学行草书，作《仲秋泗河泛舟赋》。"虽然颜光敏九岁之年有"从孔秀巘先生读书龙湾，学为举业，即不苟同于人"之句，说明其九岁已经开始读书，但古人读书与写字是两个不同的系统，蒙童识字之后，需先熟读四书五经，始学书法而作诗赋，九岁读书，四年之后学习书法，更为合理。《清史列传》言其"九岁工行草"，应是为体现光敏幼年聪颖的夸张之辞。再如《浙中日记》赴浙当晚，懋侨与送行者之一"季直"傪邻舟宿，此人为孔子七十代孙孔广廉，字季直，号静吾，官刑部直隶司主事，会典馆纂修，诰授奉直大夫。嗜刻帖，荟萃孔氏所刻各帖101卷，名为《孔氏百一帖》。作为曲阜两大氏族，孔氏后人不仅袭有世职，更与颜氏世代交往、联姻，如《浙中日记》同行者有懋侨舅祖"孔公蕴辉"，《年谱》记颜光敏"娶孔氏，今诰封宜人"，亦记其"以长女适孔兴焯"，即孔子六十四代孙孔尚任之族孙也。

地理史料，如《奥区》"题壁"条记载乞丐题诗焚楼之轶闻：

> 新昌东鄙四十里，有聚曰"斑竹"，为入台必由之路。曲涧悬崖，松篁映带，居人不过三十家，行客于此，必食息焉。有酒楼废址，仅存一壁，屹然不倾，仙题壁上云："二十年前楼上客，曾题东壁与西壁。人情反覆似浮云，唯有青山不改色。"相传万历间，此楼沽酒，有丐者持钱，来饮主人，不较多寡，生意日增，遂改为高楼。二十年后此丐复来，主人拒之雪中，丐卧桥上，晨起，折枯竹一茎于楼外墙上，飞白书此诗而去，楼竟毁于火，此壁独存。

民国金城修、陈畲纂《新昌县志》，不仅考证该楼是明永乐间章氏筑于新昌县醴泉村道左，更记载此丐题于东、西两壁的五言绝句二首及所留"小白山中人梦灵"之款，写"其字体飞白凌空，龙蛇夭矫。其形像披发袒腹、擎手跣足、背尘拂面、星斗旁列"，并说题诗与酒楼至今尚在。又如，考证《浙中日记》从曲阜到临海的行舟线路为"曲阜-济宁-淮安-扬州-镇江-丹阳县-常州-姑苏-嘉兴-杭州-绍兴-嵊州（更舟为山舆）-新昌-临海"，根据清雍正年间京杭运河全图，可判断懋侨正是沿京杭运河"会通河-中河-淮扬运河-江南运河-浙东运河"的线路南下赴浙的，故《浙中日记》对了解当时运河沿岸的风物民俗确有裨益。

风俗史料，如《浙中日记》八月十六日记载，"苏俗每至中秋，多妆饰虚华，贫者子钱，取觅求快，一夕之游，荡家弗惜"，有关借贷取息、购置奢物过中秋节的习俗，吴自牧《梦粱录》记载南宋都城临安"虽陋巷贫窭之人，解衣市酒，勉强迎欢，不肯虚度"；黄庭坚有"留连节物孤朋酒，恼乱邻翁谒子钱"之句；史玄《旧京遗事》记载南京居民"每遇元夕之日、中秋之辰，男女各抱其绮衣，质之子钱之室，例岁满没其衣，则明年之元旦、端午，又服新也"；《红楼梦》中亦有中秋节后史湘云因盘缠不多，借薛宝钗资助做东请贾母等食螃蟹、赏桂花的桥段。《霞城笔记》洋洋洒洒十五万余言，其行文之精妙、用笔之细腻，颇具文学艺术；而作为新见札记体小说，文中诸条所含史料更不可胜记，此文只抛砖引玉而已。

周睿鹏，天津静海人，天津师范大学文学院硕士研究生。

※　※　※

## 符命

　　秦武域《闻见瓣香录》，有《木郎咒》一则，言僧道多诵《木郎咒》以祷雨，皆柏梁体七言古体，中有句云："青华密旨命司封，总领符命下皇穹。木郎太一三山雄，上奉元微循至恭。"查《宋史·方技传》："神霄玉清王者，上帝之长子。其弟号青华帝君者，主东方，摄领之。"青华帝君命司封总领"符命"下皇穹，三山雄神木郎太一，自要奉循至恭。读《红楼梦》第九十五回妙玉扶乩，有版本断句作："妙玉笑了一笑，叫道婆焚香，在箱子里找出沙盘乩架，书了符，命岫烟行礼祝告毕，起来同妙玉扶着乩。"有人发现了小说的矛盾：道婆是下人，妙玉可"叫"她焚香；岫烟是客人，岂能"命"她做什么？若知"符命"是召神驱鬼的符箓，断作"妙玉……在箱子里找出沙盘乩架，书了符命。岫烟行礼祝告毕，起来同妙玉扶着乩"，就顺理成章了。（斯欣）

# 稀见志怪类小说《阴阳镜》浅探

张颖杰

经过几代学人的努力，古代小说已经成为显学，才俊辈出，成绩斐然。面对浩如烟海的古代小说，当代的研究热点集中在若干名著，而如《全清小说》这样，着眼于清代整体文言小说的挖掘，二十余年坚持，终有所成者，何其艰难，又何其可贵！

我作为一名古代小说的爱好者和版本收藏者，也有切身的体会。除了名著，仍有为数不少的古代小说被淹没，或已黯然消失，或侥幸存世而残破不堪，鲜有问津，其中，就不乏稀见版本，甚至孤本。古代小说如何挖掘、收集，如何研究其版本、文本价值，如何修复、保管，如何实现数字化，让古代小说绵延赓续，是迫在眉睫的大事，是薪火相传的使命，是持之以恒的事业，需要各界群策群力。

笔者与古代小说的结缘，始于年少兴趣，后浸润书香日久，逐渐踏上了收集古代小说版本的道路，一发而不可收。曾将自己藏书、读书的一席之地，命名"希不全山房"，取"所藏之书虽不完整，犹以稀为贵"之意。怀有鄙薄之志，希望通过发现、收藏、保护古代小说，于己可悦目醒心，于社会可为古代小说的传承，尽微薄之力。笔者尤其关注稀见古代小说，但凡稀见之品，往往得之不易，有时尚看天意缘分，虽经积年累月，搜罗不辍，至今堪称"稀"者不过寥寥，但乐在其中。

希不全山房所藏的清代志怪类小说《阴阳镜》，即是一部尚鲜为人知的作品。《阴阳镜》成书于咸丰年间，刊刻于同治元年，以传奇手法施劝善教化，全书共计十六册，包含短篇小说二百四十篇，逾五十万字，其内容体量与《聊斋志异》《阅微草堂笔记》等相当。《阴阳镜》因流传不广，至今鲜有关注与研究。希不全山房前后收藏过两套《阴阳镜》刻本，实为同版。现以自藏的《阴阳镜》刻本为底本，对其作者、版本和文本等浅探如后。

# 一 《阴阳镜》基本情况

《阴阳镜》，刘世德《中国古代小说百科全书》、宁稼雨《中国文言小说总目提要》96、刘叶秋、朱一玄、张守谦、姜东赋《中国古典小说大词典》、石昌渝《中国古代小说总目》、朱一玄、宁稼雨、陈桂声《中国古代小说总目提要》等小说书目均未著录。经查，首都图书馆、上海图书馆、北京大学图书馆均藏有此书。

该书的创作，系以汤承蒉为主，由活动在四川一带的文人群体收集、编辑、校阅而成，书成于咸丰年间，今存同治元年刊本。全书共计十六册，每册含短篇小说十三至十八篇不等，共二百四十篇，五十余万字。各篇小说以劝善为主旨，以志怪故事为载体，辅以传奇笔法，颇具可观性。

# 二 关于作者

《阴阳镜》首册正文第一叶的叶首部分，题"时斋汤承蒉编辑""荣斋吴光耀校证""化淳李成龙参阅""一枝李桂芳校证""及门诸子（共列二十五人）同证"。汤承蒉、吴光耀、李成龙和李桂芳的生平线索很少，现从以下五方面进行分析：

（一）从序文看作者经历与创作意图

《阴阳镜》共含两篇序文。

第一篇持钓老人的序，介绍"吾友时斋，博古士也。宦途味淡，解组归里，优游林下以养天年。宅东一楼号曰墨香，日课子弟于其中，尘嚣之迹绝无所染。"可知汤承蒉又名"时斋"，曾为官仕途，看淡官场后，而回归乡里，寄情山水，居家传道授业。

第二篇是汤承蒉的自序，阐述了作者的创作意图："余见善书叠出，可谓汗牛充栋矣，然人每多厌观，而置之高阁者，或谓书文索然无味，或言词意甚少奇观，毋惑乎懒于翻阅而视若赘疣也。"作者不满于当时善书，并辨其症结所在，"于是不辞雪月霜天之苦，炎暑酷热之劳，采访古今轶事，编辑成书，更其名曰阴阳镜"。命名"阴阳镜"的寓意是"人生天地之间，命禀阴阳之理。行为有惭，阳世忽诣阴而对镜自明，存心无愧，阴曹鉴于阳而朗如明镜。或善或恶，有阴有阳，一览焉，而阴功阳报令人怡然者，熟视之，而阳恶阴报又令人悚然矣。吾愿阅是书者，睹其报应，问己行为，时以惩创启发居心，不徒以鬼怪山妖为奇也，则幸甚"。

### （二）文人群体

汤承蒉、李桂芳、吴光耀曾一起出现在另一部清代小说《绣云阁》中。《绣云阁》属清代神魔类章回小说，成书于咸丰年间，现存最早刊本为"同治八年（1869）"刻本，其正文卷一第一叶的叶首部分题"正庸魏文中编辑"和"时斋汤承蒉、一枝李桂芳、荣斋吴光耀　参阅""及门诸子　同证"。除编辑者魏文中，参阅的三人与《阴阳镜》的编校阅者名字全同，这显然不是同名异人的巧合，汤承蒉、李桂芳、吴光耀应是经常活动在一起的文人群体，他们曾一起编校了《阴阳镜》，并参与了魏文中《绣云阁》的参阅工作。

《阴阳镜》首册正文第一叶，列"同证"的"及门诸子"共二十五人，详记其名，《绣云阁》正文卷一第一叶也题"及门诸子　同证"，可惜未列具体人名，否则可以对比《阴阳镜》与《绣云阁》"及门诸子"之间的异同，进一步分析该群体的情况。希不全山房也藏有《绣云阁》刻本，经亲验，其卷一首叶的"及门诸子"上方，留有数行空白，有明显被挖痕迹，貌似之前曾刻有人名，不知因何去掉。《阴阳镜》所列的二十五名"及门诸子"，很可能是汤承蒉等传道授业、教化的乡人弟子们。

### （三）活动在四川一带

《绣云阁》同治八年本，其牌记叶左下方，分两行题"板存富顺县下南邓井关""关外龙泉井侧雷姓宅下"，富顺县南邓井关今属四川省自贡市；《绣云阁》另存民国戊午年（1918）重刊本，题"板存合川县"，合川县，今合川区，属重庆市，则《绣云阁》成书和刊刻在蜀地，而作为《绣云阁》直接参阅者的汤承冀、李桂芳、吴光耀，应当所居不远，也活动在四川一带。

**（四）成书于咸丰年间**

目前已知《阴阳镜》的版本为同治元年刊本，对于洋洋50万字的一部作品，则其成书必在同治之前。《阴阳镜》第四册的短篇小说《鹤舟》，其开篇写"元丰间，扬子江水汛滥"，"元丰"为何年？我们再看与汤承冀等关系密切的小说《绣云阁》，其卷首作者自序题"元丰三年九月十八日拂尘子自记于莲香别墅"，《绣云阁》的作者显然不可能是宋人（元丰是宋神宗的年号），《古本小说集成提要》"绣云阁"条分析认为"自序所属'元丰三年'为'咸丰三年'之误"，此说基本可信，则《阴阳镜》中《鹤州》篇的"元丰间"，当指"咸丰间"，可以进一步推论《阴阳镜》成书于咸丰年间。

**（五）最后一篇小说的总结性质**

《阴阳镜》全书最后一篇小说是《紫云天》，作为压轴之作，通过其中的观点和写实描写，可以进一步观察本书作者群体的情况。小说开篇，即以第一人称阐述"天道"，可视为作者核心思想的总结：

> 天道至公而无私，凡居人世，宜体天道合天心，福禄自不求而至矣，天何尝有靳而不予哉。世之求富贵者，不自问心与天心何若，稍有不遂，辄怨天道之不平，谓天于人则丰，于己则啬，岂知唯德是辅其赐富贵也，非择乎人实量乎心。所以小善必小报，大善必大报，初无丝毫之或爽，人特习焉不察耳。

随后，作者介绍本篇的主人公：

> 吾尝历观往古，见其能识天道者，莫若吴人名荣耀焉。幼

而在家孝亲事长，壮而出仕报国忠君，及其老也，解组归里，林下悠游。常策杖陌头，目极村人间有仁心未弃者不过一二，以下皆为世俗所染，四害□□□有人以开其迷，不难明善而初复。

于是吴荣耀开始组织乡会等，以劝善村人。在吴荣耀九十岁那年，村人们为其祝寿，大家酒醉后，梦中受邀一起登天，上天赞赏吴荣耀感化村人之举，给予奖赏，等大家梦醒后，得以感悟因果，吴荣耀对村人"自此教训愈严"，其中数十人活到百岁，更有身列仙班的。

小说中的吴荣耀应当是现实中作者的一位同乡，或是《阴阳镜》校证者吴光耀的一位同族，或就是吴光耀的影射。吴荣耀年幼孝，年壮仕途，年老教化乡里，最终得到上天奖赏，长寿延年，这样的经历、作为及观念，和汤承冀等何其相似，可视为《阴阳镜》作者群体的一种人生缩影、思想体系和理想追求。

# 三　版本情况

希不全山房收藏两套《阴阳镜》刻本，一套存八册，其中首册含牌记、序、总目；另一套十六册全，首册惜缺牌记、序。经对比两套刻本断板等情况，实际为同版，仅先后刷印之别，故两套刻本合璧，可成全套。

刻本牌记叶题"同治元年重镌"，同治元年即1862年。经查，首都图书馆、上海图书馆、北京大学图书馆所藏刊本，都是"同治元年重镌"本，暂未见其他版本。牌记叶题"重镌"，按照通常认知，有"再版"之意，那"同治元年"本之前是否还存在一个初刻本？也未然。汤承冀自叙说"更其名曰阴阳镜"，则在命名《阴阳镜》之前，此书还有另外一个书名，所以，有一种可能性，"重镌"是相对之前书名的那个本子而言，而书名为《阴阳镜》的最早版本就是"同治元年"本，之后未见同名再刊版本。

希不全山房所藏刻本的基本情况如下：

线装木刻本，宋体字，竹纸；开本尺寸长17.8、宽11.3厘米；版框尺寸半框长15、宽9.7厘米；全书包括牌记、叙、总目录及正文，分订三十二本；牌记叶分三列，居中宋体字题"阴阳镜"，右上角题"同治元年重镌"，无书坊名；两篇序各二叶；总目录共五叶；正文部分均按"册"划分，每册各订为两本，每册第一本首叶刻本册目录，同一册的前后两本衔接处的小说，往往被拆分在两本；首册正文第一叶的叶首部分，题"编辑者""校订者""参阅者""校证者"和"同证"等信息。

正文叶的版式为四周双边、白口、单鱼尾、半叶九行二十字，版心处自上而下题"阴阳镜"、册数、故事名、叶数；有部分特殊叶，第十三册的小说《锦城梦》《恶磨》《狮儿石》《锦云车》《钟仙》《腾凤》《西哥》和第十四册的小说《珊瑚盗》《催魂台》《紫白棠》《雉笑》《壁上人》《采衣楼》《部主》《红梅村》《活命舟》《化缘和尚》，其叶面版心处题"附录"，可能最初《阴阳镜》刊刻时，有分编的计划；各篇中的评论、诗文等，往往有圈点标记。

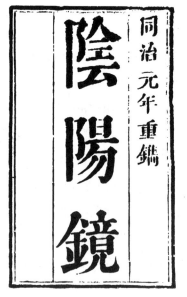

希不全山房藏有一部民国文言小说集《绘图随园戏墨》，题"袁才子先生著"，民国六年序，民国十年五月再版，益新书社印行，石印本。全书共四卷四册，正文包括短篇小说共五十篇，各篇的名称、内容均与《阴阳镜》同，而排列顺序有别。袁枚之说不可信，此书应是清末民国期间，《阴阳镜》改头换面的一种选集。

# 四　文本的特点

《阴阳镜》全书共二百四十篇短篇小说，五十余万字，按"册"进行划分，分为"首册""二册"至"十六册"。每册含十三至十八篇小说不等。每篇小说的平均长度两千一百字左右，最短者，如《玉环报》（首册）、《硐中明月》（三册）等，接近一千四百字；最长者，如《义狐》（六册）、《马淑兰》（八册）、《幻术》（八册）、《观灯》（九册）、《西哥》（十三册）等，超过三千字。

《阴阳镜》主要以劝善为主旨，以故事为载体，辅以传奇笔法，颇具可观性。这类劝善为初衷的文学作品，有其依托的历史背景。有清一代，从官方到民间，宣讲、劝善蔚然成风，形式多样，小说等俗文学，因其形式喜闻乐见，和劝善目的发生了很多融合，产生了数量可观的包含宣讲、劝善元素的作品。单从一些俗文学作品的书名，便可嗅出些许教化的味道，如《觉世名言》、《娱目醒心编》、《脱苦海》（希不全山房藏）、《武圣戒规因果录》（希不全山房藏）等，《阴阳镜》的书名也是如此。这类作品的通病之一，即如汤承麖在自序中指出的"或谓书文索然无味，或言词意甚少奇观"。所以，作者在创作《阴阳镜》时，特别注意"措词奇险，阴功阳报，语语惊人"。《阴阳镜》中的小说结构、语言风格等是一致的，由此可见，即便这些小说的故事原型如作者所言"采访古今轶事"，也必然是按照作者的创作理念和手法，进行了统一的加工而"编辑成书"。

作为一套文人编辑的小说集，《阴阳镜》将劝善的宗旨与故事性、文学性、现实性等进行了结合，其中不乏赏心悦目之作。如《四鬼谈魔》（首册）、《紫色葫芦》（首册）、《梦梦缘》（二册）、《紫霞泉》（五册）、《泥判官》（五册）、《假鬼》（七册）、《钱痴》（七册）、《雪河怪》（八册）、《龙道士》（九册）、《白娘娘》（十一册）、《锦云车》（十二册）等作品，虽然不脱教化目的，或情节曲折，或别开生面，或寓意不俗，让人读来饶有兴趣。

**（一）文人炫学，注重辞藻**

古代文人创作的小说作品中，存一种现象，即"以小说为庋学问文章之具""欲于小说见其才藻之美者"（鲁迅），在小说作品中嵌入辞赋、见识、评论等内容，以彰显学问，甚至抱负，代表作有《野叟曝言》。论其得失，不宜一概而论，如明代的传奇类小说《花神三妙传》《天缘奇遇》《钟情丽集》等，连篇的诗词充塞全文，虽然也伴随着情节的发展，仍难免久读生倦。而如《红楼梦》者，其诗词各符人物性格，各适情节安排，兼具文采飞扬，就相得益彰，共同成就了经典。

作为文人创作的《阴阳镜》，同样存在上述现象。常借人物之口，吟诗作对，谈论学问。如《董家园》（三册）、《紫霞泉》（五册）、《泉府》（六册）、《绿杨城》（九册）、《梅学士》（十册）、《柳四姑》（十册）、《姨姨》（十册）、《花月楼》（十一册）等篇，主人公（凡人）和狐仙、花妖、鬼怪等各具才学，或筵席，或赏景，或咏怀，总不免谈诗论文一番。以《紫霞泉》（五册）为例，讲述郑生与二鬼对诗、论理：

> 郑曰："吟诗不外工速二字，胜负之决在速乎？在工乎？"
> 大郎曰："诗贵工而且速，速而不工非奇才，工而不速亦非奇才。见题而举口吟哦，对仗要工力悉敌，此律诗之说也。至诗题绝句，尾句不能绝，亦不得称为妙手。他如雄浑奇警排累古峭，各任其才而已。"

《阴阳镜》小说作品中，含有大量对于山川、江河、楼阁、花木、场景的描绘，辞藻尚可，这也是文人创作的特点。例如，小说《赐珠》（二册）中的舞鹤助兴一段：

> 呼小童抱鹤来，不时小奴抱一鹤，鲜洁如粉，其大如鹏，置厢外栏杆上，小奴拍其颈，鹤唳其音如钟。阶侧一树形如芙蓉，无枝无叶，鹤一唳，而枝叶齐生，再拍之，鹤再唳，而芙蓉含苞如斗大，鹤至三唳，芙蓉开放，红紫争妍，香气透鼻，清爽可人。老人曰："饮酒无乐其心不快，小奴可重拍鹤颈俾鸣，音乐以侑客饮。"小奴应声唯唯，向鹤颈而重拍之，鹤大叫一声，如旱雷震耳。伏于阶下，但见芙蓉花心内各现一美人，玉箫檀板，清音嫋嫋不绝，如缕入耳之际，已不知己身复在人间矣。乐三阕，鹤展翅飞鸣，绕树三匝，花瓣坠地，响喨如金银声，丁丁动听，花谢后，鹤不知所之，而枝叶亦无。

### （二）故事性

劝善类文学作品很容易流于平白直叙和板着脸说教，《阴阳镜》的作者是比较擅长讲故事的，书中大部分小说，都不是简单的叙事说教，而是设定了起伏的故事情节和人物冲突，体现了作者"措词奇险，阴功阳报，语语惊人"的创作理念。

小说通常在开篇部分，即介绍故事所发生的具体地域，经查大多确有其地，这样的设定，既是作者"采访古今轶事"的重要线索，也增加了故事的纪实感。纵观全书所涉及的地域，范围遍及大半中国，其中以江浙、中西部地区为多。以首册为例，共十八篇小说，即涉及浙江、江苏、江西、贵州、陕西、云南等地。

小说中的角色丰富，塑造了官农商学僧道、佛神仙鬼妖怪等众多形象，阴阳两界，百态横生。以小说《泥判官》（五册）为例，孝子的耿直、鸡足神的狡黠、判官的深谙官场、太守的势利眼、城隍的打官腔等，都形象生动。

小说题材呈多样化，如写孝道的《阴阳报》（首册）、《双鬼头》（首册）、《黑风山》（首册）、《泥判官》（五册）、《采霞夫人》（九册）、《顾孝童》（十五册）；写嗜酒的《双城隍》（首册）、《古燕坛》（四册）；写贪财的《金穴》（二册）、《钱痴》（七册）、《集冤亭》（九册）、《狐谈怪》（九册）、《藏卷》（九册）、《潘遂梦》（十册）、《锦云车》（十三册）；写好色的《夺魂》（二册）、《沉花狱》（四册）、《花王》（七册）、《雪鞯寺》（十五册）；写科举功名的《平康巷》（七册）、《柳林春》（七册）、《白卫庵》（十二册）；写为人刻薄的《泥土地》（四册）；写误人子弟的《山阴道》（六册）；写讲究排场的《假鬼》（七册）；写懒惰成性的《绣女》（十三册）；写溺爱的《哑城》（六册）；写兄弟反目的《积金楼》（四册）、《雪日鱼》（九册）；写惧内的《新月亭》（五册）；写装神弄鬼的《庆紫姑》（三册）；写自恃才高的《紫霞泉》（五册）；写偏听偏信的《鹤舟》（四册）等。

　　举例介绍《泥判官》（五册）一篇。小说讲述涿郡的城隍祠附近，住着吕生母子俩，吕生是个孝子。一天，吕生为母亲讨得了一碗鱼羹，却被正在办案的鸡足神（传说中护送亡魂的神）连人带羹都撞翻了：

> 　　吕生起，睨视见其人似鸡足神模样，心亦弗畏，牵衣索偿。鸡足曰："吾非人也，将何偿尔。"吕生曰："吾母思羹已久，今始乞得，被尔倾之，尔不偿吾，吾不与尔休也。"鸡足难于脱身，诳之曰："尔暂候此，吾即烹羹偿尔。"吕生曰："吾母在家，夜已深矣，无人服事，且将尔牵回，偿吾羹则释，不偿则拘。"鸡足无可如何，只得随归。其时，母尚挑灯独坐，见儿牵一恶鬼盛气而入，骇然曰："儿何导鬼入室？"吕生细道其详，即呼母寻绳束鸡足于堂柱，束讫，烹著饮母，待母归榻，又恐鸡足逃去，急来堂前视之，鸡足曰："祈释，吾归自有以偿。"吕生曰："释则释矣，恐尔诳吾。"鸡足曰："吾言若诳，他日相逢何面晤君。"吕生见其情词哀婉，解索而释。

孝子吕生因一碗鱼羹，对正在办理公务的"鸡足神"不依不饶，甚至捆绑拘禁，故事一开篇，即让吕生的"孝"和"耿直男"的形象跃然纸上。

吕生等了数日，一直没得到鸡足神的音信，就怒气冲冲的入祠去找鸡足神：

> 吕生曰："彼倾吾羹，原语偿吾，何一去如石沉江，渺无音耗。夫聪明正直为神，神且爽约，无怪世之行不践言者，比比皆然矣。"鬼卒曰："鸡足神办理公务，即倾尔羹，何关紧要？"吕生曰："据尔所说，不偿无妨，但必晤彼一言，此心始了。"鸡足即自内出，笑谓吕生："鱼羹一时未办，恳祈先生再宽数日。"吕生曰："尔休诳言，来来仍随吾去。"遂不由分辨，牵衣如前。鬼卒曰："何不击之？"鸡足曰："尔真鬼崇，好不晓事，此人为一邑孝子，天神尚且敬重，何况地府。"鬼卒曰："如此奈何？"鸡足曰："可请判官一力承任无何。"判官至，揖吕而言曰："鸡足神倾尔鱼羹，大约所值无几，请君释手，吾愿代偿。"

进一步刻画了鸡足神的狡黠，阴间官场的官官相护。

吕生回家等了数日，又是没有音信，就怒气冲冲的入祠，看到泥判官立在那里，叫其没有反应，就把泥判官倒着搬回了家。入夜，泥判官化为人形，终是拗不过吕生，就答应帮吕生圆其姻缘，以偿还鱼羹的债。判官指示吕生拿丹丸去太守府救其女儿，因为太守有约在前，能救活其女者，即为其婿。吕生照办，救活了太守之女，但太守见吕生潦倒，不再提婚事，只拿一些财物打发了吕生。吕生气恼判官欺骗自己，于是夜晚持斧入祠：

> 向判官当头劈下，鬼卒横顺遮掩曰："尔因何事而劈判官？"吕生曰："彼原许以太守女偿吾鱼羹，何太守仅赠白镪命

我归来，此皆判官戏弄于吾，吾不劈彼，其恨难消。"判官哀告曰："君归稍待，吾明日即使太守送女来府。"吕生曰："尔言多谬，吾不尔听。"判官曰："如再谬言，任尔劈之。"吕诺。判官谓鸡足曰："因尔之事，连累于吾，尔可入衙将女魂摄回，曲全此事，否则，明日不应前言，吕生劈吾时，吾命彼割尔舌矣。"

吕生耿直敢为，让神仙也叫苦不迭。判官斗不过吕生，而迁怒于鸡足神。

鸡足神不敢怠慢，让太守的女儿再次死过去，并告诉太守，只有吕生能救其女，于是太守将女儿送到吕家，并答应如果其女复活，就许配吕生。但这次，吕生没救活太守女儿，认为是判官从中作梗，于是再次持斧入祠：

> 将判官左耳劈碎，判官慌以手护耳曰："芳魂系鸡足所摄，迄今捕人未归，归时即送还本体。"言犹未已，鸡足神归。判官曰："尔再不归，吾右耳亦难救矣。尔摄芳魂速速还之。"鸡足向袖内一搜，不知魂落何地，判官曰："如尔所为真正可恨。吕先生只劈吾耳，何不并割彼舌。"吕果持斧将舌割去其半，鸡足不胜痛楚，急以招魂旌四方挥动，愈时乃至，判官领魂同吕归宅，附之本体而苏。判官曰："鱼羹偿以调羹之人，尔休动辄持斧矣。"

面对吕生的步步紧逼，判官和鸡足神，从官官相护，变为官官相逼了。

吕生和太守女儿得以成婚，从此夫妻和谐，善事吕母。不想数年后，吕母寿数尽，于是吕生入祠为母延寿：

> （吕生）遂嚎啕入祠，拉其发而言曰："还吾母来。"喧闹良久，寂然无闻。吕生曰："尔聋耶？"不应，"尔哑耶？"亦不

应，詈而又泣，泣而又詈，终不应。久之，门内一小鬼曰："泥判官、鸡足神已乔迁他所矣。"吕闻言大哭曰："母生吾，生母死，吾何生焉？"即解束带缢于鸡足颈焉，鸡足神忙释其缢，跪地哀告曰："寿定于天，尔母即没，逍遥自在，悲之何容？"吕生曰："吾恩尚未报尽，如母不活，吾不舍尔。"鸡足计无所出，仍请判官消散此事，判官曰："尔还与吾留一耳否？"鸡足指其舌曰："此又如何？"判官曰："如是，同禀城隍。"未几，城隍登殿，判官跪禀，城隍曰："天律所定，谁敢违傲。"判官退，私谓吕曰："吾等下属，尔即割吾首领，亦是枉然。吾与尔计，欲还母魂，可于城隍颈缢之，彼恐孝子误毙，必与尔奏请而活母矣。"吕生如命，城隍骇，亲为解索，询其所求，询明乘云上奏，顷刻回祠曰："上帝念尔孝念肫诚，已加尔母寿一纪。"即命判官导魂附体。

神仙也会"惹不起，躲得起"的伎俩。判官还是深谙官场的，支着吕生如何拿捏"打官腔"的城隍，果然好使。

吕母因常常惦记吕生无子，抑郁成疾，吕生又入祠求子：

吕额之傍晚入祠，见判官隐于门后，吕生曰："君安乎？"判官曰："不见尔则安，见尔反而不安矣，吾的询尔，尔此来又有何求？"吕生诳曰："吾邻居失一西瓜，言鸡足神盗去，与尔瓜分，且言鸡足系吾引导，朝日在舍喧哗不已，吾故来祠，祈尔还之。"判官曰："冤哉，吾若食瓜，恐窝鬼痢。"正言及此，鸡足神归，自门外询判官曰："尔与谁谈？"判官曰："两口。"鸡足曰："所献牲醴，两口即食乎？"判官曰："两口在兹。"将吕推出。鸡足忙缩舌曰："吕先生，吾舌已不可割矣。"吕生曰："吾非割舌而来，为讨西瓜耳。"鸡足曰："尔莫奈东瓜，何又来磨西瓜耶？"判官曰："尔言何说。"鸡足曰："昨日伊家镇宅与吾言及，吕生无子，母忧而疾。吕生之来是为求子也。"判官曰："是事需求城隍转奏，吾等不能专此。"吕依言，城隍下座迎曰："吕孝子若有所求，好好筹商，切毋拼命。"吕生跪地备言求子事。城隍许之，果于是年产子焉。

吕生和神仙们较量多了，也会运用智取了，而各级神仙都领教过吕生的厉害，乖顺了许多。"两口"那段描写，颇生动幽默。小说的结局归于平淡，吕生从此感念诸神。

（三）现实性

《阴阳镜》小说集中，还有部分小说反映了当时的现实。鸦片之患是清代痼疾，《阴阳镜》中涉及鸦片、洋烟描写的小说包括《鸦集寺》（六册）、《麒麟阁》（七册）、《仙钟》（十三册）、《采衣楼》（十四册）、《文虚子》（十六册）等，其中《鸦集寺》、《文虚子》专写鸦片题材。透过这些小说，让我们真切地了解到，清代鸦片毒害之广、之深，人民之痛心疾首。

> 子弟之素有知遇者，相合为群，命侍从选择净室，铺榻于中，榻上摆设水晶灯亮，灯亮燃齐，各呈烟具，或金嵌玉砌，或银饰珠嵌，极其精美，事事停妥，二三相得卧于榻上，传枪共食。（《鸦集寺》）
>
> 公子见兹，毛发俱竖，谓祖父曰："吸烟之事宜为小过，何冥间受罚如是之惨乎？"祖父曰："烟之为害大矣，消祖宗之遗业者此烟，绝祖宗之禋祀者此烟，带坏子孙者亦在此烟，烟之罪顾不重哉。"（《鸦集寺》）
>
> 公子荒窜在东厢之西隅，视数十子弟尽属赤身露体，各携烟具立于炕前，遥而望之，虽身瘦如柴，形像确然可认，中有三四少年，系当日吊于黄府者。公子恐其啰唣，暗潜异地偷窥，但听众鬼笑曰："吸烟之事，乐不可言。惜乎寿算不长，烟债未

了。如有彭古之寿，尽吾意而吸之，方能蒲吾之念。"左一少鬼曰："吾同吸烟百有余人，而今炕上相逢者甚众，所存阳世者不过二三，烟之误人真正不浅。吾有一绝，以慨其事，尔等愿闻否？"右一少鬼曰："请尝试之。"左少鬼曰："不在床边即枕边，消磨岁月过年年；谁人设此烟云笛，吹散子弟兵八千。"吟毕而泣，群鬼亦泣。(《鸦集寺》)

友亦概然凑银数十两，文生持归，欲贸易江湖，又不素谙亿计，踌躇已久，闻世之货，最易得利者莫若洋烟，于是整饬行李，约友人入滇。众友见文气宇轩昂，言词慷慨，遂举为烟首焉。文生领入滇南，将货周详，直向陕中发兑，来往数载，虽获微利，惜乎累得累失，总不能如愿。(《文虚子》)

老僧曰："大凡行为正大者，鬼不敢侮，尔贩洋烟与砒霜何异？然贩砒霜无毒人之心，贩烟虽无毒人之心，而实为毒人之药。盖砒霜资药之用，药用得宜，尚可活人，且人间砒霜名，断未有知而食之者。若烟之为毒，虽不能置人于即死，而其性则较毒于砒霜，不过毙人之时刻稍缓耳。故人不知而乐食，一人食之，众人效之，其父食之，子又继之，害人毒人，莫此为甚。"(《文虚子》)

### (四) 不足

《阴阳镜》文本的不足之处也比较明显。

其一，程式化。一部分小说的叙事结构固化，基本程式是，开篇介绍地域、主人公及其品行，随后主人公在小说设定的各种场景中入梦，在梦中遭遇佛神仙鬼妖怪，经历一番警示和教化，主人公从梦中苏醒，在现实中或顿然醒悟，或执迷不悟，最终得以验证因果。这样程式化的结构，造成部分小说给人雷同之感。

其二、《阴阳镜》是秉承封建思想下的伦理道德，以劝善为主旨，所以几乎每篇小说，都或多或少的着笔于教化。作者还是比较注意表达方式的，例如，《阴阳镜》并没有仿效很多清代文言小说，在小说的开头或结尾，插入"某氏曰"这样的评论段落，而多是借助小说中的人物之口或文中叙述，表达观点和评论。但毕竟整部书是以教化为目的，一定程度约束了小说的文学性，造成《阴阳镜》中的部分小说，描写偏生硬，说教味道较浓。

# 四　结　语

《阴阳镜》是成书于清代咸丰年间，含短篇小说二百四十篇，愈五十万字的一部志怪类文言小说集，目前唯一存世版本为"同治元年"刊本。该书由活动在四川一带的文人群体进行收集和创作。虽然《阴阳镜》的主旨是劝善教化，但作者吸取了善书"索然无味""词意甚少奇观"的教训，在创作中，注意将故事性、文学性、现实性等与伦理道德相结合，小说集中不乏情节曲折、别开生面，寓意不俗的作品。《阴阳镜》对于研究中国古代小说史、志怪小说、善书、民俗、版本流播和清代社会等，提供了一定的参考价值，应当引起关注。鉴于《阴阳镜》流传不广，版本稀少，至今知者寥寥，笔者特以自藏的该书刻本为底本，对其作者、版本和文本特点等进行浅探，以期抛砖引玉。

张颖杰，北京人，古代小说版本收藏者，致力于古代小说版本的挖掘、保护、研究和数字化。

# 王仕云考论

张靖人

近代的蒙学读物中，除人们熟悉的《三字经》《百家姓》《千字文》外，还有一种《四字鉴略》。清郭臣尧《村学诗》云："一阵乌雅噪晚风，诸徒齐逞好喉咙。赵钱孙李周吴郑，天地元黄宇宙洪。《千字文》完翻《鉴略》，《百家姓》毕理《神童》。"①此诗涉及清代蒙学使用的读本，有《百家姓》《千字文》《鉴略》《神童诗》，唯《鉴略》是清代的。这本读物在清代、民国影响很大。20世纪80年代以来，被多次再版。

《鉴略》及其作者的研究，所见有张志公《传统语文教育初探》，相关部分注重对其缺点的揭示②。张万钧《四字鉴略注解》前言介绍较为详细③。许振东《醉耕堂与王望如关系及其小说刊刻考探》一文④，虽非专门研究王仕云生平，但也有所涉及。图书市场流通的《圣学根之根》丛书，亦将其列入。出版社的介绍说："这套书能做好扎根教育，为孩子的一生奠定很好的德行和学问的基础，让孩子的一生有着正确的方向，不走弯路。"⑤就《四字鉴略》而言，并不相称。

---

① （清）梁绍壬：《两般秋雨盦随笔》卷四，上海古籍出版社，1982年，第214页。

② 张志公：《传统语文教育教材论——暨蒙学书目和书影》，上海教育出版社，1992年，第70页。

③ （清）王仕云著；张万钧注解：《四字鉴略》，中州古籍出版社，2017年，第1~8页。

④ 许振东：《醉耕堂与王望如关系及其小说刊刻考探》，《河北师范大学学报》（哲学社会科学版），2014年第4期。

⑤ http://product.dangdang.com/25343799.html，访问时间：2024年2月10日。

在与王仕云有关的地方文献中，评价或以正面评价为主①，或有错误②。梅州市纪委监委微信公众号"客都清风"2020年1月10日推出《清风文苑·忠廉大义》之二十六"过客留痕王仕云"，专门介绍王仕云。该文虽提供不少稀见资料，基调是正面褒奖，与真实的王仕云也有差距。

《四字鉴略》被不少家庭当作儿童读物，对现实发挥影响；王仕云与不少小说家有交往，了解王仕云，对认识相关小说家有帮助。本文根据掌握的史料，在注说《四字鉴略》①基础上，拟对王仕云生平、交游、思想、著作等方面作些探讨。

# 一 王仕云生平考

研究王仕云的生平，需注意其生活的明清鼎革时代与环境。

甲申年（1644），明北京朝廷被农民起义军推翻。不久清军入关，清帝在北京登基，称顺治元年，随之对明残余势力进行镇压。在南方地区，他们遭到激烈反抗，发生"扬州十日""嘉定三屠"等惨烈事件。很多士人参与反清活动。后清军扑灭反抗，社会逐渐安定。不少士人选择不与清政权合作，或隐居不仕，或遁入释道，被称为高尚之士。有些人反思明亡教训，较为深刻的代表人物有顾炎武、黄宗羲、王夫之、唐甄等。黄宗羲认为皇权专制的私有性，阻碍社会进步，是社会不稳定的重要原因，"天下之大害者，君而已矣"④。唐甄认为："自秦以来，凡为帝王者

---

① 例如《光绪嘉应州志》载："仕云号望如，歙县人，进士。两任泉州、衡州司李，俱以明允著声。后改令程乡。甫下车，辄问民疾苦。革弊厘奸，振兴士类，百姓戴若父母。七年去任，阖邑思之。树石于南门外通衢曰'万代瞻仰'，又祀于西城外曾井祠，又特祀于城东七贤祠之左参。"（清·宋起凤原本、温仲和纂：《光绪嘉应州志》卷十九，清光绪二十四年刊本，第16页。）多褒扬之语。

② 例如《光绪金陵通传》载："（顺治）九年成进士，除泉州推官，平反大狱。改乌程知县，累至衡州、潮州知府，皆有政绩。"（清·陈作霖：《光绪金陵通传》卷二十六，清光绪三十年刊本，第2页），有错误。

① 王仕云著，张靖人注说：《四字鉴略》，山东画报出版社、中州古籍出版社，2019年。

④ （清）黄宗羲撰，孙卫华校释：《明夷待访录校释》，岳麓书社，2011年，第9页。

皆贼也。"①清廷为坐稳天下，取得士人认同，承明之制，其中的科举制，对读书人最有吸引力。针对不与清政权合作的士人，还专门设立"博学鸿词科"，进行笼络，不少读书人选择了科举之路。王仕云就是生活在这样的时代。

由于地方文献的人物记载，褒多贬少，为尊者讳，今天认识、评价王仕云，要在相关史料基础上，结合时代，深入王仕云的生平要事，展露出其精神世界。

王仕云（1623～？）②，字桐庵③，又字望如，号过客，安徽歙县岩镇（现岩寺）人。后其家迁往南京，故为江南江宁籍。王仕云的家庭环境，据《金陵祠祀乡贤汇传略·清赠福建泉州府丞王公承芳》载：

> 公讳承芳，字符美，上元人。先世歙籍，从外父游学白门，家焉。天性孝友，以岁时洗腆，属两弟绘同心图，各持以见志。族有昏丧，时周恤之。故人有溺死者，岁时呼以致奠，里人称为"忠恕翁"。拜光禄丞，不就。举乡饮大宾。子士云，历官，著贤声。
>
> 赞曰：孝友姻睦，一本乎诚。行仁敷惠，并及幽冥。为忠为恕，孔曾是程。贻谋后嗣，大著贤声④。

王仕云的父亲王承芳，性孝友，兄弟关系和睦。对邻里族人，时有周恤。令名传于乡里，逝后被敬奉乡贤祠中。王仕云的家庭，是恪守封建道德的家庭，他从小就受到这方面的熏陶。把握王仕云生平，需要注

---

① （清）唐甄：《潜书》下篇下《室语》，中华书局，1963年，第196页。

② 潘荣胜主编：《明清进士录》，中华书局，2006年，第770页。

③ 参见《顺治九年壬辰科进士三代履历》，顺治刻本。依此，王仕云字桐庵，是明确的。王仕云在评论《五才子水浒传》一书序尾，署"桐庵老人"。许振东著文否认桐庵为王仕云（许振东：《醉耕堂与王望如关系及其小说刊刻考探》，《河北师范大学学报》（哲学社会科学版）2014年第4期），不确。

④ （清）胡沛：《金陵祠祀乡贤汇传略》卷下，清钞本，第52页。

意其人生中的几件大事。

**（一）第一件事，青年时代加入复社等，入清后选择出仕。**

青年时代的王仕云，"笃志好学，尝与同里胡禹冀、宋怿先、倪灿、张大受、胡宋举'五经会'"①。邀约志同道合的人共同研习经义。"五经会"实为小型文社。后他又加入复社。

复社为明末江南著名文社，领袖人物有张溥、张采等。针对当时"世教衰，士子不通经术，但飘耳绘目，几幸弋于有司。登明堂不能致君，长郡邑不知泽民。人材日下，吏治日偷"的社会状况，倡导"兴复古学，将使异日者务为有用"②。作为复社核心人物，张溥"声气通朝右，所品题，颇能为荣辱"③。复社影响选举、政局，加入的人很多。"举天下文武将吏及朝列大夫、雍庠之子弟，称门下士从之游者，几万余人。"④复社活动的范围主要在江南地区，南京是明留都，是复社活动的主要地点。在明末，还发生了"留都防乱公揭"事件。

如果没有明清易代，复社成员可能大多都要沿科举之路走下去。而改朝换代，便产生了是否在新朝出仕的问题。复社成员发生了分化，一部分入清后出仕；一部分拒绝入仕，成为遗民，甚至参与反清复明运动；一部分殉明⑤。是否出仕，在复社成员看来，关系到是否能够践履社约。王仕云选择出仕，顺治二年（1645），任首任镇江训导⑥。

王仕云加入复社的目的是什么？答曰：为学习举业，增加科考命中率。在甲申变前，他还曾经师从何九云。乾隆《泉州府志》载：

何九云，字舅俤，号培所。晋江人。乔远子。万历壬子举

---

① （清）陈作霖编：《光绪金陵通传》卷二十六，光绪三十年刊本，第2页。

② （清）陆世仪：《明季复社纪略》卷一，医学保有会刊本，第7页。

③ （清）徐鼒：《小腆纪传》下，中华书局，1958年，第594页。

④ （清）杜登春：《社事始末》，昭代丛书本，第7页。

⑤ 王恩俊：《复社与明末清初政治学术流变》，辽宁人民出版社，2013年，第176页。

⑥ （清）高德贵修，张九征纂：《康熙镇江府志》卷十七，清康熙二十四年刻本，第928页。

人、崇祯癸未进士，选庶常，授编修。未第时，请所得恩荫让与季弟。与黄道周、蒋德璟为文章性命交。癸丑下第，过扬州，醵使为乔远门徒，驰书相问。淮商欲夤缘纳贿，叱之曰："奈何以不肖之行辱我故人乎？"丁丑，以贫故，就漳平学教谕。搆陈布衣祠，筑讲堂于东山寺。每释奠，先期省视。凡四年，教育熏陶，士大兴作。陞应天府教授，临发，饯送溪浒不绝，相与俎豆。之金陵，士习尚意气，每与当道争，多方训诲，士风丕变。捐俸建文庙，刻《名臣言行录》，举先朝未祀乡贤中允景、公旸以下十人。月课所首取如司寇李敬督、学史允琦、司李王仕云、给谏郭亮，皆名士。既登第，或谓宜见政府早为地，谢曰："某平生不敢丧其所守。"房师周文节闻之曰："何生真品也！"在翰编中，未浃旬而甲申变作，以死自誓。侍者曰："司空未葬，子道犹亏。"乃勉尔南归。奉召编纂前后奏疏，既而有忌之者，复兼以邓王府左史之任。九云归葬父毕，杜门不出，扁其轩曰"东湖闲史"。自附于龚生范子之后，未几卒，年六十[①]。

何九云为何乔远子，家学渊源，友让兄弟。从其一生行止而言，他是封建时代的正直之士。他在崇祯癸未（1643）成进士。未第时他曾经任漳平学教谕，讲学取得很大效果。后任应天府教授。在南京讲学期间，反对当时南京书生群体与当道争的现象，其实就是反对复社成员的一些言行。他未加入复社，对复社的主张是有所保留的。进士及第后，他忠于职守，但不敢越雷池。王仕云师事他，不但学习文章之学，更重要的是在他的影响下，矫正了部分复社成员固有的"书生意气"。何九云从政的态度，对他也有影响。

王仕云在崇祯十三年（1640）充贡生，崭露头角。甲申（1644）廷

① （清）怀荫布修，（清）黄任、郭赓武纂：《泉州府志》卷八十九《明文苑》，清同治九年刻本，第90页。

元①。顺治十四年（1657），王仕云评《水浒传》，曾表露对明末读书人结社事件的态度。王仕云说：

> 世固有求官不得官，未有求盗不得盗者。如李铁牛所杀之韩伯龙，为盗而为盗所杀，为真盗而卒以假盗杀。吾甚惜之，吾甚恨之。惜之者何？惜其已投梁山而不得与于天罡地煞之数。恨之者何？恨其未投梁山而辄欲窜入于天罡地煞之中。忆昔启祯朝，雅尚声气，一时高才生，多出诗古文词以要闻誉，虽不可谓无名之心，然实至而名宾，莫得而非之也。嗣则纨绔家儿，剿袭时髦之字句，灾梨仇枣，结社邀盟，未登范滂之堂，辄附李膺之党。窃恐此辈，终不免为韩伯龙，但未遇铁牛持板斧耳②。

顺治九年（1652），清廷开始限制生员结社。顺治十七年（1660），清廷全面禁止结社③。身为清基层官员的王仕云，在公开出版物评价明末士人结社，肯定有所批评。他在甲申年也刊刻自己的史论著作④，是属于雅尚声气的高才生的。作为复社成员，最清楚复社内部的详细情形。他反对无真才实学，而滥竽充数的"纨绔家儿"。反对党同伐异、纯盗虚声⑤。王仕云对于复社成员参与政治事件，似乎也不甚热心⑥。入清做了第

---

① （清）唐开陶纂修：《上元县志》卷六，清康熙六十年刻本，第84页。

② 陈曦钟、侯忠义、鲁玉川辑校：《水浒传会评本》上，北京大学出版社，1987年，第36页。

③ 谢国桢：《明清之际党社运动考》，上海书店出版社，2004年，第171~712页。

④ 黄大鸿为《通鉴易知录》作凡例，指出其中每朝总论，在康熙甲辰前二十年已经出版。（见王仕云《通鉴易知录》"凡例"，康熙刻本）约略计算，甲申前后，王仕云刊刻了自己的史论著作。

⑤ 谢国桢：《明清之际党社运动考》，上海书店出版社，2004年，第170页。

⑥ 由于史料阙如，笔者还不敢肯定判断王仕云对"留都防乱公揭"事件的明确态度。根据文中所述，王仕云对复社卷入政治，估计不太热心。但对"留都防乱公揭"事件，估计他是赞同的。根据就是他曾经应复社领袖吴应箕之子所请，为吴应箕遗诗作序，称赞吴应箕"文章在韩欧之上，忠孝在文陆之间"（清·吴应箕：《吴应箕文集》，黄山书社，2017年，第665~666页），表彰吴应箕的气节。自称"后学"。可见，王仕云或者与吴应箕有交往，或者倾慕其为人。而吴应箕正是"留都防乱公揭"事件的主要参与者之一。

一任镇江训导，更能佐证王仕云对复社的态度。

入清出仕的复社成员，虽然受到舆论部分非议[①]，但据有关研究，入清后出仕的复社成员占总人数的三分之一[②]。即使不出仕的成员，有人也承认清廷的合理性[③]。明末朝廷以及南明小朝廷，都是极为腐朽的。农民起义军推翻明北京朝廷，具有正当性。清廷面对反抗，采取残酷的民族屠杀政策，当然要受到谴责。但从总体而言，民众需要社会稳定下来。读书人入仕，也适应了这一需要。具体到个人，还要以其为官的言行，来做评价。

**（二）第二件事，因周亮工案秉公持正而系狱。**

王仕云继续科举之路。顺治五年（1648）领乡荐[④]。顺治九年壬辰（1652），殿试三甲九十名，赐同进士出身，授工部观政。顺治十四年（1657），任福建泉州推官。

王仕云在为京官这五年，相关史料暂未发现。任泉州推官后，参与审理周亮工案。《颜氏家藏尺牍》载：

> （顺治）乙未（1655），福建总管佟代疏泰公在闽事，赴闽质审事皆莫须有，于是泉州司李王仕云、延平司李吴洪滋、建宁司李孙开先、福州司李田缉馨、江宁司李卢图龙会审，上之按察使程之璇，事乃大白。时闽大旱，牍具，雨大倾注。民为作歌曰"束卷雨"[⑤]。

事情至此，并未完结。因前后供词有出入，继任巡抚刘汉祚认为王仕云等有受贿嫌疑，维持原议，报刑部复审。次年（1658）六月，周亮

---

① 王恩俊：《复社与明末清初政治学术流变》，辽宁人民出版社，2013年，第183页。

② 王恩俊：《复社与明末清初政治学术流变》，辽宁人民出版社，2013年，第176页。

③ 王恩俊：《复社与明末清初政治学术流变》，辽宁人民出版社，2013年，第179页。

④ （清）陈作霖：《光绪金陵通传》卷二十五，光绪三十年刊本，第2页。

⑤ （清）颜光敏辑：《颜氏家藏尺牍》，海山仙馆丛书本，第408页。

工赴京候审。顺治十六年（1659）十一月：

> 刑部题：周亮工被参各款内，审实赦后赃银一万有奇，情罪重大，应立斩，家产籍没入官。承问官程之璇、田缉馨、卢图龙、王仕云、吴琪滋、孙开先，徇情将赃银豁免。除程之璇已经物故外，田缉馨等俱应拟绞监候，其家产并程之璇家产一并籍没入官。其余事内有名各犯，应援赦免罪。疏入，下三法司核议①。

顺治十七年（1660）四月：

> 三法司遵旨覆审周亮工一案，仍照前拟立斩，籍没承问官田缉馨、王仕云、吴琪滋，瞻徇情面应拟绞，家产一并籍没。馀仍如前议。得旨。周亮工依拟应斩，着监候秋后处决，家产籍没，田缉馨、王仕云、吴琪滋俱依拟应绞，着监候秋后处决，馀俱依议②。

周亮公、王仕云俱死罪。后周亮公改徙宁古塔。顺治十八年（1661）正月，顺治帝病重，除十恶不赦死罪外，其余皆被释放。周亮公与王仕云等遇赦，周、王旋还南京。因周亮公在江南文人集团中的地位，又曾是复社成员，清廷似有意借此打压③。王仕云亦曾为复社成员，"得祸无怨言"④，得到了江南文人集团的赞扬。周亮工及其家人对王仕云等极为感激。"朝夕礼拜自焚香，并拜五公首过客"⑤。施闰章有诗《喜王望如赦

---

① （清）巴泰修：《清世祖章皇帝实录》卷一百三十，内府钞本，第2008页。

② （清）巴泰修：《清世祖章皇帝实录》卷一百三十四，内府钞本，第2081页。

③ 王恩俊：《复社与明末清初政治学术流变》，辽宁人民出版社，2013年，第180～183页。

④ （清）张佩芳、修刘大櫆纂：《乾隆歙县志》，乾隆三十六年刊本，第361页。

⑤ （清）端方：《壬寅销夏录》，稿本，第908页。

还王以不肯罗织周侍郎下狱论死终不更一语赦归自号曰过客》，称赞王仕云："事定多艰后，天留百折身。余生称过客，急难是全人。战胜宁忧老，归耕不厌贫。白门黄岳路，吟好伴松筠。"①

王仕云的行为，属"雅尚意气"，乃践履复社社规的表现。但王仕云本人经此事件，思想却发生了极大转变。

**（三）第三件事，对清廷忠心耿耿，康熙甲寅之变"折腰"。**

他出仕新朝，对明朝廷，无遗民的烈举，如抗清、不仕等等。但他内心对新朝是否有感情，则不好讲。经过周案的生死体验，转向对清廷的认同，对皇帝的感激，"恩深犹未报，更勿懈忧勤"②。

王仕云系狱时，著有《四字鉴略》一书，刊于出狱后的康熙二年（1663）。书后写道："怀宗崇祯，克诛逆阉。流寇肆虐，臣工匪比。逐致沦没，悲哉陨涕。弘光南渡，位镇金陵。去贤用佞，一载出奔。大清奋起，薄海咸遵。天与人归，历万万春。"③这是经过牢狱之灾而被赦后，明确对甲申之变的态度。他对明北京朝廷是批评的，对弘光政权也是否定的，对清廷却是称赞的。这都是经过周案心态变化的明证。

康熙五年（1666），王仕云转任衡州推官。乾隆《清泉县志》载：

> 月余，奉檄鞫狱长沙。时衡阳贫民逋粮，株累贯械系狱，民遮道诉之。仕云大书示曰："逋欠各有人户，催征自有常法，乃张顶李冠、桃僵李代，岂朝廷爱民养士意乎？"即躬至县狱，悉清释之。廉县吏役之蠹者，责械市中。力禁株连，法阓阓始帖。虑卑小有冤抑，为形势格扞不得闻，悬钲于门，令诉者击之。郡邑隶胥皆为敛迹，凛如寒冰。缙绅家叛仆成风，多处郡邑要津不可问，仕云惩其尤者一二，人为称快。诸生有文者，

---

① （清）施闰章：《施愚山集》二，黄山书社，1992年，第545页。

② （清）李何炜：《默耕诗选》卷二，民国十四年沔阳卢氏慎斋刻沔阳丛书本，第1页。

③ （清）王仕云：《鉴略四字书》下卷，康熙二年多文堂刻本，第41页。

遍延访之，则蔼若春风焉。其谳决一以矜恕为本，宁失出，无失入。虽曾理泉州狱得覆车，不顾也，长沙士民尤德之。及以裁职去，长衡人争挽留之，不得，乃作湖岳图系诗文以赠其行。送者络驿于道，至出疆始返。衡士更为立主于石鼓书院七贤祠侧①。

在衡州推官任上，王仕云秉公执法，严禁株连，释放无辜贫民，为底层弱小考虑；不畏豪强势家，严格执法；难得的是，谳决谨慎、仁爱，没有因为曾经系狱而畏首畏尾。衡州士人对他评价很高。

康熙七年（1668），他又转任广东程乡县令。王仕云任程乡县令，是升迁。他心存感激，立志有一番作为。他曾在《百城集序》中说：

> 仕云筮仕李官，再荷圣恩，授粤东梅州令。梅州与茶阳接壤。茶阳，龟师沮漆地。还山后，时挂锡于兹。仕云得恭谒旃檀，亲瞻慧日，一经棒喝，深悔二十年文章声气之谬。咄咄浮名，竟同幻泡。今虽出宰百里，誓作苦行头陀，实实体认"为民父母"四字，报先皇帝再生赐环之万一②。

王仕云抱着报恩之心，进一步否定了他青年时代的"书生意气"，"誓作苦行头陀"。他答西怀三叔父云：

> 多难之身，得蒙恩赦还，以故忏悔罪过，检束身心。今来程乡作令，尽反生平所为。静中用工，动时淘炼，尝持是语，为午夜晨钟。天下无蒲团上长吏，却有公堂上语录：催科提抚字念头，听讼提无讼念头。随所睹所闻，戒慎恐惧。终身不得

① （清）江恂修、江昱纂：《清泉县志》卷二十一《名宦志》，乾隆二十八年刻本，第18页。
② 释明学主编、罗伯仟编纂：《湖州道场山志》，湖州市佛教协会，2003年，第266页。

调，有何不可？①

　　具体的行政态度：小心谨慎，爱护百姓。催科以抚慰方式进行；听讼时，尽力以调节无讼为上。这样做，当然有身在官场，需继续升迁的考虑。但在一定程度上，也反映了王仕云要有一番作为的志向。他的朋友胥廷清评价他程乡任上的言行：

　　　　名士做官，自与他人不同。然名士之气，做秀才用着十分，做官用着三分，而况区区一令。自粤东至者，皆能悉王程乡之政，体王程乡之心。闻老兄近日学问大进，敛气归养，敛才归德，全是第一人局面，胸中绝无名士气，则不次之擢，在指日间矣。江东在都，竟谓无人。中流砥柱，非王子而何？②

　　抱着此种心态，在程乡任上，王仕云兢兢业业，做了很多实事、好事。减轻劳役；修筑城池、官署、学宫、庙宇、桥梁。不少工程经费不足，他常捐俸助之；倡导教育，涵育、奖掖人才，"校士无虚日"③；续修县志。"革弊厘奸，振兴士类，百姓戴若父母"④。

　　他任程乡令三年，得到上司与百姓的一致称赞，"荷各宪有'循良第一'之推，程人士有'真真不要钱'之颂"⑤。北宋刘元城曾经被贬到程乡任职。他是正直官员的楷模，号称"铁汉"。后世为纪念他，造铁汉楼。王仕云对刘很推崇，"予读史，叹岭以南多名臣，其最著者则刘公元城、文公文山"⑥。他曾维修此楼，并作文以纪之，其文云："登斯楼也，

① （清）陈枚编：《写心集》，中央书店，1935年，第73页。

② （清）陈枚编：《写心集》，中央书店，1935年，第232页。

③ （清）张佩芳修、刘大櫆纂：《歙县志》卷十一《宦迹》，清乾隆三十六年刻本，第361页。

④ （清）王之正纂修：《乾隆嘉应州志》卷四《宦迹》，乾隆十五年刻本，第227页。

⑤ （清）王之正纂修：《乾隆嘉应州志》卷七《艺文》，乾隆十五年刻本，第25页。

⑥ 陈谷嘉、邓洪波主编：《中国书院史资料》中，浙江教育出版社，1998年，第1119页。

作家论 ━━━━━━━━━━━━━━━━━━━━━━━━━━━━

人人仰铁汉先生高名，千古香安在？浩然之正气，不丽日星而尊岳渎也。仕云于公，高山景行，是则是傚。"① 刘元城已经成为王仕云心中楷范。他的朋友，复社学友纪映钟也以此期许他。"程乡风土不知何如？闻元城先生曾居之。昔有铁汉，今得过客，千载同心也。"② 当地人也把他与刘元城联系在一起。"新铁汉楼以自况，邑人德之，生平矜肝胆意气。"③

历史给了王仕云检验思想理念的机会，他裹进了康熙甲寅之变。此事在他为官生涯中很少被提及，甚至可以说被有意无意忽略、淹没了。地方志有少量隐讳的记载，目前学界相关研究也未涉及。实际上，如要深入认识、正确评价王仕云，此事不可忽略。

康熙十三年（1674），正是在平定三藩之乱中，潮州总兵刘进忠叛清，先后附耿精忠、台湾郑氏政权。时任潮州知府魏櫆祥被废，身为程乡县令的王仕云，被任命为潮州知府。康熙十五年（1676），郑经以潮州知府王仕云为惠、潮二府学道，还褒奖他为"江南宿学，岭表名臣"④。王仕云之子王纶部，曾经"随父仕云任于程乡"⑤。康熙十六年（1677），王纶部作为清军的随征通判，与当时福建布政使司姚启圣一起，劝降刘进忠等人⑥。乾隆《嘉应州志》云："王纶部，江宁贡。甲寅之变，惠、潮波靡，乃翁仕云以名进士宰程乡，亦陷于潮。纶部即领和硕康亲王令，招抚惠、潮而出仕云于难。王嘉伟绩，于康熙十六年题宰兴宁。"⑦ 在叙及王仕云时，只言"陷于潮"，不言王的其他作为，是含混其事，为尊者讳。

后刘进忠等人又归顺清廷，王仕云也在其中。王纶部因功，被授予

---

① （清）王之正纂修：《乾隆嘉应州志》卷七《艺文》，乾隆十五年刻本，第22页。

② （清）周工亮：《尺牍新钞》三集，上海杂志公司，1936年，第324页。

③ （清）张佩芳修、刘大櫆纂：《乾隆歙县志》卷十一《宦迹》，清乾隆三十六年刻本，第361页。

④ （清）江日升：《台湾外志》，齐鲁书社，2004年，第264页。

⑤ 仲振履等编：《兴宁县志》卷二，成文出版社，1962年，第62页。

⑥ （清）江日升：《台湾外志》，齐鲁书社，2004年，第263~264页。

⑦ （清）王之正纂修：《乾隆嘉应州志》卷九《宦迹》，乾隆十五年刻本，第54页。

惠州府兴宁知县。地方志中还保留他的不少事迹。平定三藩之乱，康熙帝采取分化瓦解策略，"有密谋内应、擒斩贼渠及率领兵民献城纳款者，俱赦其前罪，论功叙录，加恩安插，俾令得所"①。这一正确策略，在平定叛乱中，发挥重大作用。

有人说，身为文官的王仕云，在叛乱中的上述行为，也是无奈之举。此种说法，不值得批驳。三藩之乱中，也有身在乱藩阵营，心怀中央政权，并有所作为的人。著名的李光地、陈梦雷蜡丸疏事件就是例证②。郑氏政权，借三藩之乱，攻占沿海潮州等地，也有地方官坚决不予合作的。光绪《嘉应州志》载：

> 考《通志》《仇昌祚传》：（仇昌祚）由明经任潮州府同知，康熙十二年（1673）入觐，回至程乡，值刘进忠叛。其党挟之入郡，授以官，不屈，诈病卧床蓐者三年。康亲王恢潮，嘉其不污伪命，疏授惠州知府。而刘广聪《旧志》有昌祚铁汉楼诗，自序云："至甲寅，郡州异变，每以伪命相强，予以死誓得免，然濒于死者数数矣。而予卒不死，人佥以'铁汉'目之'"云云。其诗有句云："漫云直道终难矢，海甸为谁筑此台。"又句云："叹余不负元城骨，先后投荒共一州。"③

为什么刘进忠废潮州知府魏枢祥，而任命王仕云？因魏不与之合作。《畿辅通志》云：

> 康熙十三年（1674），总兵刘某与续顺公不睦，乘机激变，设立伪官，使人来诱曰："第从我，何忧不富贵？"枢祥不少

---

① （清）马齐修：《清圣祖仁皇帝实录》卷七十八，钞本，第12790页。

② 许苏民：《李光地传论》，厦门大学出版社，1992年，第27页。

③ （清）吴宗焯修、温仲和纂：《嘉应州志》卷三十一，光绪二十四年刊，第1149页。

屈，乃胁以白刃。榲祥曰："任尔所为，我唯一死以报国耳！"遂幽之别室。榲祥每日拍案大呼，十指尽为血出，卒以不食死①。

以上二例显示，在当时，依附刘进忠，就是依附叛乱，接受叛乱者所封官职，就是伪官。大是大非，十分清楚。

王仕云依附刘进忠后，有什么可以为他洗白吗？资料不多。小说《三春梦》，记述康熙甲寅之变，有部分内容可参考。在《三春梦》中，王士云（即王仕云）是依附刘进忠的。第十回，在程乡县令任上，王仕云参与为刘进忠祝寿。第十四回，述刘进忠更易潮州文员武职，"其所废易者，潮州府吴科祥，以程乡县王士云为知府……传令潮属军民人等，各都留发，以归明制。令废易之官吏，即日回归田里，不许在潮住居，违令者军法无容情也"。（此处吴科祥即魏榲祥）第二十八回，军师钟文岳败清军安达王部后回潮，刘进忠迎接庆贺，王仕云作为知府，积极配合。第三十回，王仕云等人与军师钟文岳饯行。第三十二回，刘进忠在归顺清廷前，把库中金银一半分与贫户，由王仕云等人组织分发②。以上记录证实，《三春梦》中王仕云是积极配合刘进忠的③。

对于王仕云的作为，还有一种解释，就是向往明朝。例如钱海岳《南明史》，有王仕云传④。前述他在甲申之变后的行为，表明他对明是没有什么感情的。笔者认为，当时王仕云绝非要借助郑氏政权"反清复明"，而是贪恋禄位。

康熙甲寅之变，王仕云依附叛乱势力担任潮州知府，成为他的污点。

---

① （清）唐执玉、李卫等监修：《畿辅通志》卷七十七，四库全书本，第27页。

② 薛汕校点：《三春梦》，书目文献出版社，1985年。

③ 这里必须指出《三春梦》的可信性。《三春梦》乃小说，可以作为史料吗？中国古来小说，与史有密切关系，不少小说多有事实依据。《三春梦》作为潮人抗清小说，很多内容也有事实依据，有研究者称其为报告文学（薛汕校点：《三春梦》，书目文献出版社，1985年，第392页），不无道理。

④ 钱海岳：《南明史》卷七十七《列传五十三》，第3718页。

此处涉及对刘进忠的评价。笔者认同这样的观点：刘进忠叛服无常，根本不是站在底层民众的立场，也有碍于国家统一。他的作为，是叛乱行为。与之勾结的耿精忠、台湾郑经割据政权，更是如此①。王仕云依附分裂势力，当是被否定的行为，也是对朝廷的不忠。

王仕云熟悉历史，他认为辅佐不同君主，对读书明理的士人而言，不是光彩的事。唐初魏征，是贞观之治中的重臣。魏征早年辅佐太子李建成，"玄武门之变"后，他又辅佐李世民。历史记载中，魏征是作为贞观名臣被交口称赞的。而王仕云认为："魏郑公不能从太宗以始，不获事建成以终，虽相业有光，究竟是才有余而行不足者。"②他强调为臣者之从一而终。王仕云依附郑氏政权的行为，不是更令人不齿吗？王仕云以刘元城为榜样，被别人比作铁汉。但甲寅之变中，他的表现说明他言行不一。当时出现了真正的铁汉——仇昌祚。仇也是敬服刘元城的，故有"叹余不负元城骨"之句。

甲寅之变后，王仕云致友人信，言及此事，说"坐苦海三年"③"天南下吏，沉沦苦海。三年冰蘗，心血为枯"④。因还在三藩之乱中，清政府对归顺者既往不咎，授予官职。王仕云在康熙十六年（1677）被任平远县令，平调，至康熙十九年（1680）。可以说王仕并不被清政府特别看重。清政府是重用在甲寅之变中坚决不与刘进忠合作的仇昌祚。《岭东道惠湖嘉道职官志》载：

潮平，康熙帝颁旨称："仇昌祚克笃忠贞，坚守臣节，从优议叙。"康熙十六年八月丁卯二十三日，奉命大将军和硕康亲

---

① 陈健：《论刘进忠及其在潮州反清问题——〈三春梦〉研究之一》，《汕头大学学报》（人文科学版）1986年第4期。

② （清）王仕云：《格言仅录》，《丛书集成续编》子部第94册，上海书店出版社，1994年，第402页。

③ （清）陈枚编：《写心二集》，中央书店，1935年，第179页。

④ （清）陈枚编：《写心二集》，中央书店，1935年，第62页。

王杰书疏言:"潮州府同知仇昌祚,自赍奏还潮,遇贼作乱,即引锥刺项,自称喑哑,坚不从贼。请加旌叙。"得旨:"仇昌祚克笃忠贞。坚守臣节。殊为可嘉。可从优授为佥事道。留粤东。遇缺补用。"是年,擢升惠州知府①。

王仕云从知府转任县令,仇昌祚擢升为知府,清政府的态度是很明朗的。

然在平远县令任的三年,王仕云并未对仕途失去希望。在《寄顾见山计部》中云:"幸蒙两台复加奖许,或可再邀启事,出谷之期,想亦不远也。"②在《寄王印周观察》中云:"某一麾外吏,老大折腰,真令识者咄咄,叹须眉化为倚门妓矣,愧羡愧羡!……幸弟又幸谬荷两台奖许,如可复邀启事,脱此苦海,亦复不远。"③他得到上司的奖掖,满抱希望被提拔,呼声也很高,故他才给友朋写信报告此消息。但终于没有提拔,终于无奈乞休,此时的上司正是仇昌祚。仇挽留他,他致书于仇:

> 某过岭十二年,历兵戈水火盗贼,乃有今日。从此瘦马归华,慵鱼曳尾,闲云野鹤,到处安恬。即或枵腹而死,塞翁失马,未是憾事。老大人犹信童叟偏词,而千声万声留我耶?先达云:天下好官定有一篇不好文字,送归林下;天下不好人,定有一篇好文字,送归黄泉。某老且病矣,自请归田,荣幸实甚。佳客不审主人颜色,钟鸣漏尽,犹望洗盏更酌,其不遭逐客者几希④。

---

① 陈梅湖主纂,陈端度协纂:《岭东道惠湖嘉道职官志》,山西百花印刷有限公司,2012年,第106页。

② (清)陈枚编:《写心二集》,中央书店,1935年,第62页。

③ (清)陈枚编:《写心二集》,中央书店,1935年,第145页。

④ (清)陈枚编:《写心集》,中央书店,1935年,第265页。

王仕云终于认识清楚了清廷对他的态度，认清了自己境况，结束了他的仕途，返回南京。

对康熙甲寅之变中的表现，王仕云念念不忘。晚年的他认为对一官员的评价，不能以清廉为标准。清廉是为官的分内之事。他说："居官而清，犹女子之守，不足多也。自夸冰操，如烟花市上称说，鲁男子有不戟手唾骂者乎？"举例有些刻薄，但所言合理。但紧接着，他又提到清浊问题。"况清欲归我，浊将谁归？"他在程乡县令任上有政绩，为什么他还这样说？当指他曾依附刘进忠叛乱事。"此余十二年岭外虽叨督府首荐，究不能骤冹清华也。"[①]所以他说："望子孙之为官者，以余为戒，不当以余为法。"[②]有为自己的辩护，但又要子孙以他为戒，看来他也认为此绝非光彩的事。

# 二　王仕云交游考

王仕云身处明清易代之际，身为复社成员，清初入仕，长期为地方官，广交游。考查他的交游对象，对知人论世，或有所助。

## （一）以复社学友为主体的学缘群体

陈名夏（1601～1654），字百史，江南溧阳人。崇祯十六年（1643）探花，授翰林修撰，兼户兵二科都给事中。复社成员[③]。明亡，降大顺。顺治二年（1645），归顺清廷。顺治十一年（1654），被劾论死。诗文有名于时，著有《石云居诗词集》。在王仕云的少年时代，陈名夏就与之相识，"我昔逢君君少年"。王仕云进士及第后，二人还有交往。他揄扬

---

① （清）王仕云：《格言仅录》，《丛书集成续编》子部第94册，上海书店出版社，1994年，第402页。

② （清）王仕云：《格言仅录》，《丛书集成续编》子部第94册，上海书店出版社，1994年，第402页。

③ 丁国祥：《复社研究》，凤凰出版社，2011年，第417页。

王仕云，"谁能更过南冈第，不让乌衣马巷贤"①。他还曾经褒扬王仕云的诗作②。

周亮公（1612～1672），河南祥符（今开封）人，字元亮，号栎园。明末加入复社。崇祯十三年（1640）进士。明亡入仕。著有《赖古堂集》《因树屋书影》等。王仕云任泉州推官时，曾参与审理周亮工案，秉公持正，后被诬下狱。周集中有多首送给王的诗。周还帮助刊行王仕云评《五才子水浒传》。二人来往密切，关系深厚。王仕云曾作《周栎园先生年谱》③。周王两家亲密关系，延续到下一代。周亮工的儿子周雪客、周园客还曾经参与校对、出版王仕云《通鉴易知录》④。

陈衍虞（1599～1688），字伯宗，号园公，广东海阳（今潮安）人。崇祯十五年（1642）举人。复社成员⑤。入清历官番禺教谕、广西平乐县知县，有著作多种传世。王仕云在广东任职期间，与陈有往来。王曾经为陈的《明世说》作序⑥。康熙甲寅之变后，衍虞作《王玉掌齐昌颂言序》，所颂主要为王纶部招抚刘进忠事，其中涉及王仕云，"望如绝世才人，棠荫既覆于泽国"，称赞王仕云在程乡政绩。"论文章犹史迁之继史谈，溯清德则胡质之启胡威"⑦，认为王纶部不但继承了其父的文才，为政为官也受其父的影响。

顾梦游（1599～1660），字与治，江宁人。崇祯十五年（1642）贡生。复社成员。与黄道周、龚鼎孳、冒襄、张凤、周亮工等相往来。入清不仕，以遗民终。有《顾与治诗集》八卷。王仕云任泉州推官，他有诗《送王望如之官闽中兼柬急难诸子》相赠，称赞王"谁言交道近难论，

---

① （清）陈名夏：《石云居诗词集》卷二，清初刻本，第152页。

② （清）姚佺编：《诗源初集》吴一，抱经楼刻本，第78页。

③ （清）颜光敏辑：《颜氏家藏尺牍·姓氏考》，中华书局，1985年，第283页。

④ （清）王仕云：《通鉴易知录》凡例，初刻本。

⑤ 丁国祥：《复社研究》，凤凰出版社，2011年，第466页。

⑥ （清）陈衍虞：《连山续文稿》卷三，道光十九年凤城巷世馨堂刻本，第39页。

⑦ （清）陈衍虞：《连山续文稿》卷三，道光十九年凤城巷世馨堂刻本，第57页。

急友君能古谊存"①。

阎尔梅（1603～1662），字用卿，号古古，又号白耷山人、蹈东和尚，沛县人。崇祯举人。复社成员。明亡，多方谋划反清复明。后为僧。有《白耷耷山人集》传世。王仕云与其有交往。书信往来，王自称"小弟"②。称赞阎的读史诗："史而诗，诗而诗，子美子长不得兼有千古。"

方文（1612～1669），字尔止，号明农，一号嵞山。天启诸生，复社成员。明亡不仕，隐居金陵，后归桐城，专心著述。有《嵞山集》。在金陵期间，与王仕云诗歌唱和。入清后，王仕云出仕，而方文选择隐居。王仕云在镇江训导任上，二人还常论诗文。"润州官舍姑溪寓，几夜论诗情最懂。字句锺谭今不少，沈酣杜白古来难。"方文推崇王仕云的诗才，"知君渊雅曾窥奥"。方文认为，二人在新朝选择的人生道路不同，但是不影响私人关系。"仕隐虽分本同气，绨袍犹念故人寒。"③王仕云补官北上，他有诗《送王望如补官北上》相送。诗中赞许王仕云在仕途上还有进取之心，"自信功名当远大，无端祸患亦安恬。年华虽艾仍如少，时论方推宁久淹。"④

余怀（1616～1696），字澹心，一字无怀，号广霞，福建莆田人。崇祯十五年（1642）参与复社虎丘大会。同年乡试落第，从此不再参与科考。入清以布衣终。久居江宁，晚年退隐吴门。著有《板桥杂记》《味外轩稿》等。他有怀王仕云诗《怀王望如真州兼志近感》⑤。入清后，他遇困，致王仕云书："不孝自遭大故，病苦相兼，中怀最恶，回思曩时登坛意气，今独以让足下也。一贵一贱，交情乃见，古人之言，讵不信也。袁安高卧，岂非本怀？但卧以待毙，又势有所不可，游客又不可为。足

---

① （明）顾梦游：《顾与治诗》卷七，清初书林毛恒所刻本。

② （清）鲁一同编：《白耷山人年谱》附《寅宾录》，嘉业堂丛书本，第4页。

③ （清）方文：《嵞山集》卷九，康熙二十八年王概刻本，第13页。

④ （清）方文：《嵞山集》再续集卷四，康熙二十八年王概刻本，第12页。

⑤ （清）余怀：《余怀全集》上，上海古籍出版社，2011年，第61页。

下云霄火尽，何以处我计耶？不有出者，何以救处者？念之念之。"①余怀是复社成员中，入清后遗民代表。他在困难时，求助于王仕云，说明二人私交不错。他认为王仕云为官，还保留有复社时期的书生意气。

纪映钟（1609~1680），字伯紫，一字檗子，号戆叟，江宁人。明诸生。以金陵名士为复社宗主②。易代后，躬耕养母。其诗愤时忧国。与方文、顾梦游等遗民交游，有《戆叟诗抄》。王仕云在程乡县令任上，他驰函比王为刘元城③，认同王程乡任上的作为。

许楚，字方城，号青岩，歙县潭渡人。复社成员④。工诗文，复社领袖张溥称其"腌通经史，力振古风"。善制墨。有《青岩集》行世。他与王仕云为同乡，又同为复社成员。王仕云因周亮工案牵连系狱，后被赦，许有《送王望如司李得赦南还》一诗相赠，有句"还尔巇□峰，威仪仍楚楚"⑤。

施闰章（1618~1683），宣城人，字尚白，号愚山，明末清初著名诗人，有《施愚山先生全集》行世。复社名士沈寿民弟子。顺治六年（1649）进士，累官至翰林院侍读。曾居金陵，与金陵文人多有交往。王仕云任泉州推官，他有《送王望如之泉州》诗。王仕云遇赦，他有诗为庆。

以上诸人，除施闰章外，都是复社成员。但施闰章为复社沈寿民弟子，故亦列于此。复社成员，在王仕云的一生中，是一重要身份。他与一些复社中人，入清后也保持联系，在清廷取缔结社之后亦是如此。他所交往的复社成员，既有入清出仕者，如陈名夏、周亮工、陈衍虞诸人；也有入清后不仕者，如顾梦游、方文等；还有抗清者如阎尔梅。这说明，王仕云虽然入清后出仕，但其身上依然保留某些复社"意气"。方文明确

---

① （清）陈枚：《写心集》，中央书店，1935年，第226页。

② 丁国祥：《复社研究》，凤凰出版社，2011年，第417页。

③ （清）周工亮：《尺牍新钞》三集，上海杂志公司，1936年，第324页。

④ 丁国祥：《复社研究》，凤凰出版社，2011年，第431页。

⑤ （清）许楚：《青岩集》卷六，康熙白华堂刻本，第10页。

指出，"仕隐虽分本同气"。

李渔（1611~1680），金华兰溪人，字笠鸿，号笠翁。明末清初戏剧理论家，戏剧作家，著有《闲情偶寄》《笠翁十种曲》等。入清不仕。顺治末移居江宁。王仕云曾两次为他的书作序，称李渔为友，自称"江上同学弟"[①]。高度评价李渔，"李子笠翁，博物洽闻"。他认为李渔的史论，"可以持国是，可以正人心，可以誉千秋而权万古"[②]。李渔也把王仕云的一些文稿收入他所编辑刊刻的《资治新书》中。

吴小曼，名朔，字小曼，以字行。江宁人。入弟子员。自为诗云："一领青衫等闲事，免教人唤老章生"。著《四书解》[③]。王仕云弟子。王仕云在程乡任上，曾与吴书信往还[④]。

以上二人，与王仕云不但是学友关系，还有地缘关系，他们都曾居住南京。王仕云对李渔自称"江上同学弟"，但现在可考复社名单，并无李渔。李渔与王仕云共同参加的当为其他文社。明末清初，在清廷取缔结社前，文人雅集结社甚多。

### （二）同年群体

顾大申，本名镛，字震雉，号见山，又号堪斋，华亭人。崇祯十五年（1642），与王广心、彭宾等在郡城结"赠言社"。顺治九年（1652）壬辰科进士，授工部主事。大申精水利、工诗文，善画。有《堪斋诗存》《诗原》《鹤巢集》《鹤巢乐府》等行世。王仕云与他同年进士。王仕云授工部观政。二人关系维持到了晚年。王仕云经历刘进忠叛乱后，还致函顾[⑤]，表达心曲。

黄钺，字仲宣，一字岳生，湖南善化（今长沙市）人。顺治九年（1652）进士，授刑部主事，擢吏部转员外郎。顺治十四年（1657）任河

---

① （清）李渔：《李渔全集》卷十六，浙江古籍出版社，1991年，第5页。

② （清）李渔：《李渔全集》卷一，浙江古籍出版社，1991年，第305~306页。

③ （清）袁枚纂修：《乾隆江宁新志》卷十三《文苑传》，乾隆十三年刻本，第21页。

④ （清）陈枚编：《写心集》，中央书店，1935年，第271页。

⑤ （清）陈枚编：《写心二集》，中央书店，1935年，第62页。

南闱主考官，因科场案牵连被流徙尚阳堡。康熙初，以认修端理门工程被释归。工诗，有《洞庭钓叟存稿》。黄王二人同为顺治壬辰科进士，有相似经历。王仕云辞职回南京后，黄迁成南归南京，有诗《辽成南归过白下喜王望如亦赐环兼以诗赠依韵酬之二首》，有句云："相逢惊梦幻，所得是悲歌。知己交情重，看人世态多。"①有惺惺相惜之意。

　　郭棻（1622～1690），字芝仙，号快庵、快圃，直隶清苑人。顺治九年（1652）壬辰科进士，选庶吉士，授翰林院检讨，历官赞善、大理寺正、内阁学士等。工书法，与沈荃并称"南沈北郭"，有《学源堂集》。他与王仕云同年中进士。王仕云任泉州推官，他有诗《王望如司李福州》②，有句"粤平陆贾帆三尺，鳄徙昌黎文一篇。伫见厦门风浪息，右军王略是家传"，对王仕云寄予很高期望。

　　李何炜，字缓山，沔阳人。顺治壬辰进士。官黄岩令，以直道见忤，谪广西按察司经历。生平和易近人，所与游皆一时名宿。有《默耕诗选》二卷传世。他与王仕云同为壬辰科进士，集中有五言律《题王望如白云书屋图》，有句云："奉诏南还日，何人不识君"③，是王仕云因周亮工案牵连入狱被赦后的贺诗。

　　沈荃（1624～1684），字贞蕤，号绎堂，别号充斋，华亭人。顺治九年探花，授编修，累官至翰林院侍读学士、礼部侍郎，卒谥文恪。工书法。有《一研斋诗集》。他与王仕云为同年进士。王仕云任衡阳司李，他有诗《衡山歌送王望如司李》相赠，中有句云："从来词赋喷烟云，落笔无逊家右军"，相信"丈夫致君还泽民，领取川岳驰画轮"，期望"岂知桂水鸣弦客，还作金门谏猎人"④。

　　沈自南，字留侯，江南吴江人。顺治乙未（1655）进士，官蓬莱知

---

① （清）邓显鹤辑：《沅湘耆旧集》卷四十九，道光二十三年邓氏南村草堂刻本，第2页。

② （清）郭棻：《学源堂诗集》卷五，载沈云龙主编：《近代中国史料丛刊》第52辑，文海出版社，1973年，第1081页。

③ （清）李何炜：《默耕是选》卷二，第1页。

④ （清）沈荃：《一研斋诗集》卷十一，民国十一年刻本，第6页。

县。著《明五朝纪事本末》《艺林汇考》，后者收于《四库全书》。王仕云称沈自南为同年。当沈授蓬莱令后，王写信给周亮工，请周帮助他[1]。可见两人关系。

以上诸人，除沈自南外，都与王仕云为顺治九年壬辰科进士。沈自南为乙未科进士。这些人社会地位较高，都曾有为官经历。王仕云与他们经常诗词唱和，有的关系保持到晚年。同年群体，也是王仕云社会关系中的重要群体。

### （三）地缘群体

汪家珍，字璧人，又名葵，字叔向，明末清初歙县岩镇人（一说为瞻淇人）。少时为诸生，明亡弃举子业。擅长山水画，人物花鸟虫鱼，尤传神入妙。主要著作有《阿聪笔记》《格庵山水合锦卷》《乔松图》等。他与王仕云有同乡之谊。二人有思想交流。王仕云在程乡县令任上，曾把自己的著作《史论异同》寄给汪家珍征求意见[2]。

程守（1619~1689），字非二，号蚀庵，歙县白榆山人。程守自幼入钱塘籍，为明季诸生。明亡后，寄意诗画。其作诗追求新意，为时人所重，著《省静堂集》《汰锦词》，皆佚。与许楚、渐江有深交[3]。王仕云与之有交往。他曾经把渐江的画作送给王仕云。

吴苑，字鳞潭，江南歙县人。康熙壬戌（1682）进士，官至国子祭酒。著有《北黔山人诗》。集中有《过金陵赠王桐菴先生》，有句"黄鸟集园林，顾俦多好音。欣闻粤东归，涉江遥相寻"[4]。王仕云去职还南京，他去探望。

王玄度，字尊素，歙人。工书画。平生放浪诗酒，诙谐跌宕。与渐江、汪家珍等为画友。有《王学人遗集选》一卷。与王仕云有诗歌

---

① （清）黄容、王维翰辑：《尺牍兰言》卷六，清康熙二十年刻本，第161页。

② （清）陈枚编：《写心集》，中央书店，1935年，第233页。

③ 胡益民、王鹏：《明清徽州历史人物碑传研究》，安徽大学出版社，2016年，第310页。

④ （清）吴苑：《北黔山人诗》卷三《芜城集》，康熙间刻本，第9页。

唱和①。

王广心（1610～1691），字伊人，号农山，江南华亭人。崇祯五年（1632）参加进步文社"几社"。顺治六年（1649）进士及第，历官兵部武选司主事，擢御史，巡视京、通两仓漕运。他与王仕云有交往，曾经白门晤对，握手论心。王仕云在程乡任上，与之有书信往还②。

胥廷清，字永公，上元人。顺治丁亥（1647）进士，曾任余姚县知县、工部主事。性孝友③。上元为南京一县。王仕云与胥廷清相知。王任程乡县令后，二人还有书信往还。

以上诸人，或为歙人，或为江宁人。这一群体既有社会上层的官宦，也有艺术家。王仕云的一生，南京对他影响甚大。很多交游对象，虽然不是出生在南京，但在南京曾经居住，与王相交，例如周亮工、施闰章、李渔等。

**（四）业缘群体**

此处所言业缘，指王仕云因为官而交往的群体。或为他的同僚，或他在为官之地交往的人。

成性（1619～1679），字我存，和州（今和县）人。顺治四年（1647），以拔贡入国子监。顺治六年（1649）中进士，授中书科中书。后曾考授御史，巡按福建，任兵部主事等职。康熙十五年（1676），以疾辞官归里④。著《好善编》《身世言》。成性与王仕云在福建任职期间，是上下级关系。但二人早年就有交往。他曾致书王仕云：

> 年翁以经世之才，问心之学，弟于十七载前，即冀掀揭于
> 当时，慰同人之期望矣。乃变态云出，恶梦侵寻，以致今日。

---

① （清）王玄度：《王学人遗集选》，载（清）陈允衡辑：《诗慰二集》，顺治间刻本，第1页。

② （清）陈枚编：《写心二集》，中央书店，1935年，第179页。

③ （清）蒋廷锡原修、王安国等纂：《大清一统志》卷四十，乾隆九年刻本，第17页。

④ 《安徽历史名人词典》编辑委员会编：《安徽历史名人词典》上，安徽教育出版社，2008年，第602页。

始洗得一副肝肠，练得一副气骨，使桐乡畏垒之民，共怀一善，乳老妪而恬愉无华。实心实政之人，不能见达于天子，是可叹也①。

从信中可见，二人认识很早，相知甚深。成还为王仕云不能进一步升迁而鸣不平。王仕云在晚年编写《格言仅录》时，还引用成性言论一条②。

赵士冕，字汝仪，号赤霞，又号稼菴，东莱人。由超贡授浙江湖州府推官、镇江太守。善诗，有《三山草》《白门草》《鼓吹集》等。与顾梦游、王仕云等人结"三山社"。顺治五年（1648）任镇江知府③，此时王仕云任镇江训导，与赵是上下级关系。赵的诗集中，有多处与王仕云交游、唱和之作。

李梗，字其础，程乡人。崇祯十二年（1639）举人，事亲孝，淡于荣利，嗜古好学，著有《函秘斋诗文集》④。李梗为李士淳仲子。王仕云在任程乡县令任上，与李梗交往。其中主要原因，当因李士淳。

李士淳（1585~1665），字二何，生于梅州松口洋坑村祥安围。崇祯元年（1628）中进士。曾任山西省翼城县知县、曲沃知县，有政声。后授通议大夫、吏部右侍郎兼翰林院编修，充东宫侍读。李自成攻陷北京，传说他携太子潜身归里。他数次组织勤王之师均未实现。后遁入阴那山中潜心著述，著有《三柏轩文集》《阴那山志》等。王仕云对李士淳很是尊敬，康熙八年（1669），也就是他任程乡县令的第二年，仿孔子弟子在孔墓前植木例，捐俸倡植李林，作《李林植木小引》，自称"私淑弟

---

① （清）陈枚编：《写心集》，中央书店，1935年，第143页。

② （清）王仕云：《格言仅录》，《丛书集成续编》子部第94册，上海书店出版社，1994年，第553页。

③ （清）赵宏恩纂：《江南通志》卷一〇八，四库全书本，第1页。

④ （清）王之正纂修：《嘉应州志》卷六《懿行》，乾隆十五年刻本，第27页。

子"①。后有人评此事："其后程乡令王君仕云，江南名士，亲造其庐，悬先生像于庭，为之八拜，愿托为私淑弟子。旷代相感，入人之深，非近世所有。"②

王仕云因此与李梗相交，他在《李林植木小引》中称赞李梗："李公有子，卓哉肯构肯堂；圣学得人，展也善继善述。"③王仕云新铁汉楼，并赋诗，李梗和之，有句云："新碑赖有神明宰，认取丹诚报国恩"④王仕云辞职后，李梗致函："简帖平日口授手录诸卷帙，屏居订定，寿之梨枣，以开来者，当不似柴桑老人东篱清课已也。"⑤建议王仕云整理平生文稿出版，乃知心忠言。

郭金台（1610~1676），字幼陨，湘潭人。崇祯己卯（1639）、壬午（1642）两中副榜，例授官，不就。及卒，自题其阡曰："遗民郭金台之墓"，有《石村诗文集》。王仕云在衡州推官任，与其有交往。王仕云离衡州，他有诗文送别，对王推崇备至。"清兴，祀河乔岳二十有四年，阅司刑数辈，历龙飞六载，而始得王公一人。"⑥

萧翱材，字匪棘，号右溪。广东大埔人。顺治八年（1651）举人，十五年（1658）进士。康熙元年（1662）知巴陵县。关心民瘼，作诗触怒上官，被劾罢。归乡授徒为生。王仕云为程乡令三年，赴京候升迁，他作文《预贺王望如明府荣迁序》以赠之。他的诗集中还有《简王程乡明府》⑦。

值得指出的是，王仕云因业缘交往的群体中，有明遗民家族。因敬佩李士淳，而与李梗保持终生的关系。不善为官之道的萧翱材，与王仕

---

① 李伯存编：《钩沉鼎新录》，巴城时代印刷馆，1949年，第36页。

② （清）李居颐纂修：《翼城县志》卷二十八《翔山书院记》，清乾隆十三年刊本，第105页。

③ 李伯存编：《钩沉鼎新录》，巴城时代印刷馆，1949年，第36页。

④ （清）宋起凤原本、温仲和纂：《嘉应州志》卷十七，光绪二十四年刻本，第12页。

⑤ （清）陈枚编：《写心集》，中央书店，1935年，第270页

⑥ （清）郭金台：《石村文集》卷下，康熙刻本，第4页。

⑦ 萧儒主编：《椒远堂诗钞》（增编本），大埔县椒远堂文史研讨会印行，2006年，第113页。

云关系也很融洽。

### （五）其他群体

梁清标（1620～1691），字玉立，一字苍岩，号棠村，一号蕉林。直隶真定（今正定县）人。崇祯十六年（1643）进士，清顺治元年降清。顺治、康熙两朝，历任兵、礼、刑户部尚书。工书好文，精鉴别，有"收藏古书画甲天下"之誉。王仕云与梁相交很早。王仕云中举后，梁有《相逢行赠王望如孝廉》一诗，中云"王生江南号国士，前年奋翮秋风里。抽思濡笔赋三都，传诵能贵洛阳纸"[①]。对王的文才极为推崇。王仕云进士及第还南京，他有《送王望如进士假旋金陵》[②]相赠。王仕云任泉州推官，他有《送王望如司李泉州》[③]。王任衡阳推官，他有《送王望如司理衡阳》诗相送[④]。

王日藻，字印周，号闲敕、却非，一号无住道人，江南华亭人。顺治十二年（1655）进士，授工部主事，累官至河南巡抚。善书法、工诗文，著有《秦望山庄集》《梁园草》《爱日吟庐书画别录》。王仕云与之有交往。

吴振宗，字兴公。浙江杭州人。明诸生，豪宕感激，好与奇才剑客游。后客死邳州。《国朝杭郡诗辑》有传。吴与王仕云交情深厚，诗歌往还。吴有《柬王望如张修崖邓叔可》诗，中有"同心二三子，满目叹萧条""离情逢候雁，别念寄归潮"句[⑤]。

龚鼎孳（1615～1673），字孝升，号芝麓，安徽合肥人，与吴伟业、钱谦益并称为"江左三大家"。崇祯七年（1634）进士，先后任蕲水县知县、兵科给事中。甲申之变，龚鼎孳降李自成，后又降清。《清史稿》列入《文苑传》。著有《定山堂集》。龚诗有两首涉及王仕云：《九日招崔兔

---

① （清）梁清标：《蕉林诗集》上，河北人民出版社，2012年，第75页。

② （清）梁清标：《蕉林诗集》上，河北人民出版社，2012年，第600页。

③ （清）梁清标：《蕉林诗集》上，河北人民出版社，2012年，第355页。

④ （清）梁清标：《蕉林诗集》下，河北人民出版社，2012年，第798页。

⑤ （清）孙鋐辑评：《皇清诗选》卷十三，康熙二十九年凤啸轩刻本，第18页。

床吴岱观姜绮季朱鹤门王望如纪檗子白仲调项器宗阎秩东纪法乳姜孝阿沈云宾王公远黑窑厂野集用重阳登高四韵》①《春夜鹤门仲调招同古古绅黄望如集慈仁松寮》②，后一首中的古古，即前文所述阎尔梅。二者的交游有重合。

董以宁（1629~1669），字文友，江苏武进人。明末为诸生。与邹祗谟齐名，时称"邹董"。又与陈维崧、魏祗谟、黄永号称"毗陵四才子"。著有《正谊堂集》传世。王仕云与董有诗歌唱还③。

吴之甲，字公令，号鹤村。吴县人。以诗名，有《橘社存稿》《北游草》《笋香楼集》。王仕云因周案系狱，吴有《题白云书屋图为王望如年伯赋》，褒扬王在狱中的从容淡定，"演易至明夷，患难心不灰"，"顺逆随所遇"④。

毛鸣岐，字文山，福建侯官人。顺治十一年（1654）举人，康熙七年（1668）选四川营山知县。康熙十八年（1679）出蜀，游食四方，晚主鳌峰书院以终。毛奇龄编订有《菜根堂全集》，毛奇龄、周亮工、龚鼎孳、康范生为之序。毛鸣岐与王仕云父子交好，他集中有诗《怀王望如先生并长公玉掌》，有句"传家尽有眉山集，自应大江负大名"⑤。

以上诸人因不宜归入前四类，故归入"其他群体"。其实，以上划分，也是大体言之。很多群体，是相互重合的。

通过考查，丰富了王仕云生活的众多细节，对深入认识王仕云应是有帮助的。王仕云所交往的群体，既有处于社会上层的官僚集团，也有处于社会下层的明遗民群体，也有游离于二者之外的群体。但无疑，他所交往的群体，多为文士，多经历明清易代的社会变迁。王仕云与这些人交往，相互学习、相互砥砺、相互提携，同声相应，同气相求。从某

---

① （清）龚鼎孳：《龚鼎孳全集》一，人民文学出版社，2014年，第498页。

② （清）龚鼎孳：《龚鼎孳全集》二，人民文学出版社，2014年，第1095页。

③ （清）董以宁：《正谊堂诗集》卷七《金陵客兴》，康熙刻本，第7页。

④ （清）吴定璋辑：《七十二峰足征集》卷二十五，清乾隆十年吴氏依缘园刻本，第606页。

⑤ （清）毛鸣岐：《菜根堂全集续集》卷之十二，清康熙刻本，第15页。

些方面而言，还保持了部分青年时期的"意气"。

# 三　王仕云思想考

了解、评价王仕云，还需对他的思想进行探讨。概括而言，王仕云的主体思想是儒家思想，特别是宋后形成的理学思想。他任职的程乡，被称"海滨邹鲁"[①]。他认为儒教优于释教，"夫儒教之尊，视梵苑花宫何啻什倍"！[②] 他阅读过不少佛经，也有几篇关于佛教的文章。但在他心目中，佛教是绝对低于儒教的。他曾经嘱咐他的儿辈：治丧不用浮屠。要求他们在他死后恪守[③]。他反对堪舆之术[④]。

儒家思想很复杂，在历史长河中也是不断发展的。司马谈说：（儒者）"列君臣父子之礼，序夫妇长幼之序，虽百家弗能易也。"[⑤] 此为儒家思想的核心要素。儒家讲求在个人修养基础上，以礼制维护等级制，把政治伦理化。有人总结为修己治人或内圣外王。长期以来，修己与治人比较，更被看作是儒家的题中之意，是儒家的根本方面。本文就从这两个方面来分析王仕云的思想。

## （一）王仕云的修己思想

王仕云时代的儒家思想，经宋明理学改造，更注重内在修己。北宋张载提出变化气质之说，影响很大，被宋明儒士接受、发挥。王仕云也认同这一说法。他说：

> 孔子三戒，都是戒人血气用事。用血气者，性多烦恼，多

---

① （清）丁廷楗修、赵起士纂：《徽州府志》卷十四，康熙三十八年刊本，第950页。

① （清）丁廷楗修、赵起士纂：《徽州府志》卷十四，康熙三十八年刊本，第950页。

② （清）王仕云：《七贤书院记》，陈谷嘉、邓洪波主编：《中国书院史资料》中，浙江教育出版社，1998年，第1119页。

③ （清）陈枚编：《写心集》，第176页。

④ （清）周亮工编：《尺牍新钞三编》，贝叶山房，1936年，第167页。

⑤ （西汉）司马迁《史记》卷一百三十《太史公自序》，中华书局，2014年，第3995页。

躁急，多残忍。烦恼者福薄，躁急者命短，残忍者绝嗣。惟和平可延福寿，惟仁厚可长子孙。吕东莱、李延平是宋儒中大有学问人，不过能变化气质、涵养气质而已。此段功夫从何处做起？吕新吾曰："横逆来侵，先思所以取之之故，即思所以处之之法，不可便动气。"旨哉斯言！①

变化气质、涵养气质，具体所指是什么呢？王仕云认同顾宪成的说法：吕祖谦性褊急，思考孔子"躬自厚而薄责于人"之言，就涣然冰释。此为变化气质；李延平早年性格豪迈，后来琢磨得如田夫野老一般，这就是涵养气质。如何做到呢？王仕云认同吕坤的主张，即不轻易动气。变化气质、涵养气质，实乃提高自我修养，在与人交往中，谦虚谨慎，不骄不躁，以中正平和的心态接近人。王仕云不少关于自我修养的言论，基本方向就是这样。

以上可谓修己。过多讲究修己，是很多儒士的本色，但在治人方面，一般却提不出什么特色的思想。这方面，王仕云倒非一无是处。他称赞海瑞言行，认为"居官当是非曲直之际，用不得些子模糊"②，是肯于任事的。对于当时有关部门考核官员，重视卓异，而不重视廉善，他持否定的态度。然廉善者，不一定能任事，有人认为"廉而无才，不若贪而有用"③，针对于此，王仕云提出举能之说。

**（二）王仕云也有一些高出当时一般士人、官僚的思想**

孟子说："无恒产而有恒心者，唯士为能。"④实际生活中，道德高标，只有小部分人能够做到。而包括士在内很多人，是不能做到的。人

---

① （清）王仕云：《格言仪录》，《丛书集成续编》子部第94册，上海书店出版社，1994年，第401页。

② （清）王仕云：《格言仪录》，《丛书集成续编》子部第94册，上海书店出版社，1994年，第402页。

③ （清）王仕云：《格言仪录》，《丛书集成续编》子部第94册，上海书店出版社，1994年，第404页。

④ 杨伯峻：《孟子译注》，中华书局，2010年，第16页。

首选要吃饭的。如在保持禄位与坚持儒家价值观之间选择，很多人会选择前者。怎样解决此一矛盾呢？许衡（学者称鲁斋先生）明确提出了"学莫先于治生"的卓识。只有治生问题解决了，才可能坚持实践儒家道德，才不会为衣食而随便改变初衷。王仕云经历宦海沉浮，在晚年也认同这一点。他说：

> 家无斗筲，鸣琴在室，几人哉？初谓鲁斋开天下学者为无所不至之鄙夫，待解组归来，仰视俯育无资，所在掣肘，乃叹此言终不可废。一身而外，手足关切，义难漠视。生平未遇神仙，无掷米成金之狡狯，石不可点，字不可煮。子敬之困不常指，仁祖之粟不常给，则务农权子母犹不至于寡廉鲜耻也。但因学而治生，不可因治生而废学，庶不为鲁斋罪人①。

儒士解决了生活问题，才不至于寡廉鲜耻。这样的平情之论，也是王仕云晚年才认识到的。具体方法，可务农，可经商。但他还强调，学与治生二者的关系，是为了学而治生，不能为了治生而废学。他还批评范蠡"人生衣食自有分定"之说，认为此言"未必为求富者药石，反为好吃懒做者借口"，富贵可求，孔子还可为之执鞭呢②。

上述言论，可谓有识。然王仕云也有很多偏执之论。儒家思想，在实践中逐渐被总结出"三纲五常"之说，是为维护皇权专制的意识形态。对"君为臣纲"，王仕云是认同的。他未达到他的时代思想家的深度，批判专制君主。他对皇帝至为感念，因给予他出仕机会。他甚至认为，"皇帝即佛"③。对"三纲"之一"夫为妻纲"的认识，也成为检验中国古代

① （清）王仕云：《格言仅录》，《丛书集成续编》子部第94册，上海书店出版社，1994年，第403页。

② （清）王仕云：《格言仅录》，《丛书集成续编》子部第94册，上海书店出版社，1994年，第405页。

③ 释明学主编，罗伯仟编纂：《湖州道场山志》，湖州市佛教协会2003年倡印，第265页。

思想者是否进步的尺度。从秦始皇起，统一的中央集权专制社会制度不断加强、完善，至明清达到顶峰。其社会意识形态的腐朽专制性，此时也达到了顶峰。作为对专制意识形态的反抗，戴震呼喊出"理学杀人"的口号，赞颂女子美的《红楼梦》产生。王仕云所处时代，比之戴震稍早，与《红楼梦》产生时代差不多①。他也有关于男女婚姻关系的言论，却反映了他的腐朽专制思想。

王仕云晚年所著《格言仅录》里记载了两条蒋虎臣的言论，并有他的评论。

蒋虎臣讲他乡有大老纳妾，希望死后其妾能守节不嫁。他为妾造棺，刻"某官守节妾枢"字样。此人死后，其妾罄卖田宅，也卖掉铲去字的棺枢而改嫁，不一年死。王仕云认为，先贤遇此情形，也难以如愿。"望美人守节，犹之望沙弥苦行"。然他也是希望美人守节的，"此妾铲棺再醮，独不虑新夫有所见闻耶"？蒋虎臣复述另一事：户部某官讲，户部一郎官纳妾。当封诰时，妾希望封她。此郎官说，"吾不惜下笔，但碍我去后，尔难行"。妾缄口不言。对此，王仕云评论说"郎官回得痛快！美妾尚有良心"！认同此郎官。并进一步议论："从来美姬侍老年官长，不过利一时所有耳，生前原不属意主人，死后有何恋恋！"②

王仕云完全站在官僚视角，故才说出如此悖理的话。他要求少妾守节，更不要说认同"夫为妻纲"了，他内心的腐朽更是一览无余。虽当时婚姻关系允许一夫一妻多妾，但在真正的士人心目中，是鄙薄纳妾行为的。例如在晚清，作为士人领袖，也是封疆大吏的曾国藩纳妾，就被舆论所不许，认为有违程朱天理人欲之说。王仕云是否纳妾不能确证，但他认同纳妾，希望妾在夫死后守节的思想却是明确的。

历史上，儒家在修己与治人两方面，过于强调前者，宋明理学也是大大发展了前者。如强调、发展后者，往往被指为溢出儒家之外的异端。

---

① 此处采用《红楼梦》产生康熙年间之说。

② （清）王仕云：《格言仅录》，《丛书集成续编》子部第94册，上海书店出版社，1994年，第405页。

不少儒士，用修己来完成治人，把伦理道德政治化。从孔子始，就有此种倾向。王仕云也是这样，上述他为数不多的关于治人方面的思想，还夹杂着不少修己的成分。他是试图用修己来代替治人的。典型的例证就是他对《水浒传》的批评。

王仕云的《水浒传》批评，已有不少研究成果涉及。这里只谈笔者的看法。王评点以金圣叹批评为基础。他反对农民起义，尽管他对统治者的腐败也很痛恨，但他十分明确地站在统治者立场。"晁盖疏财仗义之人，为肤箧、探囊之事，不曰'聚利'而曰'聚义'，真'替天行道'者耶？啸聚也，以为动关天文；乌合也，以为行诸梦寐。"①他甚至批评《水浒》的作者，对逼上梁山描写过多，使人觉得都是上层统治集团的错误。"然严于论君相，而宽以待盗贼，令读之者日生放辟邪侈之乐，且归罪朝廷以为口实，人又何所惮而不为盗？余故深亮其著书之苦心，而又不能不深憾其读书之流弊。"②他称赞金圣叹的腰斩《水浒传》，结束在第70回，因为这样可以震慑社会底层有反抗之心的人，不走向反抗。"细阅金圣叹所评，始以'天下太平'四字，终以'天下太平'四字，始以石碣放妖，终以石碣收妖，发明作者大象之所在。招举李逵，独罪宋江，责其私放晁盖，责其谋夺晁盖。其旨远，其词文，而余最服其终之以恶梦，俾盗贼不寒而栗。"③为什么要评论《水浒传》呢？王仕云认为《水浒传》的作者，"要不过编辑绿林之劫杀以示戒也"④。金圣叹没有把此目的阐扬殆尽，他要补金圣叹之未逮。他还认为，被逼上梁山的人物，都是失去教育的结果，如果社会制度合理，他们接受教育，都可以成为真正的忠义之士。"《水浒》百八人非忠义，皆可为忠义。是子舆氏祖述孔子性相近之论，而创为性善之意也夫。"⑤这完全歪曲了伟大的水浒精神，

---

① 陈曦钟、侯忠义、鲁玉川辑校：《水浒传会评本》上，北京大学出版社，1981年，第285页。

② 陈曦钟、侯忠义、鲁玉川辑校：《水浒传会评本》上，北京大学出版社，1981年，第35页。

③ 陈曦钟、侯忠义、鲁玉川辑校：《水浒传会评本》上，北京大学出版社，1981年，第35页。

④ 陈曦钟、侯忠义、鲁玉川辑校：《水浒传会评本》上，北京大学出版社，1981年，第34页。

⑤ 陈曦钟、侯忠义、鲁玉川辑校：《水浒传会评本》上，北京大学出版社，1981年，第35页。

而把《水浒》主旨改造为皇权专制的道德教科书。王仕云经历过明末农民起义，经历过改朝换代，竟然还有如此认识，可见明清易代，只是改变统治者，而未改变皇权专制体制，更未改变皇权专制意识形态。稍微露头的反皇权专制体制的思想，如前述黄宗羲、唐甄之言论，更为空谷足音，对王仕云，没什么影响。

# 四　王仕云著作考

王仕云进士出身，但他并不把读书看作敲门砖。他热爱学习、喜欢读书，"生平嗜学，公馀，手一编不置"①，"王望如令乌程，张襄平令临潼，骎骎乎以学道治民矣"②。晚年读书不废③。故王仕云留下来不少文字。

王仕云与同时代的其他大家比较，今日其名不彰。但在他所处时代，有一定名声。王仕云能诗。清初姚佺编辑《诗源初集》选其诗六首，皆有名家评论。陈百史评《清晨拂扫以观其气》"一日声满长安"，是他的成名之作。《云中辨树》一诗，张公亮评："自起堂奥，别开门户。"姚佺评："心含造化，言含万象。"④欧阳厚均编《岳麓诗文钞》，选其诗一首⑤。能词，《词综补遗》，选其词一首⑥。此外，周亮工辑《尺牍新钞》，

① （清）袁枚纂修：《乾隆江宁新志》卷十九，清乾隆十三年刻本，第20页。

② （清）蓝应袭修，程廷祚纂：《乾隆上元县志》卷十八，乾隆十六年刻本，第57页。令乌程不确，当为令程乡。

③ 王仕云：《寄孙男宪曾》："余目所熟览，掩卷辄迷，心所经营，隔日顿失，慧业销忘，竟成聋瞶老伧矣。然其兴会所至，犹与垂髫舞象者，日咿唔不绝。真同丈二将军持独丝短箫，唱晓风残月，不自知其须髯之若戟也。尔等不当乘时读书耶！"（清·陈枚编：《写心集》，中央书店，1935年，第177页）以自身至老好读书为例，教育孙子。

④ （清）姚佺编：《诗源初集》吴一，清抱经楼刻本，第78页。

⑤ （清）欧阳厚均编：《岳麓诗文钞》，岳麓书社，2009年，第141页。

⑥ 林葆恒编，张璋整理：《词综补遗》，上海古籍出版社，2005年，第1303页。

选入其尺牍三首①。陈枚编《写心集》《写心二集》，选入其尺牍多首。金圣叹评选《小题才子书》，选其八股文《齐之以刑》一篇②。地方文献，还保留有他的多篇文章。以上足以说明，王仕云是有文才的。

以下根据笔者现掌握的史料，着重考察一下王仕云的成部著作。据载王仕云的著作不少，有《史论同异》《易解》③《桐庵随笔》《四辰堂集》等。现在还能查阅到的完整著作，有《通鉴易知录》《四字鉴略》《格言仅录》和评论《五才子书水浒传》。

**（一）五书略考**

**《四辰堂集》**

四辰堂为王仕云家堂名。《四辰堂集》当为王仕云文集，又有《四辰堂稿》④。二者可能为一书。此集今日不可见，但王仕云的文章甚多，散存在地方文献中。陈衍虞《答王望如明府》云："衰年萧飒，坐乾壁上，智因贫损，汲古无力，一切文心韵事，俱成木槁灰寒。唯读尊集，则意蕊簌发，神明日生。因思古人诵诗作橄，愈痛逐痏，佳集并能却老还童，真稀有也。"⑤陈所言"尊集"，是否为《四辰堂集》，不可指实。从陈的褒词可见，王集中文，确有优胜之处。陈之赞誉，虽有友朋间的客气，但陈亦能文，所传著作不少，当不全为谀辞。

**《格言仅录》**

是书收入张潮等辑《昭代丛书》丙集卷十七，《清续文献通考》《八千卷楼书目》著录，又收入《丛书集成续编》子部。从书中所记观之，该书当为王仕云从岭南辞职，返回南京后所作。内容主要是辑录典籍所载先贤言行二十余条，并评论之。《续修四库全书总目提要》（稿本）

---

① （清）周亮工辑：《尺牍新钞》卷十二，岳麓书社，1986年，第439页。

② （清）金圣叹编：《小题才子书》，万卷出版社，2009年，第49页。

③ （清）袁枚纂修：《江宁新志》卷十三，乾隆十三年刻本，第603页。

④ 《四辰堂稿》，见周亮工辑：《尺牍新钞》，岳麓书社，2016年，第314页。《四辰堂集》，见周亮工编《尺牍新钞三编》，贝叶山房，1936年，第167页。

⑤ （清）陈枚编：《写心二集》，中央书店，1935年，第25页。

著录，称其"体例稍似朱子之《名臣言行录》，而又简略易读也"①。

**《评论出像水浒传》**

王仕云以金圣叹七十回《水浒传》为基础的评本。刊刻于顺治十四年（1657）之后，醉耕堂藏板。前有王仕云"序""总论"，每回末有以"王望如曰"开始的总评。因《水浒传》以及金评本的经典地位，此书附骥尾而名彰。除古代刊刻外，现代也有出版②。此书出版后，王仕云的朋友评论：

> 重梓《五才子书》，大快我心。武夫学浅，畏读深义之文，而鉴简诸书，又苦多难字，惟五才子书，能读而莫辩是非优劣。苏老泉史论，谓不可以文晓而可以意达有四：曰隐而章，直而宽，简而明，微而切，乃发前人所未发之论。今台之批《水浒》，诸人深惜其有才技，不用于朝，而用于野。使岩穴怀才抱技者见之，不胜拊心扼肇也③。

王仕云批金本《水浒传》，在其友看来，有两个突出特点：一为通俗易懂，面向的是对《通鉴易知录》《鉴略四字书》也感有难度的群体；二是教化功能。王仕云批《水浒》，发掘出苏老泉所谓的文字难晓之意，发挥类似朝廷教化功能。

**《通鉴易知录》十四卷**

牌记无刊刻年月，右署名"王望如先生纂辑"，左上端署"历朝事实，备载无疑"。每卷开端有"四辰堂通鉴易知录卷×"。黄大鸿作"凡例"于康熙三年（1664）春，故是书当刻于康熙三年或稍后。前

---

① 中国科学院图书馆整理：《续修四库全书总目提要》（稿本）第17册，齐鲁书社，1996年，第264页。

② （明）施耐庵撰，（清）金圣叹、王仕云评：《评论出像水浒传》（全10册），广西师范大学出版社2023年。

③ （清）陈枚编：《写心集》，中央书店，1935年，第200页。

有黄大鸿序，又有王望如本人序。此书记载从盘古至元顺帝的事迹。每朝前有总论一篇，"提纲挈要"。编者有感《资治通鉴》《通鉴纲目》《通鉴纪事本末》卷帙浩繁，因此面向"寒士"而辑，全书共十四卷三百余页，"文简事该"，故称"易知"，以"裨益举业"。从这一目的，可以想见其编书宗旨。"论断古人处，择其事尤要者，善为极力揄扬，恶则极力针砭"①。潘时彤纂辑《昭烈忠武陵庙志》辑录《通鉴易知录》注五条②。

**《论史异同》**

此书未见。乾隆年间修《江南通志》著录。《贩书偶记续编》史部史评类著录。王仕云娴于史学，二十余岁就有史论出版③，他还为李渔的史论作评。此书在王仕云的友朋中，有一定影响。汪家珍《寄王望如》："伏读《论史异同》，异哉李温陵、钟退谷合为一人，可作千百年眼，此实实一片婆娑心，为世人说法。但作读史观，犹冤却盛心耳。往以南唐属唐，今以刘宋续汉，均为异代忠沈。此可为知者道，难为俗人言也。"④按汪家珍所言，此书虽为史论，而偏重教化。

**（二）《四字鉴略》初探**

王仕云比当时的士人高明之处，是他重视史学。在古代文人中，不少人能作诗，但不能为文。重视文学，不重视史学。重视史学的士人，一般知识结构较为完善，视野开阔，思想有深度。王仕云之所以为王仕云，与他的熟悉历史不无关系。他的著作中，有《通鉴易知录》《史论异同》《四字鉴略》，都是史学著作。其中《通鉴易知录》《四字鉴略》，属通史性质，《史论异同》属史论性质。李渔《笠翁别集》中，有王仕云的不少批语，也属史论性质。王仕云的《四字鉴略》一书，虽为蒙学读物，

---

① （清）王仕云：《通鉴易知录》"凡例"，光启堂梓。

② （清）潘时彤纂辑：《昭烈忠武陵庙志》卷十，道光九年刻本，第691页。

③ 黄大鸿为《通鉴易知录》作凡例，指出其中每朝总论，在康熙甲辰前二十年已经出版。见《通鉴易知录》"凡例"。

④ （清）陈枚：《写心集》，中央书店，1935年，第233页。

但其作用却不可小觑，考虑到清、民期间较低的识字率，可以说它奠定广大民众的通史知识。"不必以其有启蒙资用之语而即卑视之"①。研究此书内容，对理解认识王仕云很有帮助。

《四字鉴略》，是王仕云因周亮工案入狱，在狱中所著，刊版于康熙二年（1663）②。笔者手头之本，为多文堂康熙二年版。牌记书名《鉴略四字书》，右有小字"史鉴合参，课儿必读"。该书共分两部分：一部分为需要记忆的历史知识歌诀，包括"历代国号歌""历代帝王歌""历代群英歌"；另一部分为《鉴略四字书》，分上下两栏，两相对照。上栏为"鉴略释义"，下栏为"鉴略四字书"。有的版本把此二部分称为二卷。是书序有"或取诸故本"之言，与《通鉴易知录》有密切关系，当都来自王仕云的旧稿。

许遁翁《韵史》末尾有钟文之跋云："江上王望如著有《四字鉴略》，家弦户诵，颇有益于童蒙，较《三字经》《千字文》启蒙诸书，层楼更上。""家弦户诵"，是说此书极为普及。钟文出此言为咸丰辛酉（1861）③。这种现象是说1861年的情况，其前其后该书影响如何？可以找一些例证。

从出版而言，此书被多次再版，康熙五年版被刷印得最多。书名有《鉴略四字书》《四字鉴略》《启蒙鉴略》④《新增五辰堂鉴略四字书》⑤等等。此书大概在同治时代，还被翻译为满语⑥。其中《鉴略释义》又有单行大字本行世。

从对相类文体影响而言。沈尚仁《通鉴韵书》，就受到《四字鉴略》

---

① 中国科学院图书馆整理：《续修四库全书总目提要》（稿本）第35册，齐鲁书社，1996年，第762页。

② （清）王仕云著，张万钧注解：《四字鉴略》，中州古籍出版社，2017年，第1页。

③ （清）许遁翁撰，朱玉岑补：《韵史 韵史补》，咸丰十一年刻本，第38页。

④ 光绪丁丑墨润堂藏板。

⑤ 京都宏文阁梓行。

⑥ 中国科学院图书馆整理：《续修四库全书总目提要》（稿本）第6册，齐鲁书社，1996年，第98页。

的影响："余贫甚，不能购全史而读之，思于《通鉴》之中，汇其要领而不得其方。丙申，经姑苏，邵子兰雪以一编托寄吴江友人。余启而观之，则鉴略短歌而记纂甚略。再入长安，读王望如先生《鉴略四字书》，遂撮其大要而为七言韵书，代为一纪其事。一以凤洲先生通鉴所辑为叙。"①沈尚仁在编纂《通鉴韵书》时，参考了《鉴略四字书》。

从阅读受众而言。章学诚回忆儿时蒙学课本："忆六岁蒙学读《鉴略》四言，其署名曰江上王仕云望如甫注，岂即此人耶？"②生活在清末至民国年间的张镇芳，光绪进士，发蒙之读物中也有《鉴略》，"在幼儿时期，刚会言语，其二老就口授《三字经》，继教《四字鉴略》。稍长，即开讲解意，使之口诵心唯"③。鲁迅发蒙读物为《鉴略》，载于《朝花夕拾》的《五猖会》。在《随便翻翻》一文中，他又回忆此事："我最初去读书的地方是私塾，第一本读的是《鉴略》，桌上除了这一本书和习字的描红格，对字（这是作诗的准备）的课本之外，不许有别的书。"④民国时期著名政治活动家、教育家马君武，1881年出生于广西桂林恭城县。他回忆发蒙读书情况，说他父亲不让用《三字经》发蒙，"我父亲以为这未免太俗，并'人之初'一本书也全不要我读。他所指定要我读的是两部关于历史的书，就是《历朝鉴略》和《龙文鞭影》。《龙文鞭影》现在书坊尚有得买，《历朝鉴略》一书现在很不容易见了，我记得书头四句是：'粤自盘古，生于太荒，首在御世，肇开混茫。'"⑤他所说的《历朝鉴略》，即《四字鉴略》。

章学诚生于乾隆三年（1738），张镇芳生于同治二年（1863），鲁迅、

---

① （清）沈尚仁：《通鉴韵书》"凡例"，康熙四十四年玉极堂刻本，第1页。

② （清）章学诚：《丙辰札记》，江苏广陵古籍刻印社，1982年，第3页。

③ 阎钦莱口述，崔成烈整理：《我所知道的张镇芳》，载周口市政协学习和文史委员会编：《周口文史资料选辑》2003年第1辑，第82页。

④ 鲁迅：《且介亭杂文》，人民文学出版社，2006年，第138页。

⑤ 马君武：《一个苦学生的自述》，载桂林市政协文史资料委员会编：《回忆马君武》（桂林文史资料第43辑），广西区新闻出版局核准，2001年，第2页。

马君武生于光绪七年（1881）年。依据上述史料，基本可以说，"家铉户诵"一说，贯穿整个清代。就是民国期间，此书也被不断出版，例如现在查阅到的有上海春江书局1941年版瞿世镇编《增补鉴略句解》，说明市场对此书还有需求。可以说，清代、民国近三百年间，此书发行很广，影响巨大。

关于通史的蒙学著作，现在所能看到的，较早的有北宋胡寅的《叙古千文》，南宋黄继善的《史学提要》，元代陈栎的《历代蒙求》。明清以后，有明李廷机的《五字鉴》，明赵南星的《史韵》，明末清初许遁翁的《韵史》等。《四字鉴略》与同类的通史蒙学读物相较，至少有以下突出优点：第一，体量较为适中。《叙古千文》和《历代蒙求》，都只有千字，体量太小。而《五字鉴》超过万字，《史学提要》竟达一万五千字左右，又嫌太多。《四字鉴略》三千三百多字，体量比《三字经》《百家姓》《千字文》总和多一点，比较适中。第二，内容相对全面。这类读物，有的朝代有缺，《叙古千文》只叙至唐代，《历代蒙求》只叙至南宋（今传本后人有补充），《四字鉴略》则叙至清代。从朝代而言，有的详略不当。许遁翁《韵史》，整个宋代内容，占是书的三分之一。《五字鉴》，春秋太略，战国较详。秦与西汉，几乎相等。详略有所失当。而《四字鉴略》，叙及中央王朝，基本未出现类似偏差。第三，史实基本准确。该书的内容参考了不少史料，但多以正史为主。除叙述传说时代采用过于荒诞的材料外（此部分史料本来就是神话、史实杂糅），其他部分，虽有事件的详略，判断的差异，但史实错误不多。这是很难得的。第四，韵语利于记忆。这是作者着力之处，"余也著史可作诗，被管弦而谐音律"[1]。论者赞"摘词明畅，朗然上口，无诘屈之病，亦善于吐嘱者"[2]。第五，注释简明得要。史鉴合参，也是本书的特色。史，即释义部分。这部分比较

---

[1] 王仕云著，张万钧注解：《四字鉴略》，中州古籍出版社，2017年，第1页。

[2] 中国科学院图书馆整理：《续修四库全书总目提要》（稿本）第35册，齐鲁书社，1996年，第761页。

简明，论者赞"自非娴于史事不能融会如此"①。

以往有论者批评是书"陈义不高，失于疏略"②。笔者认为，此书局限有下列数端。其一，强烈的儒家正统观念。作者是坚持儒学的，王朝正统观念很强。歧视曹操，称"曹瞒肆凶"。叙三国，以蜀汉为正统，"承汉正统，必归昭列"。贬低魏，在述及魏史时，用"曹丕嗣位，遂移汉祚"带过。这是接受了理学家的观点。北宋司马光编著《资治通鉴》，是以曹魏为正统的。而至南宋朱熹编《通鉴纲目》，却以蜀汉为正统，歪曲了历史。述魏晋南朝，几乎未涉及十六国、北朝。歧视武则天，称"高宗莅治，溺爱衽席。卒致妖后，斩丧唐室"。认为王安石"新法乱政"等。在记两宋时缺少辽、金的内容。元朝又过于简单。其二，偏重政治史。不满意《千字文》，因其"于古今帝王事不甚概括"③。重点叙述王朝兴衰的政治史，对于经济、文化等方面涉及较少。其三，有失剪裁。虽偏重政治史，但对作者认为的善政、贤臣、忠臣，又不惜笔墨。例如对东汉党锢之祸中"名贤"的罗列："颍川四长，荀氏八龙。范滂揽辔，李膺高风。崔寔政论，刘宠一钱。陈蕃下榻，刘宽蒲鞭。党人议起，狱系名贤。"④过于繁多，有失剪裁。可见王仕云在对政治史的偏重中，又充溢对忠臣贤臣的嘉许，把此书作为专制意识形态教育之目的尽显。

总言之，《四字鉴略》在清代、民国期间影响很大，此书瑕瑜互见。

# 五　结　语

时人评价王仕云的人生历程，说他少年是才人，中年是侠客，晚年

---

① 中国科学院图书馆整理：《续修四库全书总目提要》（稿本）第35册，齐鲁书社，1996年，第761页。

② 中国科学院图书馆整理：《续修四库全书总目提要》（稿本）第35册，齐鲁书社，1996年，第761页。

③ 王仕云著，张万钧注解：《四字鉴略》，中州古籍出版社，2017年，第1页。

④ 王仕云著，张靖人注说：《四字鉴略》，山东画报出版社、中州古籍出版社，2019年，第74页。

是理学先生[①]。这种概括有言中之处，然也有不确处。通过上述研究，可见生活在明清易代之际的王仕云，是一极为复杂的人物。对他的一生，有两重身份与三件大事可堪注意。两重身份：他的第一身份是地方官僚，第二身份是皇权专制社会的文人。他在为官期间，有政绩。但今天对他的认识，不能只停留在他是一个好官这一点。这就需要了解他生平中三件大事：第一件，明末以高才生加入复社，其目的主要是为学习举业，增加出仕机会。清初出仕；第二件，在周亮工案中，他秉公执法，值得称道。侠客之称即指此。第三件，三藩之乱中，依附刘进忠叛乱。而刘进忠又依附耿精忠、台湾郑氏割据政权。个中原因，当与刘进忠任命其为潮州知府有关。虽后根据形势随刘进忠反正，但王仕云的好官形象，无论从当时还是今天来看，都要大打折扣。

王仕云对官员身份，极为看中，极力保全。在真正的大是大非面前，他并未践履自己的思想与言论，言行矛盾。

王仕云广交游。他交游的群体，可以大致划分为学缘群体、地缘群体、业缘群体等。王仕云交往的人群，多为能诗文之文人。即使是官场中人，也是以能文为基础的。

王仕云是一固守皇权专制意识形态——理学的文人型的地方官，是站在统治者立场来表达思想的。他中年时期所著《四字鉴略》一书，已经充满此种思想，故可以说，理学思想是贯穿他一生的主体思想，不只他老年时期如此。他的《通鉴易知录》、《论史异同》、评论《水浒传》等书，都有偏重教化的倾向。

王仕云能诗文，有多种著作传世。他有史才，著作中有多部历史著作。在他的著作中，《四字鉴略》一书，作为蒙学读本，流传最广、影响最巨。但此书瑕瑜互见。现《四字鉴略》作为了解传统文化的材料出版，在家长的指导下使用，也未尝不可，但必须持有分析批判的态度。

矛盾一词，几乎充满王仕云的一生。明末加入复社，但又没有参与

---

① （清）陈枚编：《写心集》，中央书店，1935年，第73页。

政治的热心，以举业为主要目的，看不起"纨绔家儿"，是矛盾的。甲申之变后出仕，走科举之路。无明遗民的抗清或不出仕的壮烈，是矛盾的。因周亮工案而秉公执法，系狱无怨言，文人集团对他的赞誉，何尝不是对他保持了复社"意气"的肯定。但他心态变化，转向了对清廷的忠诚，这也是矛盾的。他是以忠直之臣自况的，以刘元城、文文山为楷范，但刘进忠任命他为潮州知府时，他并未彰显铁汉本色，言行不一，是矛盾的。作为生活在明清易代之际的士人，他在任职期间，不要钱，肯任事，以清之忠臣自任，但却得不到清廷的认同，也是矛盾的！晚年的他回忆一生，辨别清浊，还是没有摆脱矛盾心态！充满矛盾，是明清易代之际士人群体的一种普遍状态。品味咀嚼其百折人生，荣辱沉浮，令人感慨良多，不胜叹惋。

张靖人，河南西平人，历史学博士，郑州大学马克思主义学院副教授。

# 夜读《全清小说》札记

屈军生

欧阳健、欧阳紫雪主编的《全清小说》由文物出版社陆续公开发行，这为我学习清代小说提供了极大的方便之门，让我有幸读到了许多罕见的小说文本。我在研读《全清小说》之外，又重温了一些别的清代小说，试写了一些读书札记，兹胪列如下，向诸君请教。

## 一　可笑的误会

明太祖朱元璋有一次带内宦微服出访，见街上有一个养猪的民妇，太祖露出了微笑。内宦善于察言观色，以为圣上喜欢上了这个民家妇女。他们回到宫里，孝慈皇后马氏就向内宦询问皇上出行的所见、所闻等细节。内宦就把皇上对民妇微笑的事说了。马皇后也颇"大度"，就出了金银丝帛"下赐"给养猪妇女的丈夫，要他让妻子进皇宫侍候明太祖。

朱元璋在宫里发现这个新来的女人好像在哪儿见过。马皇后说："这位就是前几天皇上在大街上看到饲猪的民妇。臣妾以为她得到皇上眷顾，就让她入宫伺奉。"朱元璋听罢大笑："你搞错了！我当时见此妇饲猪，因领悟了古人造字的用意。家字从宀，从豕，讲的是无豕不成家呀。不由觉得贴切，故而微笑，而不是看中了饲猪妇女。"于是，明太祖厚赐这个妇女回家。

这个饲猪民妇差一点就跳了"龙门"，改变命运。马皇后和内宦深谙皇上的秉性。从"金帛赐其夫，取妇侍上"到"厚赐遣归"，显示了皇权无所不可。生活在权力阴影下的百姓如同随便掠夺买卖的物件，又如蝼蚁草芥，小心翼翼，对权贵无不逢迎。

　　附：清初褚人获《坚瓠己集》卷四《家字从豕》原文如下：

　　　　高皇微行，见一民妇饲猪，上微笑。内竖误以上悦此妇，
　　及入宫，孝慈问驾所经，内竖述其事，孝慈以金帛赐其夫，取
　　妇侍上。上屡目之，曰："此妇似曾见之。"孝慈曰："即前日某
　　街饲猪者。妾以圣情所悦，故令入侍。"上笑曰："误矣！我见
　　此妇饲猪，因悟古人制字之意。家字从宀、从豕，言无豕不成
　　家也。不觉有契于心，故笑，非为此妇也。"厚赐遣归。

# 二　清代笔记小说中的疏误

　　阅读清代笔记小说，往往经目而不经心，匆匆而过。笔者驽钝，细
微不舍，偶见疏误，摘举如下：

### （一）

　　宣鼎（1835～1880？）著《夜雨秋灯录》，卷一有《雅赚》一文，
讲郑板桥在扬州被盐商骗取书画的故事。"……（郑板桥）先生固寒士，
至是益盛自宝重，非重价，不与索。沈凡民先生代镌小印，文曰'二十
年前旧板桥'，志愤也。"[①]由上文知：沈凡民先生镌刻"二十年前旧板
桥"小印。

　　检《板桥先生印册》[②]知：1.江阴沈凤，字凡民，盱眙、旌德、宣城
三县知县，工篆刻。为板桥刻的印文为"所南翁后"。另外，郑板桥绝句
《沈凤》："（字凡民，江阴人，盱眙县令。王箬林太史门生。工篆刻。）
政绩优游便出奇，不须峭削合时宜。良苗也怕惊雷电，扇得和风好好

---

① （清）宣鼎著，恒鹤点校：《夜雨秋灯录》，上海古籍出版社，1987年。

② 卞孝萱、卞岐编：《郑板桥全集》（增补本），凤凰出版社，2012年

吹。"2.济南朱青雷，名文震，能诗、词、书、画，尤工篆刻。先为高西园门生，后为板桥门生。为恩师刻内容为"二十年前旧板桥""私心有所不尽鄙陋""郑为东道主"及"康熙秀才雍正举人乾隆进士"印章。

另，汪启淑《续印人传》卷四《朱文震传》载："朱文震，字青雷，号夫羨，山东历城人也……归复就学于族叔祖冰壑先生家，更得指授，用笔用刀之法益进，名亦鹊起。"知朱青雷工篆刻。

由此看来，宣鼎文中"沈凡民"应为"朱青雷"。

（二）

俞樾（1821～1907）著《右台仙馆笔记（附耳邮）》卷一有长寿"聂道人"的记载。聂道人的师父是湖北钟祥县（今钟祥市）"元游宫"的道士盛契真①。经查：钟祥县至今仍有此道宫，且有明朝严嵩手书"元佑宫门"雕刻。看来俞曲园先生笔下"元游宫"应是"元佑宫"之误。

又，在卷九中有则讲杭州海神庙的海神役使汪甲之新妇的怪异故事。"杭州望江门外民汪甲，聘陆氏女，以贫不能娶，乃纠集十余人荷轿而如汪氏，劫女以出，纳之轿中，荷以归。"②"汪氏"两字系俞曲园先生疏忽，应作汪甲的泰山家"陆氏"。即贫民汪甲纠集数十人抬着花轿去岳丈陆氏家抢新娘。

再，上书第479～480页讲了一则许家小女儿为被谋杀父亲申冤的故事。宜昌许翁在咸丰初载客入川，客死，乾没了客人十万两银子。乱定，许翁遂富甲其乡，年七十八矣，有"四子、两孙、一孙女"。许甲是长子，有膂力，入学武生，性戆直，失父欢，而诸弟又媒蘖之。许甲与诸弟发生冲突，诸弟遂谋杀兄。"一日，甲与妻女往祝妻父陈叟寿，将至，有六人突出田间，视之，四人者其弟，两人者其弟之子也。"结果许甲"被铁尺乱击毙之，妻救护，亦为所伤，数日死"。细读原文，行凶现场

---

① （清）俞樾著，王华宝、余力整理：《右台仙馆笔记（附耳邮）》，凤凰出版社，2020年，第16页。

② （清）俞樾著，王华宝、余力整理：《右台仙馆笔记（附耳邮）》，凤凰出版社，2020年，第238页。

计六人（四个亲弟弟和两个亲侄儿）。而开头讲许翁共有四子（当包括长子许甲在内）、两孙（即许甲的两个亲侄儿），一孙女（即许甲的十六岁的亲姑娘），由此可见，前文"四"字应改为"五"字，或者修改后文的"六"字为"五"字（其中三人为弟，二人为弟之子）。

（三）

齐学裘（1803~1883）撰《见闻随笔》[①]，卷四有则《伪北王杀伪东王伪天王杀伪北王事略》，是讲作者听扬州王妈说在太平天国占领南京城后，太平天国领导高层发生的"内讧"事件。其中提到了"伪翼王石大开见机而逃，追之不及，从此石大开不服洪秀全所管矣"。此处齐学裘为什么把"伪翼王"的名字写成"石大开"，原因不详（可能因当时邸报和通讯传递条件低下，口头同音误传所致）。但而今史学界普遍写作"石达开"，这也可算是一处疏误的。

另外，是书卷八第161页有则《云留轩狐》，云：

> 荆溪张渚山中钓桥村云留轩，我年三十三曾挈眷读书于此……夜深灯烬，读倦隐几假寐，闻和合窗开，惊寤，见一黄毛兽大如狗，肥如猪，头圆尾粗，从窗外跳下，烛之不见。小婢入房寻踪，见床里帐垂，以手探之，绵软如猫肚，捉之脱去，下床一旋而灭迹矣。余曰："此狐也，当擒而烹之为快。"言毕就寝。明早起，见壁上花纸四面烧焦，中心完善，知狐为祟，遂移居楼下，每月朔望日以鸡蛋、烧酒供之，设位焚香。每月上楼洒扫，见地上有乾矢一大堆，色黄无臭，馀无所见。

细读全文，从楼窗外跳入一黄毛兽，"大如狗，肥如猪，头圆尾粗"及"绵软如猫肚"，这些状物描述，一点都不像"狐狸"。因为"狐狸"的形状不是"肥如猪"及"头圆"。《现代汉语词典》（第5版）第574页

---

① （清）齐学裘撰，林日波整理：《见闻随笔》，文物出版社，2022年。

〔狐〕字条:"哺乳动物,外形略像狼,面部较长,耳朵三角形,尾巴长,毛通常赤黄色。性狡猾多疑,昼伏夜出,吃野鼠、鸟类、家禽等。常见的有赤狐和沙狐。通称狐狸。"《云留轩狐》中所写之"狐"可能是另外一种黄毛兽类物种,而不是"狐"。故齐氏的标题《云留轩狐》和文中所认定的"狐",可能不正确,或当改作《云留轩怪兽》。

**(四)**

慵讷居士(大约是道光时人)著《咫闻录》,卷一有则《沈处士》,逐抄如下:

> 浙有沈处士者,聪明颖悟,博学多闻,诗书经史,一览无遗。偶见东岳庙中,经卷甚多,与僧借阅,僧以水陆斋会招魂施食等咒与之。回斋朗诵,忽见蓬头野鬼,大小数十为群,聚集阶下,满室觑觑作声,咸谓蒙师荐拔,群来领命。沈大惊,思欲退鬼,茫然无法,窘极而病。急召僧作道场,而鬼乃寂然,病亦寻愈。

> 予素不信鬼,一夕,起议聚钱,招僧放焰。甫陈祭筵冥物,即有人于南楼,见四路神灯对对而来,鬼灯簇簇而至,踖坛而灭。僧念散孤咒后,忽听鬼声呜呜,是盖以诚而致之也。是夕,起会在予,而乐助者在人。众皆竭其诚心,肴必洁盛,事必周到,故能若是也[①]。

研读此文第一段文字,发现作者有疏误之处:东岳庙,是中国本土民众从古到今的崇拜信奉之处,祀泰山之神,即俗称东岳大帝;"东岳庙"应属于道家信众修行的神圣场所,其常住"庙"者应以道士/道姑为主流(有时云水僧人亦可在东岳庙临时挂单的),而应不是信奉佛祖的僧人。故第一段中的三处"僧",应改作"道人"或"道士"。另外,第二

---

① (清)慵讷居士著,陶勇标点:《咫闻录》,重庆出版社,2005年,第15页。

段中的两处"僧"，正确无误，因为佛寺僧人在重大的佛教节日里，大都举行施蒙山、放焰口法会，施食地狱中无人祭祀的孤魂野鬼。

# 三 《余晦斋杂论》读记

清代安徽婺源齐学裘（1803～1883）在同治年间（1862～1874）所撰志怪笔记小说集《见闻随笔》有时代特色，反映当时社会实况，期望借助文字的力量来明道淑世、敦风化俗。余晦斋是齐学裘的老友，"自幼力田，中年始知向学，以训蒙为活"。《余晦斋杂论》①一文，就有这样的特点。下举两段为例，浅论之。

> （余晦斋）又尝谓近日训蒙者皆墨守成例，不以讲解为事，读书二三年，全不与讲一点做人道理，致子弟终身梦梦，习于下流，此直可谓之教书匠耳。按律定罪，尝堕喑哑地狱。故其为教，虽初学童蒙，必日与讲孝子悌弟及善恶果报故事一二条，谓师道立则善人多，今师道不立，宜乎恶人接迹也。

此言论虽是对一百多年前的晚清社会实况讲的，而今时迁势变，旧话重提，对目前的教育亦有现实借鉴作用。

> （余晦斋）又尝以乡约劝善，人多厌听，因势利导，莫如演戏，而近日梨园每习为诲淫诲盗，伤风败俗，不忍名言。即有忠孝节义等剧，又大都帝王将相、名门大族，比拟大高，认之化导乡愚，药不对症，奚啻隔靴搔痒。遂作劝善新戏数十回，词白浅近，一以王法天理为主。集成一班，教诸梨园子弟学习试演，一洗诲淫诲盗诸习。虽非阳春白雪，颇为乡里人所乐观……

---

① 《余晦斋杂论》，（清）齐学裘撰，林日波整理：《见闻随笔》卷一，文物出版社，2022年。

余晦斋的看法及实践作法，可以视为辛亥革命后（1912），陕西文化精英、先贤李桐轩、孙仁玉诸位为"移风易俗"创办的秦腔"西安易俗社"的先声。而今，物欲横流，人心都向"钱"看，梨园不景气，且式微，更应深思其根源之所在。

# 四　读《樊黑黑》有感

近读清代乐钧《耳食录》卷一《樊黑黑》，与君分享。

首先，白天看到的丑妇樊黑黑与夜间微灯行房时的美妇"樊黑黑"真是一个人吗？不仅樊黑黑的屠夫丈夫疑惑，也令我这个百年后的读者不解。同一个"樊黑黑"，白天与黑夜里形态迥异，真是天下奇葩。美丑颠倒，黑白颠倒，真假颠倒。难怪屠夫贪色沉迷，不能自拔。

其次，屠夫对众无赖解说与其妇行房的神妙感觉，而众无赖不信时，他则用"实践是标准"引无赖去家中体验，令人啼笑皆非。众无赖到屠夫家中去"借汤下面"。"樊黑黑"则来者不拒，乐于奉献，真有点普度红尘的"锁骨菩萨"的影子。详见唐代李复言《续玄怪录》之《延州妇人》。

更奇怪的是，一日屠夫方寝，美妇"樊黑黑"明言后的悄然离去。她到底是人？还是狐？仙？神？怪？无法坐实。恢复丑陋的"樊黑黑"，则令屠夫及众无赖厌恶，纷纷远避。唐朝有个名妓叫"樊素"，是著名诗人白居易的家姬，与小蛮齐名。有诗云："樱桃樊素口，杨柳小蛮腰。""樊素、蛮子者，能歌善舞。"（《旧唐书·白居易传》）。新、旧《唐书》一向以严谨闻名，连岑参这样四品的朝廷命官，知名的边塞诗人，居然都没有立传，樊素和小蛮能在史书中留名，也是十分难得了[1]。"素"，纯白也。对比"樊素"，这个故事的主角叫"樊黑黑"。后来明清笔记小说中还有叫"樊素素""陈圆圆""白黑黑""胡好好"的。

---

[1]　此点是安庆一中刘磊老师提供。

附：原文：

有屠者，娶一妇，貌奇丑，蓬发厉齿，睇鼻深目，面颧顸而黑色；肩高于项，左后耸，而右前垂；腹脬大如瓜；腰以下肉疣坟起者，三四寸；足复辟行，步蹒跚。颇好涂饰，见者莫不辟易，而屠者爱之，不啻毛嫱郑袖也。有戏问之者，曰："何子钟情之深也？"屠者曰："吾每夜于绨帷中，微灯闪烁之际，则殊见为丽人。蛾眉巧笑，颒颊多姿，令人猿马大动。既与合体，并觉纤腰一握，肌理细腻，两股之间，有香气袭袭扑人，不禁神骨之俱解也。怪以问妇，妇亦不自知。间或持烛照之，即亦无异其本形，而去烛，则复如是。以是爱之而忘其丑。"闻者不信，传为笑柄。群谓天下固有如是之溺于淫，而复饰此说以诳人也。

屠者无以明其言，大恚愤。乃日引乡里诸恶少，入其室，令尝试之，果如所谓。于是欲淫其妻者故言不信，屠者便令与偕焉。所交几遍一邑，不啻名娼矣。一日方寝，有人自床头谓之曰："尔家合为娼，惧无以致客，故吾为尔妇易形。我樊黑黑也，今去矣。"言讫，寂无所见，而视其帷中之妇，丑态毕露矣。屠者憎其形，一夜三四起，不能寐。久之遂别榻焉。向时往来其家者，至是皆绝迹[a]。

# 五 "花瓶"的故事

古董古玩业藏珍函宝，涉业者多为龙睛凤目，久经历练。但事有出奇，无法预见。

清朝津沽有家古董店，出售一尊与人高的花瓶，它是成窑五彩瓶，

---

① （清）乐钧，范义臣标点：《耳食录 三异笔谈》，重庆出版社，1996年，第7～8页。

光怪陆离。但不知何故，久久没有顾主。一天，店里来了位顾客，询问这尊花瓶的价钱。伙计因久未有人问津，自认为此顾客可能泛泛一问，不一定真心喜欢，就狮子大张口，报价制钱五十贯！这位顾客二话没说，立刻掏出制钱兑现。这位顾客抱着花瓶走到街心，拾起一块石头猛击花瓶。街上行人大惑不解，观望者如蚁，都觉得这位是不是疯癫。不一会儿工夫，那人敲碎了花瓶的底部，坠落出一饼金子，看上去大约有一百两的样子。其人揣在怀里，得意而去，整个古玩一条街的人都惊骇不已。原来，这个花瓶与人差不多一样高，重心不稳易于倾倒，如底部不加重，则无法竖立。此花瓶原来是明朝皇帝御用之物。

依我看，买花瓶的人虽然得到了金子，但砸坏了古董，实际亏大了！他若带回家中永久珍藏，岂不比金子更值钱。保留到今天，价值不可估量。古人有买椟还珠，近代有碎瓶取金，悲哀呀。

附：清高继衍《正续蝶阶外史》之《花瓶》原文

　　津门古董店，鬻花瓶，久不售。瓶与人等，成窑五彩，极陆离。一日，有人问价，索制钱五十缗。某人出钱付之，携至街心，持石击碎。观望者如蚁，咸谓此人殆疯癫。俄敲底破，坠金一饼，约百两，怀之扬扬去，一市尽骇！盖瓶过高，非金不能稳，前明御用物也。

# 六　书呆子

由于读书太笨，居然惹恼了小偷，被小偷揶揄，掌掴而去。天下竟有这样的奇事。故事出自清代乐钧著《耳食录》卷五《偷儿》。

某书生夜读科考的八股文，反复读了几百遍，仍然不熟。到了凌晨一点多钟，他诵读的声音越发嚣噪，看样子非到天亮不可。正好有个小偷藏在书生床下等待时机，见书生老没有睡觉的意思，小偷很是烦躁，看来这个夜里是没有"下手"机会了。于是突然从床下蹿出，冲上去打了这书生几个耳刮子，嚷道："你这家伙又不是生铁疙瘩，怎么就这么顽钝不化呀？我还要等到什么时候？"遽然向门外奔出，拍手而去。

附原文如下：

> 某生夜读制艺，往复数百遍，犹不熟。漏四下，诵声益喧，意且达旦矣。有肤箧者，伏床下躁甚，突起捆之，曰："尔非生铁，何顽钝若此？余焉能待？"遽趋出门外，鼓掌而去。

# 七 《聊斋》因《罗刹海市》而留存

《罗刹海市》来自蒲松龄《聊斋志异》。

晚清徐珂《清稗类钞》之"著述类"中提到："《聊斋志异》之不为《四库全书》说部所收者，盖以《罗刹海市》一则，含有讥讽满人、非刺时政之意，如云女子效男儿装，乃言旗俗，遂与美不见容，丑乃愈贵诸事，同遭摈斥也。"（中华书局版《清稗类钞》，第3763页）

《罗刹海市》文末异史氏曰："花面逢迎，世情如鬼。嗜痂之癖，举世一辙。'小惭小好，大惭大好'；若公然带须眉以游都市，其不骇而走者，盖几希矣。彼陵阳痴子，将抱连城玉向何处哭也？呜呼！显荣富贵，当于蜃楼海市中求之耳！"

稿本无名氏甲评：罗刹海市最为第一，逼似唐人小说矣。

何守奇评：世人以美为恶，以恶为美，使无脂韦之骨，即强为涂抹，终觉面目非真，遂令世界茫茫，几无处安此一副面孔；正恐蜃楼海市，显荣富贵，亦终不可得耳。悲夫！

但明伦评：花面逢迎，以出身为游戏，固自好者所不屑；即遭逢极盛，得志于时，只忠孝廉节，才是实地，馀皆海市蜃楼耳，不可为无，不可为有。何者可指为真无？何者可指为真有？知其无而有有之用，知其有而皆无之归。以其本有，而有所当有；以其终无，而无所当无。乃

可以有，可以无；可以无而有，可以有而无。是谓无有，是谓无无；是
谓非无有，是谓非无无。

塞翁失马，安知非福。亏得蒲留仙笔下奇文《罗刹海市》，才使《聊
斋志异》没能入选乾隆帝的《四库全书》。否则，真会把《聊斋》删改得
面目全非不可，那还有什么艺术价值可言？后人将无从知晓它的真面目。
近期歌手刀郎依托《罗刹海市》而创作的歌曲唱响乐坛，使大多数没有
阅读过该文的人了解了它的喻义，也是对古代文学魅力的重新开发。

# 八 "王方便"

王刚中（1103~1165），字时亨，饶州乐平人。曾在南宋绍兴十五年
（1145）考取进士第二名，为探花郎。刚中喜读书著文，他为官清廉，力
主战守，反对和议，在朝堂上曾受秦桧排挤。其六十三岁死后，赠资政
殿大学士、光禄大夫，谥"恭简"。

他当年为御史大人，出巡福建诸郡县时就碰到了一件"花案"。尤溪
的才子张松茂悦少艾邻居金媚兰的容貌，竟然暗地里厮混一处。不料被
好事者逮了个正着，并被双双拎着见巡抚王刚中大人。王刚中在公堂上
致细看过两位的所谓"供辞"后，见这两位男才女貌，且女未许字，男
未聘室，心生怜悯，欲成就一对苦命的"野鸳鸯"。但在公堂上，他不能
无理由释放这个败坏风俗的"烫手山芋"，便心生一计，王刚中大人就对
张、金两人讲："我即兴指物命题，若你俩能限时作诗完成，恕你俩私通
之罪，且成就姻缘一桩。"王刚中看见帘前"蛛网悬蝶"的景象，就令
张松茂就此赋诗。松茂才思敏捷，开口即吟："只因赋性太颠狂，游遍花
丛觅异香。今日误投罗网里，脱身还借探花郎。"王大人听罢后，又指
着"竹帘"实物，让金媚兰吟诗。媚兰于是吟到："绿筠劈破条条直，红
线相连眼眼奇。只为如花成片段，遂令失节致参差。"王刚中对两人的
即兴诗作很满意，并表示赞赏。刚中立马援朱笔写了如下"花案"判词：
"佳人才子两相宜，致福端由祸所基。判作夫妻永谐老，不劳钻穴隙相

窥。"大家因见王大人把棘手"花案"办得妥帖圆满，就把王刚中看成了"王方便"。

王刚中与张、金之间的风流韵事被记录在《醒睡编》中，后又被褚人获[①]编辑入《坚瓠乙集》之中。

附录参考原文如下：

《醒睡编》：探花王刚中，为御史出巡福建。尤溪张松茂与邻女金媚兰私通，被获到官。王见帘前蛛网悬蝶，指谓张曰："汝能赋此免罪。"张即曰："只因赋性太颠狂，游遍花丛觅异香。今日误投罗网里，脱身还借探花郎。"王又指竹帘命金赋之，遂吟曰："绿筠劈破条条直，红线相连眼眼奇。只为如花成片段，遂令失节致参差。"王称赏。见二人供状俱未议婚，即判云："佳人才子两相宜，致福端由祸所基。判作夫妻永谐老，不劳钻穴隙相窥。"人目为王方便云[②]。

# 九  浅说"慧眼识珠"

"慧眼"，犹"慧目"，是佛教用语，佛教所说五眼之一。《长阿含经》四《游行经》："慧眼无限量，甘露灭名称。"《无量寿经》："慧眼见真，能度彼岸。"指能回到过去和看到未来的眼力。成语"慧眼识珠"，本义是聪慧的双眼能识别珍珠。比喻在纷杂的条件下鉴别出优秀人才或高值事物。具有"慧眼识珠"本事的人不仅有社会精英，也有社会底层的人。如清代笔记中就不乏妓女、赌徒和酒店老佣。

纪晓岚《阅微草堂笔记》之卷十一《槐西杂志（一）》中有个叫

---

① 褚人获（1635-？），字学稼，又字稼轩，号石农、没事农夫，长洲人。

② （清）褚人获：《坚瓠乙集》卷二《王探花判》，《清代笔记小说大观》，上海古籍出版社，第745页。

"椒树"的妓女就发现了一位落第的举人，用心扶持帮助其考取功名而做官。只是后来"椒树"人老珠黄，门前冷落车马稀，生计困顿却与官员没有往来，令人长叹。

俞樾《右台仙馆笔记》（卷三）中有一个赌徒，发现了一位有潜力的落第学士，并热心帮助其博取功名而做了官。

徐珂《清稗类钞》"知遇类"中刊有"酒家叟识王筱岚"。说的是一位酒家老主人，对三次考秀才未成功的黔阳王筱岚倾情支助，催其成才，考取进士。

附：

（一）同郡某孝廉未第时，落拓不羁，多来往青楼中。然倚门者视之漠然也。唯一妓名椒树者（此妓佚其姓名，此里巷中戏谐之称也。）独赏之，曰："此君岂长贫贱者哉！"时邀之狎饮，且以夜合资供其读书。比应试，又为捐金治装，且为其家谋薪米。孝廉感之，握臂与盟曰："吾傥得志，必纳汝。"椒树谢曰："所以重君者，怪姊妹惟识富家儿；欲人知脂粉绮罗中，尚有巨眼人耳。至白头之约，则非所敢闻。妾性冶荡，必不能作良家妇；如已执箕帚，仍纵怀风月，君何以堪！如幽闭闺阁，如坐图圉，妾又何以堪！与其始相欢合，终致仳离，何如各留不尽之情，作长相思哉！"后孝廉为县令，屡招之不赴。中年以后，车马日稀，终未尝一至其署。亦可云奇女子矣。使韩淮阴能知此意，乌有"鸟尽弓藏"之憾哉！

（二）某孝廉家贫落魄，无以为生，贷于亲友，皆莫之应。有一博徒，独善遇之，时有馈遗，以资薪米。及公车北上，又为治装，且赡其家。未几，孝廉捷南宫，授县令，感念旧恩，使人招之。谢不往，曰："吾侪呼卢喝雉，席地帷天，放浪久矣。一入朱门，则束缚欲死，非所以爱我也。使我居君之所，仍日日外出从牧猪奴游，不于君官声有损乎？又非所以爱君也。"孝廉乃使人赠之千金，亦不受，曰："君虽日赠我千金，亦不过供我博场之一掷而已，徒伤君惠，而无救我贫，不如其已也。"此博徒见识甚高，使淮阴侯能见及此，则无鸟尽弓藏之叹矣。谁谓市井中无英雄哉！

（三）黔阳王筱岚，同、光间（按，指1862～1908年之间）以诗文名。少年家贫，为村塾师，三应童子试，不售，人咸藐视之。王郁郁不乐，寄怀于酒，日持百钱至村店沽饮，必醉而归，醉则益詈人，或痛哭大叫不已。酒家叟独敬之，待遇不与常人同。王怪之，曰："汝酒家佣也，岂知我哉！何厚我？"叟曰："君举止非碌碌者，何困于是？"王曰："汝岂知，贫家子岂有读书分耶？终岁辛苦，得馆穀，不足买一书。富人图书满家，子孙窃出易狗马，然不得入寒士手。若吾，岂有福读书者？已矣，吾其醉死矣！"言已，掷杯，狂叫而起。叟曰："君不闻映雪凿壁事耶？士岂患贫哉！虽然，老夫当为君助。"乃延王至家课子，兼督其自学，有所需，力为之谋。王感其意，肆力于学，数年乃大进。后王与叟子皆成进士，为诗古文辞，有名于时。时叟年七十余，犹亲见之，王尊为师。叟曰："君力学之功也，老夫何与焉。"

# 十　由"九尾狐"下锅想到

古书中"九尾狐"一般用来借说妓女或狐仙，没想到也有来命名金鱼的，见《古今谭概·不韵部第八·金鱼》：

> 金鱼有"九尾狐"及"紫袍玉带"种种之异，文房畜为清玩，价亦不廉。或以一盆赠张幼于，张转以赠守公。他日守公谓张曰："前惠鱼但美观耳，味殊淡。"盖守北人，已将鱼付爨下也。张但唯唯而已[①]。

可怜见的"九尾狐"和"紫袍玉带"，碰到了不懂行的人，命运悲惨。珍贵的品种尚且如此，若社会底层的蝼蚁，未被付之爨下，当念万

---

[①]（明）冯梦龙：《古今谭概》（修订版），中华书局，第128～129页。

幸。无独有偶，清代青城子①《亦复如是》之《某广文》中也记录了最佳金鱼被广文烹食的故事：

> 广文某，老贡生也，八股之外一无所好。行往坐卧常呻吟不辍，若齿痛然；细听之，乃涵泳八股也……某生者，名下十也，家颇裕，园池亭榭为一邑冠。喜养金鱼，盈池累盆，灿烂若锦，形状瑰异者目不暇接。广文尝至其家，周视亭阁，凡名字古画、奇花异木绝不顾盼；一见金鱼，即称佳者再。某生以广文之他无所爱而独爱金鱼也，其嗜好与己同，即择最佳者，割爱送数十尾。广文欣谢不已。过数日告某生曰："承惠之鱼殊不佳。"某生平日以识金鱼自负，不啻马中伯乐、菊中渊明。及闻广文不佳之语，度赏鉴更精，遂急求指示。广文曰："始吾亦以为佳，讵知味同嚼蜡（按，'蜡'指蜂蜡）乎！"方知鱼已烹食，不胜惋惜焉②。

# 十一 一张"竹榻"

清朝的某一年盛夏，杭州溽暑难熬。浙江的巡抚大人很想有一张竹榻来坦卧消暑。一次公馀闲聊，他无意间把需要竹榻的想法透露给了杭州知州。言者无心，听者会意。第二天，知州立刻送来了一张竹榻。这竹榻的竹簸光彩耀目，色泽滑润，工艺精巧，实属难得。巡抚躺在这张竹榻上，浑身顿生凉意，血脉通畅。舒适的感觉远远超出紫檀、象牙等卧榻之上。巡抚喜爱有加。

这么好的竹榻，这么短的时间，如何能找到？原来杭州的知州听到上司的需求后，马上差遣全部衙役，把杭州城所有纬铺中的纬簸一网打尽，然后严令细作巧匠，在收缴的纬簸中精选材料，一夜制造成这张竹

---

① 清代宋永岳，字静斋，号青城子，湖南澧州人。著有《志异续编》《亦复如是》。

② （清）青城子：《亦复如是》，重庆出版社，1999年，第36～137页。

榻。杭州知州深谙官场潜规则，投上司之所好，倾政府的人力、物力、财力办妥此事，此时不表现，何时表现？不知道对杭州百姓的生计，他能这样尽心吗？

清代青城子《亦复如是》原文如下：

> 浙抚某，夏日想一竹榻坦卧消暑，偶与杭守言及之，翌日即送上一竹榻。榻之精巧，因不待言；竹之光彩油熟，色耀一空。人俱不解何由致此。徐访知守因巡抚一言，归即传唤衙役四出，凡杭州纬铺所有纬簧一齐收尽，随命细作巧匠一夜造成。寝之凉而活血，巡抚爱之，出于紫檀、象牙诸床之上。

# 十二　由《戴希英冒火救母》想到

看过清代齐学裘撰《见闻随笔》卷十三《戴希英冒火救母》，深感社会的因循，古今差异不大。

明代安徽婺源西乡岩前的戴希英家中失火，她的继母是个瞎老太婆。继母亲生的三个儿子只知抢运财物，却不顾亲娘的死活。戴希英从外面赶回来，把浸了水的絮被蒙在头上冲进屋里，冒着大火背负继母而出，令一直虐待他的继母惭愧万分。被救后的继母真心说："愿汝千子万孙以报汝孝。"而后来的事实真是"希英后嗣至今绵绵几有万丁，其余三房绝嗣无一存者"。

20世纪50、60年代陕西农村流传："宁要老猹（按，'老猹'即老母猪的方言称呼），不要老妈！"因为老猹会生猪娃，可带来收入，而老妈只能消耗东西，不可能创造财富。时至今日，钱难挣，老人的养老，子女的赡养问题普遍存在，令人担忧。

附：《戴希英冒火救母》

> 明朝戴希英世居婺源西乡岩前，一日，其家失火，二、三、

四弟只知运财物出外，不顾其亲生瞽母死活。希英从外赶归，蒙水絮被蹈火中，负继母出外。母曰："我平日待汝极恶，今日救我出火中者还是汝，我生三子，皆不顾我死活，汝真孝哉！愿汝千子万孙以报汝孝。"希英后嗣至今绵绵几有万丁，其余三房绝嗣无一存者，谁谓天道无知也？万善孝为先，为人子者其可忽诸！

岩前戴毓云口述。

# 十三　慧安尼师的《心医》

晚清时，江苏仪征当地有位"慧安"的尼师，她年龄三十多岁，为人非常端庄稳重，擅长医治小儿的疾病，凭仗其高超的医术行走在江淮区域。她不以之敛财，不识字，且对中药的药性也不是很懂，但她施治动不动就有疗效，人们都延请她去治小儿的疾病。

有人就向慧安尼师询问，她怎样会拥有这个治小儿的本事。她长长叹了口气说道："我根本不是行医的。我年轻出闺时，我的丈夫是学习中医治病的，我们生了个男儿，身体差，常常生病，每当孩子生病后，我丈夫就用少量的中药匹配来调治，立马就好了。当娃三岁的时候，我丈夫去世了，我对上要侍奉年岁大的婆婆，向下要抚育幼儿，但凡他们的饮食寒暖，我都自己的心来体贴。婆婆去世后，我则一门心思来关心孩子的成长。十年来，我询问环境的燥与湿，观察小孩的饥与饱，颇能发现小孩隐藏在体内的疾病。不幸小儿因患痘而夭殇，我本人落得孑然一身，婆婆与丈夫还没有找到永久的埋葬之处，我自己还不能以死殉情，因此舍出宅子作为佛寺，削去青丝而自行修佛。有别人带小儿来佛寺上香礼佛，我会把自己观察小儿有什么疾病告诉大人，要么消导，要么发表，没有几天，小孩就健康了。我的本事就是用自己的细致体贴的心为医，这较用汤药食补似乎有效果罢了。"

学习了这则小说《心医》以后，我有几点想法如下。1.环境熏陶很重要。因为慧安尼师的以前丈夫是习医的，她也会"近朱者赤"，对传统中医有所了解。加之，她们家的孩子体弱多病，丈夫每次给孩子抓药治病时，她本人都会积极参与其中，她虽不识字，但无形中记住了一些治小儿常见疾病的中药名、用量和治疗方法。"久病成良医"，为以后行医提供了保障。2.用心体味很重要。丈夫去世后，为了养活年迈的婆婆和抚育独苗孩子十年，费尽了无数心血，时时关注饮食寒暖，问燥湿，察饥饱，故能做到提前预防疾病。3.传统中医，门槛低，可以自学成材，哪怕不识字的妇女都行。4.她不想凭医术敛财，且心胸宽阔无私，加之"医者父母心"，往往似有药王爷神助，著手成春，药到病除。5.慧安尼师以擅治小儿疾病的"方便法门"，与众生结三世佛缘，欲普度众生，共成佛道。

附：《心医》全文（见清代齐学裘撰《见闻随笔》卷二十）

仪征尼慧安年三十许，极端重，善医小儿疾，以术行江淮间，不取财，不识字，药性亦不甚了了，而施治辄有效，人多延致之。或问其故，尼叹曰："我非行医也，少年出嫁时，夫习医，生一子多病，每以少药调治之，即愈。儿三岁，夫故，上事衰姑，下抚幼子，凡饮食寒暖，以心相体贴。姑亡，则专心于子矣。十年来，问燥湿，察饥饱，颇能窥小儿隐。至子以痘殇，孑然一身，姑与夫又未得葬地，不可以死，因舍宅为寺，削发自修。有小儿来游者，视所患告其家人，或消导，或发表，不三数日即瘥。盖以心为医，较药饵似有灵耳。"[①]

---

① （清）齐学裘撰，林日波整理：《见闻随笔》卷二十，文物出版社，2022年。

# 十四　由"狗孝子""牛孝子"所想

顷读晚清学者俞樾（1821～1907）文人笔记小说《右台仙馆笔记（附〈耳邮〉）》中两则文字：一则通州德兴镇王长林因故被迫为"狗孝子"的事，另一则是湖北咸宁的盛氏子感恩为"牛孝子"的事。读罢我内心震动很大。

"狗孝子"反映了晚清社会政治的黑暗和部分有点权势者——连七品官都算不上的"土四尉"毛某在乡村的豪横和武断，胁迫邻人王长林披麻戴孝，为其爱犬"阿生"具棺送葬。而王长林被逼手写讣状——"不孝狗男王长林，罪孽深重……"在通衢张榜。真没把王氏当成"人"来看待！而"牛孝子"则反映了当时广大的社会底层劳苦大众善良淳朴，重义有情，普怀感念牛舍命与虎争斗救幼主而丧生，为其棺敛，作佛事，斩衰治丧，甘愿担当"牛孝子"。

附俞樾著《右台仙馆笔记（附〈耳邮〉）》原文如下：

（一）民间呼县尉曰四衙，盖以县令之下有丞、簿、尉，故尉次第四也。通州德兴镇有毛某者，武断乡曲，俗有"土四衙"之号。畜一犬，甚爱之，名之曰阿生，饮食寝处辄与共。每年六月六日，相传为狗生日，则具酒面为寿焉。一岁为邻人王长林击毙。毛大怒，迫使具棺以葬之，斩衰而送之。且使手书讣状，榜诸通衢，其文曰："不孝狗男王长林，罪孽深重，不自陨灭，祸延狗父阿生府君，于某年月日寿终，即日成服治丧。谨此讣告。"此真未有之奇文也。昔楚庄王所爱马死，使群臣丧之，以大夫礼葬之，因优孟之谏而止。阿生竟得成礼以葬，"土四衙"之豪横亦可想见矣。（卷四）

（二）同治庚午岁，湖北咸宁乡间颇有虎患。有盛氏儿牧牛于郊，突与虎遇。儿从牛背坠地，牛以身庇之，奋其角与虎斗，不胜。有他牛来助之，虎乃去。盛氏儿得不死，而所牧牛竟以伤重而死。于是盛氏长老咸集，皆曰："此义牛也。"买棺敛之，穴地葬之，且为作佛事，而使此儿斩衰治其丧，若丧所亲者然，谓之牛孝子。（五卷）

# 十五　回头是岸

话说晚清南方某地有某甲，为人不正，好呼卢喝雉。一次在赌场上输了，无物可抵。为了还这个亏欠，向熟人某乙贷了钱财。

某乙一直艳羡某甲妻子美色，于是多次以索款为名，入甲家窥视其妻。一日，乙趁甲不在家，闯入甲妻内室，甲妻正好小解，见乙惊起。乙上前猥亵，甲妻惶恐，用溺桶覆扣乙头，污秽淋漓。乙狼狈逃出。甲从外面归来，甲妻痛述耻辱，当夜上吊身亡。甲恸哭三天！在亡妻灵前自断一指，发誓不再赌博。

乙依然我行我素。几年后得杨柳恶疾而亡。乙妻入赘一男，而这个男子劣弱、驽钝，仰仗乙妇的钱财来讨生活。一年有余，乙妇钱财枯竭。为了生计，只好操皮肉生意，做暗娼倚门。旁人指点："这就是某乙之妻。"

某甲"回头是岸"，戒赌自律，以囤积物资起家，渐入小康。一日，有个远方的商客做生意到甲家。按生意场的惯例，甲应在妓娼家摆设酒席为商客接风洗尘。在哪个娼家设宴，则是由商客定夺。此客点名在乙家设宴。

乙妇本来不认识甲。饭后茶话，乙妇招呼客人进入内室。甲在乙妇内室闻到香味馥郁，问乙妇："这是什么香？味道酷烈，不同寻常。"乙妇笑道："这是海外奇香。"然后举起衣袖凑向甲："客人您伸手来摸索一下我的身子，当让您的手指粘满迷人体香！"此时甲忽然想道："当年某乙入我妇内室，有非礼之举。而今我又入乙内室，乙妇使我闻其体香，倘若我妄为，定遭天谴！"甲虚汗不绝。商客笑道："您在来到乙家之前，何等旷达，不拘小节，而到乙妇内室为何就如此修德呢？"甲讲述了以前与乙的事情，众人都说："厉害呀，真是贪淫好色的报应！"乙妇羞愧，无地自容，失声痛哭。几天后，竟然剃发遁入空门，青灯黄卷伴古佛去了。

这个故事见清代俞樾（1821～1907）著笔记小说《耳邮》卷四。

# 十六　自断手指

在中国的伦理道德规范中，子女对老人尽孝道，是作为人子女最基本的做人要求。但从古到今，就有不少的子女做不到！而忤逆之子代代有之，但下面这个忤逆屠夫的转变，是个例外，有普遍的警示作用。

江苏扬州宝应县某甲，是个屠夫，其人生性吝啬。有个老娘已七十岁了，人老嘴馋，就是想吃些猪肉，儿子吝啬就是不给老娘肉吃。一天，某甲正要操刀杀猪，老娘又来向他乞要猪肉。儿子发怒说道："纵然断我的手指头，就是不给您肉！"儿子刚刚讲完话，忽然神志不清，奏刀砉然，自己的一根指头就断在那里。屠夫因断指痛绝仆倒在地。屠夫吝啬对待老娘不孝是事实，有亏天理，加之古人思想中都固存有主持正义的鬼神概念，他慢慢爬起来，包裹伤口而叹息道："屠刀断指头，这是鬼神因我不孝敬老娘的警示呀！"从此以后，屠夫悔过自新，事奉老娘尽孝道，甘旨之物上奉老娘无少缺。

屠夫甲伸出缺指之手掌以示人，说道："作为人子在父母跟前能不尽孝道吗？看一看我自己屠刀断指头，可以为戒鉴了。"《易经》上有句话："小惩而大诫，小人之福也。"讲的不就是屠夫甲的这类人吗？

这个故事原载于清德清俞樾《右台仙馆笔记》卷十之上。附原文如下：

> 宝应人某甲，屠者也，性吝啬。有母年七十矣，思得肉食，辄吝不与。一日，甲方鼓刀而屠，母又向之乞肉，甲怒曰："虽断吾指，不与而肉。"言已，忽不自知，奏刀砉然，一指断焉。痛绝仆地，徐起，裹创而叹曰："此鬼神之警我不孝也。"自此悔过，事母尽孝，甘旨之奉无缺。每出手以示人曰："为人子可不尽孝于父母乎？视吾断指，可以鉴矣。"《易》有之："小惩而大诫，小人之福也。"此屠之谓与？

# 十七 草民的无奈

彼时的老百姓处于社会最底层，他们小心谨慎，善良勤劳，忍耐，对皇权和官吏们的欺诈压迫逆来顺受，对不可抗拒的神灵，如风伯雨师，雷公电母顶礼膜拜，惧怕并敬而远之。一旦他们的至亲骨肉受到这些神灵的无故侵害而丧生时，他们就用祭文或疏文叩问苍天，拼了身家性命讨个说法。只有这个时候，平时唯唯诺诺的老百姓就变得充满胆量和豪气，真有点"舍得一身剐，敢把皇帝拉下马"的气势，其结果，往往有所转机，让无故受害者起死回生。清代笔记小说中，不乏这样的故事。

袁枚《子不语》卷六《祭雷文》：

> 黄湘舟云：渠田邻某有子，生十五岁，被雷震死。其父作文祭雷云："雷之神，谁敢侮。雷之击，谁敢阻。虽然，我有一言问雷祖：说是我儿今生孽，我儿今年才十五；说是我儿前世孽，何不使他今世不出土？雷公雷公作何语！"祭毕，写其文于黄纸焚之，忽又霹雳一声，其子活矣。

徐芳《藏山稿外编》卷二十二《汴州雷记》原文如下：

> 万历中，汴城民家一童为雷震死，父母贫老，无他子，哭之哀。一老生过而怜之，问其平居何状，曰："无他过，仅能牧豕而已。"老生曰："我为子疏吁天而焚之。"父母曰："听。"其词曰："惟神震天之威，司天之怒，强暴不畏，幼弱不侮。当今官吏猛如虎，何不当头轰一斧？嗟嗟赤子有何辜，击死不留养父母？若问前世因，极恶不当生下土；若问今世因，童稚无知何足数。神如正直与聪明，请听愚生忠告语。"告罢，自辰达申，忽片云自西北起，雷电大作，至童子所，轰然自空而下，

若重有所击者。俄顷云散，则童子甦矣。问其故，惘然无知也。于是汴人喧视，事闻抚军，檄所司旌之，题曰"回天反怒"。同里先辈傅公游其地，目击如此。

致堂胡氏有言：雷者，阳之怒气。气郁而怒，方尔奋击，偶或值之，则遭震矣，始尝疑之，今观童子之无罪而死，岂非然乎？然老生之疏告，而死者复苏，独何与？岂亦阴阳激搏之气为之与？自古震而死者多矣。未有能复生者，岂真有神主之，而所击偶误，感老生之言而霁其威与？当神庙之时，上下清明，法度犹肃，而老生之言已如此。使在今日，更当何如？然从来贪酷之吏，于世比肩接踵，而死于震者无闻，岂所谓猛如虎者，即雷亦畏之与？又岂斧之不胜斧与？生文词鄙朴，无足深录，而吾乐存之者，不独讽慨直切，亦以见雷之尊威。而当其击之偶误，不惮于转环；则凡天下操生杀之权者，慎勿胶持成见，以人之性命狥其意气，可也。

# 十八　同一意思的两句诗

古人于诗文，琢磨炼字到无聊的地步。顷读清人笔记，有两位作者都在描绘某学士"销金窟"后的状态，一"叶"一"燕"，不遗余力。

皖江士人某，乔梓能文，性情通脱。丙辰秋，其子到省，寓秦淮妓楼。妓色艺兼优，生昵之两月，囊橐罄（按，应作"罄"字）尽二千金。父知之，屡遣人招之。妓知不能久留，置酒饯别，清言达旦，洒泪出门。生素羸弱，至是愈甚。到家，父数其罪，将施夏楚。生惶恐，一卸袖中，忽落一笺子。上有蝇头小楷书两句云："可怜病骨轻于叶，扶上金鞍马不知。"其

父释然曰："罢！得此二句，二千金亦值！"……①

　　江南昔有贵公子，年少登科。乃翁故臄仕家居，于其公车北上，以五千金遣之。公子赋性不羁，楚馆秦楼，一路挥霍，比至京师，已囊空若洗矣。兼以抱病不得入场，嗒焉若丧，称贷而归。翁初怒其不肖，欲诃责之，及还家，首搜行箧，见诗稿中有二句云："比来一病轻于燕，扶上雕鞍马不知。"翁且怜且喜曰："得此二句诗，则五千金花得值也。"公子次科旋中式，入词馆。此可为花柳诸公作一段佳话，今则无此撒漫浪子，并无此跌宕诗人矣②。

# 十九　浅说"金圣叹《快说》三十三则之一"

　　金圣叹（1608～1661），名喟，一名人瑞，字圣叹。吴县人。1661年因抗诉县令刮索钱粮，与诸生哭诉于文庙，被清廷杀害于南京。《快说》三十三则，为贯华堂第六才子书《西厢记》卷七《拷艳》批文。他自己说："昔与斲山同客共住，霖雨十日，对床无聊，因约赌说快事以破积闷"，"并不能辨何句是斲山语，何句是圣叹语矣"。其中一则为："存得三四癞疮于私处（张明高先生注为阴部），时呼热汤，关门澡之，不亦快哉！"③

　　《王力古汉语字典》中载：癞，"疠"的后起字。麻风病。……〔备考〕《淮南子·精神》："夫癞者趋不变。"高诱《注》："或作介。介，被甲者。"马宗霍《淮南子·参证》："'癞'字《说文》作'疠'，训'恶疾也'。《礼记·月令》'孟冬行春令，民多疥疠'。然则此文癞或作介者，

---

①　（清）破额山人著，栾保群点校：《夜航船》卷四《七字千金》，文物出版社，2014年，第82页。

②　梁绍壬撰，庄葳点校：《两般秋雨庵随笔》卷一《诗值五千金》，上海古籍出版社，1982年，第4页。

③　陈熙中、张明高注释：《明清文人清言集》，上海科学技术文献出版社，2018年，160页。

介盖疥之省借字。"①

我推测金氏此处"癞疮"是自讳，既非麻风，也非疥疮，而是花柳病，即梅毒。

作为高级知识分子、有民族气节的金圣叹，经历了明清易代的天翻地覆之巨变，仕途也不顺畅，人生总不得意，无奈只好沉湎于醇酒美妇之中！那么他身患"癞疮"的原因大概就明确了。这也没办法，只有"时呼热汤，关门澡之，不亦快哉"！这也从侧面说明金氏是性情中之豪爽人，对待自己的私生活中的不足之处，可诉诸文字，公之于众，从不藏着掖着！②

# 二十　由《琴变》所想

袁枚《续子不语》卷六《琴变》：

> 金陵吴观星工琴，常为余（指袁枚）言：琴是先王雅乐，不过口头语耳，未之信也。年五十时，为赵都统所逼，命弹《寄生草》，旁有伶人唱淫冶小调以和之。忽然风雷一声，七弦俱断，仰视青天，并无云采。都统举家失色。从此遇公卿弹琴，必焚香净手，非古调不弹矣。

袁枚《琴变》一文说明了能进庙堂之器乃为圣洁之物。先王所爱的古琴就是圣洁之物，具有灵性，俗人不可以"淫冶小调"亵渎之。圣人造古琴，可以避邪。当代陕西籍作家贾平凹先生在《庚虎制琴》文中说："我也存有一张琴，虽心手俱拙，不善操，但置于案头，养神，避邪，并记庚虎之友谊。"古琴养神避邪，诚非妄语。

---

① 王力主编：《王力古汉语字典》，中华书局，2000年，766页。

② 在撰写时受成都王大厚先生教示，在此感谢。

# 二十一　回复"圣上"是门大学问

清代雍正时的巡抚李某，是由军官转至巡抚任上的。李某本人性喜观剧，恰好有言官就此事写奏章给雍正爷弹劾他。圣上批阅此奏章后，即晓谕李某人如实回奏。

李巡抚就此事与幕府的高参展开了磋商：有的讲，观剧之事无有实据，并云没有演剧的；有的讲，演剧目的是为了酬谢神灵的……李大人听完建议，认为都不可行。他讲道："诸位太不了解圣上的为人了，不可用言辞欺瞒的。我意思是直接承认观剧这是事实。但是我是个行伍出身，不知晓礼数，借观剧可以悉习礼节。我又不曾读过书本，对历代的人物不知晓，通过观剧明辨善恶忠奸，以便我学习作善忠之人。我本人到任已久，并未尝因观剧私事而颓废公事。既然承蒙今上垂问，今后立马改正，不敢观剧了。像这样回复雍正爷，一定无什么事儿的。"幕府高参按照李巡抚之本意，诉诸文字拟稿回奏。

雍正爷阅后朱笔批准李某人可以观剧，但叮嘱李某不可延误政务的本职工作。一时之间，李某被传为"奉旨观剧焉"。

看来，以实为实，讲真话，才不会吃大亏，否则结果真不可逆料矣。这件事见徐珂编撰《清稗类钞·恩遇类》。

# 二十二　"洞明世事、人情练达"的狐精

清代江苏省苏州府吴江县的吴林塘先生，是纪晓岚的好友。他讲了一个狐精媚惑少年男子的故事。

有个少年男子为狐妖所媚，由于狐精要通过"采阳炼形"来成仙，致使小伙子长期颠鸾倒凤，夜夜"新郎"，结果小伙子身子板日渐羸困而不堪，而狐妖仍然不放弃，时时光顾小伙子收"公粮"。后来与小伙子花烛罗帏温柔乡共处，小伙因长期折腾疲顿，已不能再行房事了。狐精于是披衣下床要辞别"情郎"而去，痴情郎泣涕挽留她，而狐女特不顾及

昔日恩爱的情谊。少年心生烦恼，怒责狐女寡情，而狐女亦怒斥"情郎"说："我与您属于异类，本来就不存在什么夫妻之大义（夫妇，阴阳二仪之体也，有情之深者也），我主动找您，目的就是主动采您真元以助我成仙。您现在膏髓已枯竭，我没有什么索取，能不离开吗！这种情形就如同红尘中以权势相交的人，权势一旦旁落则相交分离；以财富相交的人，财富一旦散尽则相交散伙。当人们委曲相媚，根本原因是看重别人的权势和财富，不是对其人有什么真情感。您本人曾经对于某某家某某家，都从前每日依附其门墙，现在为何好长时间都断绝了音讯呢？而今您却反过来责备我对您寡情？"狐女的声音很严厉，侍疾少年的人闻听狐女之言论都长长的叹息。而少年本人针对狐女的言语，则翻身向里面，寂无一言。

"世事洞明，人情练达"的狐女！她对世事人情有深刻的认识，能透过表象揭示实质，从不藏着掖着。狐女洞察世事，对少年毫无讳言其相媚的目的，只是少年耽色不悟、流连床笫、反怨狐女寡情，真是迷失心窍矣。古往今来，世风日下，人心不古，历史上的苏秦、韩信、吕蒙正、范仲淹、袁崇焕、龚自珍及吕不韦、章惇、罗汝辑、严东楼等位，都曾经历过世态炎凉、人情冷暖的事儿。"痴情郎"是反面人物中的一员，就曾经附龙攀凤，趋炎附势，锦上添花过。贪色少年对面狐女的因骨髓吸尽而寡情离开，不思反省悔过，却责备因来"采阳炼形"狐女的"寡情"，真是个大傻瓜。这事情从侧说明此少年不但贪美色且会看风使舵，是个"人渣"！

纪晓岚先生能用生花妙笔记录此文也是想借狐女之口，讽世并揭露人间的丑恶和阴暗面的。让人看到被狐女无情抛弃"情郎"的悲惨结果，能有所反省和抉择。

这则故事出自《阅微草堂笔记》之《槐西杂志一》[①]，原文如下：

（吴）林塘又言：有少年为狐所媚，日渐羸困，狐犹时时

---

① 纪昀著，曾宪辉校点：《阅微草堂笔记》，收入《全清小说·嘉庆卷》，将由文物出版社出版。

来。后复共寝，已疲顿不能御女。狐乃披衣欲辞去，少年泣涕挽留，狐殊不顾。怒责其寡情，狐亦怒曰："与君本无夫妻义，特为采补来耳。君膏髓已竭，吾何所取而不去！此如以势交者，势败则离；以财交者，财尽则散。当其委曲相媚，本为势与财，非有情于其人也。君于某家某家，皆向日附门墙，今何久绝音问耶？乃独责我？"其音甚厉，侍疾者闻之皆太息。少年乃反面向内，寂无一言。

# 二十三  变态的周公子

明末清初的徐芳[①]是江西建昌府南城（今江西南城）人，著有《藏山稿外编》（以抄本传世，南京图书馆藏抄本廿四册，不分卷），其中有《淫诫》[②]一则，来自濩泽的友人所讲。

崇祯初有位山西濩泽的周公子，是兵部尚书周盘的继嗣。周公子丰仪韶令，人们把他当美男子卫玠（字叔宝），心荡的妇人无不倾情。周公子孜孜渔色，凡有美妇能入其眼者，必搞到手。学友告诫，周公子理屈面谢而行为依旧。不久，周公子魂丧石榴裙下。可惜一代名臣周盘断了血祭。只好为周公子又立一继嗣，以传香火。

半年后，周某的这位学友生病，"心痛而绝"，梦中被阎罗王招去观看审判周公子。周公子善辩，强词夺理。阎罗王诘周公子："此某季女鞋，安得以泥金图章污印其中？""绣鞋见存书馆夹壁中，可复讳乎？"

---

① 徐芳（1618~1671），字仲光，号拙庵，又号愚山子、东海生，享年五十四。1640年中进士，同年有方以智、周亮工、汤来贺诸位。徐芳为人耿介，有济世救民之志，出任泽州知州。未一年以内忧归。1645年唐王朱聿键在福州称帝，改元隆武，徐芳起验封司，擢文选郎。固得罪奸臣，改为翰林编修，以病乞假归。后与兄徐英携家人入山隐居。明清易代后，不再出仕。徐氏读书多，著述富赡，今仅见《诸皋广志》《悬榻编》《藏山稿外编》，但根据方志、友人序跋等可知，徐芳著作尚有文集《憩龙山房制艺》《憩龙山房稿》《行脚篇》《藏山稿》四种，诗集《客吟》《荒径草》《砌蛩吟》《傍莲阁草》《松明阁诗选》《蹈海吟》六种（参考马晴著《徐芳年谱》前言）。

② 〔清〕徐芳著，马晴点校：《藏山稿外编》，文物出版社，2022年，第456~458页。

遂令鬼卒拉下，"截其舌，剜其目，重扑数十，血糜飞射，惨楚声不可听。杖毕，仍付狱"。事罢，鬼卒推攘学友返阳。时学友已"死"两日，身体尚温。

学友已苏，心痛痊愈。周公子过继之子闻听父执有病而来探视。周的学友把梦中观看阎罗王审判的事告诉给周之继子。他俩一同来到周公子的书馆，在夹壁旁曲穴中找到许多女子的绣鞋，且在鞋内底一一书写记录与之有房事女人的名氏。他们再用心思颠倒察视，"又于夹底中得纤红绣鞋一双，上识某闺女名，罩以丹章，盖其意之最怜重者"。阎罗王审案不谬。

周公子专门收藏房事后美女的绣花鞋，鞋内载其名氏，最隐秘的是一双红绣鞋，不但有名氏，还钤有泥金印章，这是周公子最怜重满意者。明清笔记、野史中载性变态中，收藏妇人头发、亵衣、抹胸、袜子、钗簪、手镯、臂钏、帨巾、脂粉、睡鞋不乏其人。

附：《淫诫》原文：

> 濩泽周公子，某尚书公盘①继嗣也。丰仪韶令，有卫叔宝②之目，出入艳动，妇之荡者意交属之。而公子居无他营，惟孜孜渔色，目之所涉，穷神毕力弋获乃已。有同学友尝私砭之，公子屈谢，然不能改也。亡何，公子死，无后，复立一继嗣。
>
> 踰半载，此友病，心痛气绝，有数青衣簇之去。至一府第，堂上人弁冠黼衣，气色严重，青衣拥生立阶下，则见狞卒四五

---

① 尚书公盘：具体指兵部尚书周盘，字心铭，山西晋城市泽州县人，明万历元年（1573，癸酉）中举，五年（1577，丁丑）中进士，历任河间、长垣知县，都察监察御史，弹劾谏官，出巡河西，又巡河北，升金都御史，巡抚甘肃，官至兵部尚书。著有《古文杂集》。见雍正《泽州府志》。

② 卫叔宝：即卫玠（286～312）。晋安邑人，字叔宝。风姿秀异，有"玉人"之称。好谈玄理，官至太子洗马。后避乱移家建业。人闻其名，围观如堵。不久遂卒，享春秋二十七岁。时人谓"看杀卫玠"。《晋书》附《卫瓘传》。

曳公子至，三木①被体。主者手一簿，翻动摘举所犯，一一诃
之，大概皆帷簿事②。公子故善辩，前款曲作枝梧语③，如是过十
数纸。最后，主者诘曰："此某季女鞋，安得以泥金图章污印其
中？"公子又饰说，堂上震怒曰："鞋见存书馆夹壁中，可复讳
乎？"遂命拉下，截其舌，剜其目，重扑数十，血糜④飞射，惨
楚声不可听。杖毕，仍付狱。而青衣推此友出曰："事竣，公还
矣。"遂出，行次若失蹠者，豁然而寤。死已两日，但体尚温耳。

　　此友既苏，心痛亦骤愈。而公子之嗣闻此友疾来问，友窃
告以梦。与偕诣馆，寻所云夹壁，空空如也。细加摸索，于其
旁得一曲穴，障以木板，中有小篴⑤，层累充实皆女子鞋。其中
一一书记名氏，生平所遇并聚于此，然无所谓泥金图书者。友
意不肯释，颠倒察视，又于夹底中得纤红绣鞋一双，上识⑥某闺
女名，罩以丹章⑦，盖其意之最怜重者。于是相顾诧叹，以为不
谬，此崇祯初事。泽中数友并道如是。

　　呜呼！男女有别，惟禽兽则不然耳。夫既已人矣，其可沦
而兽乎？人妻女犹己妻女也，况淫为首恶，己行而污人之闺壸

---

① 三木：古时加在犯人颈、手、足上的刑具。《汉书》卷六二《司马迁传·报任安书》："魏其（窦
　婴），大将也，衣赭，关三木。"一本"衣赭"作"赭衣"。赭衣，囚衣。

② 帷簿：同"帷薄"。帷，帐幔；薄，草帘。《礼·曲礼》上："帷薄之外不趋。"《吕氏春秋·必
　己》："张毅好恭，门闾帷薄，聚居众，无不趋。""帷薄不修"：帷，薄，都作障隔内外之用。
　古人对家庭生活淫乱者，婉称为"帷薄不修"《汉书》四八《贾谊传》陈政事疏："古者大臣
　有……坐污秽淫乱、男女亡别者，不曰污秽，曰'帷薄不修'。"另，"帏箔"：帏，帐幕；箔，
　帘。同"帷薄"。宋曾慥《类说》十六张师正《倦游杂录》："时侯叔献死，其妻帏箔不修，丞相
　表其事而斥去。""帷簿事"具体指非正常夫妻关系的男女淫乱之事。

③ 枝梧语："枝梧"本指斜而相抵的支柱，引申为抗拒、抵触。"枝梧语"具体指反驳、不承认事
　实的言辞。

④ 血糜："糜"，烂，引申为毁伤。"血糜"在文中指血肉模糊之状。

⑤ 小篴："篴"，竹箱，较高。文献中也作"鹿"，亦作"簶"。《说文》："篴，竹高箧。簶，篴或从
　录。""小篴"是指小形较高的竹制箱子。

⑥ 识：记住。引申为加上标记。

⑦ 丹章：此指用章印沾红色印泥钤于绣鞋上的印迹。

（按，文物版因形似误作"壶"字的繁体），上帝所恶，莫大于是。夫以公子之风流才隽，而其生平之快心适意者，皆其剜目截舌之具，当此之时，向来之娥眉犀齿安在？而糜肤雨血之惨，不能一为之代也，可悲甚矣。夹篦之鞋，秘无识者，而冥中簿已悉籍之，谓暗室可欺，亦何谬也！噫！士当少年不能以礼自防，骛于情欲，以为风流才隽之所为，至以一日之昏狂，贻终身之玷阙，后虽悔之，岂可及乎？风流才隽，则固莫周公子若矣。

# 二十四　钱泳的人生智慧

清代的钱泳（1759～1844），初名鹤，字立群，号台仙；改名后，更字梅溪。江苏金匮（今无锡）人。钱泳虽勤奋好学，但艰于科举，以诸生的身份客游于毕沅（1730～1797，字缧蘅，小字秋帆，自号灵岩山人，清江苏镇洋县人，是大吏、著名学者）、秦震钧（1735～1807，字西经，号蓉庄，无锡人，清能吏、学者）、张井（1776～1835，字仪九，号芥航，又号畏堂、二竹斋，清陕西鄜州中部县人，清官吏、水利学家）诸大僚幕府，足迹遍"楚、豫、浙、闽、齐、鲁、燕、赵之间"（见梅花溪居士钱泳《履园丛话序目》），所交游者多学者名士。他精研金石碑版之学，工书法，尤长篆隶，善画能诗，著述颇丰，其中以二十四卷《履园丛话》最出名。履园是钱泳暮年隐居之处，有学者考证在清朝江苏常熟县羊关宛山附近。清代书画鉴藏名家齐学裘（1803～1883）撰笔记小说《见闻随笔》卷二十四有一则《钱梅溪》对钱氏评介曰："金匮钱梅溪泳能诗工书，缩本唐帖，至其分书，一味妍媚，不求古雅。名虽远播，终不近古。先大夫宰梁溪时，倩钱君钩刻《松雪斋帖》十八卷。年八十三，生一少子。越数年，自知大限将到，作辞世诗，饮水月余，无疾而终。"[1]钱梅溪所著《履园丛话》中的人生大智慧分别表现在下面几

---

[1]（清）齐学裘撰，林日波整理：《见闻随笔》，文物出版社，2022年，第509～510页。

个方面。

（一）钱泳履迹历大江南北，久处大僚幕府，加之年岁硕大，阅历丰富，见闻广博，洞悉人情世故，对许多问题有独到的看法。如对"扬州八怪"之一郑燮所写的座右铭"难得糊涂"，就发有高见云："真糊涂人难得聪明；真聪明人又难得糊涂；最好的做法就是须要于聪明之中带一点糊涂。若一味聪明，在生活中必受磨难和挫折！"这是慈悲智者的人生感悟良言，这些话比板桥先生讲的更通俗深刻，令人回味深思。这些话见《履园丛话》。

附：

①《难得糊涂》

郑板桥尝书四字于座右，曰"难得糊涂"，此极聪明人语也。余谓糊涂人难得聪明，聪明人又难得糊涂，须要于聪明中带一点糊涂，方为处世守身之道。若一味聪明，便生荆棘，必招怨尤，反不如糊涂之为妙用也[①]。

②郑板桥[②]写有横额"难得糊涂"下面附有小字款，内容如下："聪明难，糊涂难，由聪明而转入糊涂更难。放一着，退一步，当下心安，非图后来福报也。乾隆辛未秋九月十有九日，板桥。"[③]

（二）《忠厚之道》："人之诚实者，吾当以诚实待之，人之巧诈者，吾尤当以诚实待之，乃为忠厚之道。莫谓我之心思，人不知之也。觉人

---

① （清）钱泳著，孟斐校点：《履园丛话》，《清代笔记小说大观》，上海古籍出版社，2007年，第3735页。

② 郑板桥（1693～1765），名郑燮，字克柔，号理庵，又号板桥、板桥道人、板桥居士，清扬州府兴化县人。

③ 卞孝萱、卞岐编：《郑板桥全集》（增补本）第一册，凤凰出版社，2012年，第190页。图片见《郑板桥全集》（增补本）第三册，第10页。

之诈，不形于言，此中有无限意味。"①过去有副老门联："忠厚传家久；诗书继世长。"就是讲，忠厚对一个家族、家庭和个人的兴旺发达起着极大的作用。人生一世，草木一秋，为了对得起家庭和家族，就必须以忠诚干事，以纯朴厚实处待人。讲句实话，世上的人，真没有几个是"瓜子、傻子"，每个人心里都亮堂得跟明镜似的。对别人最好别用智，少施诈，用忠厚待之，肯定有善因善果。

（三）《为善为恶》："大凡人为善者，其后必兴；为恶者，其后必败：此理之常也。余谓为善如积钱财，积之既久，自然致富；为恶如弄刀兵，弄之既久，安得不伤哉？此亦理之常也。"②佛家信因果，讲因果。因此可推断出好因结好果，恶因结恶果，但绝不会出现善因结恶果，或恶因结善果。另外，好因要经过大量的长期的积累才能出现善果，而恶果也是恶因的长久蓄积的结果。这正符合刘皇叔对"阿斗"托孤时的讲的："勿以恶小而为之，勿以善小而不为。"③

（四）《谨言》："遇富贵人，切勿论声色货利；遇庸俗人，切勿谈语言文字。宁缄默而不言，毋驶舌以取戾。此余曩时诫儿辈之言也，可以为座右铭。"④"病从口入，祸从口出"，看来讲话的作用对待人处事特别重要，我们想要事业顺利，人际关系融洽，就要学会运用"谨言"的法宝，否则"话不投机半句多"，惹别人烦恼，惹自己不开心。

（五）《不会做》："后生家每临事，辄曰'不会做'，此大谬也（按，应在'此'字前添加逗号'，'）。凡事做则会，不做则安能会耶？又做一事，辄曰'且待明日'，此亦大谬也。凡事要做则做，若一味因循，大

---

① （清）钱泳著，孟斐校点：《履园丛话》，《清代笔记小说大观》，上海古籍出版社，2007年，第3368页。

② （清）钱泳著，孟斐校点：《履园丛话》，《清代笔记小说大观》，上海古籍出版社，2007年，第3370页。

③ 见《三国志·蜀志·先主传》裴松之注："《诸葛亮集》载先主遗诏敕后主曰：'勿以恶小而为之，勿以善小而不为。唯贤唯德，能服于人。'"

④ （清）钱泳著，孟斐校点：《履园丛话》，《清代笔记小说大观》，上海古籍出版社，2007年，第3374页。

误终身。家鹤滩先生有《明日歌》最妙，附记于此：'明日复明日，明日何其多。我生待明日，万事成蹉跎。世人苦被明日累，春去秋来老将至。朝看水东流，暮看日西坠。百年明日能几何，请君听我《明日歌》。'"①人们对处理新鲜事物都有点怵火，但为了解决实际问题，就必须下势，放胆摸石头过河，直至解决问题为止。不撒谎，世上每个人都天性秉有"懒"性，怕干活，在抗疫情期间想"躺平"，恋奇巧淫技，思醇酒美人，但人生有限而苦短，若真不抓紧光阴去努力干些有益实事，如读书赏花，游山玩水，修路补桥，怜香惜玉，就会出现"万事成蹉跎"的结果！

（六）《醒》："人生一切功名富贵得意之事，只要一死，即成子虚；梦中一切功名富贵得意之事，只要一醒，亦归乌有。当其生时，岂复计死；当其梦时，岂复计醒耶？是以人生一世，变化万端。若能凡事看空，即谓之仙佛可也；若能凡事循理，即谓之圣贤可也。"②钱梅溪作为见过大世面的耄耋老人③，要求人们具有大格局，要会想问题，对有些问题，身外之物的功名富贵要看淡，看明白，要破执，如像张伯驹夫妇对"功名富贵"要看成过眼烟云才好。

# 二十五　古人笔下的阴司楹联集锦

对有佛、道信仰的人讲，阴司相对于阳世，是个完全独立存在的世界。故而阳世所拥有的一切，阴司也与之相对应的"存在"。如阳间的文人喜好撰写楹联，故阴司也有"鬼"楹联的存在。而这些所谓阴司的楹联，同阳世间的楹联所起的作用是一致的，教育人要学做好人，多行善做好事，洞明因果，详知善恶必报。这些其实都是文人学士中的高手替

① （清）钱泳著，孟斐校点：《履园丛话》，《清代笔记小说大观》，上海古籍出版社，2007年，第3382页。

② （清）钱泳著，孟斐校点：《履园丛话》，《清代笔记小说大观》，上海古籍出版社，2007年，第3385～3386页。

③ 钱老夫子享寿八十六岁，《履园丛话》刻于道光十八年，他当年八十岁。

阴间的所谓的"鬼"代撰的。兹把平日读古人著的书时所看到的阴司楹联集锦于下，供诸君评鉴。

（一）清代的梁章钜（1775～1849）在《归田琐记》卷六《楹联剩话》中载有一则如下：有杭人赵京者，因病入阴司，举头见柱上一联云："人鬼只一关，关节一丝不漏；阴阳无二理，理数二字难逃。"后署会稽陶望龄题①。

（二）清代袁枚编撰《子不语》卷十《赵文华在阴司说情》讲：有杭人赵京与弟妇之婢因私通怀孕不承认而致使其弟投缳死。他们被摄至冥府候审时，举头见柱上一联云："人鬼只一关，关节一丝不漏；阴阳无二理，理数二字难逃。"后署"会稽陶望龄（按，1562～1609）题"②。

（三）由梁恭辰在1857年刊行的其父梁章钜《浪迹三谈》卷四有篇文字《说铃冥报录二则》。其中就记述了杭州贡生沈自玉，名鼎新，寓淳祐桥相国寺，于壬辰夏五月十九至二十五日灵魂游历地狱受褒奖的奇事。开头写沈鼎新在一童子前导下，刚到地府时，看到的门联就是："轮回生死地，人鬼去来关。"③

（四）徐芳（1618～1671）著笔记小说集《藏山稿外编》卷廿三《淫为首恶记》中有段文字云：予又尝闻昔有梦入冥司者，读其柱联有云："积善无如孝，造恶莫若淫。"有梦入冥判奸私事者，吏以阴律进，云奸人妻者，得绝嗣报。奸人室女者，得子孙淫佚报……④

（五）袁枚《子不语》卷八《徐巨源》中讲：南昌徐巨源，字世溥，崇祯（1628～1644年在位）进士，以善书名。某戚邹某，延之入馆。途遇怪风，摄入云中，见袍笏官吏迎曰："冥府造宫殿，请君题榜书联。"徐随至一所，如王者居，其扁对皆有成句，但未书耳。扁云"一切唯心造"，对云"作事未经成死案，入门犹可望生还"……

---

① 白化文、李鼎霞点校：《楹联丛话全编》，北京出版社，1996年，第491页。

② 袁枚编撰，申孟、甘林点校：《子不语》，上海古籍出版社，2012年，第140页。

③ （清）梁章钜，陈铁民点校：《浪迹丛谈 续谈 三谈》，中华书局，1981年，第471～474页。

④ 马晴点校：《藏山稿外编》，文物出版社，2022年，第466页。

（六）清湖南慈利宋永岳（号青城子）《亦复如是》卷七《张眉大》记述了湖南人张眉大，在广东澹州做知州，因断事出错后被迫入冥。他犹记冥王外厅一联云："岂有造而不化；虽无自而亦然。"①

屈军生，陕西乾县人，文史爱好者。

※　　※　　※

## 陈姥姥

《红楼梦》中有个刘老老，有的版本写作"刘姥姥"。康熙雍正中颜懋侨撰《霞城笔记》卷八《陈姥姥》篇，言说今日妇人亵服中有"陈姥姥"，用于秽亵之处，且引吕种玉《言鲭》，介绍此"委巷之谈"的出处：隋末陈棱奉命讨杜伏威，却闭壁不战，伏威送以妇人亵服，谓"陈姥姥"以辱之。冯梦龙《笑府》亦云：有持"了事帕"来当，小郎不识货，问朝奉要这物何用。末云："有嘲姓陈者云：或问：'妇人净帕何名？'答曰：'陈妈妈。'""姥"，音mǔ，通"姆"，南方呼母为"姆妈"。"陈妈妈"即"陈姥姥"也。曹雪芹博古通今，应不致用侮辱意味的"刘姥姥"相称，当以刘老老为是。（斯欣）

---

① 《亦复如是》，重庆出版社，1999年，第218页。

# 亦论《圆圆曲》

## ——就《重论〈圆圆曲〉》与欧阳健先生商榷

### 姜云山

欧阳健先生将所著《"冲冠一怒为红颜"稽验———重论〈圆圆曲〉》（以下简称《稽验》）长文巨篇发给我，嘱咐"盼以最严格的标准挑出拙作的漏洞"。于是余反复读研多遍，始成此文。

《稽验》分六个部分，分别论述了重论《圆圆曲》的提出、稽验"冲冠一怒为红颜"是否出于虚构的前提是考定《圆圆曲》写作时间、《圆圆曲》之后的吴陈故事、吴陈故事的异见、将吴三桂与陈圆圆绾合原因为吴伟业仕清、《圆圆曲》流行折射的文化现象之反思。

《稽验》第一部分，提出沿着姚雪垠的"冲冠一怒为红颜纯属虚构"思路，做时代性追问。这个选题比较难做，直到《稽验》结尾，也无法考证"冲冠一怒为红颜纯属虚构"，好在第二部分得出了"冲冠一怒为红颜"为吴伟业首创的结论，这是《稽验》的一大发现。

《稽验》第二部分，关于《圆圆曲》的写作时间，还是利用姚雪垠的假定"顺治十年"，以此撷取资料，大致不碍事。但这不精准，直接从研究吴伟业来得更便捷、准确。

陈圆圆与吴三桂的秘闻最初来自卞玉京。顺治七年十月，吴伟业在常熟钱谦益处，钱谦益招卞玉京来与吴伟业见面。卞玉京托故不见，吴伟业感慨不已，作《琴河感旧》。顺治八年正月初二日，卞玉京专程拜访吴伟业，吴伟业作《听女道士卞玉京弹琴歌》。随即与卞玉京同赴苏州横塘，横塘是苏州妓院集中地。大过年的，身为前詹事府少詹事四品高官的吴伟业去横塘干什么？从《圆圆曲》内容看可以找到答案，陈圆圆与吴三桂的故事引起了吴伟业的兴趣，对其来信事做了调查研究，为写作《圆圆曲》做准备。吴伟业走访了教曲妓师与陈圆圆的闺蜜，"教曲妓师怜尚在，浣溪女伴忆同行"，吴伟业对陈圆圆的情况包括书信做了调查，掌握了一手资料，对吴三桂与陈圆圆爱情故事有了充分了解。"专征箫鼓向秦川，金牛道上车千乘。斜谷云深起画楼，散关月落开妆镜。"其时吴三桂镇守汉中，即顺治五年至八年九月。丝毫没有进军四川的只言片语，说明写作时间在顺治九年以前。"传来消息满江乡，乌柏红经十度霜。"冒襄《影梅庵忆语》说陈圆圆是崇祯十五年被劫走，后推十年，是顺治八年。而顺治八年九月之后，是吴三桂觐见清帝之时。当吴三桂觐见清帝的消息传到吴伟业耳朵时，久酿于心的诗词成熟了，挥笔立就。根据物候学观测，苏州地区每年公历11月到12月间，是乌柏赏叶时间。而顺治八年十月初一日，是公历1651年11月13日。"乌柏红经十度霜"，正是应景之作。就此可以判断，写作时间在顺治八年十月前后。

《稽验》第五部分，开头一炮：

> 那么，吴伟业为何要将吴三桂与陈圆圆绾合？这就要从他屈节事清寻找原因了。

这哪是哪？真替吴伟业喊冤。顺治八年写的《圆圆曲》，而马国柱的举荐是在顺治九年四、五月间，吴伟业称病不赴。侯方域来信与回复，是顺治九年十月。孙承泽、陈名夏、陈之遴的举荐是顺治十年一、二月间。慎交社、同声社虎丘大会是顺治十年三月三、四日。南京辞荐马国柱是顺治十年四月初。无奈北行是顺治十年九月。冯佺的举荐是顺治十一年正月初八日，而仕清则是顺治十一年十月。《圆圆曲》的写作与吴伟业仕清没有关系。

随后，《稽验》引用：

阮葵生《茶余客话》则揭示了在朝廷中枢极力荐举他的关键人物——陈之遴:陈海昌之遴,荐吴梅邨祭酒至京,盖将虚左以待。比至,海昌已败,尽室迁谪塞外。梅邨作《拙政园山茶歌》,感慨惋惜,盖有不能明言之情。

"盖将虚左以待"是阮葵生自己的推测,而吴伟业反复强调"白衣身去白衣还",行动上争取了十个月的白身时间。"比至,海昌已败,尽室迁谪塞外",也不符合历史,陈之遴是在顺治十五年流放关外的,而吴伟业的嗣母在顺治十三年十月去世,吴伟业乘机请假回去,再没出仕。《拙政园山茶歌》作于顺治十七年早春,确有惋惜陈之遴之意。原因可以理解,惺惺相惜。其一与陈之遴是好朋友,其二与陈之遴是亲家,其三惋惜陈之遴的才华。

《稽验》又引:

刘声木《苌楚斋随笔》,更道出了吴伟业"出仕二姓"的原委:吴梅村祭酒伟业,才华绮丽,冠绝千古,及其出仕国朝后,人怜其才,每多恕词,盖不知当时情形也。祭酒因海宁陈相国之遴所荐起,时在顺治十五年。当时相国独操政柄,援引至卿相极易。未荐之先,必有往来书札,虽不传于世,意其必以卿相相待,故祭酒欣然应诏,早已道路相传,公卿饯送。迨至祭酒已报行期,而相国得罪遣戍,欲中止则势有不能,故集中咏拙政园山茶,以志感慨,园即相国产也。及其到京,政府诸公以其为江南老名士,时方延揽人才,欲不用,恐失众望,因其前明本官祭酒,仍以祭酒官之,非祭酒所及料也。祭酒若早知其如此,必不肯出。世但知其为老母,而不知亦为妻少子幼,故偷生忍死,甘事二姓。人生一有系念,必不能以节烈称。祭酒所系念有四:官也,母也,妻也,子也,宜其不克以身殉义,得享令名。后虽悔恨,屡见之诗词,然已无及矣。

吴伟业之"出仕二姓"，不是外力所逼，而是"内力所吸。"刘声木胡说八道，什么时在顺治十五年、什么因其前明本官祭酒，仍以祭酒官之。吴伟业崇祯四年任翰林院编修，崇祯十二年任南京国子监司业，崇祯十四年后任詹事府左谕德、左中允、左庶子，弘光朝任詹事府少詹事。吴伟业仕清在顺治十一年至十三年，任职时间刚满二年，其中顺治十一年底至顺治十二年，任内秘书院侍读，顺治十三年任国子监祭酒。刘声木对吴伟业没有基本的了解就信口乱说，他的话根本不能用作证据。吴伟业仕清，一因外力所逼，二因意志不坚决，三因对清廷不了解。寄希望于那些亲朋好友，希望"白衣身去白衣还"。不料，尚未仕清，复社好友陈明夏已被清廷杀害，南党失势，陈之遴孤掌难鸣，吴伟业如临深渊，如履薄冰。不存在什么"内力所吸。"

《稽验》又引：

> 刘献庭《广阳杂记》道：顺治间，吴梅村被召，三吴士大夫，集虎丘会饯。忽有少年投一函，启之，得绝句云："千人石上坐千人，一半清朝一半明。寄语娄东吴学士，两朝天子一朝臣。"举座为之默然。

吴伟业最后一次参加的虎丘聚会是在顺治十年上巳节，出面协调慎交社、同声社的矛盾，还没有仕清，哪里来的"两朝天子一朝臣"，这样的谣言是后来假造的。

《稽验》又引：

> 吴伟业在《琴河感旧》序中写道：余本恨人，伤心往事。江头燕子，旧垒都非；山上蘼芜，故人安在久绝铅华之梦，况当摇落之辰。相遇则唯看杨柳，我亦何堪；为别已屡见樱桃，君还未嫁。听琵琶而不响，隔团扇以犹怜。能无杜秋娘之感、江州之泣也！

《琴河感旧》写在顺治七年十月，在常熟钱谦益处，钱谦益招卞玉京致，卞玉京托故不见，吴伟业有感而作。崇祯年间，吴伟业送同学吴继善到成都上任，酒会上结识妓女卞赛（明亡后改名卞玉京）。卞赛曾问吴伟业可否收为姜室，吴"王顾左右而言他"，没有回答。"余本恨人"，是后悔当年没有答应纳妾卞玉京，使得卞玉京颠沛流离，受尽生活折磨。与后来仕清，八竿子打不着。写作《圆圆曲》时，吴伟业是明遗民身份。并不是为求得污点的自我救赎，择一负罪更重的人，以诗文形式回护美化。冤枉！

欧阳先生接着写道：

> 从明亡的角度看，不足十几万的八旗兵，能战胜泱泱大明王朝，多说是出了范文程、洪承畴、吴三桂三大汉奸。分而论之，范文程因不得重用，而腼颜事清；洪承畴被俘绝食数日，劝诱归降：虽于大节有亏，皆有无奈之处。唯吴三桂拥有重兵，引狼入室，东夷遂吞我中华，最不容恕。吴伟业乃仿《长恨歌》而作《圆圆曲》，竭力表达如下价值判断：吴三桂作为明臣，理应抵御清兵，结果却投降了；但他的选择是"冲冠一怒为红颜"，此情大有可原。

吴伟业的七言歌行是在"长庆体"的基础上发展来的，写《圆圆曲》时"梅村体"已经登峰造极，不是《长恨歌》可以相比的。吴伟业与白居易的不同点在于"梅村体"诗史，其言"信而有征"。当时在清朝白色恐怖屠刀之下，是吴伟业挺身而出，巧妙揭露了吴三桂的真面目，直指吴三桂的引狼入室。虽然《圆圆曲》没有明点出吴三桂引狼入室，但作为诗史，知道这些史实的人们自然神会：冲冠一怒之后，就是引清兵入关，打败李自成，清朝定都北京。这是种不写之写。

《稽验》继续写道：

> 将吴三桂主动做汉奸、引清兵入关的劣迹，不着痕迹地掩

盖、转移了。于是，吴伟业也顺势掩盖了自己屈节事清的难堪，寻找到心理的平衡了。

这些话是不合适的。

《稽验》继续写道：

> 帝京被攻破，万民遭涂炭，接踵而来的扬州十日、嘉定三屠，统统淡出视野之外了。而这一效果，正是心虚的变节者所希冀的。

李自成攻破北京，但没有"万民遭涂炭"。清兵入关后，北京是文武百官"误接"清兵进去的，南京是文武百官接清兵进去的，所言"帝京被攻破，万民遭涂炭"是不对的。"而这一效果，正是心虚的变节者所希冀的。"这句话，用不到吴伟业身上。如果《圆圆曲》提到"扬州十日、嘉定三屠"，非但不能流传，还要"文字狱"招待，性命不能保全。

《稽验》所引《明季贰臣传》乙编名单，"张若麟"是错的，应作"张若麒"。张若麒是山东布政使司莱州府胶州漕汶村人，崇祯四年进士（与吴伟业同榜）。其兄张若獬，崇祯七年进士。乡人称其兄弟为"大凤""二凤"。

《稽验》继续写道：

> 吴伟业、陈之遴、钱谦益，赫然在列。乾隆谓钱谦益是"有才无形之人"，指其"狂吠之语"，"其意不过欲借此掩其失节之羞，尤为可鄙可耻"，吴伟业借《圆圆曲》以掩饰自己的秽行，实为异曲同工。尚不清楚《明季贰臣传》名单排列顺序之由，吴伟业比陈之遴、钱谦益靠前，则乾隆对吴伟业的鄙薄，似更胜钱谦益。《圆圆曲》赢得诸多之共鸣，实与一班"大节有亏"者有关。热心作《圆圆传》的四位，都是由明入清者，陆

次云、钮琇、沈虬还做过知县，也可算作是"准贰臣"，附和吴伟业以自慰，是再自然不过的了。

乾隆对钱谦益的评价未必十分妥帖，但不失大体。吴伟业仕清三年，实际为清廷工作只有两年，因不肯尽力，"毫无建树"，被列入《明季贰臣传》乙编，他身在大清，心在大明，工作应付敷衍。顺治十二年，吴伟业任内秘书院侍读时，与顺治皇帝关系不睦，是年冬，顺治帝命吴伟业作画，吴伟业以各种理由搪塞久拖。大学士范文成看在眼里，借病退拜见顺治帝的机会，荐吴伟业为国子监祭酒，吴伟业因此摆脱了危机。吴伟业虽然大节有亏，但他知耻而后勇，发自腹心的忏悔伴随了他的后半生。有研究者认为《红楼梦》就是吴伟业为忏悔而作。《圆圆曲》赢得诸多之共鸣，与一班"大节有亏"者没有关系。陆次云、钮琇、沈虬等仕清者，情况很复杂，不好用"准贰臣"一棒打死。

《稽验》第六部分，欧阳先生感慨安史之乱与靖康之耻均"乱自上作"，援引王夫之对白居易的尖锐批评，"此浮薄儇巧之小人，耽酒嗜色，以淫词坏风教者"确实精准击中白居易的要害，但把吴伟业比作白居易类的人是不合适的。前文讲过二者的区别，白居易"文章合为时而著"，导致他"浮薄儇巧"。而吴伟业更多地以国史官自命，言必"信而有征"，乃司马迁一类人。

《稽验》立意是好的，可错误的批判了吴伟业这特殊的一位"明遗民"，他的《圆圆曲》没有美化吴三桂与陈圆圆的爱情，而是在清王朝白色恐怖之下，巧妙地揭露了吴三桂认贼作父、引狼入室为祸中华的本质。

2023 年 8 月 30 日记于营丘

# 《凉棚夜话》赏析

## 谢超凡

　　《凉棚夜话》四卷，续编二卷，共六卷，卷端题"浙东海槎客著"。作者方元鹍（1753～1817），浙江金华人，道光三年（1823）《金华县志》卷九"文苑"有传："方元鹍，字振扬，号海槎，又号铁船。年几五十，成嘉庆六年（1801）进士，工部主事。性孤洁戾，于俗不耐事，将有买田西湖之志，僦京师老屋，门径萧然，忘其为曹矣。"嘉庆二十年（1815），告假南还，留于山东临清掌教书院。著有《铁船诗钞》《铁船乐府》《旧雨新谈》《铁船试律》《燕台杂咏》《燕兰小谱》等。方元鹍在诗歌上的造诣颇深，戴殿泗《宜弦堂诗钞序》云："予所见婺州之能诗者三家。东阳叶栗坨蓁，其诗温雅而超颖；金华方海槎元鹍，其诗耸峭而清刻；永康陈见吾尚濂，其诗舂容而娴丽。"

　　《凉棚夜话》成书于嘉庆四年（1799），据自序，当是方元鹍客居武清官署时所编次。不仅述奇志异，而且关注社会，揭批社会，具有很强的现实意义，内容以志怪、盗侠、因果报应、讽刺社会，劝诫世人为主。续篇卷下《乞修鬼吏》一篇，可以视为方元鹍对自己的创作《凉棚夜话》的总结。所谓"事不实则蹈虚，文不庄则涉戏"。前四卷"事质文简"，文笔简洁明朗，能用寥寥几笔勾勒出事态进程，而后二卷则则多有叙事委曲之作，"呵神骂鬼，谤道毁儒"，"涉笔讥讪，借题骂座，往往指阎罗为左证，目地府为子虚"。诗云："当日搜神事渺茫，人间谁信大文章。可怜一代春秋笔，赢得森罗点鬼忙。"不啻是作者的夫子自道。

　　方元鹍还擅长运用各种艺术技巧，"以实证虚"，层层渲染，文采飞扬，具有较强的文学性。同时，由于方元鹍的学识，篇章中也多用典章故实等。《凉棚夜话》可谓兼具学者之笔与才子之笔，是一部优秀的文言小说。

# 鼓楼狐

杭州镇海楼，旧传有狐居其上。壬子岁，不戒于火，狐无所依。有向绸缎[一]铺某家赁寓者，其家故无余室，唯厢房一间，中安粗重什物。狐曰："但空此室，岁当奉百金酬值。"某许之。翼日，见室中床褥器具，焕然一新。视其狐，十八姣好女子也。随入内宅，拜某妻及诸女眷，情意甚款洽[二]。某妻亦率其长幼往谒焉，狐各有馈赠，男者青蚨[三]，女者钗饰。其青蚨皆大康熙钱[四]，以红绳贯之，不知谁家物也。

时某因债务见迫，甚皇遽[五]。狐谓其妻曰："比[六]见主人少欢，何也？"妻以债告。狐曰："此易事，行当[七]假千金，为居停[八]作行运也。"妻问何时可得，曰："三日内。"越三日，果携千金至，某大喜。嗣是奉狐若父母，每夕置酒堂上，妻子罗拜进爵。狐喜听南词，闻杭城顾履中南词有名，邀致之，凡三夕，赐钱六千文，自此远近喧传某家有狐。

或谓之曰："子交非类，祸且至矣。"某曰："奈何？"曰："曷投呈元帅庙以绝之。"——元帅者，温元帅之神，杭人素所敬奉者也。时某有戚在旁，劝曰："是不可！子既受其德矣，背德者不祥。"某不听。其日适赛元帅神，某设香案礼拜祈请。忽室中闻银铛声，似有捕捉之者。

三日后，狐归，颜色惨切，曰："女前向旌德观告我，元帅命神将索捕，守此三日，幸我先避去。昨归，见神将尚立檐头，世间有负德如此者。然女业人头畜鸣，吾不与较，但还所有，吾当他徙矣。"某惶恐谢，具言银已用去。狐曰："罄女家所有，见偿可也。"转瞬间，银钱衣饰暨铺中绸缎等物，洗然一空。其劝某绝狐者方立街心，忽两手自掌其嘴无算，吐血乃止。狐后即徙居某戚家。居数月，鼓楼工竣，仍复故所云。

（卷一）

**【注解】**

〔一〕绅緞："绅"，古同"绸"；"緞"，当为"缎"异体字。绅緞，泛指丝织品。

〔二〕款洽：亲切、融洽。

〔三〕青蚨：昆虫名。晋干宝《搜神记》："南方有虫，名蝲蜠，一名蠋蠾，又名青蚨。形似蝉而稍大，味辛美可食。生子必依草叶，大如蚕子。取其子，母即飞来，不以远近。虽潜取其子，母必知处。以母血涂钱八十一文，以子血涂钱八十一文，每市物，或先用母钱，或先用子钱，皆复飞归，轮转无已。故《淮南子·万毕术》以之还钱，名曰'青蚨'"。后因称钱为青蚨。

〔四〕康熙钱：即康熙通宝。

〔五〕皇遽："皇"通"惶"。惊恐之意。

〔六〕比：近来。《吕氏春秋·先织》："臣比在晋也，不敢直言。"

〔七〕行当：正应。

〔八〕居停：此处指居停主人，租寓之所的主人，即今房东。

**【鉴赏】**

这篇《鼓楼狐》写狐与人类相处的故事，故事不长，但情节发展脉络清晰。一开始写狐因为所居镇海楼失火，向某家租房居住，双方相处融洽，互有往来，并没有人与异类的戒备与恐惧。后某家债务逼急，狐为他筹款千金，双方关系达到顶点，"奉狐若父母"，"每夕，置酒堂上，妻子罗拜进爵"。还请南词班子为她演奏，远近的人都知道某家有狐。接下来写某家听信"子交非类，祸且至矣"的谗言，投呈元师庙要除去该狐。该狐虽未丧生，但对某非常灰心，说："世间有负德如此者！"最后写该狐拿走馈赠给他们的财物，并且惩罚了进谗言的人。

这篇故事旨在批评人类的忘恩负义。该主人最初因百金之酬值把房子租给了异类，享受到狐带来的财富的时候，奉若父母。但一听到有人对他说，所交异类，恐怕会给他带来灾祸时，完全把狐对他们的恩惠忘之脑后，即使有亲戚劝他背德不祥，还是毫不犹豫地祈请温元帅捉之，尽显无情无义之嘴脸。与之相对应的是本为异类的狐，真心对待人类，而且在遭受背叛之后，并没有伤害人类，只是拿走了他的财物而已。这鲜明的对比，突显出人类的无情无义。该篇也说明人与异类本可以和睦相处，只是由于人自己认为与异类相交有害，破坏了这种友好关系。

# 李孝廉遇侠

江西南康李孝廉，计偕[一]上京。至姑苏，有附舟者，少年美姿貌，与语，甚款洽[二]，顾其行李，仅一被褥而已。问何作，曰："亦上京会试。"

一夕，泊舟扬子江，月初上，水天莹然。少年携笛坐船头，笑曰："诸公谁善唱，余为撅管可乎？"众欣然应之。既而，吹声甚异，与曲调绝不相叶[三]，遂停唱，听其自吹。少顷，岸上有仗剑至者，状甚魁伟，一跃登舟，叱曰："滑贼敢尔，女[四]能瞒众人，能瞒我耶？"少年急起，剑已击中其首，复击之，堕尸水中。众皆走匿舱下，意谓劫江盗至也。其人忽大呼曰："诸君可出，余非盗，乃除盗者也。"舱中人稍稍出，其人曰："适所杀者，盗之囮[五]也，以笛声为号，夜半劫舟，贼大至矣。"急挥手命移舟。登岸数武[六]，其人已不见。次日，闻有客舟被劫，乃后泊其处者也。

后孝廉入闱中，见同号有颀然[七]黝然[八]者，审其貌，即舟中仗剑人也。与语畴昔，漠然如不相识。问里居姓名，漫曰："湖广人张姓。"孝廉欲视其卷面，坚不许。次日题出后，但鼾鼾熟睡，曛黑[九]始欠伸起，磨墨濡笔，不复起草而誊写甚速，与语，亦不甚作答。暨天明往视，已完卷出号矣。

孝廉后遍访其人不得，每向人言："世固有儒而侠者。"或以为孝廉特闱中误认耳，然其踪迹诡秘，亦可疑也。（卷一）

【注解】

〔一〕计偕：计：计吏，计吏指古代州郡掌簿籍并负责上计的官员。偕：一同，偕同。汉朝时被征召的士人皆与计吏相谐同上京师，故称为"计偕"。后世举人赴京会试，也被称为"计偕"。

〔二〕款洽：亲密，亲切。

〔三〕叶（xié）：和洽。

〔四〕女：通"汝"，指"你"。

〔五〕囮（é）：捕鸟时用于引诱鸟的鸟。

〔六〕武：古代以六尺为步，半步为武。《国语·周语下》："夫目之察度也，不过步武尺寸之间。"步武，距离很短之意。

〔七〕颀（qí）然：挺立修长的样子。

〔八〕黝然：深黑色。

〔九〕曛黑：日暮天黑。

【鉴赏】

《凉棚夜话》塑造了一批"儒而侠者"的形象，令人印象深刻。比如《叶怀书》（卷一）的主人公叶怀书，"饶于财，慷慨任侠"，侠名远播，连盗贼都敬慕不已。《陶来荣》（卷二）中的陶来荣是个贡生，武功高强，又深藏不露。这些形象的塑造，说明方元鹍对古游侠风的推崇。

这一篇《李孝廉遇侠》写李孝廉在赴考途中遇一剑客仗义救人，后在考场中相遇，却坚不承认前事。李后遍访其人不可得，每向人言："世固有儒而侠者。"正如陈平原《千古文人侠客梦》中所言："侠客独立不羁的个性，豪迈跌宕的激情，以及如火如荼飞扬燃烧的生命情调，确实令文弱书生心驰神往。"李白曾感慨"儒生不及游侠人，白首下帷复何益"，不如游侠之人"猛气英风振沙碛"（《行行游且猎篇》），面对不公，正如张潮《幽梦影》言："胸中小不平，可以酒消之；世间大不平，非剑不能消之。"因此儒而侠就成为文人的向往。

此篇塑造了这么一个来无影去无踪的儒侠，充满神秘色彩。他的出现是仗剑而至，一跃登舟，盗圜急起，"剑已击中其首，复击之，堕尸水中"。离开时，是"登岸数武，其人已不见"。而他的到来是因为听到盗圜的专有笛声，知道该舟已成为强盗的目标，说明他对江湖规矩非常熟悉。而后李孝廉在考场遇到，谈起旧事，此人却仿若未知，而且坚决不让李孝廉知道他的真名。而在考场上的表现也与众不同，题出后，此人开始鼾鼾熟睡，一直睡到日暮天黑才起，磨墨濡笔，一挥而就，第二天一早，已完卷出考场。此人真是"事了拂衣去，深藏功与名"，就如司马迁《史记·游侠列传序所言》："不矜其能，羞伐其德。"

# 李如栢

李如栢，甘肃人，少年善射。常为布商护标至陕，途遇长鬣〔一〕二人，貌甚魁伟，尾之行三阅〔二〕宿矣。李意此响马无疑，当以技服之。

俄见飞雁一群，嘹唳〔三〕空际，李指示二人曰："若知吾箭乎？吾志第二雁左足也。"一发应堕，果断左足。二人惊愕，遽曰："把弓来。"李曰："欲观吾弓，可涤女手。"盖恐其用药，暗断弓弦也。二人笑曰："聊相试耳，君系道中，当以实告。吾二人盗也，尾此项三日矣。见君文弱少年，手一张弓，窃心易之。既念数万金托于一人之手，必其技有过人者，今果尔。顾君少年材武〔四〕，何不致身青云，而仆仆〔五〕为人役乎？"李曰："家贫无业，糊口且不暇，安望功名？"曰："君果有志，吾二人足了此事。今且为君护此项至陕，行即送君入试也。"

李借其赀应武举，寻殿试第三人，誉满都下。而二人者忽辞去，李惊曰："吾以子力得致此，方期富贵与共，何云去耶？"二人笑曰："吾欲富贵，岂不能自致而需子耶？顾命中所无，且性不耐羁系，遂终于盗耳。曩为此者，聊借子以一快吾意也，吾行矣。"长揖而别。

李后官至提督。余谓李固奇士，而二人者，亦铮铮古游侠风哉。

（卷三）

【注解】

〔一〕长鬣（liè）：即长须。

〔二〕阅：经过。

〔三〕嘹唳：声音响亮凄清。

〔四〕材武：有才能且勇武。

〔五〕仆仆：指旅途劳顿。

【鉴赏】

除儒侠之外，《凉棚夜话》中还有不少"盗亦有道"的侠盗。侠盗形象在小说里并不鲜见，比如"三言""二拍"中《李汧公穷邸遇侠客》的床下义士、《宋四公大闹禁魂张》的宋四公、《神偷寄兴一枝梅侠盗慎行三昧戏》正话中的"懒龙"等，他们在世俗人眼里是大盗，但却能扶危救困，仗义疏财，信诺守义。

《凉棚夜话》如《冯小舍》（卷一）篇，写冯小舍是个江洋大盗，"秀美而文，机警矫捷"，犯案无数。名捕数人追迹之，却不可得。后扮官，被一捕所觉。冯小舍念他们不好交差，与他们相约在临安樟亭下，并赠送旅费。后果如言相见，捕役们把他解至维扬。第二天，冯小舍就越狱逃走。神出鬼没，有气度，有人情味，能为捕役们着想，非常仗义。《曾三阳遇盗》（卷二）则写了一个知恩图报、讲究"盗义"的少年侠盗。

《李如柏》篇写李如柏在护标途中遇二盗。二盗深服其技，得知李因"家贫无业"，无力求功名，便出钱送李参加武举考试。李如柏"寻殿试第三人，誉满都下"。二盗并没有因此而要求与李同享富贵，而是立即辞去，仍愿以盗为生。这二盗可谓是盗中伯乐，也正符合司马迁在《史记·游侠列传序》里所言："今游侠，其行虽不轨于正义，然其言必信，其行必果，已诺必诚，不爱其躯，赴士之厄困，既已存亡死生矣，而不矜其能。羞伐其德。"故方元鹍评价道："余谓李固奇士，而二人者，亦铮铮古游侠风哉。"

# 剑术

武举纪人龙，善技击，慷慨任侠，常客游湖襄间。有潘姓者，家饶于财，亦以侠闻，四方技勇之士，多游其门。纪往访之，潘喜，款接甚至。宴会间，座客几二十人，皆铮铮士。三杯后，各述技击师承，谈论蜂[一]起。唯末座一少年，敝衣露肘，短发髼鬙[二]，默不一语。纪问主人："此客来几时矣？"潘曰："将半年。"问："有能乎？"曰："不闻所能，但随堂粥饭耳。"众大笑，少年亦不语。后数日，复宴集。忽有款门通谒[三]者，铁面短髯，装束甚武，拱手向主人曰："闻今日群英雅集，敬来观光。"乃遍睨[四]座中人，至少年，曰："女亦在是耶？吾觅女久矣。"少年但俯首不语。潘乃延客上坐，饮啖兼人[五]。既而曰："今日之会，良非偶然，诸君盍各奏尔能，余亦有薄技当呈教也。"潘大喜，命移席射圃中，尽出其所藏器械。诸人臂弓腰剑，无不诩诩自得。其人笑曰："诸君可云技矣，而未神也。"乃于衣底出剑二口，辟人远立，盘旋霍跃。初如雪滚花翻，闪倏不定，以后但觉白光周身，旋转如月。众方愕眙[六]，其人忽举剑直击少年。少年走避，袖中砉然[七]有声，亦出二剑，疾如金蛇，左右腾掣，与白光相激触，寒气森森，众皆却立十余步。良久，白光渐缩渐退，至土墙边，戛然长啸一声，向东南而逝。众惊就视，唯见少年背手立墙阴而已。急罗拜问故。少年曰："吾辈皆习剑术者，彼实与我同师，以我技出彼上，不相能，狭路较击者七次矣。始我闻主人名，意门下必多奇能之士，岂谓皆碌碌不足数。子固皮相者，不足与言，吾亦从此逝矣。"一跃忽不见。自是潘任侠之心顿减，而诸人言技击者亦废然反矣。（卷三）

## 【注解】

〔一〕蠭（fēng）：同"蜂"字。

〔二〕髼鬙（péng sēng）：头发散乱貌。

〔三〕通谒：通报请求谒见。

〔四〕睨（nì）：斜着眼睛看。

〔五〕饮啖（dàn）兼人：兼人，一人顶两人。喝酒、吃饭比常人多两倍或几倍以上，形容人酒量、饭量很大。西晋·陈寿《三国志·魏志·典韦传》："好酒食，饮啖兼人，每赐食于前，大饮长歠，左右相属，数人益乃供，太祖壮之。"

〔六〕愕眙（è yí）：惊视。

〔七〕砉（huā）然：象声词。常用以形容破裂声、折断声、开启声、高呼声等。


**【鉴赏】**

　　剑客历来是豪侠小说中出现频率非常高的人物形象。早在《吴越春秋》中，就写到了一位精通剑术的高手越女。唐传奇也塑造了不少的剑客形象，如红线（《甘泽谣》）、聂隐娘（《聂隐娘》）、兰陵老人（《酉阳杂俎》）等等，而本篇也写了这么一个神秘的少年剑客。

　　这篇的写法让人不禁联想到《战国策·冯谖客孟尝君》，采用了先抑后扬的手法。开始时冯谖到孟尝君门下，"齐人有冯谖者，贫乏不能自存，使人属孟尝君，愿寄食门下。孟尝君曰：'客何好？'曰：'客无好也。'曰：'客何能？'曰：'客无能也。'孟尝君笑而受之曰：'诺。'"而后冯谖三次倚铗长歌，得寸进尺，要求提高自己的待遇。一直到帮孟尝君到薛地收债"市义"开始，才体现出才能，最后为孟尝君凿了三窟，"孟尝君为相数十年，无纤介之祸者，冯谖之计也。"武举纪人龙游潘姓家时，座上诸人皆谈论蜂起，言语铮铮，该少年坐在末座，"敝衣露肘，短发鬅鬙，默不一语"。当纪问主人此人："有能乎？"主人曰："不闻所能，但随堂粥饭耳。"当众人哄堂大笑时，少年亦不发一语。当他的同门寻上门来，发现他在这儿的时候，他"俯首不语"。"默不一语""亦不语""俯首不语"，给人一个碌碌无为之辈的感觉。少年最后以精妙绝伦的剑术打败同门，这前后的差异更突出少年的形象。

　　文中对少年高超剑术的描写是通过渲染，层层递进体现出来的。首先是武举纪人龙，善技击，慷慨任侠，然后写潘姓门客皆臂弓腰剑，无不诩诩自得。而当少年同门舞剑时，众人"愕眙"，最后写少年与同门比剑，"众惊就视，唯见少年背手立墙阴而已。"正是在这层层递进中渲染出少年剑术的高超。

而对二人比剑的描写尤为精彩：

> 乃于衣底出剑二口，辟人远立，盘旋霍跃。初如雪滚花翻，闪倏不定，以后但觉白光周身，旋转如月。众方愕眙，其人忽举剑直击少年。少年走避，袖中砉然有声，亦出二剑，疾如金蛇，左右腾掣，与白光相激触，寒气森森，众皆却立十余步。良久，白光渐缩渐退，至土墙边，戛然长啸一声，向东南而逝。

这段描写精彩绝伦，不但突出二位剑客剑术的迅疾与高超，而且充满美感，同门是"白光周身，旋转如月"，少年则是"疾如金蛇"，如同金白二蛇在缠斗。而最后的"白光渐缩渐退，至土墙边，戛然长啸一声，向东南而逝"，就像白居易《琵琶行》的"曲终收拨当心画，四弦一声如裂帛。东船西舫悄无言，唯见江心秋月白"。在一场酣畅淋漓的表演之后，猛然停止，仿佛一切都未发生，又让人无限回想。

此篇也批判了那些所谓的"铮铮士"，自以为高，妄自尊大，有眼无珠，而真正的高手却是谦逊内敛，不流于俗。

# 蛙宾

庚寅岁，海潮泛溢，钱塘江覆舟无算。有温州赴试生，附一船板漂流一日夜，昏不知人。忽闻耳根语曰："此非劫中人，奈何至此？"一人曰："且舁去见大王。"俄至一处，见殿宇虚明，四壁玻璃眩目。生知是龙宫，见王冕旒[一]执玉坐殿上，生俯伏不敢仰视。王命与检籍，既而曰："女虽非劫中人，但亦有三日水厄[二]。可留此俟厄满，送女回也。"

越三日，王命夜叉押生回，且着水族查四路漂没人口。一鳖丞，一鳅尉，一蟹巡检，尚缺一路。王下令有知书、能登记名册者来应募，水族皆不敢应。忽一物广颐皤腹〔三〕，跳跃而前。王问何人，曰："臣系出青池，家居白石。昔逢式怒于车前〔四〕，继遂称尊于井底。近因蝌蚪繁生，官廪不给，旅食他方，为大王入幕之宾耳。"王曰："尔能书乎？"曰："不唯能书，兼识古事。"王喜，即令充数，且称曰"蛙宾"。将起程，忽请曰："水府诸公，皆遍身甲胄。独臣止一袄，且性不习水，乞借大王水犀裘一披，以为同行光宠〔五〕。"王笑曰："闻尔平日口大腹宽，馋扠〔六〕恶嚼，而毫毛不拔，乃假我水犀裘耶？且尔云识古事，亦知此裘来历否？"曰："知之。昔年齐天大圣往西天取经，道降犀牛怪而剥其皮，为哪吒三太子所得。后因大闹陈塘关，李靖献此裘赎罪，故归大王耳。"龙王笑问："此出何典？"曰："前半段《西游》小说，后半段乱弹杂剧耳。"王曰："尔熟乱弹小说，亦称博古耶？"笑而与之。蛙宾谢恩。出宫门，忽一螺牵其裾，问何为，曰："闻君游行江湖，愿随执鞭耳。"曰："子蔽然〔七〕者，安得同行。"曰："君在水府未受职，我粘君头上以作顶，不亦两得乎？"蛙宾许之。于是旌旗前导，水族俱乘风鼓浪而行。蛙宾入水不能跳跃，头顶一螺又甚重，披裘浮于水面而已。漂十余里，白腹仰翻，已不能出声。鳖丞怒曰："此何物，而令披裘带顶，大王可谓无眼。"蟹巡检夹而掷之曰："尔目不识诗书为何物，而妄自尊大，谈今论古于大王之前。今且剥尔皮，倒挂于此作干腊〔八〕，俟我等回日，取充晚膳耳。"乃谓生曰："尔厄已满，可归矣。"生豁如梦寤，则身已为人捞救，卧江沙上半日矣。视枯柳根倒挂一死蛙，头上一螺尚粘不去云。（续篇卷上）

## 【注解】

〔一〕冕旒（miǎn liú）：古代帝王的礼冠和礼冠前后的玉串。

〔二〕水厄：溺死之灾。

〔三〕广颐皤（pó）腹：广颐，指脸颊宽大；皤腹，大肚子。

〔四〕式怒于车前：蛙鼓腹瞪眼，人以为发怒，故称怒蛙。《吴越春秋·勾践伐吴外传》载："（勾践）自谓未能得士之死力，道见蛙张腹而怒，将有战争之气，即为之轼。其士卒有问于王曰：'君何为敬蛙虫而为之轼？'勾践曰：'吾思士卒之怒久矣，而未有称吾意者。今蛙虫无知之物，见敌而有怒气，故为之轼。'于是军士闻之，莫不怀心乐死，人致其命。"后以此典指激励将士，使士气高昂。

〔五〕光宠：（赐给的）荣耀或恩惠。

〔六〕馋扠：贪婪地挟取（食物）

〔七〕藐然：幼小貌。

〔八〕干腊：干肉。

## 【鉴赏】

这是一篇用寓言形式来讽喻社会，劝诫世人之作。该篇写一考生在赴试途中，因船落水而到龙宫。但他"非劫中人"，只是有三日水厄，所以龙王留他在宫中，等待几日。龙王要派人去巡查漂没人口，因缺一人，公开求贤，一青蛙勇敢自荐。自陈因为青蛙家族人多，"官禀不给"，所以出外寻生路，并说自己"不唯能书，兼识古事"，并向龙王请求借用水犀裘，以表示身份。出发前，一螺要求跟他出游，愿意粘在头上作为官帽，蛙宾答应了。但"蛙宾入水不能跳跃，头顶一螺又甚重，披裘浮于水面而已。漂十余里，白腹仰翻，已不能出声。"鳖丞一怒之下，把它弄死了。

这篇《蛙宾》描写非常生动，特别是蛙宾的形象让人印象深刻。此篇主要运用了对比的手法来塑造形象。蛙宾刚出场时"广颐皤腹，跳跃而前"，最后却是"漂十余里，白腹仰翻，已不能出声"。当龙王问他"尔能书乎"时，他大言不惭："不唯能书，兼识古事。"而后当龙王问他水犀裘的来历时，他引用的却是《西游记》等小说乱弹。开始时借龙王水犀裘以为光宠，最后却"披裘浮于水面而已"。开始时贵为龙王入幕之宾，最后却被蟹巡检剥皮，挂于枯树枝制成干腊。正是在这前后种种对比中，突出了一个学识浅博，而又妄自尊大，不自量力，爱慕虚荣的蛙宾形象，最终的狼狈和死亡也讽刺了社会上的这一类人。该篇中螺的寓意也很明显，最初螺要追随蛙时，蛙还嫌弃他渺小，可是当螺说出"君在水府未受职，我粘君头上以作顶，不亦两得乎？"所谓顶子，是清代官员朝冠和吉服冠上的顶饰，即装饰在巾顶之中的大珠，用红宝石或珊瑚、水晶、玉石等制成，以质料和颜色分别官阶的品级，是区别官员品级的重要标志。而蛙宾为了充面子答应了他，最终因为不善于水，入水又不能跳跃，加上头顶一螺又甚重，只能是狼狈披着裘浮于水面而已。

在《凉棚夜话》里，还有用这种寓言形式来讽喻世人的篇章，比如续篇卷上的《金衣公子》：

> 某公子暑月卧疾，偶阅欧阳子《憎蝇赋》，伏枕而寐。忽闻嗡嗡声曰："比来苦热耶？吾将与子渔于盘溪之滨，猎于□山之侧，饱鱼腥饫兽胔，子愿之乎？"问何人，曰："余金衣公子也，平生有七德，而不见齿于士类。愿子为我一洒之。"问七德云何，曰："见食呼朋，仁也；就昭去昏，知也；喜动恶静，勤也；夜匿昼飞，信也；头顶朱冠，文也；手作交拱，让也；挥逐不去，勇也。有此七德，不闻一赞词，而区区比于谗人，斥为热客，岂笃论哉。"言未已，童子持药裹至。忽寤，都无所见，唯一青蝇飞鸣于床下而已。

写某公子暑月卧疾，梦一人自称金衣公子，约他渔猎，并盛称自己有"仁""知""勤""信""文""让""勇"等七德，但却为人所不齿。醒来时发现，原来是"一青蝇飞鸣于床下而已"。青蝇历来在文学里就是小人的象征，如《小雅·青蝇》所载："营营青蝇，止于樊。岂弟君子，无信谗言。营营青蝇，止于棘。谗人罔极，交乱四国。营营青蝇，止于榛。谗人罔极，构我二人。"这篇讽喻了那些闹闹哄哄、善于钻营、哗众取宠的小人。

该篇还运用了"假实证幻"的写法,《蛙宾》写书生获救后,"视枯柳根倒挂一死蛙,头上一螺尚粘不去"。唐传奇《南柯太守传》里就用了这种手法,鲁迅评曰:"篇末命仆发穴,以究根源,乃见蚁聚,悉符前梦,则假实证幻,余韵悠然。"(《中国小说史略》)这种写法,扑朔迷离,亦真亦假,创造了一种真幻交融的意境,余韵悠然。

# 媚儿

婺有好蓄画眉者,家置二十余笼,其笼涂金髹[一]彩,极雕镂之巧。日调卵黄米[二]以饲之,每晨辄破卵百余枚。不数年,赀产荡尽,为丧家子。然尚蓄一笼,善鸣健斗,而解人意,呼之曰"媚儿",珍若拱璧[三]。人以十余金购之,不可得也。出则携笼,夜则悬挂榻畔。一夕,因醉偶遗檐下,为狸奴[四]所搏,笼堕地。某急起救,幸不伤,然已丧魄,跳跃一日夜而死。某惋悼[五]如丧佳偶,命匠为小木棺,帛糊而朱漆之,将择日以葬。夜忽梦一女子,衣杏黄衫,长眉姣好,前拜曰:"妾媚儿也,久蒙抚畜之恩,未遂涓埃之报[六],主实情深,奈儿命薄。今复蒙赐以棺衾,加之窀穸[七],高厚之德,生死以之。明日,主人可葬儿于某园梧桐树下,当不无少获也。"翼日,某如其言,往园侧掘坎以葬。忽于土中得白金一笏,约重十两,遂持归,得以稍资薪水。

半年后,某因夜饮姻家,醉归,过桐树下,见淡月朣胧,清阴掩冉,追忆曩日,不觉凄然泣下。俄身倦假寐石畔,忽见媚儿至,曰:"主勿悲,儿死后得隶东皇[八]万花乐部诸姊妹聚处。众芳园甚乐,主人能一顾乎?"某欣然从之。觉草香满径,袭人衣袂。俄至一处,则万花齐放,风日暄妍[九],亭榭一区,碧槛朱栏,髹彩辉映。女伴六七人,或坐或立,笑语哗然。媚儿呼曰:"诸姊妹,吾请得旧主人来矣。"因彼此称名,一绿衣而语言款曲[十]者曰"慧儿",一白衣而身材佼小者曰"巧儿",一斑衣而举止拙滞[十一]者曰"憨儿",一黑衣而顾视儇捷[十二]者曰"黠儿",一青衣而颜色惨悴[十三]者曰"悼儿",一金衣者曰"怜儿",

一翠衣者曰"惜儿"。复有黄衣侍女数人，瀹香茗〔十四〕、携果核以供客。媚儿曰："吾主人至，诸姊妹盍一奏好音，以遣此岑寂〔十五〕乎？"众唯唯〔十六〕。于是怜儿撮管〔十七〕，惜儿搊〔十八〕筝，巧儿弹阮，慧儿按拍，黠儿媚儿更迭而唱。有顷，媚儿曰："悼姐憨娘，何皆閟金玉〔十九〕也。"憨儿以拙辞，悼儿曰："愁肠无好音，徒败佳客清兴〔二十〕也。"媚儿强命之。歌不数声，而凄音怨乱，血泪俱下矣。众大哗曰："杀风景，杀风景。"某曰："此不恶，正谐我愁耳也。"复命之歌，声韵哀缓，如怨如诉。某闻之心醉。俄觉声渐高，似在层楼上者，豁然窹，则身故卧草露中，月落风凄，子规啼于树杪〔二一〕而已。（续编卷上）


**【注解】**

〔一〕髹：用漆涂在器物上。

〔二〕卵黄米：指用来喂养笼养鸟的食物，把大米或小米与鸡蛋蛋黄一起炒制。

〔三〕拱璧：非常珍贵的宝物。

〔四〕狸奴：猫的别称。

〔五〕惋悼：惋惜哀悼。

〔六〕涓埃之报：涓埃，细小的流水和尘埃。比喻极其微薄的报答。

〔七〕窀穸（zhūn xī）：墓穴。

〔八〕东皇：这里指司春之神。

〔九〕暄妍：天气和暖，景色明媚。

〔十〕款曲：殷勤应酬。

〔十一〕拙滞：呆板不通达。

〔十二〕儇捷（xuān jié）：灵巧敏捷。

〔十三〕惨悴：憔悴忧伤。

〔十四〕瀹（yuè）香茗：煮茶。

〔十五〕岑寂：寂静冷清。

〔十六〕唯唯：恭敬的应答声。引申为恭顺谨慎之义。

〔十七〕擪（yè）管：擪，以手轻按；管，吹奏乐器。

〔十八〕搊（chōu）：弹拨。

〔十九〕閟（bì）金玉：金玉，珍宝，指珍贵和美好的事物。閟金玉，喻指隐藏美好和能力之意。

〔二十〕清兴：清雅的兴致。

〔二一〕树杪（miǎo）：树梢。

## 【鉴赏】

该篇主人公可谓是个痴人。痴人在《聊斋志异》里有很多，比如情痴孙子楚、书痴郎玉柱、石痴邢云飞等等。这个痴人痴迷于画眉，喜蓄画眉，家里养了二十多笼，精心照顾，因此倾家荡产而不顾惜。只剩下一笼，"善鸣健斗，而解人意"，称之为"媚儿"。此人十分珍爱，"出则携笼，夜则悬挂榻畔。"后因被狸奴所惊而亡。此人非常伤心，为媚儿做了个小木棺，并择日准备埋葬。该夕，梦到媚儿化身一女子前来致谢，指点他葬在某园梧桐树下，并于某处得到银子一筹，当为媚儿的酬谢。半年后，此人因事过梧桐树下，"追忆曩夕，不觉凄然泣下"。倦暇间，遇媚儿请他到众芳园一游，并让众姐妹为他演唱。然梦醒时，身故卧草露中而已。

作为一篇志怪小说，这篇文章从情节上看并没有很多的曲折与新奇，最大的特点是描写极为优美，像一首散文诗。第一体现在环境描写上，情景交融。比如媚儿死后半年，此人沉浸在悲痛之中，一夕醉归，"过桐树下，见淡月朦胧，清阴掩冉"，月光似明不明、树荫柔弱摇曳，正如潘岳《秋兴赋》所言："月朦胧以含光兮，露凄清以凝冷。"在这孤冷凄清的环境烘托下，此人想起当日与媚儿"出则携笼，夜则悬挂榻畔"的温馨亲昵生活，不由得凄然泣下。而后写此人随媚儿到东皇万花乐部，这个地方"草香满径，袭人衣袂。俄至一处，则万花齐放，风日暄妍，亭榭一区，碧槛朱栏，綵彩辉映"与"某欣然从之"的"欣然"相得益彰。而最后梦醒，则"身故卧草露中，月落风凄，子规啼于树杪而已。"李白《子规》诗云"一叫一回肠一断",在这子规的声声断肠叫声中,主人的寂寞孤独跃然纸上。主人的情感从悲到喜再到悲,从月儿初上到月落风凄,终究是梦一场。

第二是描述生动有变化,媚儿的六七个鹦鹉小伙伴,"长眉姣好""衣杏黄衫"的媚儿,"绿衣而语言款曲"的"慧儿","白衣而身材佼小"的"巧儿","斑衣而举止拙滞"的"憨儿","黑衣而顾视儇捷"的"黠儿","青衣而颜色惨悴"的"悼儿",作者从她们不同的毛色、独到的特征入手,让读者通过文字,可想见这一群可爱多样的鹦鹉小伙伴们。

此篇还有一个特点,就是既没有写成传统人与异类的私情相恋,也没有如《聊斋志异·娇娜》篇的孔生,虽说异史氏云"余于孔生,不羡其得艳妻,而羡其得腻友也",但我们不可否认,孔生对娇娜最初还是缘于美色:"年约十三四,娇波流慧,细柳生姿。生望见颜色,嚬呻顿忘,精神为之一爽……紫血流溢,沾染床席,而贪近娇姿,不惟不觉其苦,且恐速竣割事,偎傍不久。"此篇虽说媚儿自称"妾",这里当是媚儿作为女子的自谦之意,通篇描述的是主人把画眉当成人一样来关爱,媚儿也终不能忘怀主人,而且报答主人一笀十两重的白金,让主人稍资薪水。遇到众姐妹,也没有老套的情色故事。可以说这一人一鸟跨越了物种,跨越了时空,是一种相知相惜的平等关系。他们互相牵念,不涉私情,难能可贵。

# 无边孽海

都下无籍之徒,揽事撞骗以度日者,名曰"打把势"。有某姓者,业此十余年,衣于斯,食于斯,娶妻鬻子于斯,内外城之龙断[一],无不左右望而登之[二]。然倏而富,倏而贫,不能长据为有也。后开药肆于四牌坊。值岁逼债冗猬集[三],某计无复之。闻高丽人有贸布者,乃婉转[四]假得之资以度岁。明春,高丽人将归,向之索值不与,数十人汹汹于肆中。某潜往求一番役。番役曰:"彼起程有日限,何得稽留?"乃立押之出境。高丽人愤甚，投呈东岳庙中而去。

不数月而某卒。又月余，其侄某亦病，恍惚游天坛边。见白草黄沙，茫茫无际，有门兀然而高，意是前门。方待入，忽门者以铁叉挥出。逡巡[五]间，有拥彗[六]而来者，乃旧时肆前扫街卒也。急问此何门，曰："此酆都城也，何为至此？"某因问："女安得在是？"曰："余以生前除道勤谨，且无过恶，阴官仍命给此间洒扫之役耳。"某问："曾见吾叔否？"曰："尔叔为人所控，阴官押置二十三重地狱矣。"某曰："地狱只十八重，那得许多？"曰："近岳帝见众生过恶多端，非十八重所能尽，更于无边孽海上增置五狱。女试持我彗，随我出入，当得见也。"某欣然从之。

行半里许，忽飞沙滚滚，脚下作风涛声，一犴狴[七]门榜曰"无边孽海"。俄闻呼号声甚惨，一室中安大铁槛，鬼卒缚十余人反跪，而钉其足，或以刀刓[八]其趾，流血狼藉。某问此何所，曰："钉钳狱也。此辈皆生前夤缘声气[九]，钻刺功名，自号为红人[十]阔人者。轮回道中，罚令为骡，钳蹄钉趾，恣其奔走，结局仍不免一刀之苦耳。"复至一处，曰"屠肠狱"，见十余人裸体倒悬，鬼卒鼓刀而刳[十一]其腹，肠流满地。曰："此辈乃鲜食美衣，挥金买笑，浮浪子弟也。轮回道中，罚令为猪，屠肠割肉，恣人脔[十二]食耳。"又至一处，曰"剥皮狱"，壁上挂人皮数十张，众囚赤身浴血，皆以铁钩钩其谷道[十三]，视其面，皆姣好，曰："此辈优伶也。以色渔财，恣意暴殄。轮回道中，罚令为羊，寝皮食肉，以偿夙债。且生大尾，令自掩其后耳。"又至一处，曰"炮烙狱"，室中安大火盆数十，蒙以铁网，鬼卒各持叉卓一娈童，反复炙之，曰："此俗所称档子[十四]者。轮回道中，罚令为兔，熏皮烙骨，佐人下酒物耳。"末一处曰"糜烂狱"，粪秽满地，臭不可近。囚首丧面者无数，伏而啜之。旁沸一大铁锅，有蓝缕鬼卒持长叉戳人而掷其中，浮沉没顶，或露其面，或出其足，曰："此俗所谓打把势者，东拉西扯，白骗人财。轮回道中罚令为犬，常食不洁，死则群丐糜烂其肉耳。"某谛视一人蹲粪秽中，髣髴[十五]其叔也，不觉大恸。街卒惊逸。俄有夜叉持铁蒺藜捽某发，挟至一殿，有冥官上坐，状甚狞恶。熟视某曰："此系生魂，误入地狱耳。可付当坊总甲鬼押送还阳，勿稽迟〔十六〕也。"随有一鬼导之行，至一桥上，见黑波汹涌，浩无涯际。方惊愕，鬼忽自后推之，失足而窬。则死去已半日矣。病愈，即延僧诵经，为叔忏悔，并向人述其事不讳云。

（续编卷上）

**【注解】**

〔一〕龙断：即垄断。龙，通"垄"。本指独立的高地。引申为独占其利。

〔二〕此句出自《孟子·公孙丑下》："有贱丈夫焉，必求龙断而登之，以左右望而罔市利。"意思是站在市集的高地操控贸易，以便寻找机会以最高的价钱卖掉自己的货物，以最低的价钱买进其他商品，尽收市场之利。后来泛指把持和独占。

〔三〕猬集：像刺猬的硬刺那样多，比喻事情多且集中。

〔四〕婉转：这里是辗转之意。

〔五〕逡巡：因为有所顾虑而徘徊不前。

〔六〕彗：扫帚。

〔七〕犴狴（àn bì）：监狱。

〔八〕刓（wán）：削。

〔九〕夤（yín）缘：比喻攀附权贵，向上巴结。

〔十〕红人：得宠显贵或事业走运得意的人。

〔十一〕刳（kū）：从中间破开再挖空。

〔十二〕脔：切成小块的肉。

〔十三〕谷道：即后窍，即直肠到肛门的一部分。

〔十四〕档子：亦称花档儿。旧时指男性儿童扮演妇人、唱小曲以供人取乐者。清代非常风行，清人汪启淑《水曹清暇录·档子》记录说："曩年最行档子，盖选十一二龄清童，教以淫词小曲，学本京妇人装束，人家宴客，呼之即至，席前施一氍毹，联臂踏歌，或溜秋波，或投纤指，人争欢笑打彩，漫撒钱帛无算。"

〔十五〕髣髴：同仿佛，意思是隐约，依稀。

〔十六〕稽迟：延误滞留。

## 【鉴赏】

十八层地狱的说法最早来源于佛教，东汉末年，和地狱有关的经典慢慢得到翻译，据南朝梁僧祐《出三藏记集》所收，杂经里面和地狱有关的就有二十一种，魏晋南北朝这一时期相关的著作有十几部。地狱的存在是为了劝善惩恶，所以详细描述地狱的恐怖情况，通过因果报应来达到警示世人的目的。南朝宋刘义庆的《幽冥录》和南朝梁王琰的《冥祥记》里均有《赵泰》篇，两篇内容大体差不多，但文字上有差异。两篇都对地狱有详尽的描述，主人公赵泰是个孝廉，做到了中散大夫，但三十五岁时突然心痛暴毙。魂魄游到地府，见到了地狱里的种种惨状：

> 所至诸狱，楚毒各殊。或针贯其舌，流血竟体。或披头露发，裸形徒跣，相牵而行。有持大杖，从后催促。铁床铜柱，烧之洞然，驱迫此人，抱卧其上，赴即焦烂，寻复还生。或炎炉巨镬，焚煮罪人，身首碎堕，随沸翻转。有鬼持叉，倚于其侧。有三四百人，立于一面，次当入镬，相抱悲泣。或剑树高广，不知限极，根茎枝叶，皆剑为之，人众相訾，自登自攀，若有欣竞，而身体割截，尺寸离断。

赵泰初入地府，"着绛衣"者问他生前行事，直接问的就是："作何孽罪？行何福善？谛汝等辞，以实言也。此恒遣六部使者，常在人间，疏记善恶，具有条状，不可得虚。"王琰笃信佛法，他极力描摹刻画地府的骇人情景，一方面是为了达到劝善惩恶的目的，同时也是为了劝诫人们奉佛为善。赵泰回阳间前，问主者曰："人有何行，死得乐报？"主者回答："奉法弟子，精进持戒，得乐报，无有谪罚也。"当赵泰进一步问："人未事法时所行罪过，事法之后，得以除否？"答曰："皆除也。"

而后交代赵泰回到人间，"已见地狱罪报如是，当告世人，皆令作善。善恶随人，其犹影响，可不慎乎？"

《凉棚夜话》讲述因果报应内容较多，除卷四《梦三白鹤》是写因为行善而获善报之外，其余都是作恶而遭恶报。如卷一《茅氏子》《雷击悍母》，卷二《讼师恶报》，卷四《仁和武生》《洙泾书吏》等篇，都表现了这种内容，体现了"善有善报，恶有恶报"观念，有劝人向善之意。

《凉棚夜话》里头有一些描写鬼域冥司的篇章，但主旨不在于劝恶扬善，而是讽喻世人，主要集中在续篇中。比如卷上《膘公子》篇，通过膘公子在地狱受宰割之刑，劝诫那些不学无术，酒市伶场，倚势而骄的纨绔子弟。《淘血盆地》则谴责了不事生产，爱玩纸牌的社会风气。《浑囵子》篇通过浑囵子游历人间、地狱、十洲三岛、天地外，发现皆是黑暗势利之处，找不到容身之地，反映了社会的全面腐败。卷下《城隍焚册》讽刺社会上男风盛行，这种人连阴间都不想收留。《阎罗假面》则讽刺了官场，作者借文中人物之口说："吾带笑脸时，不似阳官之交通贿赂；吾带怒脸时，不似阳官之横作威福；吾带平善脸时，不似阳官之连手分赃；吾带凶恶脸时，不似阳官之严刑枉法。故无私也。"辛辣地道出官场的种种黑暗和龌龊。

《无边孽海》这篇，作者想象更为奇特，说是地府因为人们作恶太多，十八重地狱已不够用，又增设了五层，曰"钉钳狱""屠肠狱""剥皮狱""炮烙狱""糜烂狱"，表明了作者对社会上夤缘声气、钻刺功名者、浮浪子弟、优伶、花档子、打把势者的极端不满。

此篇对五重地狱每层的描写都不相同，体现出作者强大的想象能力，而且描摹极为生动、逼真，让读者仿佛亲历一般，如亲闻其哀号，亲见其腥血，呼吸之气为之屏结，毛骨悚然，以警世人。

和《赵泰》篇相比，该篇故事性更强，情节结构更为完整。开篇就提到了某"打把势"者，招摇撞骗过日，有一次骗了高丽布商的钱，还求通番役把高丽商人立押出境。高丽人非常怨愤，出发前到东岳庙投呈而去。这就为后面埋下了伏笔。接下来就是数月后这个打把势者死亡，然后设计了他的侄子病，恍惚中游地府，正当无所入门的时候，遇到生前扫大街的熟人，在地府担任扫除工作。侄子问起死去的叔叔，扫街卒说："尔叔为人所控，阴官押置二十三重地狱矣。"这个就响应了上文高丽商人到东岳庙投呈的情节。侄子问起地狱只有十八重，那来二十三重的时候，扫街卒说是因为岳帝见众生过恶多端，十八重地狱已经不够用了，因此在无边孽海上增置了五狱。接下来就是侄子拿着扫街卒的扫帚，混了进去，开始参观诸狱。前面诸狱，虽惨状百出，恐怖阴森，但某侄从容参观，并无异常，和前面的"欣然从之"当对应。直到最后的"糜烂狱"，谛视一人蹲粪秽中，仿佛是他的叔叔，"不觉大恸"。文中产没有安排他叔叔和他说话，表示忏悔，并要他宣传佛法等对话。所以该篇主旨是批判讽喻世情，而不是宣传佛法无边。

# 锦娘

　　浙右某生，家贫落魄，浪迹衡襄间。一日，挂杖游九疑峰〔一〕。入丛谷中，迷失道，苦竹黄茅〔二〕，一望无际。日将暮，忽见一女娘，彩衣烂斑〔三〕，穿竹而出，曰："荒山日暮，踽踽独行〔四〕，不惧饱□虎乎？"生以迷道告，女曰："敝庐不远，曷止宿诸？"生唯唯〔五〕。随之入一幽径，短楹矮榭〔六〕，楚楚雅洁〔七〕。叩〔八〕其族氏，曰："妾锦娘也。越王台上，曾舞东风；湘女祠前，频歌暮雨。君前身亦鼻亭公〔九〕之裔，宿世良姻，岂昧却耶？"既而，女伴五六人，笑语哗然，以都篮〔十〕携酒炙〔十一〕至，曰："闻姊得佳婿，敬来相贺也。"于是洒酒割炙，团坐劝酬。入夜，桦烛高烧，蕙帷徐启，女与生遂成夫妇礼。自是晴戏芜烟，雨吟湖草，朝暮追呼，比翼鹣鹣〔十二〕，不是过也。

　　居数月，生忽动北游之兴〔十三〕。女曰："青云分翼，不如林下双栖；尘网羁身，不如山梁缓啄。且北天多雪，而子性畏寒，北地饶尘，而子身爱洁，不如勿往。"生不听。遂治装行，女送至黄陵庙前而别。生入都后，北闱〔十四〕联捷，旋膺简命，出宰衡襄，喟然曰："越鸟巢南枝〔十五〕，今适我愿矣。"及至，访锦娘音耗，无有知者。半年后，簿书日繁，课最日迫，焦劳神思，追忆曩日之言，不觉潸然泣下。一日，忽见锦娘翩翩而至，手中携一袭衣，曰："黄陵花落，已十易星霜矣。自贻伊戚〔十六〕，子复谁尤？所幸与郎君制得衣，从此逐伴归山也。"俄见鹧鸪十百，翔集于庭，其声曰："行不得也，哥哥。"女急以衣披生，共化为锦色鸟，追飞而去。衡襄人见之者曰："异哉！人而物化，有如是夫。"（续编卷下）

## 【注解】

〔一〕九疑峰：九疑山，又名苍梧山，《史记·五帝本纪》："舜南巡崩于苍梧之野，葬于江南九疑，是为零陵。"九疑山得名于舜帝之南巡，境内有舜源、娥皇、女英、杞林、石城、石楼、朱明、箫韶、桂林九座峰峦，《水经注》云："苍梧之野，峰秀数郡之间，罗岩九峰，各导一溪、岫壑负阻，异岭同势。游者疑焉，故曰：九疑山。"

〔二〕苦竹：竹的一种，别名伞柄竹。秆矮小，节比别的竹子长。黄茅：茅草名，李时珍《本草纲目》："茅有白茅、菅茅、黄茅、香茅、芭茅数种，叶皆相似……黄茅似菅茅，而茎上开叶，茎下有白粉，根头有黄毛，根亦短而细硬无节。秋深开花穗如菅，可为索，古名黄菅。"

〔三〕烂斑：斑斓，灿烂多彩。

〔四〕踽踽（jǔ jǔ）独行：单身独行，孤独无依。

〔五〕唯唯：恭敬的应答声。

〔六〕楥（yuán）、簃（yí）：楥，篱笆。簃：楼阁旁边的小屋。

〔七〕楚楚雅洁：整齐鲜明、雅致洁净的样子。

〔八〕叩：询问。

〔九〕鼻亭公：指鼻亭神，据郦道元《水经注·湘水》等记载，舜封异母弟象于鼻亭，后人立象祠，称鼻亭神。宋诗人黄庭坚《戏咏零陵李宗古居士家驯鹧鸪二首》其二云："终日忧兄行不得，鹧鸪应是鼻亭公。"作者用此典，其实已暗喻某生是鹧鸪。

〔十〕都篮：木竹篮，用来盛茶具或酒具。

〔十一〕酒炙：酒和肉，泛指菜肴。

〔十二〕鹣鹣：比翼鸟。

〔十三〕北游之兴：指到北京参加科举考试。

〔十四〕北闱：明清对顺天（今北京市）乡试的通称。

〔十五〕越鸟巢南枝：出自《古诗十九首·行行重行行》："胡马依北风，越鸟巢南枝。"指思念家乡。

〔十六〕自贻伊戚：出自《诗经·小雅·小明》，指自寻烦恼，自招忧患。


**【鉴赏】**

读这篇小说，不由得联想到欧阳修的诗《画眉鸟》："百啭千声随意移，山花红紫树高低。始知锁向金笼里，不及林间自在啼。"正如文中锦娘所言："青云分翼，不如林下双栖；尘网羁身，不如山梁缓啄。"但世人正如某生一样，即使娇妻在怀，纵享山林之乐，却总心有不甘，非兴青云之志。当得偿所愿，中举封官，发现"簿书日繁，课最日迫，焦劳神思"，才知道自由自在的林下之乐有多难得。

该篇写浙右某生游九嶷峰时，与一女娘相遇，二人结为夫妻，过着"晴戏芜烟，雨吟湖草，朝暮追呼，比翼鹣鹣"的幸福生活。但某生挂念科名，不顾锦娘劝阻，毅然北上。后果中举，领命外出为官，但思念锦娘之心日甚。而当官半年，官事烦琐，劳神费思，才记起当初锦娘的劝说之语。也许是锦娘一直默默关注着某生，只是某生科考为官，非锦娘之志，故不愿与某生相见。但知某生有悔恨之意，即在某日从天而降，手里拿着一袭衣，劝生"逐伴归山"。生披上那件衣之后，共化成锦色鸟，翩翩飞去。

这篇文章的特色一个体现在伏笔上，当锦娘自我介绍时，说某生前身亦鼻亭公之裔，如若知道黄庭坚《戏咏零陵李宗古居士家驯鹧鸪二首》的诗："终日忧兄行不得，鹧鸪应是鼻亭公。"黄庭坚以幽默的口吻表达了对李宗古居士家中饲养的鹧鸪的羡慕之情，那么读者就会猜到二人皆是鹧鸪所化。这正响应了文章末尾所揭示的锦娘和她伙伴原来是鹧鸪，以及某生最终也化成鹧鸪，追随锦娘而去。

第二个是情节引人入胜，出人意料，不落俗套。既不是老套的人与异类相恋的故事，亦非男子始乱终弃。即使最终男子化为鹧鸪与锦娘飞去，也是建立在男子厌倦了官场樊笼，思念"晴戏芜烟，雨吟湖草，朝暮追呼，比翼鹣鹣"的快乐自由生活的基础上，立意有了很大的提高。

此篇正反映了方元鹍"性孤洁戾，于俗不耐官事"，厌倦官场，藐视功名，渴望过逍遥生活。当时，方元鹍尚未中进士，而已存有此志，所以说他后来的作为早就有伏笔。

※　　※　　※

# 钱塘江舟子

王应奎《柳南随笔》云：钱塘江有舟子最横，每至波涛险处，"谓一舟性命死生尽在吾手，辄索财物不已"。浙江按察使陈虞山，微服上了渡船，解维至中流，目睹舟子恶状，乃曰："陈按察新政甚严，汝辈独不畏乎？"不想舟子回答："政虽严，那见有煮人锅也？"陈虞山既归署，逮舟子至。乃置十大锅，从壁后为灶门，谓舟子曰："此非所谓'煮人锅'邪？"最妙的是，遂置舟子于锅中，而呼其妻至，谓曰："灶门有十，不知何锅有汝夫在，任汝择一烧之。幸不幸关乎命数，无怨我也。"真是所谓"听天由命"是也。迨举火，则适于其夫所置之锅，于是遂死。这种惩治办法，颇得民众好评："咸谓天道不远，为之快心焉。"（斯欣）

# 《全清小说论丛》征稿启事

　　《全清小说论丛》由福建师范大学文学院资助，文物出版社出版，从2022年3月第一辑出版以来，每年出版一辑。

　　《全清小说》为清代小说的集大成之作，是迄今为止以最新标准编纂的清代文言小说总集，共收书五百余种，三千余万字，有百位明清小说界的专家学者参与整理，《顺治卷》六册已于2020年由文物出版社出版，《康熙卷》亦有陆续出版，《雍正卷》《乾隆卷》《嘉庆卷》《道光卷》《咸丰卷》《同治卷》《光绪卷》《宣统卷》正陆续校点中。《全清小说》编纂的亮点，在于运用叙事的标准，将一部分经子部小说著录的如丛谈、辩订、箴规之作剔除；又将一部分杂家、甚至史部的作品列入。这一运作的最大特点，不是以目录学为出发点，而是以作品的叙事性为出发点。

　　《全清小说论丛》的出版，为全清小说和中国小说史研究，提供了新的学术平台，开设的栏目有：热评《全清小说》、特稿、综论、作品论、作者与版本、理论与观念、随笔札记、校理心得、学术动态。留心之处皆文章。欢迎广大清代文言小说研究爱好者踊跃投稿，共同探寻中国优秀的传统文化，坚定中华民族的文化自信，提高中华文化的软实力。

　　投稿要求：

　　1. 来稿必须是首次公开发表的论文，文责自负。请勿一稿两投，稿件一经正式刊用，版权属本刊所有。

　　2. 文章篇幅以一万两千字以内为宜，特稿可适当放宽。

　　3. 来稿请用Word或Wps文件格式，请提供二百至三百字左右的中文摘要和三到五个关键词，注明作者姓名、单位、职称、研究方向、通讯地址、联系电话和电子邮箱等信息。

4.注释一律采用脚注，其中参考文献著录格式如下：

引自期刊：作者（所有作者全列－下同）.题名.刊名，出刊年，卷（期）：起止页码。

引自专著：作者.书名.版次（初版不写）.译者（指译著，所有译者全列）.出版者，出版年，页码。

引自报纸：作者.题名.报纸名，年－月－日（版次）。

引自论文集：作者.题名.见：论文集编者.文集名.出版者，出版年.页码。

引自会议论文：作者.题名.会议名称，会址，会议年份。

引自学位论文：作者.题名：[学位论文].保存者，年份。

5.本刊不收取任何费用。文章一经录用，即付相应稿酬。

投稿邮箱：qqxslc@fjnu.edu.cn，10月底为当年稿件截止期，新书于来年上半年出版。

联系地址：福州市仓山区上三路8号福建师范大学文学院。

邮编：350007

电话：0591-83419600

《全清小说论丛》编辑部